图书在版编目（CIP）数据

在北大课堂读诗（修订版）/ 洪子诚主编. —北京：北京大学出版社，2014.10
ISBN 978-7-301-24989-5

I. ①在… II. ①洪… III. ①诗歌研究—中国—当代 IV. ①I207.22

中国版本图书馆CIP数据核字（2014）第232177号

书　　名：	在北大课堂读诗（修订版）
著作责任者：	洪子诚　主编
责 任 编 辑：	黄敏劼
标 准 书 号：	ISBN 978-7-301-24989-5/I·2824
出 版 发 行：	北京大学出版社
地　　　址：	北京市海淀区成府路205号　　100871
网　　　址：	http://www.pup.cn　新浪官方微博：@北京大学出版社 @培文图书
电 子 信 箱：	pw@pup.pku.edu.cn
电　　　话：	邮购部 62752015　发行部 62750672　编辑部 62750112
	出版部 62754962
印 　刷 　者：	三河市国新印装有限公司
经 　销 　者：	新华书店
	650毫米×980毫米　16开本　25.25印张　347千字
	2014年10月第1版　2019年1月第2次印刷
定　　价：	49.00元

未经许可，不得以任何方式复制或抄袭本书之部分或全部内容。
版权所有，侵权必究
举报电话：010—62752024　电子信箱：fd@pup.pku.edu.cn

读诗

[修订版]

洪子诚 主编

目 录

3...... 修订版序 洪子诚

5...... 初版序 洪子诚

13...... 主讲人和讨论参加者简介

1......[第一次课] 聆听边缘
　　　　——读张枣的《边缘》
　　　　主讲人：臧棣

24......[第二次课] 还需要多久，一场大雪才能从写作中升起
　　　　——读王家新的《伦敦随笔》
　　　　主讲人：赵珵

49......[第三次课] 诗歌让"不存在的天使"显现
　　　　——读臧棣的《菠菜》
　　　　主讲人：胡续冬

59......[第四次课] 失陷的想象
　　　　——解读欧阳江河的《时装店》
　　　　主讲人：姜涛

76......[第五次课] 透过诗歌写作的潜望镜
　　　　——读翟永明的《潜水艇的悲伤》
　　　　主讲人：周瓒、曹疏影

98......[第六次课] 笨拙之诗
　　　　——读吕德安的《解冻》
　　　　主讲人：胡少卿

113......[第七次课] 精神的叙事
　　　　——读孙文波的《祖国之书，或其他》
　　　　主讲人：陈均

139......[第八次课] 历史的反讽，或减法所不能删除的
　　　　——萧开愚的《为一帧遗照而作》《安静，安静》解读
　　　　主讲人：刘复生、冷霜

175......[第九次课] 领悟中的突围与飞翔，或被句群囚禁的巨兽之舞
　　　　——读西川的《致敬》
　　　　主讲人：郑闯琦、姜涛

205......[第十次课] "诗意"瓦解之后
　　　　——读韩东的《甲乙》
　　　　主讲人：张夏放

223......[第十一次课] 在记忆与表象之间
　　　　——读柏桦的《琼斯敦》
　　　　主讲人：钱文亮

246......[第十二次课] 尤利西斯的当代重写
　　　　——读张曙光的《尤利西斯》
　　　　主讲人：王璞

273......[第十三次课] 一次穿越语言的陌生旅行
　　　　——读于坚的《啤酒瓶盖》
　　　　主讲人：张雅秋

292......[第十四次课] 打开禁地的方式
　　　　——读陈东东的《解禁书》
　　　　主讲人：程凯

323......[第十五次课] 九十年代诗歌关键词（讨论）
　　　　主讲人：胡续冬、钱文亮、姜涛、刘复生

修订版序

洪子诚

这本书出版在十多年前,由一次讨论课录音整理而成。这次再版,篇幅作了一些压缩,部分内容作了调整,加上了少量注释,诗人的简介也重新改写。课堂讨论参加者名单除标明各位当年身份外,也加上他们目前的任职情况。

因为是近距离观察"九十年代诗歌",肯定存在许多缺陷,好处是保留了一些"现场感"。讨论课中对这个时期的诗歌现象、重要诗人艺术特征的评述,以及诗歌阅读方法上的探索,现在可能还有一定的参考价值。这是这本书再版的理由。

这是我退休前在北大中文系上的最后一次课。地点不是在教室,而是在中文系所在地五院的当代文学教研室。现在,中文系已经搬迁到未名湖北岸的"人文学苑",条件有了很大改善;但气氛也变得冷清寂然,当年五院狭窄走廊里老师学生熙来攘往的人气,已不复再现。教研室是间不大的屋子,有时挤满三四十人。参加的大多是新诗的热忱者,不少还是于新诗写作、批评训练有素的师生。课开始的九月,五院门口瀑布般的(宗璞先生语)紫藤花自然早已开过,但铺满整面北墙的爬山虎的浓密叶片,在西斜阳光下闪着幽绿的光。到了翌年一月课程结束,紫藤和爬山虎叶片已经飘零,北京已是隆冬。十四五次课,大家始终保持着专注和热情,这个情况在我的教学经历中相当罕见。

　　关于这次讨论课进行的具体情况，我在初版序言中已经作了详细说明，不再赘述。现在看来，当初阅读存在的明显问题有两个方面，一个是批评视野尚嫌浅陋，另一个是有些解读过于烦琐。诗是否都要处处明确、处处落实？某些含混、多解或无解，其实也是诗存在理由的一部分。

　　在商议本书修订的时候，也曾有增补当初拟列入，但因时间等原因没能讨论的诗人，如多多、钟鸣、王小妮等。不过，毕竟是十多年前的事情了，时过境迁，心态情绪、看待事物的方式已变化很大。考虑再三，还是打消了这一念头。

　　初版的出版者是长江文艺出版社；为新诗传播、出版有很大贡献的沉河先生担任责编，这里向他表示迟到的感谢。感谢北大出版社高秀芹、黄敏劼接受本书再版的提议，感谢黄敏劼在书稿处理上的认真、细致的工作。

2014 年 3 月

初版序

洪子诚

一

2001年9月到12月,我在学校为现当代文学专业部分研究生组织了"近年诗歌选读"的课程。本书收集的,就是这次课的内容。中国现代诗的细读(或"导读")这种性质的课,自80年代以来,北大中文系已有多位先生开设过。记得80年代中期,谢冕先生就开过"朦胧诗导读",我还参加了其中的一部分。在此前后,孙玉石先生也有"中国现代诗导读"的课。孙先生的这一课程持续多年,选读的诗作,涵盖自20年代的"初期象征派",到三四十年代的"现代派""中国新诗派"的"现代主义"有代表性的作品。他的讲授和课堂讨论的成果,部分已结集出版[①]。

80年代在大学课堂上出现的这种解诗(或"细读")的工作,其性质和通常的诗歌赏析并不完全相同。它出现的背景,是"现代诗"诗潮的兴起,和"现代诗"与读者之间的"紧张"关系,并直接面对有关诗歌"晦涩""难懂"的问题。以中国20世纪诗歌状况而言,伴随30年代现代派诗潮所提

① 《中国现代诗导读》,北京大学出版社,1990年。

出的诗学问题,"晦涩""懂"与"不懂"是其中最被关注的。这个问题,在八九十年代重又出现。解诗和"细读"活动,其基本点是借助具体文本的解析,试图探索现代诗有异于传统诗歌的艺术构成,也试图重建诗歌文本和读者联系的新的途径。如果依朱自清先生的说法,那就是,这种解析自然也要"识得意思",但重点关注的可能是"晓得文义"①。80年代以来解诗、"细读"所依据的理论和方法,显然受到英美"新批评"的启发,而直接承继的,则是我国30年代《现代》杂志和朱自清、废名、卞之琳、朱光潜、李健吾等在三四十年代在诗歌解析上的理论倡导和实践。当然,也会从台湾一些诗人、批评家那里接受影响②。

不过,"近年诗歌选读"这门课的目的其实要简单得多。开这门课的原因是,大概已有近十年,中文系没有开过当代诗歌的专题课。从我自己方面说,90年代初,在和刘登翰合作完成了《中国当代新诗史》之后,我的研究和教学便转到当代文学史,和现当代诗歌的关系不再那么直接。也读诗,但不很经常,也不很系统。零散的阅读所形成的印象是,90年代确有不少好作品,也有不少好诗人。不过,在90年代中期以来,诗歌写作现状受到越来越多的严厉批评,使我对自己的感觉也发生了怀疑。于是想通过这门课,来增强对这些年诗歌的了解。我觉得,在对近年诗歌的看法上,我自己(还有一些批评家)作出的判断,有时只是凭粗糙的印象,不愿作比较深入的了解;而这是相当不可靠的。组织这门课的另外原因是,我认为,在诗与读者的关系上,固然需要重点检讨诗的写作状况和问题,但"读者"并非就永远占有天然的优越地位。他们也需要调整自己的阅读态度,了解诗歌变化

---

① 朱自清:《新诗杂话·序》,生活·读书·新知三联书店,1984年。

② "导读"这个概念在大陆80年代的使用,可能与台湾张汉良、萧萧的《现代诗导读》一套书有关。

的依据及其合理性。因此，我同意"重新做一个读者"的说法。选读"近年诗歌"，目的也是要从"读者"的角度，看在态度、观念和方法等方面，需要做哪些调整和检讨。

二

这个设想，得到许多爱好诗的朋友、学生的响应。为这门课所做的准备，事实上在2001年五六月间就已开始。在看了我的有关课程目的、方法和选读的诗人名单的初步设想之后，臧棣和一些学生提出了补充、修改的建议，他们还确定了具体的篇目（后来上课时，篇目有所改动），并将选出的作品汇集编印成册，发给参加这一课程的学生，让他们在暑假期间有所准备。因为课程时间的限制和我们设定的目的等方面的考虑，我们选读的，主要是"活跃"于近十年的，与"新诗潮"关系密切的诗人。因此，我们没有将在90年代仍取得出色成绩的老诗人（牛汉、郑敏、昌耀、蔡其矫等）包括在内。北岛、杨炼等"朦胧诗"代表人物的近作，也没有列入。也没有选读海子的诗，不过，由于多多的诗在过去评论不多，觉得有必要予以关注。另外，90年代出现的一些有活力更年轻的诗人，这次也没有能涉及。

在9月初开始的第一次课上，由我对课程内容、方法和参加者要做的工作做了说明。第一，每次课读一位诗人的一二首作品，由一二位参加者担任主讲，在此基础上展开讨论。主讲人的报告一般限制在50分钟以内，以便其他的人有时间交换意见。第二，主讲和讨论以所选作品的具体解析为主，也可以联系该诗人的创作特征、创作道路，以及近年诗歌的一些重要现象、问题。另外，上课时，参加者要提交对选读作品的简短的评论文字[1]。在每次课结束前，由担任下次课主讲的同学布置需事先阅读的材料。第三，鉴于大家肯定有各不相同的诗歌观念，对当代诗歌的了解程度也各不相同，因此，提倡一种平等的、互相尊重的态度，也提倡不同意见、方法的互补和对话。归根结底，重要的可能不是要给出某种答案，或达到某种"共识"，而是呈现富于启发意味的多种可能性。第四，上课时进行录音。课后，由主讲人对课的录音加以整理。在整理时，主讲人可以依据讨论的意见，对自己的解析做修改、补充，并提供进一步了解这位诗人的参考资料。第五，参加这次活动的，除部分现当代文学博士、硕士研究生外，还请了臧棣老师给我们以指导。吴晓东老师根据他的工作安排情况，也会抽出时间来帮助我们。因为讨论课有许多环节需要协调、组织，请钱文亮和冷霜两位同学协助我主持这门课。[2]

后来的几个月里，课进行得还算顺利。也出现了一些问题：如有的课进行得不是很理想；如发生过相当情绪化的激烈争吵（在讨论翟永明诗的课上），而矫正后气氛又偏于沉闷；由于有的同学对诗很有研究，在实际上"压抑"了另外一些同学讨论的积极性，等等。产生这些问题的主要原因，是我在主持这次活动上，准备还欠充分，也缺乏经验。但总的来说，还是取得了预期的成效。最让我感动的是参与者的认真、积极。特别是各次课的主讲人，准备时用了许多时间，阅读了大量相关资料，对诗的解读务求细致而有新意。实事

---

[1] 这项要求，开始的一段时间实行得较好，后来则相当松懈，原因是主持课的教师没有负起责任。

[2] 钱文亮和冷霜在课程的组织安排上做了大量工作，课程结束后，在资料整理和本书出版上，他们和张雅秋又付出许多劳动。

求是地说，其中不少解读与讨论，有较高水准，我从中学到许多东西。相信不少参加者和我一样，既增强了对近年诗歌的了解，也在诗歌分析、批评上得到一些有益的训练。这些成果，对于近年诗歌研究的深化，对于进一步了解当代若干重要诗人的创作风格，对于深入探索现代诗歌阅读的问题，相信会提供有益的借鉴。这是为什么要把这次课的内容整理成书的原因。

自然，事后检讨，也存在一些缺憾。我们处理的是发生在身边的现象。缺乏必要的距离，眼界、趣味、鉴赏力上的局限，极有可能使另一些重要诗人没有被涉及。出于课程的性质的考虑，在作品的选择上，会更多注意那些能经受解读"挑战"的、复杂和有更多"技术"含量的诗，而相对冷落那些"单纯"的好作品。在阅读方法上，对于"解"的强调，相信也会多少忽略了对"感"的能力的调动。另外，阐释与批评之间的关系，也值得进一步思考。近些年来，渲染诗歌"神秘性"的观点受到质疑，诗歌写作的技艺性质得到强调；这对我们来说确是一种"进步"。不过，在我看来，有成效的诗歌写作和诗歌文本，"神秘性"似不宜清理得过于干净。一方面是人的生活，他的精神、经验，存在着难以确定把握的东西，另一方面，写作过程也不会都是工匠式的设计。因而，在"进入"诗歌文本的方式上，"感悟"的能力相信是相当重要的。在这里，解析的细致和确定，与感悟所呈现的多种可能的空间，应该构成解读中的张力。在很大程度上，阅读的"快感"其实并非主要来源于对语词、意象确指的认定，而在于探索诗歌由语词所创造的"诗意空间"。在处理这两种关系上，课上的有些解读可能存在一些偏向。

三

在课后的录音整理和本书的编辑上，还有几点需要作些说明。讨论翟永明的诗《潜水艇》、臧棣的诗《菠菜》，因为录音出了差错，讨论的经过没有能记录下来。这是颇感可惜的：因为这次讨论是较为生动的一次。讨论多多的诗的一课，由于各种原因，情况不很理想，这次也没有收入。对西川的解读，主讲人做了认真准备，提出了他对《致敬》一诗的理解。考虑到对这首诗可能还有另外的理解，也请姜涛在课后补写了解读文字，作为课上主讲部分的参照。钟鸣的诗本来也在细读之列，因为时间关系后来没有进行。这一次课也只好空缺。这都是遗憾之处。

在诗的细读全部结束之后，我和一些学生认为，在此基础上，我们还有必要对近些年来的诗歌问题、现象，作一点初步的描述。商议的结果，决定采用"关键词"的方式，以便使涉及现象相对集中。因此，课的部分参加者又分别撰写了诸如"写作""叙事性"等旨在描述近年诗歌现象的文字。后来，并就这些问题交换了意见。这些都作为课的补充，一并收录在内。

全部文稿的整理，断断续续拖了半年多的时间。在交到我的手里时，已经是今年的初夏。在对整理稿通读之后，我作了一些必要的处理。有的是技术性的，如改正错字，修改一些即兴发言时容易出现的啰唆、语意含混的地方。对主讲报告，以及讨论发言，因篇幅原因，做了一些压缩。讨论时的发言，也在保持原意的基础上，有一些整理修改。因此，目前的这部书稿，事实上已不完全是上课时的"原貌"，我只能说是"大体不差"而已。

四

在书稿整理的中间，我也曾发生过一点小的犹豫。事情是由一位学生的话引起的。

这位学生，今年夏天刚通过博士学位论文答辩。他做的题目是新诗与传统诗歌的关系。我很清楚,他对中国新诗的态度非常轻蔑。大学本科,学的是工科的热动力专业,硕士阶段钻研的是宋代诗词,待到读博士学位时,改为当代文学。他报考北大当代文学博士生时,学习、研究的目的就十分明确,这就是思考中国的古典诗歌是如何"没落"为一败涂地的新诗的。三年的学习过程中,我们曾有多次争论,但谁也没有说服谁。其实,我并不是想要改变他对新诗的看法,而是觉得他的思路和方法应有所调整。他很用功,对"学问"甚至可以说是"痴迷",阅读范围很广,有些方面也很有深度;对权威学者和经典论著,从不盲从;也不考虑表现、观点对自己的"前途"可能产生的影响。这一切,在我看来都是颇为可贵的。

  这位学生在通过论文答辩后,有一次和人聊天,又说到对中国新诗的评价。他说,新诗其实是个很丑很丑的女人,但是有人给她涂脂抹粉,穿上皇帝的新衣,让她坐进花轿里;给她抬轿子的有三个人,一个是谢冕,一个是孙玉石,一个是洪子诚;前面还有两个吹鼓手,一个是臧棣,一个是胡续冬……

  当朋友把这些话讲给我们听时,我和在座的老师都大笑起来,觉得比喻和描述,真的很生动,颇有创造性。当时,这些话对我并未产生多大的"震动"。主要是自80年代末以来,我对自己的工作、研究,就时有疑虑,想不出它们的意义何在。但是过后也不免有些"伤感"。我因此想到了两点。一是,我所在的这个学校,这个系自80年代以来所形成的,有关新诗的学术环境,是否对有不同看法者构成无形但强大的"压抑"?给新诗"抬轿子"、当"吹鼓手"的人其实很多,更有重要得多的人物。专提北大的先生和学生,想必是出于在这一环境中的具体感受,是一种"忍受"解除之后的"释放"。他的"笑话"或许能提醒我们,在继续肯定自己的学术观点的同时,也要对其中可能有的问题保持警觉,特别是意识到这只是一种声音,因此注意倾听相反的或有差异的声音,提防自己的观念、趣味、方法的封闭和"圈子化"。我想,对这本书的内容,也应该这样看才好。

另一点是,新诗真的是那么丑陋,那么不堪入目吗?仔细想想,我还是不能相信这位学生的描写,对于新诗的"信任"也还不愿意动摇。这点信任其实无关高深的理论,只由个人的见闻和经验来支持。即使是 90 年代的诗,它被有的人说得一无是处,但是,它们中有许多曾给我安慰,让我感动,帮助我体验、认识我自己和周围的世界,表达了在另外的文学样式中并不见得就很多的精神深度。而且我还看到,有许多人(尤其是年轻人)"投身"于诗,在诗中找到快乐。他们为了探索精神的提升和词语的表现力而孜孜不倦。这一切,就为新诗存在的价值提供了最低限度的,然而有力的证明。说真的,在当今这个信仰分裂、以时尚为消费目标的时代,这就足够;我们还能再要求些什么呢?

2002 年 8 月,北京蓝旗营

主讲人和讨论参加者简介

（除特别标明外，均为北大中文系师生）

洪子诚　中文系当代文学教研室教师

吴晓东　中文系现代文学教研室教师

臧　棣　中文系当代文学教研室教师

周　瓒　1996级当代文学博士研究生，现为中国社科院文学研究所研究人员

姜　涛　1999级现代文学博士研究生，现为中文系现代文学教研室教师

胡续冬（胡旭东）　1999级当代文学博士研究生，现为北京大学外国语学院教师

邓　程　1999级当代文学博士研究生，现为华北电力大学人文学院教师

冷　霜　2000级当代文学博士研究生，现为中央民族大学文学与新闻传播学院教师

钱文亮　2000级当代文学博士研究生，现为上海师范大学人文与传播学院教师

赵　珩　2000级现代文学博士研究生，现为香港大学博士后研究人员（Postdoctoral Fellow）

程　凯　2000级现代文学博士研究生，现为中国社科院文学研究所研究人员

张夏放　2000级当代文学博士研究生，现为语文出版社编辑

陈　均　2001级现代文学博士研究生，现为中国艺术研究院戏曲研究所研究人员

张雅秋　2001 级当代文学博士研究生，现为北京大学出版社编辑

刘复生　2001 级当代文学博士研究生，现为海南大学人文传播学院教师

谭五昌　2001 级当代文学博士研究生，现为北京师范大学文学院教师

陈　洁　2000 级现代文学硕士研究生，现为鲁迅博物馆研究人员

何吉贤　2000 级当代文学硕士研究生，后为清华大学中文系博士生，现为中国社科院文学研究所研究人员

胡少卿　2000 级当代文学硕士研究生，后为北京大学当代文学博士生，现为对外经济贸易大学中文学院教师

田　露　2000 级当代文学硕士研究生，现为天津工业大学人文与法学院教师

郑闯琦　2000 级当代文学硕士研究生，现为九州出版社第一分社总经理

石　可　2000 级艺术学院硕士研究生，现为中国美术学院和复旦大学视觉艺术学院教师

鲁太光　2001 级当代文学硕士研究生，现为《小说选刊》杂志编辑

师力斌　2001 级当代文学硕士研究生，现为《北京文学》杂志编辑

袁筱芬　2001 级现代文学硕士研究生，现从事心理占星研究、写作及个案咨询

徐晨亮　清华大学 1999 级当代文学硕士研究生，现为《小说月报》杂志编辑

曹疏影　1998 级中文系本科生，现居香港，为自由撰稿人

王　璞　1999 级文科实验班本科生，后为纽约大学东亚系博士生，现为美国布兰迪斯大学教师

余　旸　哈尔滨工业大学自控专业 1995 级本科生，后为北京大学当代文学博士生，现为西南大学中国新诗研究所教师

[第一次课]

主讲人：臧棣
时　间：2001年10月8日下午
地　点：北京大学五院中文系当代文学教研室

聆听边缘
——读张枣的《边缘》

边　缘

像只西红柿躲在秤的边上，他总是
躺着。有什么闪过，警告或燕子，但他
一动不动，守在小东西的旁边。秒针移到
十点整，闹钟便邈然离去了；一支烟
也走了，携着几副变了形的蓝色手铐
他的眼睛，云，德国锁。总之，没走的
都走了。
空，变大。他隔得更远，但总是
某个边缘：齿轮的边上，水的边上，他自个儿的
边上。他时不时望着天，食指向上，
练着细瘦而谵狂的书法："回来！"
果真，那些走了样的都又返回了原样：
新区的窗满是晚风，月亮酿着一大桶金啤酒；
秤，猛地倾斜，那儿，无限
像一头息怒的狮子
卧到这只西红柿的身边。

1997

臧棣：德国画家保罗·克利曾说过，现代绘画之所以难以理解，是因为现代绘画在本质上发生了很大的改变，它把绘画的过程也带进了画面，这样，绘画最终的审美效果也发生了根本的改观。差不多同时期，法国诗人保罗·瓦雷里也说过，人们在阅读现代作品时经常会感到的困惑是，不知是该关注创作本身呢，还是该关注创作的审美效果。而在此以前，在人类欣赏活动中，起着主导作用的阐释力量都是偏重于作品的效果的。在诗歌领域，对诗歌的效果的关注差不多吸引了各种各样的诗歌批评。但是，对现代诗歌，仅仅从诗歌的效果上去阅读它，批评它，阐释它，常常会给人以隔靴搔痒的感觉。

现代诗歌所以让人感到困惑，感到难懂，感到晦涩难解，一个很重要的原因，就是人们很少考虑到现代诗歌对诗歌写作的性质所做的调整。现代诗歌，至少是相当一部分现代诗歌，它们写作的目的不是要最终在诗歌中呈示某种明确的思想、主题、观念、意义，也就是说，现代诗歌在很大程度上避免对读者进行感情或思想上的启蒙，甚至更糟糕的，以某种身份优势（如古典诗人的典型身份：预言家，先知，导师，先行者，真理的使者）对读者进行说教。这不是说，现代诗歌刻意回避对意义或真理的探索，而是说，现代诗歌意识到了这种探索在现代世界所遭遇的复杂情形。由于有这种自我意识，现代诗歌在探索意义或真理的显现的时候，它最基本的方式不是要展现一个完美的结论，而是如保罗·克利所说的，现代诗歌想把诗歌的思维过程也放进一首诗最终的审美形态。古典诗歌，特别是在西方，它的最大的艺术心愿是达到一种情感的结晶，至于过程是怎样的？读者不必操心。因为古典诗歌的阅读契约中，诗人先天地在各个方面都要比读者优越。而在现代社会里，这样的阅读契约，（当然它也是一种非常重要的文化契约），在很大程度上得到了彻底的颠覆。没有一个诗人敢声言他的写作是建立在比读者更优越的基础之上的。即便有个别诗人宣称自己是天才，也不会有读者认真看待这种自白中的身份优势；至少，在现代的阅读契约中，读者有绝对的自主权拒绝作者的优势地位。一个诗人尽可以宣称自己是天才，但读者已经明白，这是一种写作姿态在人格上延伸出的副产品；大多数情形下，它是相当可笑的，比如，在中国当代诗歌中。读者不会相信诗人（特别是作如是宣称的）真的比他拥有更多的真理。理由呢？当然和我们所处的怀疑的时代有关。但更主要的原因，也是更容易被忽略的原因是，读者和作者的界限，在现代世界里变得越来越模糊了。读者对作者在此类问题上的怀疑，并不是由于读者比作者想得更深远（写作最重要的本质特征，就是作者永远要比读者先进入体验），而是由于在现代社会里，每一个读者都是一个潜在的作者。这一点，在诗歌领域里显得尤为突出。每个诗歌的读者，都是一个潜在的诗人；或者，他干脆就是一个诗人。

　　这样的阅读契约，对诗歌写作产生了重大的影响。诗人为了保持想象力的敏锐与犀利，不得不大胆创新。而正是这种对创新和特异的追求，使得诗人和读者经常处于一种竞争关系之中。有时，这种竞争关系甚至相当激烈，演化成一种复杂的敌意，以至法国诗人波德莱尔会称诗歌的读者是"你，虚伪的读者"。20世纪初，艾略特在写作《荒原》时为抵抗阅读对诗歌的压力，仍然会引用波德莱尔这句话来自我勉励。而我下面要谈到的诗人张枣则在他的名诗《卡夫卡致菲丽斯》中写到"阅读就是谋杀"。这里，诗歌对阅读的敌意，已经带有一种原始主义的恐惧色彩。而反观读者方面，特别是在那些对现代诗歌的晦涩发出无休止的抱怨的读者群中，我们也可以看到一种对诗歌的敌意——表面上，它涉及的风格上的问题，是对诗歌的现代风格的排斥，实质上，这种敌意仍然是针对诗歌的。不过，话说回来，张枣的话触及的，倒也是一种关于现代诗歌阅读的经典方式。对现代诗歌的阅读，在很大程度上，就是一种"杀死"诗人的行为。这或许可以从罗兰·巴特所说的"作者死了"的著名论断中得到印证。只有让作者/诗人死掉，诗歌的阅读才可能在"读者的诞生"中得以深入地进行。不过，不要以为"读者的诞生"就是对诗人的摒弃，这是读者为赢得自己的阐释权利而采取的激进行为。在理想的阅读情形里,"读者的诞生"实际上是对阅读的一次新的解放;在其中,甚至包含了对受到各种写作禁忌限制的诗人的解放。

《边缘》是张枣写于1997年的一首诗,也是颇能体现他90年代的诗歌写作风格的有代表性的作品。在这首诗中,有两个因素非常突出,它们都涉及现代诗歌的本质特征:一是自我意识,二是诗歌的思维过程。人们认为现代诗歌难懂的一个主要的原因,就是完全忽略诗歌在现代对它自己和人的表达欲望所做的新的调整。在古典写作中,诗歌是对情感和思想的表达。并且在写作规约和风格乃至修辞上,都有一整套明确的禁忌。而在现代写作中,诗歌是对生命欲望和生存体验的表达,正如艾略特所说的,诗歌是人的生命意识的表露。也就是说,就内容的范围而言,现代诗歌的主题比古典诗歌的主题在层次上更丰富了。张枣的这首诗,从诗歌想象力的来源的角度看,它写的是一种意识状态,它包含了情感,但是不强烈;它涉及了思想,但是非常隐蔽;而它更多的是显示了一种关乎人生的审美态度,某种意义上,这种审美态度也是一种世界观,一种人生立场。什么样的立场呢?这里,我们已开始向这首诗的主题挺进。

这首诗的主题已经体现在它的题目中:边缘。这当然不是什么新鲜的主题。它也可以被认为是现代文学的一个最基本的母题。从波德莱尔开始,边缘人的形象就开始出现在现代诗歌中,并成为现代诗歌的英雄人物(有时,也以反英雄的英雄角色显现)。边缘感,从美学角度,甚至还可以追溯得更早一点,可以追溯到德国诗人荷尔德林那里。在某种意义上,这位德国诗人发出"诸神已经离去"的感叹,是现代的边缘意识的最有深度的精神源头。它甚至在19世纪的小说里,也有鲜明的反响。比如,俄罗斯小说中的"多余人"的形象,就是这种边缘感的一种自我写照。在哲学领域里,克尔凯郭尔的审美思索,极大地抬高了这种边缘话语。至少克尔凯郭尔很容易让人产生这样的想法,在现代世界,一个人要想获得独立的思想,只有身处边缘状态才行。但是，在心理学意义上，边缘是一个充满悲凉、困顿、压抑的生存领域。如果说边缘也有一个格调的话，那么，边缘的格调就是凄凉，它深深地笼罩在悲观主义的天网之中。

在这首诗中，张枣最开始面对的，也是这样一种带有悲观色彩的边缘情境。因为在现代世界，边缘感，边缘角色，边缘心态，边缘处境……一句话，边缘，已经成为现代人的最基本的生存处境。不仅仅是他要面对的生存处境，而且现代人本身已经是这种生存境况的密不可分的一部分。但是，诗人张枣，并没有被这种情形的严酷所迷惑，而是努力运用诗歌的想象力征服这样一种现代生存的悲剧特征。

至少，在审美格调上，这首诗并没有沉溺于常见的悲剧情境。相反，由于诗人在体验上的专注，他反而向读者展示了另外一种关于边缘的生命情景。在其中，诗人不仅涉及了对我们的世界的根本看法，也涉及了在如此复杂的世界里我们如何找到和我们自身有关的生命真谛的可能的方法。换句话说，在主题方面，这首诗的意图涉及的，差不多是我们每个读者都再熟悉不过的内容：以现代世界中的边缘为线索，对我们与世界的关系的深思与敏感，对我们所置身的边缘位置的省察与思考，对我们自身的生命情境的觉悟与洞察。而在我看来，这首诗最突出的成就是，诗人自觉地把边缘作为我们生存的终极情景来进行思索，并避免了常见的厌世倾向与灰暗情绪。当然，涉及诗人和边缘的复杂纠葛，特别是他本人对边缘的态度，很可能会出现波动，但那些波动对诗人在此处揭示的边缘情境来说，都已经显得无足轻重。

诗歌过程，在这里，它指的是这首诗的自我展示的过程，就是这首诗的主题的一部分。诗人把他自己对边缘情境的体验与洞察，巧妙地融入到这首诗的句子与句子之间的关联中。从诗歌写作的角度看，我们也不妨说，这首诗的创作是一次逆向思维的演示。因为诗人对边缘和现代人之间的关系早已有深刻的体验，在这首诗中，他只不过是用隐喻的方式对此进行重温而已。当然，在重温的过程，仍然会有意外的发现，甚至是新的顿悟。这首诗在它的自我展示中所揭示的一种边缘情境,应该作为这首诗的最主要的意图来挖掘,诗人自己的看法与态度已渗透在那些意象和隐喻之中,并且在我看来,是非常明显的,一点也不晦涩。这首诗开始于一种静物状态:

> 像只西红柿躲在秤的边上,他总是
> 躺着。有什么闪过,警告或燕子,但他
> 一动不动,守在小东西的旁边。……

这里,边缘的主题也悄悄地包孕在意象的展示中。诗人两次提到了和边缘有关的词:"边上""旁边"。也就是说,"边上"既是诗人的想象力的出发点,也是这首诗的意义的轴心。对此,读者必须学习集中自己的注意力。这首诗的第一句,对主题的揭示也很关键。从修辞上说,它是一个比喻句;从语法上说,它是一个状语,是对某种状态的说明。我不得不说,这是一种相当巧妙的修辞与句法的联姻。"像只西红柿躲在秤的边上",这是对现代世界里人的处境的一种隐喻式的说明。"秤",不是一个随意选择的意象,这个词指涉着现代社会里已经高度制度化的对人的规范:每个人都随时处在被衡量的状态中,并且衡量的出发点又是功利主义的,有时,甚至是相当机械与冷酷的。"在秤的边上",即一种边缘状态,也许是一种摆脱被衡量被规范的途径。事实上,诗人也是如此暗示的。这里,"他"的身份也很重要,"他"在这首诗的线索中所起的作用,非常类似于人物在小说的情节中所起的作用。"他",可以被看成诗人本人的一个相当隐蔽的投影,但在根本上,"他"是一个现代人的缩影,或替身。"他"对自己的位置,以及在此位置上所牵连到的生命体验,都有高度的警醒。"躺着",这个词所蕴涵的状态也很关键,它既是诗人在现实中处境的一种说明,也是诗人对现实世界采取的一种精神立场。很可能在诗人看来,"躺着",是一种避免被衡量的最有效的方式。如果把线索稍稍挪开的话,我以为,这个词所揭示的一种慵懒(中性词),和罗兰·巴特探讨过的人类学意义上的慵懒非常接近。当然，从惯常的阅读意识形态的角度看，这里，慵懒，尽管包含着抗议，但在方式上有点消极。这其实是一种误解。这里，慵懒只是在相当表面的程度上才显得有点消极。实际上，它指涉的是一种相当深思熟虑的人生态度。它对"警告或燕子"的暗示无动于衷。这里，"闪过"所代表的动态的力量和"躺着"所揭示的内在的沉静，构成了一次鲜明的对比。毫无疑问，诗人的立场倾向于"一动不动"，即某种内在的精神上的自主性。什么是诗人所依恋的事情呢？答案也很明显，"小东西"。换句话说，一种在功利主义的度量世界里容易被忽略的事物或者境况。它的特殊的例子，就是诗人在第一句中提到的"西红柿"。紧接着，时间的意象出现了。

> ……秒针移到
> 十点整，闹钟便邈然离去了；一支烟
> 也走了，携着几副变了形的蓝色手铐
> 他的眼睛，云，德国锁。总之，没走的
> 都走了。

这里，时间的流逝当然会触及对生命的感受。诗人之所以提到时间的意象，实际上，也和这首诗内在的主题进展有关。对边缘情境的关注，很自然地涉及对这一情境与生命的时间感受之间关系的思索。读者还应该细心地注意到，这里，时间只是一种背景。在边缘处境中，时间的经典形态是静止的，所以诗人写道，"……秒针移到／十点整，闹钟便邈然离去了"。物理意义上的时间所起的作用越来越不重要了，因为生命已经进入到另一种心理意义上的对时间的警觉与洞察。与此同时，诗人还用"离去"的系列意象，揭示了边缘处境的孤独特征——它在空间上的典型反映是"都走了"。那么，剩下的是什么呢？

空,变大。他隔得更远,但总是

某个边缘:齿轮的边上,水的边上,他自个儿的

边上。

这就是剩下的情境,在我看来,它关乎的是现代人处境的真相。它也和现代的一个主题"我是谁"有着内在的关联,甚至是通向答案的一个路径。边缘处境,不仅具有孤独的特征,在人类学意义上,它更意味着某种"生命之轻",即一种"变大"的"空"。然而,像在古代的禅宗情景里一样,这里,"空",也意味着对生命的极大的警觉,而不仅是一种消极的感受。正是这种只能从边缘情境中获得的对生命自身的警觉,使诗人和他的诗歌替身同时获得了一种生命的亢奋,一种对生存真相的领悟。诗人紧接着展示这种领悟的诗歌画面:

……他时不时望着天,食指向上,

练着细瘦而谵狂的书法:"回来!"

果真,那些走了样的都又返回了原样:

新区的窗满是晚风,月亮酿着一大桶金啤酒;

秤,猛地倾斜,那儿,无限

像一头息怒的狮子

卧到这只西红柿的身边。

当边缘处境中的孤独和空寂被克服之后,那么,随之而来的,很可能就是对生命真谛的洞悉。不仅是洞悉,还有可能是一种生命的自由情景。这里,书法的练习,显示的就是这样一种在边缘重新获得新生的感受。它也意味着,我们可以在我们自身的边缘处境里获得某种似乎已从现实世界里消失了的寻

找自我的能力。这种能力是一种召唤的能力。原来消失了的事物，此时很轻易地就被召唤到了边缘情境中。这种能力，也是对诗人深入边缘的一种神秘的奖赏。它的本质是一种重新整合生命的精神力量。获得这种能力时，内在的喜悦是难免的。所以，很自然，诗人会用两个包含着欢悦和舒畅的意象来显示他的兴奋："新区的窗满是晚风"和"月亮酿着一大桶金啤酒"。读者也不要忘记诗人是如何显示"秤"的意象的，它"猛地倾斜"，也就是说，秤，连同它的规范力量在此时已经根本不起作用了。"无限"，无边的宇宙，也不再躁动了。它也采用了一种"躺"的姿势，并无限地向可爱的小东西的杰出代表"西红柿"偎依过去。这就是边缘向每个对自我感兴趣并且也想找到自我的现代人所揭示的东西。当然，它也是这首诗所揭示的东西。

课 堂 讨 论

胡少卿：臧老师刚才的解读里有几个脉络不太清楚的地方，我想请教一下。"秒针移到十点整，闹钟便邈然离去了"，为什么会是十点整呢？

冷霜：我觉得这是张枣诗里一个突出的修辞特点，在古典诗词中管这叫借代，现在一般叫转喻，可能有点不一样。这里"十点整"其实是转喻一种限制，一种不能再突破这样一个限度的地方，就是说，它过了这个时间就会怎么怎么样了，但是呢，它这个秒针移过去了。在张枣另外一首诗《祖母》中，有一句是"室内满是星期三"，这句话你其实没有办法去解释。什么叫"室内满是星期三"？这"星期三"其实也是指代的一个东西，也是转喻。另外我觉得还包括"燕子"。臧棣解释"燕子"时我不是特别同意。这里是中国古典诗中的"燕子"，是"似曾相识燕归来"的燕子，只要出现燕子，一般指代的就是时间；而它接下来就是"秒针移到十点整"，它还是在提示时间，实际是在警告说是一种外在的社会力量,而燕子是一种时间对它的催迫,但是这些东西对他来说都没有作用;然后这个燕子本身也是一个转喻,他用这样一个形象来转喻相对抽象的东西。除了古典的意象之外,他还用了汉语的一些特点,比如十点整,星期三,这里声音本身就有一种东西。比如换成八点整,或换成星期四,就成另外一回事了。我感觉他用了声音的特点来表达他的转喻的意思。

臧棣:你(对胡少卿)也是写诗的,我觉得是这样,这个时间完全可以换成"九点整",这里边就涉及写作的一个小秘密。先讲"燕子"这个问题,把它完全解释成时间也有一个问题。它不是那么宽泛,而是比较具体。"燕子"这个词在张枣的诗歌中也经常有,比如说"燕子跷着二郎腿"。你(对冷霜)刚才说的这一点对,就是它有一种古典的含义。如果仅仅是指时间,我觉得也可以。还有一个原则就是,在读现代诗歌的时候要了解诗的大体意向,尽量确定它的范围。你看它的意向——主题的意向——我刚才讲得非常明确。但在具体的感受上,当你把它圈定在一个范围上就不要那么确定,比如说这句"十点整"。这首诗整个是一个梦幻的色彩,它的整个感受好像非常非常抽象,在写作上,比如说我要写这首诗的时候我一定要给它一个现实的切入点,一个触口,那么我就可能点出一个具体的时间,就是十点。这里边可能也有一个含义,就是十点是我在晚上十点钟进入到这样一个写作情境中的一个状态。也可能是像你说的那样不确定,就是对整个夜晚的这样一个感受,所以我觉得这个几点几点无所谓。

冷霜:在理解这个词的时候,最好不要太钻它的确切含义。张枣对汉语本身的特点特别关注。他之所以选择"十"而不选择另外一个声音,或者选择星期三而不选择另外一个词,我觉得他是借用了声音本身可能有的意义。比如他在《祖母》那首诗里有一句话:"空!她冲天一唳,而不是肉身。"这里的"空"之所以单独出来，其实是用"空"这个声音来表达意义。"空"这个声音本身就像鹤，就是在模仿鹤唳，所以当把"空"移到"她冲天一唳"之前，除了整句话的意义之外，"空"这个字的声音又表达出另外一个意义。这个其实是张枣诗的一个特点，他总是会想尽办法提供一种小的愉悦，让你不断地受到这种触动。

胡少卿：还有"一支烟/也走了，携着几副变了形的蓝色手铐"，刚才臧老师说"蓝色手铐"这个意象是突然出现的。我觉得这里也有内在的贯穿思路。也就是抽烟的烟圈和"蓝色手铐"的想象的关联。还有一点是，这首诗题目叫《边缘》，然后他用这样一些隐喻、转喻、明喻，来描绘这样一个边缘的状态；如果通俗地理解的话，就是他写了一个边缘的状态。写处在这么一个边缘的状态其实也不坏，还可能达到一种无限的景况。可是，如果诗的内涵就是这个样子的话，那么，这个道理也不是很高明的。在《读者》[①]上面都有这样的道理。如果说这首诗的意义在于表达这样一个道理的话，是没什么意思的。如果说它的价值在于它的语言的话，那还是可以的。通过这首诗我想到臧老师在一个访谈里面说，90年代诗歌可能是20世纪最好的诗歌。那么，结合这首诗，"90年代诗歌是20世纪中国最好的诗歌"这个判断标准在哪里？这个标准确立的前提在哪里？我想问臧老师这个问题。

冷霜：我想回答前面那个问题。臧棣刚才有一点说得对，就是张枣的诗是长诗或组诗的时候，一般来说会有多个线索多个主题。而他不一定会沿着主题往下走，他会不断地越位。

① 甘肃人民出版社出版的文摘杂志。

但这首诗是短诗,它的主题确实相当简单,如果从主题学的意义上来说,它是个现代主义喜剧,就是到最后的时候"无限",然后"压秤",给这个"西红柿"以意义。另外前面"像只西红柿",是一个喻体,到了这成了一个本体,说"卧到这只西红柿的旁边"的时候,其实已经有这么一个变化。我觉得张枣的诗,包括任何一个人的诗,并不是说它的主题一定是没有被写过的,或者说比别人更深刻,然后它才好,而是说同样这个主题他能不能做得更精彩,能不能够给你提供更多的过程中的愉悦。

姜涛:冷霜提到主题的问题,其实刚才臧棣谈这首诗的主题给我们提供了阅读导引。他并不是说诗的全部价值都在这里面,解读更多的是一个辅助性的工作,引导的工作。我个人感觉这首诗读起来没有读太明白。这首诗怎么说呢,是有一个中心点,这样一个意象组织,更多是道具化,像一个小舞台。现实世界的这些碎片被张枣引用到这里面,把它盆景化道具化了。我们看到的是一个非常精致非常装饰性的世界,但这个世界其实不是真实的。如果再仔细分析一下它的意象构成,就是我刚才说的物象构成,比如说"他的眼睛,云,德国锁",还有"蓝色手铐",这几个并列的词汇之间其实有一个词类的跳跃,像"眼睛"啊"德国锁"啊,它是比较确定的日常性的意象,让我们联系到现实世界的真实性。但是"云",还有另外一些自然场景就不停地在反驳这种日常性,不停地动摇这种真实性,包括后来他"食指向上",说着魔法一样的话"回来",那么这个世界好像充满了魔幻色彩的,不是我们可以落实的,是诗人可以招之即来挥之即去的一个世界。这整个世界的组织方式是一个道具化的东西,是一个废黜真实性的东西。这种感受也印证了臧棣刚才的主题解释,就是一个人在边缘世界中他的解脱感,对无限的这种特殊体味。

赵珥:如果我们把主题定在"无限"上,定在对"无限"惯有的语意延伸上面,可能会犯一点错误。这首诗里面更重要的一个地方是,"他时不时望着天,食指向上,练着细瘦而谵狂的书法:'回来!'"。所以,如果沿着臧棣的讲法继续往下说的话,就是说他待在边缘,他感受到的东西是什么,或者说为什么要待在边缘?是让世界复归本位,复归真实的这样的作用,所以"回来"后面就有这样的句子:"果真,那些走了样的又都返回了原样"。其实,待在边缘,拒绝的就是一种"秤"的尺度,"闹钟"的尺度,或者其他文明尺度的规约,为了返回到世界的这种真实性当中来。所以我们如果一定要盯住"无限"去讲的话,我觉得可能是对这首诗某种程度的误读。但当然我可能也是误读。

姜涛:那个"真实"是一种想象中的、构造的真实,这首诗其实提供了很多这种界限上的感觉,比如"秤",秤后来的"倾斜"。就是平衡的打破,都提供了一种界限,在某个临界点中世界的真实会改变,会变成一个被我们的想象力重新组织过的东西。我想这个"回来"是这样一种东西,是想象力在临界点上对世界的重新变形和变化。

旁听学生:这里的"小东西"是指那些"眼睛""云""德国锁"吗?

臧棣:张枣的诗对琐细、细小,包括这种唯美的想象力的东西非常重视。光看这首诗不能理解这个"小东西"。张枣的很多诗中都表达了对现代讲的那种宏大的主题——比如元叙事或大叙事——的一种排斥的态度。他更多地重视个人的感受,比如说身体性这种感受。这个"小东西"是人的生命对生存的体验,一些很细小的(比如说"小西红柿"),很鲜亮的东西,可能更新鲜,更完美,或者说更有意义,更新颖,有更多的触动。

钱文亮:诗里的"没走的都走了"这句话是矛盾的。它想说明什么呢,就是诗里的主人公的一种孤独,陷在自己的世界中,他和整个世界,物质的世界,隔绝了。虽然都"没走",但实际上已经不在他的心灵和思维之内。他写的是现代人一种复杂的感受,这种感受通过一系列的语言变换,层次非常丰富非常细腻地表现出来。一开始是面对这些无意义的"小东西",一些细小之物,就是臧棣说的对宏大叙事的一种不关注、疏离的态度,但通过内心的感觉、思考和颖悟,最后发现真正有价值的不是一种世俗的规范,而在一种细小的领悟里面,所以说最后到"无限",到"卧到这只西红柿的身边",小东西反而获得了一种"无限"的意义。我发现张枣对中国古典诗学,对古典的文化传统非常感兴趣,所以这里实际有一种道禅里面的"悟",从有限里面悟"道"的无限,然后获得他世界的意义,而不是那些大的,像儒家价值观所认定的那些宏大的东西。

赵珣:其实就是一个日常场景。如果你一定要去抽象它也可以。但我觉得诗的解释可能有不同路子。你如果是一个写作上的神秘主义者,把所有的东西都转化为一种情调一种气氛,也可以。但是从释义学的角度,从语意分析的角度讲的话,也就是说如果我们要把分析最终落实到可感的真实的日常经验上去的话,那样的解释和我是有分歧的。

某旁听同学:臧老师您这个解读帮助我们理解。以前有些诗,包括张枣的,陈东东的,都看不懂,后来觉得我能看懂了。但看懂了以后的问题是,到底什么是好诗,它美在什么地方?刚才你解读的时候,我感觉像一个谜语,而且是很拗口的。我觉得它美的东西小于思想,思想的东西可能大于美的东西。有的大家,他的书法,有的诗,大家都看不懂,但不敢说它不好。但我就说它绝对是个垃圾,不能说是好东西。大家只有少数的东西是经典的,并不是所有的东西都好,包括这首诗。我猜想张枣想给诗歌创造一个新的天地,它是实验性的东西。我们谈诗,到底什么是诗,好诗的标准是什么?

冷霜：这个课最好少谈比如说当代诗歌价值的问题。我们之所以做这个课，就是承认当代诗歌有它一定的价值。也许我们结束这个课之后，会来看这个问题。也许当代诗歌确实没价值，或者说还是有点价值。但是这样一个题目，大家已经争了几十年了，一直也没有结论。

某旁听同学：冷霜你这个我也同意，当代诗肯定是有价值。但是读的过程中，我们不必要把它神秘化，把每一首都当成经典来解读。

洪子诚：这个问题我说一点意见。讨论一首诗，总会涉及好还是不好，或者懂还是不懂，这两个问题是相连的，而且不能硬性规定只能谈某一个方面。解读也是一种批评。我们这个课选的作品，一般都会认为写得不错，但并不是说它是无懈可击的"经典"。它可能对某个诗人来说具有代表作的意义，或者对近年诗歌的艺术走向具有示范性，等等。这是要说明的一点。当然，怀疑它的价值，或者说它根本就是一首不好的诗，艺术上很差，这完全可以。这位同学提出的问题，值得我们考虑。也可以进一步讨论。当然，我们的这个课，最好不要一开始就提出一个很大的题目来讨论。比如 90 年代诗歌是不是 20 世纪最好的诗歌。对臧棣的这个说法，有同意的，也肯定有不同意的。没有办法，我们只能先放在一边。要不，这个课就没有办法收拾了。就会陷入我们经常遇到的情形，如诗歌讨论会，大家为一个很大的、根本性的题目，如新诗好不好，或者 90 年代诗好不好等等，吵得天翻地覆，吵过之后，都带着自己原来的想法离开，下次开会，照样吵这些问题，毫无进展。但是对这首诗本身，比如说词语的运用，或者说它的想象方式，它的修辞，究竟好不好，那是完全可以有不同看法的。我们就是要通过分析、解读，看这首诗好到什么程度，或者缺陷在什么地方，从具体的诗歌文本里头来发现问题；这些问题可能属于诗人自己，也可能带有"时代性"的症结。这位同学认为张枣的这首诗不太好，她倒是可以更加具体。……今天时间不够，下课时间到了。我们延长一点时间,有事的、下面有课的同学可以先离开。

张枣的诗,说老实话,有些我也读不懂。承认这个有点尴尬,但不要紧。刚才臧棣的分析,包括冷霜、姜涛的讲解,对我的理解有很多启发。张枣自己说过,他是为"知音"写作的,写作是寻找知音的一个过程,他的"文本"也存在着一种对话的结构。我想,臧棣、钟鸣,还有柏桦,大概还有翟永明,应该是他的几个知音吧。臧棣对《边缘》这首诗的解读对我启发很大。但是他的解读方式可能会给人一种误解,就是张枣的每一句话,每个意象,好像都是有意识的组织,都在阐释一种心情,指向某种"意义"。但是我想,是否可以有另外的读这首诗的方式?我觉得像张枣的很多诗一样,它是一种"情境诗"。就是生活在异国的敏感、孤独的"现代人"的具体时间、空间里的感触、体验,一种既与日常生活相关,但又充满冥想、玄想,一种联通经验与超验的结构?构成姜涛说的日常性与玄学性,具体情境与"道具化"的那种关系?因此,这首诗的好处,主要不是提供了某种"意义"或"道理",而是像臧棣说的,一种独特的生命体验的那个过程,一种很具体、感性的东西,带有梦幻的那种状态。那种抽象和具象,声音、形态、气味,不相干事物,词与词的出人意料的连接方式。这样,有些词语、意象,就不必处处去落实。

余旸:这首诗基本上意义很固定。比如他的《云》的组诗,里面的香味,在其他很多诗里也出现过,这个香味的意义都很固定,如果不这样理解的话,就无法理解他《云》里面第七节那个"薄荷味儿派出几个邮递员"。"薄荷味儿"就是一种香味。这个和他的知音观念有关,他的知音观念就是比如他早期经常呼唤一个人,但这个人经常不在,仅仅留下一种声音。他早期的诗写得特别丰满,看了挺舒服,非常唯美,但后期写得非常"枯涩",这个枯涩也要打引号,因为枯涩和他的主题观念有关。他的主题观念主要就是对话,对话就是"漂流瓶"。这个"漂流瓶"就是词语那个漂流瓶,就是对文化意象的利用。他放出去的是个漂流瓶,但是是不被接收的。德国一个汉学家(顾彬吧？）批评他，说他的主题经常都是文化意义上的，比如他的《卡夫卡致菲丽丝》第四节，说梅花鹿越跑时间越多，但布谷鸟却说活着"无非是缓慢的失血"，是一个缓慢的时代——"梅花鹿"说的，换句话说就是中国说的风月无边的意思，时间无限，但后面"布谷鸟"说的是一种典型西方的东西。他最后一节对卡夫卡古堡的改写，他说古堡不是卡夫卡的城堡，古堡就是意味着传统的那个，这就是传统和西方一种杂糅的东西，但也可以看作东西方文化引发的纠结、冲突。

谭五昌：这首诗包括主题、手法、声音，大致来说就是一种对话的方式。我把张枣看作一个幻象型的诗人，他在自己的精神世界陷入很深；这首诗他运用了很多幻象，幻想中的意象，再加上他自己的处境吧，包括他"边缘"这个标题的提示，可以把这首诗看作诗人自我与整个世界对抗的关系，以及这种对抗的想象性的解决。

徐晨亮：张枣的诗，像《边缘》，还有《祖母》，有一个很有意思的地方。他的词语很特别，但是从一个语法的脉络当中你可以理解他，像臧老师说的，一种词和词之间新的关系的新的发现，而深入到心灵体验。比较起其他一些诗人，他对词和词之间的关系更为关注。

王璞：刚才有同学说这首诗不美，我不同意。我觉得它非常美。这首诗之所以是首好诗，首先是它提供了一个过程，就是说你读第一行的时候，你不知道你会走多远，也不知道张枣会带你走多远。但是到最后一行的时候就感觉那是水到渠成。这个过程对于张枣来说可能是一个悟的过程，或者说像一个戏剧的过程；对读者来说可能是一个发现、愉悦的过程。所以它是我很欣赏的作品。当然，我在我的作业里头也提到，张枣其他一些诗，有的时候如果读者不够耐心的话，就跟不上他的思路，需要反复地一遍遍地读。但是我也提到读他的诗的阅读快感是不断的，这里面有很多修辞上的形式上的，也会给读者带来愉悦。

曹疏影：我接着王璞说。有的人读张枣诗的时候，可能会跟不上他的思路，我觉得这个跟张枣的诗里面有一个情绪的流动变化有关。比如说一个很小的地方"没走的都走了"，这是在逻辑上与日常语言有悖的表达，当然也可能是"原来没走的都走了"。但这仅仅是诗歌语言上的省略吗？我更愿意认为这里是情绪紧凑的、一种即兴色彩比较强烈的表达，这种表达造成语义上的跳跃、断裂或者偷偷的转换。不仅是张枣，这在其他诗人的诗中也比较常见。但张枣诗中这种处理语言的方式会有他自己的方法，或者说特点。还有刚才冷霜说的声音的特点，比如"十点整"，比如"空"，声音之所以能造成某种印象，或使人得出冷霜这样的结论，可能是与我们心理上对这个声音形成了某种习惯性的积淀有关，而这个习惯性的积淀更多依赖于某种语言的共同使用人群。但这样，这里的普遍性就有很大问题。我们这里的你我他，都会分属不同的感应人群，不同的人群之间也会有交叉。所以，是否某种声音就可以表达出某种意义，我觉得很可疑。还有同学说这里为什么是"十点整"，刚才有说诗人写到这就这么写下来了。这种看法还有可商榷之处。我觉得写作很重要的一个东西，或者说叫做原则吧，就是写下的东西，小到一个词，一个意象，必须是可靠的，"可靠"的意思就是要有一种语境的支撑，一种从周围环境可以得到的充分的阐释，形成一条条彼此支撑的或者交错的线索，当然这些线索可能是很隐秘的，可以是某种私人隐喻，就是说对诗人自己有意义，是可靠的。但这里同样有一个私人化到什么程度的问题，这也是一个考虑读者的分寸的问题。

赵珥：我想问一个问题，这首诗倒数第二句"像一头息怒的狮子"，这个地方我们该如何理解？"狮子"这个形象出现在这个地方和前后会有什么关联？

王璞：我觉得这个关联就是洪老师刚才说的，它是谨慎的，息怒的，但它还是狮子。

臧棣：他可能指的是我们对自然对宇宙，或者对世界的一种认识，比如说，我们突然会觉得自然，或者宇宙，有一种超人的力量，非常野蛮的神性的力量，可能就是以狮子为代表，就是那种神力，那种超自然的力量。你看他一开始说的"西红柿"和"秤"，是一种紧张的对抗的关系，然后有一个逃避、追究的关系，到最后他有一个转换，你看那个"秤"，等于是消解了；这个"倾斜"，等于是一个消解状态，就是因为你对这个边缘姿态有一种充分的自觉以后，你会获得一种新的心境上的自如，一切可能都改变了。

赵珥：我想诗歌的解释可能会有一个限度，在某些地方其实是我们的解释没办法达到的。

胡少卿：我仍然这样想，这个主题没什么出奇的地方。

臧棣：我觉得不是这样。比如说《安娜·卡列尼娜》，主题也没什么稀奇的，关键是这个作家从什么角度去切入，或者怎样把它展现。这首诗就像我刚才的观点，它在主题上有一个新的发现，至少它在语言关系上有新的组织。即便是你讲的，你说在《读者》这样的通俗刊物上，经常能找到无限卧在一个边上的看法，我不知道是不是像你讲的那样，我觉得是很少见的，这种感觉应该是非常独特的。另外，即便是非常通俗，大家看看，张枣在这首诗中谈论这个"道理"的语调，也是很不错的，就是说他不让你反感，即便是按你说的他是一个说教性的东西，但是他进入的这种语调，最后达到的这种心境，非常舒展自如，可以跟你交流。我觉得刚才姜涛讲得很好，他提供了一个平台，一个舞台，他有许多小的细节上的松动，不确定，你可以把你自己的生存体验纳入到这种类似的体验之中。

胡少卿：我总觉得一首好诗有一些你无法道出的东西，比如张枣的《镜中》，让你觉得非常好，但你很难说出它好在哪。像这首诗，你把它的主题作简单化的解释之后，在这个主题之外我们好像很难再发现一些不可言说的东西。

某旁听同学：我觉得刚才这位同学说得对。除很专业的人外，一般人对这首诗不是很容易接受。我同意他说的《镜中》比这个写得好，还有《云》的第二首也写得好，最后一句的这种动感、这种声音都非常好①。

① "这时，蝉的锁攥住婉鸣的浓荫，/如止痛片，淡忘之月悬在白昼。"

赵珩：我说不要把自己褊狭的经验提炼出来的审美原则当成一个普遍的解读原则。比如像《镜中》，你非要说它好，张枣要是今天在这儿会跟你急，张枣最好的朋友柏桦老早就认为它不好，说它是一首可以出名的诗，但不会是一首好诗。我这可能说得稍微有点极端，我觉得没有必要把我们特定的审美经验当作一个普遍的原则。我想，解读诗歌，如果我们愿意，可以看看新批评里面的一些东西，看看怎样面对一首诗，怎样比较客观地去陈述一个东西。也就是说我们把解释和评价要适当地分开。

吴晓东：90年代诗歌我不是很懂，也不敢看，它对我的智力是一种考验。但是我觉得今天讨论我收获很大，我觉得缺乏的是耐心，如果像臧棣这种解读方式，第一句用了25分钟，如果以这种方式来解释，我觉得还是可以进入文本的。

我个人还是喜欢洪老师的概括，就是说这是情境诗，这样的概括我觉得可能会抓到某些点子上。怎样进入这首诗呢？一种情境的把握，可能是非常重要的。这里头有两个很重要的概念，是大家讨论中一再提到的，就是隐喻和转喻，这个问题可能是抓到一个比较核心的问题。但是隐喻和转喻在诗歌中到底哪个占主导性，是隐喻占主导还是转喻占主导，这个转喻的方式又是怎样体现的，我觉得分析还不是太具体。我很喜欢戴维·洛奇①的一篇文章叫《现代小说中的隐喻和转喻》，他就分析现代主义小说倾向于用隐喻，而传统现实主义小说倾向于用转喻。现代主义小说我们习惯在表面的意象下面分析它的深层含义，所谓的深层结构；转喻的小说更倾向于指向生活本身，指向物象的直呈。像姜涛说的"物象"这个概念，或者像洪老师所说的指向某种情景，某种生活情境。张枣这首诗，比较重要的可能是转喻，当然他的隐喻也很多，臧棣分析得很多。我觉得 90 年代的诗歌更重要的，它使我们觉得更困难更难以把握的，其实是它对转喻的运用。因为隐喻我们总觉得能够在它的深层结构里分析出一些意义来，转喻就像大家刚才讨论的很多意象，像"燕子""烟""德国锁"这些东西可能都是和转喻相关，而我们恰恰在转喻上缺乏把握方式。如何把握转喻恐怕是需要下点工夫的。我觉得 90 年代诗歌其实它自身有一种自主性，我们必须在语义层面把它搞清楚。它在语义层面是自足的，自我生成的，这点上我不太满意臧棣的解读方式。我们先要把语义轴把握住，然后再分析联想轴。臧棣好像对联想轴过多关注，而对语义轴本身，就是自身语义是如何生成的，则有所忽略，但正是这个自身语义在张枣的诗中生成了诗歌自身的所谓的情境，这

① 戴维·洛奇（1935— ），英国小说家、文学评论家，长期担任伯明翰大学英语系教授。

种情境是诗歌本身生成的,靠隐喻也好,靠转喻也好,靠物象也好,它生成了这样一种情境,这种情境我们可以和具体的场景相对应,但也不一定完全和具体的生活相对应。它是诗歌自身的一种情境,这种情境反而是张枣诗歌中传达的更重要的东西。我觉得在《云》①中传达得更为具体,当然也更为难懂,可惜《云》这首诗没有听到臧棣的分析。因为我发现《云》中有几首我看不懂,至少第五首第六首我看不懂。这里可能就涉及如何把握这里面的隐喻和转喻的结构关系问题,这是我的一点想法。

① 组诗《云》共8首,写于1996,收入《春秋来信》和《张枣的诗》等诗集。

臧棣:转喻的定义是什么?我也是搞诗歌理论的,也经常分析这些概念,好像这个转喻和隐喻有的修辞学家把它们看成一个,把隐喻看成转喻的一种。

赵珩:戴维·洛奇讲的恰好就是在现代诗和小说当中,转喻是通过隐喻的方式来表达,而隐喻是通过转喻的方式来表达,所以这才有一个失语的问题,有一个并接,而这个并接是一个过量的并接,过量的并接恰好是现代文艺表达的一个特点。

臧棣:转喻经典的定义,我们常见的一个定义,就是说作者想表达的是一个意思,但是他说的是另外一个意思,这跟隐喻和比喻没有什么区别。

冷霜:我在想我们现在说的隐喻和转喻,和俄国形式主义说的在篇章结构里的隐喻和转喻是一回事吗?这两个可能得分开。

张枣简介

  1962年生于湖南长沙，先后就读于湖南师范大学和四川外语学院，1986年赴德国留学，在特里尔大学获文哲博士学位后任教于图宾根大学，2006年回国，先后任教于河南大学和中央民族大学，2010年3月8日因患肺癌病逝。大学期间开始写诗。早期作品如《镜中》《何人斯》等，有"从汉语古典精神中演生现代日常生活的唯美启示"的诗歌方法的自觉，旅居海外后，他在这一向度上继续推进，在更为复杂、综合的诗歌面貌和语言质地中，形成了他的基于"知音"观念的诗学。著有诗集《春秋来信》(1998)、《张枣的诗》(2010)。

[第二次课]

主讲人：赵珝
时　间：2001年10月15日下午
地　点：北京大学五院中文系当代文学教研室

还需要多久，一场大雪才能从写作中升起
—— 读王家新的《伦敦随笔》

伦敦随笔

1

离开伦敦两年了，雾渐渐消散
桅杆升起：大本钟摇曳着
在一个隔世的港口呈现……
犹如归来的奥德修斯在山上回望
你是否看清了风暴中的航程？
是否听见了那只在船后追逐的鸥鸟
仍在执意地与你为伴？

2

无可阻止的怀乡病，
在那里你经历一头动物的死亡。
在那里一头畜牲，
它或许就是《离骚》中的那匹马
在你前往的躯体里却扭过头来，
它嘶鸣着，要回头去够
那泥泞的乡土……

3

唐人街一拐通向索何红灯区,
在那里淹死了多少异乡人。
第一次从那里经过时你目不斜视,
像一个把自己绑在桅杆上
抵抗着塞壬诱惑的奥德修斯,
现在你后悔了:为什么不深入进去
如同有如神助的但丁?

4

英格兰恶劣的冬天:雾在窗口
在你的衣领和书页间到处呼吸,
犹如来自地狱的潮气;
它造就了狄更斯阴郁的笔触,
造就了上一个世纪的肺炎,
它造就了西尔维娅·普拉斯的死
——当它再一次袭来,
你闻到了由一只绝望的手
拧开的煤气。

5

接受另一种语言的改造,
在梦中做客神使鬼差,
每周一次的组织生活:包饺子。
带上一本卡夫卡的小说
在移民局里排长队,直到叫起你的号
这才想起一个重大的问题:
怎样把自己从窗口翻译过去?

6

再一次,择一个临窗的位置
在莎士比亚酒馆坐下;
你是在看那满街的旅游者
和玩具似的红色双层巴士
还是在想人类存在的理由?
而这是否就是你:一个穿过暴风雨的李尔王
从最深的恐惧中产生了爱
——人类理应存在下去,
红色双层巴士理应从海啸中开来,
莎士比亚理应在贫困中写诗,
同样,对面的商贩理应继续他的叫卖……

7

狄更斯阴郁的伦敦。
在那里雪从你的诗中开始,
祖国从你的诗中开始;
在那里你遇上一个人,又永远失去她
在那里一曲咖啡馆之歌
也是绝望者之歌;
在那里你无可阻止地看着她离去,
为了从你的诗中
升起一场百年不遇的雪……

8

在那里她一会儿是火
一会儿是冰;在那里她从不读你的诗

却屡屡出现在梦中的圣咏队里;
在那里你忘了她和你一样是个中国人
当她的指甲疯狂地陷入
一场爵士乐的肉里。
在那里她一顺手就从你的烟盒里摸烟,
但在侧身望你的一瞬
却是个真正的天使。
在那里她说是出去打电话,而把你
扔在一个永远空荡的酒吧里。
在那里她死于一场车祸,
而你决不相信。但现在你有点颤抖
你在北京的护城河里放下了
一只小小的空火柴盒,
作为一个永不到达的葬礼。

9

隐晦的后花园——
在那里你的头发
和经霜的、飘拂的芦苇一起变白,
在那里你在冬天来后才开始呼吸;
在那里你遥望的眼睛
朝向永不完成。
冥冥中门口响起了敲门声。
你知道送牛奶的来了。同时他在门口
放下了一张账单。

10

在那里她同时爱上了你
和你的同屋人的英国狗,
她亲起狗来比亲你还亲;
在那里她溜着狗在公园里奔跑,
在下午变幻的光中出没,
在起伏的草场和橡树间尽情地追逐……
那才是天底下最自由的精灵,
那才是真正的一对。
而你愣在那里,显得有点多余;
你也可以摇动记忆中的尾巴
但就是无法变成一条英国狗。

11

在那里母语即是祖国
你没有别的祖国。
在那里你在地狱里修剪花枝
死亡也不能使你放下剪刀。
在那里每一首诗都是最后一首
直到你从中绊倒于
那曾绊倒了老杜甫的石头……

12

现在你看清了那个
仍在伦敦西区行走的中国人:
透过玫瑰花园和查泰莱夫人的白色寓所
猜测资产阶级隐蔽的魅力,

而在地下厨房的砍剁声中,却又想起
久已忘怀的《资本论》;
家书频频往来,互赠虚假的消息,
直到在一阵大汗中醒来
想起自己是谁……
你看到了这一切。
一个中国人,一个天空深处的行者
仍行走在伦敦西区。

13

需要多久才能从死者中醒来
需要多久才能走出那迷宫似的地铁
需要多久才能学会放弃
需要多久,才能将那郁积不散的雾
在一个最黑暗的时刻化为雨?

14

威严的帝国拱门。
当彤云迸裂,是众天使下凡
为了一次审判?
还是在一道明亮的光线中
石雕正带着大地无声地上升?
你要忍受这一切。
你要去获得一个人临死前的视力。
直到建筑纷纷倒塌,而你听到
从《大教堂谋杀案》中
传来的歌声……

15

　　临别前你不必向谁告别，
　　但一定要到那浓雾中的美术馆
　　在凡高的向日葵前再坐一会儿；
　　你会再次惊异人类所创造的金黄亮色，
　　你明白了一个人的痛苦足以
　　照亮一个阴暗的大厅，
　　甚至注定会照亮你的未来……

1996．1．北京

赵珝：[①] 让我们从这里开始："离开伦敦两年了，雾渐渐消散"——

作为王家新伦敦记忆的象征之物，"雾"，不仅与名都伦敦的风景特性相关，而且与"文本的伦敦"（textual London）紧密地联系在一起：狄更斯笔下"雾都孤儿"的阴郁悲惨的地下室生活（4、7、12 节）；普拉斯用乙炔的自戕（4 节），以及她在乙炔味的"伦敦雾"中绝望的呓语——"我／是一个纯洁的乙炔／处女"（《发烧103℃》，4 节）……奥顿活画"伦敦雾"的死亡气息的"死亡那不便言及的气味"（《1939年9月1日》，4 节第 3 行），以及"向日葵"自"清晨薄雾中"的《布鲁塞尔美术馆》渗出的光辉（15 节）；T. S. 艾略特《大教堂谋杀案》中的"宽恕之歌"（14 节）……在这幻影重重的"伦敦"的边缘，客居伦敦写作的马克思及其揭示的阶级意识（12 节）、"查泰莱夫人"的"白色寓所"（"哈兰饭店"）及其"资产阶级隐蔽的魅力"（12 节）、莎士比亚"暴

[①] 赵珝的解读录音经整理后，他自己作了改写，呈现了书面化的特征。

风雨的李尔王"（6节）……在往来穿织……自然，在这浓雾底下潜藏。对这首诗来说也许更为重要的，是他的旅英生活。是他"身"入雾中并嗅出了异味的"那一切"，那只有"在一个最黑暗的时刻"才能化为"雨"（13节）的一切。

然而当我们等待这"雨"的降临，我们仅仅等到了雾的消散，伦敦大雾两年后的"消散"。这雾是否将再一次"郁积"，再一次令他心里的阴影加深？或者，我们是否只等到了别的什么？

诗人接下去展现了奥德修斯漫长的漂泊之后的归来（1节第2行）："桅杆升起：大本钟摇曳着/在一个隔世的港口呈现……"

依据热奈特的阐释："奥德修斯回到伊塔克或马塞尔，不过是成为作家。"而王家新则更进一步在《挽歌·2》中说，奥德修斯归来是为了"寻找一支笔"。因而，奥德修斯的归航，与诗人在持久的内心磨难后的对伦敦的解悟与面对，也就具有了某种相似性，并由一个精神上的平行（对称）被黏合在一起，由隐喻一变为转喻，获得"叙述"的力量前行。被叙述（那分裂出的精神个体）的诗人成为归来的奥德修斯，直接地面对了伦敦港的大本钟，并对这一重返伦敦的新的"自我"发问："你是否看清了风暴中的航程？/是否听见了那只在船后追逐的鸥鸟/仍在执意地与你为伴？"

在《游动悬崖·眺望》中，诗人曾说："当你眺望大海，并且一无所见，却感到有一只信天翁仍在某位已故诗人的诗中追着那条船……"这使我们想到了柯勒律治（S. T. Coleridge）的《古舟子悲歌》（*The Rime of the Ancient Mariner*）中那只伴随"老舟子"九天九夜并破冰为航船脱禁，却反被射杀的"信天翁"（Albatross，朱湘译为"海鸭"）。在英国文学史中，"老舟子"的形象一般并不认为就是奥德修斯的变形。但奥德修斯因为同伴背誓偷食太阳神的神牛，而招致灭顶之灾，九天九夜的漂流，塞壬岛上的累累白骨，海面上一派无风的死亡的宁静……所有这些，与"老舟子"面临的险境，确有相似的地方。诗人想象的展开，自有其贴切之处。

然而，值得一提的是，中经波德莱尔之手，"信天翁"已由代表神意的海天之王，变为一滑稽慵懒的"乞食者"，直接性地指喻诗人在现代生活中的卑琐局促。因而，不管王家新是否明确意识到这一点，他对"索何红灯区"的回避，都足以令他遗憾自己不是"如同有如神助的但丁"——"为什么不深入进去？"（3节）——神性魅力的祛除，使现代中国的奥德修斯，似乎只能在各式更加隐微的暗礁和难测的风暴中不断搁浅。

伦敦的生活既然被视为奥德修斯归乡的长途，"怀乡病"就几乎必不可少（2节）。然而，诗人在这里要返回的，却是他必得离开才能认识的祖国；他赖以返还的唯一舵手，也只是那只有在"别的"语言中才能发现的母语——王家新曾形象地把这称之为"取道斯德哥尔摩"。——"在那里母语即是祖国／你没有别的祖国"（11节）——这样我们也许就可以说，王家新离乡的漂泊，是为了"找到"一个"词"。一个母语中的"词"！或如他所说"找到他的词根"（《尤金，雪》）！

《离骚》中的"马"，于是出现在他的胃中（2节）！在意志坚定的自我放逐中，经受肉体无奈的眷顾和挣扎——"仆夫悲余马怀兮／蜷局顾而不行"。"老杜甫的石头"也现身在他"语言的花园"（11节）！"晚节渐于诗律细"（杜甫《遣闷戏呈路十九曹长》）。在那诗歌的花叶繁盛之所，诗人全神贯注于语言的技艺，悉心体会着汉语在杜甫的晚年所达到的白石般的朴素与坚卓之境。

可是，在"诗歌的伦敦"，诗人难道不曾醉心于英诗的完美，不曾体会"李尔王"狂怒后孩子般的爱心（6节），不曾四处寻找叶芝著名的23号寓所，像那个尖叫后的普拉斯？……这看护他灵魂的一切，不都是"另一种"语言的赐予？是什么让"母语"由布罗茨基所说的"矛"变成"盾"，然后又化为"一只漂流的宇宙舱"的呢？

是的，诗人确曾在第5节中提及被另一种语言改造的痛苦。但他"梦里不知身是客"忆起的故国,仅是"每周一次的组织生活";而他"带着一本卡夫卡"到移民局里排长队时想起的重大问题——"怎样把自己从窗口翻译过去"——也至多只是一种语言的边际意识或警惕,并不如何的荒诞。

是什么,在"死亡也不能使你放下剪刀"的倾心的语言劳作中(11节),使他"绊倒"?是什么比死亡更能让他的写作中断?

吊诡的是,那竟然是"老杜甫的石头"!

"绊倒"不是"倾倒",不是"崇仰"。"绊倒"暗示了一种失败。而这令他失败的石头,竟也曾绊倒过他倾心的杜甫!"倾倒"和"绊倒"在此处颇为矛盾的运用,令我想到波德莱尔对诗人工作性质一个极为绝妙的说法:

"绊倒在词上就像绊倒在鹅卵石上"!——
穿过古老的郊区,那儿有波斯瞎子
悬吊在倾颓的房屋的窗上,隐瞒着
鬼鬼祟祟的快乐;当残酷的太阳用光线
抽打着城市和草地,屋顶和玉米地时,
我独自一人继续练习我幻想的剑术,
追寻着每个角落里的意外的节奏,
绊倒在词上就像绊倒在鹅卵石上,有时
忽然会想到一些我梦想已久的诗句。

在"词语之石"上的绊倒,对自称"颇学阴(铿)何(逊)苦用心"(《解闷》),"谢朓每篇堪讽诵"(《寄岑嘉州》),"转益多师"的杜甫来说,却毕竟还是有些不可理解。大胆地猜测一下,也许王家新竟完全无视了白居易对杜甫几成定论的恭维:"贯穿古今,觙缕格律,尽工尽善"!也许他透露的仅是,这技艺的矢石对他的羁绊和他面对汉语的万丈光焰时的痛苦!噩梦般被词语追击的命运,在他那里已没有古今之别!也许,这是诗人自己也并未明确意识到的吧？

让我们来看，那令他绊倒的石头，如何触动了他的痛楚？让我们进入他在伦敦浓雾中找到的那令他痛苦万端的词根——"雪"。

"雪"，是王家新诗歌中频繁出现的一个词。在他早期的诗歌中，"雪"是他所喜爱的北方风物的代码：纯洁、严寒、明亮、旷远。《瓦雷金诺叙事曲》《持续的到达》以后，"雪"，被更多地赋予"见证""识别""尺度"和"磨难"的意蕴。"雪"，在他英格兰之行以后的诗歌中（本诗及《日记》等），却已只能"从写作中开始"！

——这亦真亦幻，即幻即真，给写作提供"纯洁"或由"写作"提供纯洁的"雪"，虽如奇迹临近前的"惊喜"，被赋予一种圣洁的"天使"气质，却令我们在钦佩诗人纯洁世界的雄心之余，倍感这"纯洁"已非"自成"或"实有"。这"无中生有"，令万般呵护亦无从措手的"雪"，已仅与那些柔弱易逝，易被污损的人事相关。甚至，仅与自我纯洁所需的"舒缓"和"中断"相关！具体到本诗来说，"雪"从"你"诗中的开始，即是"祖国"在诗中的开始，"英格兰的中国女性"在生活中的开始。然而，"你无可阻止地看着她离去"，竟是"为了从你的诗中升起一场百年不遇的雪"！

"雪"是某种对纯洁的需要与期待，其实现却似乎又必然以纯洁的丧失为前提——那离开才能认识的"祖国"、死去方能永怀的"她"，已为我们提示过这一奇特的悖反——然而，是什么使"取道斯德哥尔摩"的还乡与因离别而永驻的"迂回"，受挫而停顿的呢？

其实，很容易看出诗人伦敦记忆中最重要的"经验"与"体察"，和这场"百年不遇的雪"（7节）的关系。期待大雪从写作中升起，在头发和经霜的芦苇一起变白的"后花园"中磨砺诗艺的7节、9节，与叙述他和那位英格兰的中国女性的"爱情"的8节、10节，被有意识地交错编结在一起；而在11、12节对自我的反观与洞察中，对诗歌技艺的考量和情感的磨难，则由扭结而向

"雪"凝聚，并回馈个人经验以清晰的语言图像："一个天空深处的行者"（12节）。它暗示，这场在写作中艰难降临的"大雪"所欲化解的危机，不仅包含了他与空洞无实的婚姻的紧张（12节），而且与汉语的某种危局有关。

那纯洁与狡黠兼备、虚荣与天真并存，令人无法捉摸的"她"，她对"你"的捉弄与无视，她的令"你"的孤独加深、令你独自的爱情在一条"英国狗"面前倾颓的愚劣，都如被污的雪的纯洁，令人惋惜于它（"她"）的遭际而感慨于它（"她"）的柔弱。诗歌的冷遇与语言的孤独，在这里显然有某种深意。

如果我们将这一语言的状况与经验世界对照起来，诗歌中对资本主义世界体系所造成的"民族/国家"壁垒的批判（5、12节），以及由汉语的弱势状况所带来的集体记忆的扭曲（5节）和流失（8节）……都凝结为英格兰的中国女性这一奇妙的修辞！英格兰的中国女性，它不仅呈现出语感上的滞涩、别扭、累赘和怪异、沉重，"英格兰"与"中国"两个超级物象的覆盖和双重定义，也都对其中心词"女性"形成了过度的挤压；而从语象上来看，"中国"，则淹没于"她"和"英格兰"的阴影之中，成为"英格兰女性"这一认同中必须遗忘或排除的"异形物"！然而我们知道，恰恰是它，恰恰是这一必须被排除的"多余"，或者更直接地说，是去掉了"英格兰的"这一外来属性的修饰后的"中国女性"，这一故乡、青春、魅力的代表和见证，维系了诗人与她的认同！只是，"在那里她从不读你的诗"，"在那里你忘了她和你一样是个中国人，／当她的指甲疯狂陷入／一场爵士乐的肉里"……

有必要指出的是，如果我们作一个类比的引申，那透过"你"所喜爱的"玫瑰花园"和"查泰莱夫人的白色寓所"，"猜测资产阶级隐蔽的魅力"的"自己"，实际上亦是那由"死亡"侥幸克服掉了的英格兰的中国女性！诗人角色在"伦敦西区"的暧昧性质，因为"伦敦文本"难于抵御的光辉和汉语的单薄、模糊，更形复杂。以至于"你"即使看清了自己作为一个中国人在伦敦西区的天空中凌虚蹈空，也仍无法回到汉语的大地，回到包含着屈原、杜甫的汉语的集体记忆和认同。"你"似乎只能呼告："需要多久，才能将那郁积不散的雾／在一个最黑暗的时刻化为雨？"或者祈求审判的降临："当彤云迸裂，是众天使下凡／为了一次审判？／还是在一道明亮的光线中／石雕正带着大地无声上升？"似乎只能在内心与自己和解，并再次回到了"你"意欲反抗的英语的资源："临别前你不必向谁告别，／但一定要到那浓雾中的美术馆／在凡高的向日葵前再坐一会儿"……

可为什么那"无可阻止地看着她离去"与"一场百年不遇的雪"在诗中的升起，是如此的必须？是什么在向写作要求这必然而可疑的死亡？是因为心灵挫伤的一个秘密的报复？还是因为诗人已将写作认同于"技艺"之外的别的，比如，纯洁、受难、忏悔或牺牲？

诗人生活的窘境（"一张账单"），汉语诗歌极端弱势状况下被阅读和理解的困难，甚至"唯一"的读者的拒绝，都可能燃起诗人愤怒的火焰。然而这语言的"矛尖"实际上是圈，转而指向他自己的内心：在他无限温情的宽恕之后，是他颤栗的忏悔和自责（8节末五行）和那更为急切地为诗人自己所要求的死亡和审判——

> 你要忍受这一切。
> 你要去获得一个人临死前的视力。
> 直到建筑纷纷倒塌，而你听到
> 从《大教堂谋杀案》中
> 传来的歌声……

这"绝对"而"纯粹"的指令，令他深信写作乃是受难，忏悔和忍耐！令他深信，来自于一个人精神内部的力量，终将克服一切的混乱："一个人的痛苦足以／照亮一个阴暗的大厅，／甚至注定会照亮你的未来……"

即便单从本诗我们也可以看出，王家新诗歌资源的重镇多在西方，他的上述想法亦导源于有浓厚基督教背景的英语诗歌。我不想因为王家新对异文化精神的倚重——这显然是该诗最为矛盾的地方——便无视他在诗中一再书写的由语言的隔膜和等级化所造成的孤独、怀乡和压迫，尤其是认同的混乱和分裂。我想，最令他神往的"诗学"，也许是古典的"语言与世界的同一"吧！在那共同的"世界图景"中，人与"天地"天然地和谐相通，语言具有无限的神力：你在纸上写下"雪"，这雪就从天空降下；为此杜甫的"凌云健笔"，才堪追慕；一场从写作中开始的大雪，纯洁天地的可能，才堪期待的吧！

如上述分析所示，语言的问题并非一般意义上的"词汇学"或"语法学"问题，尤其在当代诗学视语言为"世界经验与个人认识之混同"的普遍趋势下，对"从写作中开始"却无法纯洁大地与天空的"雪"之类的词汇及其背后的语言观念的分析，实际上是对诗人现实情感经验、政治文化处境和美学意识、诗歌技艺困境的更集中有效的把握。在我看来，"雪"在伦敦浓雾中的艰难出现，不仅意味着诗人对单调的个人"文化身份"的摆脱——我不认为诗中的伦敦经验仅是简化的文本经验，而具有一种奇特的"双镜互映"的效果——而且语言历史意识和精神深度的获得，以及这一切对"个人的经验"的回馈，方使诗人得以"看清了那个／仍在伦敦西区行走的中国人：透过玫瑰花园和查泰莱夫人的白色寓所／猜测资产阶级隐蔽的魅力，／而在地下厨房的砍剁声中，却又想起／久已忘怀的《资本论》"！也正是这一切迫使我们去直面诗人的语言困境。而那些解释中的紧张和难于一致，则正好呈现了当代诗人在当下语言状况中的"吊诡"，或者说，正好是一个驳诘：

还需要多久，一场"大雪"才能从汉语中升起？

解读发言后,整理发言稿所添加的相关说明:

"哈兰饭店"见《查泰莱夫人的情人》第18章;《资产阶级隐蔽的魅力》,法国路易斯·布鲁埃尔的作品(现在通译为《资产阶级的审慎魅力》、布努埃尔——主编注),70年代后期或80年代初,曾在中国作为"参考影片"在"内部"放映。

该诗在很大程度上是对1993年作于伦敦的《纪念》(见《王家新的诗》)的一个改写和扩张,许多地方都堪对照;但耐人寻味的是,"还乡"的经历成为诗歌中的长途,中途上车的长雀斑的"女大学生"成了"英格兰的中国女性"……"雪"取代了"风"……

在王家新的诗中,"石头"是一个频繁出现的有关"艰难命运"的象征。然而,在该诗的语境中,它无法指向这一释义,而只能是有关诗艺的一个隐喻——他本人曾支持过我的这一释读——虽然这不免让王家新陷入某种矛盾,但我以为这一矛盾有着某种普遍性质;而且,这种从文本裂隙的进入,对着眼于字句的"细读"来说,也有着某种特别的补正效果。当然,我这里的坚持不完全出自信心,反倒是要感谢诗人的谅解。

有关"雪"的柔弱和悖论性质,可参见《游动悬崖·转机》《临海孤独的房子·九》等。

"地下厨房"据上下文,当是英格兰的中国女性之类的中国人生活的场所。

课 堂 讨 论

洪子诚：王家新是90年代的重要诗人。不过，对他的创作的评价并不一致，有时差别还很大。王家新开始写作是在80年代初的"朦胧诗"时期，当时比较有影响的诗是《从石头开始》。记得老木编的《新诗潮诗集》[①]下册，收有他的这首诗。王家新的诗后来发生了许多变化，与80年代已经很不一样了。但是，我觉得，在"骨子里"还是有一些相通的东西延续下来，继续展开、加重。

[①]《新诗潮诗集》上下两册，由北京大学五四文学社自印出版于1985年。

赵珥：我在这里补充一点，也许是很重要的一点。那就是在王家新看来，诗歌不仅是语言的技艺，而且是精神的砥砺。就讲这一句。

胡续冬：因为跟王家新平时比较熟，交往也比较多，知道他潜在的写作动机和理想读者的状况，其实都有所预设。从我个人的角度，我不是很读得进王家新1994年、1995年以后的作品。赵珥刚才已经说了王家新诗很多很好的品质，比如对精神的砥砺呀，或者那种带有很浓烈的人文操守的性质，以及纯正的面孔呀，再加上诗歌中出现很典型的格言似的，箴言似的东西，这些东西对诗歌的普遍接受确实有很大的帮助。但是我个人认为，他近几年的诗歌缺少了一种灵活应变的东西。从他80年代初到90年代到现在的作品，跨度也比较大。刚才洪老师说的，"王家新是一个变化比较大的诗人，但骨子里有些东西可能并未变化"——确实他的变化不像我们想的那么大。批评家陈超在为王家新的诗《日记》

所写的评论中说得非常好。他说,"王家新是一个需要给进入他诗歌中的事物以很长生长时间的诗人"。他对一个东西的接受,有一种比较迟缓的、韧性的、需要比较长的消化时间的过程,这可以说是比较真诚的态度吧。但是一旦形成了他诗歌中的中心之物,或某个中心词,就会形成其他新的营养进入他的真诚而迟缓的胃的一个障碍。我有一个非常明显的感觉,有几个词在近几年王家新的诗歌中高度重复,比如"再一次""另一个""更"这些副词,程度副词,表示频率的副词。其实都是跟他 80 年代解读博尔赫斯的一篇文章有关系。王家新在前面描写了两只老虎,最后他渴望出现另一只老虎或第三只老虎,王家新专门写了一首诗谈另一只或第三只在诗歌中出现所带来的那种意外。他在这篇文章中无意识透露了他的想法。确实,八九十年代的诗歌,大家对诗歌的表意空间的多层次追求已经变得丰富多样,大家都渴望在表层文字的空间之外拓展出更多更意外、或者说更不经意的东西,而王家新达到这种东西的手段则十年如一日,使用"再一次""又一次""更""再度",这可能意味着他确实面临一个转轨期了。另外,随着自己的阅读习惯的变化,我现在不是能够比较愉快接受的东西,就是王家新"人"和"文"之间的互文性的东西太多了。这种东西他在一篇散文也中论述过,这可能跟马拉美的"所有的东西都存在于一本书之中"的观点有很大的关系。他自己也深信:所有的一切都是为写作造就的,而且那种人的精神主导,人的那种强烈的……(我们应该尽量避免使用"主体"这个概念)他自己的那种形象化了的、定格了的诗人的"面具",在他的诗里贯穿始终。这容易被人接受。王家新把一个苦吟式的、具有忧国忧民性质,同时对个人自由生活抱有无限真诚或带有受难性反思的"超级人文主义者"形象放在诗里面出现。王家新的诗里，在移民局里排长队手里拿着卡夫卡，在轰响泥泞的公共汽车上也要读帕斯捷尔纳克①，另外，他生活中的某个声音的响起或中断，某棵树的开花或结果，他都要很直接地对应于西方现代文学中的某个经典意象。比如，船后面的那只鸥鸟，就总要和波德莱尔的信天翁对应起来。很多当代诗人都喜欢这么使用，这个我是有一些看法。

① 见王家新的《帕斯捷尔纳克》。

我在这里想提一个在阅读中没弄明白的问题：第六节的"红色双层巴士理应从海啸中开来"似乎对应着某个文本（好像是某个电影中的场景，但我想不起来）……也可能是在某个临窗的位置恰好能看到的场景。王家新的习惯是前面出现的情景后面总要给予一个回应。在这里他做了一个处理，让红色的双层巴士从海啸中开来，给它做了一个抽象提升。不一定和某个具体的文本有什么联系？

赵珣：那倒真不一定。第6节的其他的所谓"意象"都和具体的文本有联系。

洪子诚：中国古代诗歌的许多作品，也有许多"互文性"的东西，有许多典故。诗歌的注释本有一个重要的任务，就是清理这种"互文性"。显然，胡续冬对王家新的这种诗歌方式不怎么满意。这种阅读，要有更多的知识上的准备。从写作上说，频繁使用"典故"可以做得很漂亮，也可以被讥笑为"掉书袋"；这要具体分析。至于阅读，"落实"这种"互文性"，有时也是一个颇受争议的事情；尤其是主要来源于西方诗歌文本的时候。诗的意象、语词、说法，到底是否和某些经典文本有关系，有的可能在诗中有所提示，有的则没有。因此，阅读的处理，要持一种较为审慎的态度。有时，比较起生硬地——指明这种关联，不如漏掉一些来得好。这不是在说赵珝的解读；赵珝的解读，像冷霜说的，是"漂亮"的。如果对那些意象与一些经典文本之间的联系我们不大了解，对理解这首诗肯定有很大妨碍。像赵珝刚才的解读，虽然读的人和听讲解的人都感到有些累，不过，当我们终于明白这些关联时，也未尝不是一种愉快。

钱文亮：在我看来，对中国传统诗歌真正有所继承的倒是王家新这样的知识分子诗人。在80年代王家新有一组当时也是影响很大的诗《中国画》，90年代王家新则是通过转化默温、勃莱① 等人来实现和中国古代诗歌的那种"道可道，非常道"的东西的联系。我另外想谈的一点是，王家新是一个责任感非常强的诗人，但他实现这个诗人形象的手段却和一般的浪漫主义诗人不同：他很早便对80年代诗歌中的滥情倾向进行过批评。为了校正这一点，和许多敏锐的诗人一样，他吸收了英美新批评的诗学观点，并在自己的创作中注重"非个人化"原则。体现在这首诗中，就是第二人称"你"的使用。第二人称的使用，使诗篇呈现一种对话关系，人与世界互为主客体，更复杂地表达出诗人的感受和体验，同时将中国传统诗歌的精髓化入诗中，避免了80年代出现的对西方诗学的邯郸学步的弊端，在这个基础上，实现了多重空间的玩味，体现出一种更为深沉阔大的应和。所以，像《伦敦随笔》，我们可以感觉到一点，作为一个中国人，作为一个

---

① W. S. 默温，罗伯特·勃莱，均为美国现代诗人。

现代的中国人，在表达面对一个更为复杂的世界的时候的经验，他的方式是非常有效的。

王璞：钱文亮刚才提到了一点，但没有说得很多，就是这首诗通篇都是用的第二人称"你"，这个"你"就是在伦敦的中国诗人。人们通常都认为王家新的诗有一种独白的特点，但这首诗中第二人称的使用，使独白获得了一种对话性，或者是向自我倾诉，反思自我的特点。这种对话性往往就能引发出一种复杂的个人经验，体现出一种辩驳式的悖论式的特点。在《帕斯捷尔纳克》那首诗中也有对话，是和亡灵对话，而在那里面诗人是坐在北京的公共汽车上。在《伦敦随笔》这首诗中，诗歌仍然保持了一种独白的亲切、真诚，但这种人称上的变化使他产生了一种超然、一种反思，充满了他内心的一些矛盾性的问题，这使他产生了一种隐痛——程光炜用的词是沉痛。我觉得王家新在这方面一直控制得非常好。王家新的诗可能有大家刚才提到的一些弱点，但我觉得这些地方确实有他能打动人的地方。当然王家新的这首诗的确有它的缺点——比如诗的第2节，他直接地使用《离骚》里的典故，比在其他的地方都更要直接，他完全用白话文复述了《离骚》的细节，他要想表达的内容不需要我们来解释，每个人都会了解，但达不到他所需要的预期效果，我觉得这在手法上很不成功。

姜涛：赵珝刚才对王家新这首诗的互文性的地方做了非常详细的研究，他的"发明性"的地方也很多。刚才有同学说互文性主要是一个主题的概念，但我觉得这里主要的作用是想象力的发生。王家新的许多诗的想象力的发生，都是这样的在文本和现实之间发生的。这个距离给了他一个好像是修辞的空间。我这里关注的是这样的一个修辞空间是怎么样实现的。我们来看诗的第1节，他提到伦敦的大本钟和港口，他马上就把他过渡到奥德修斯这样一个神话里去了。他过渡的方式很简单，用了一个比喻词"犹如"；然后我们看到他在这首诗里很多次用到"犹如"……还有一种方式更为直接,就是直接使用定语,比如在第7节,为了把伦敦和狄更斯的小说联系起来,他说"狄更斯忧郁的伦敦";再比如"莎士比亚酒馆",我不知道是不是有这个酒馆,但他也同样使用了这样一个修辞的过渡:用一个文化的或文学的词来完成对一个现实的场景的修饰。他的这种修辞方式是非常非常简化的。我关注的是伦敦在他的诗里怎么呈现。但我读了这首诗的一个感觉是,伦敦不具体,或者说他对伦敦不感兴趣,伦敦不可感知,伦敦更像他的一个功能性过渡,他没有完成在诗中一个应有的功能。

我这里说的是一个写作内部的问题。《伦敦随笔》这样一个写法在90年代诗歌中是非常普遍的:比如"我"或者是"你"穿行在某个城市或者空间中,不断把某种外在的景物和内在的感悟或者追忆结合起来,这在欧阳江河或者孙文波那里都有这样一个模式。这个模式在王家新那里也同样存在,但他不同的是,具体的外部世界对他来说并不重要,或者真实的伦敦对他来说并不重要,并没有得到一个真正的展现。但这样一来呢,反而形成一个很大的误区,一个弊病,伦敦在这里被类型化、公共化了,没有获得个人的更有效的进入。所以这首诗可能很多人觉得很好懂,会喜欢,可是在这种很好懂很喜欢之间,漏掉了个人和伦敦之间的更多的可能性。

吴晓东:姜涛的说法可能说到了这首诗很关键的地方。因为我听赵珝讲的时候,对他所提的"文本的伦敦"这个概念非常感兴趣,可是他没有怎么展开,但这个"文本的伦敦"恰恰是这首诗诗意展开的关键所在。刚才胡续冬也提到了"互文性",但他只是把互文性设想为某种诗人的"主体的互文",而不是"文本的互文";而文本的互文其实是这首诗诗意的比较核心的地方。这也就是一个"文本间性"或"中间文本"这样一个概念,比如别人所描写的伦敦等等。刚才提到了很多,还有比如第13节"需要多久才能从死者中醒来",可能会让我们联想到易卜生的一个小说或者戏剧《当我们死者醒来》;"迷宫似的地铁"和"郁积不散的雾"也会让我们联想到庞德的《地铁车站》和桑德堡那首叫《雾》的诗……这种联想不管作者写作时是不是这样想,我们读者都可以根据"雾""地铁"这样一些意象,去跟其他文本发生联想。我觉得这种联想非常重要。他在这首诗中处理了很多别的人的有关伦敦的文本,或其他人的关于都市的想象。就像我们一提到巴黎,就会联想到波德莱尔的巴黎,想到本雅明所阐释的波德莱尔的巴黎,在这意义上来说,我们对一个城市的想象,更多的来自文本。这种东西在王家新的这首诗中体现得非常明显,他所处理的,其实呢,就是文本中的城市或者想象中的城市。这首诗的互文性其实和它的主题相关,在这个意义上他的技巧和他的主题是联系在一起的。什么主题呢?文学和都市的主题!这一点呢,也正是陈平原老师这学期开的一门课"有关北京城的研究"的一个议题"城市和作家的关系"。比如我们提到布拉格就会想到卡夫卡,提到巴黎就会想到波德莱尔,在这个意义上,文本中的城市其实是我们有关城市的想象。王家新也不例外,他处理的其实也是文本中有关城市的想象。就是在这个意义上我们可以理解他的互文性,文本间性,其实都是和都市主题相关的。当然这样也就会带来一些弊端,比如文本中的城市就不是他自己的,而是类型化的。但是我想强调的是,它是文本化的或想象性的。我刚才听赵珵把这首诗的主题概括为"寻找一个字:雪",但我觉得并不那么简单,他处理的更是一个文化的问题。

冷霜:在王家新的文章里头,也很多次谈到"互文性"的问题,他把互文性当作90年代诗歌的一个很重要的特征。但是在这个地方,我不能完全同意刚才吴老师包括胡续冬的对互文性问题的看法。我在读这首诗的时候,感受很深的地方是几个比喻,比如第1节"犹如归来的奥德修斯","像一个把自己绑在桅杆上……"那几行,"这是否就是你:一个穿过暴风雨的李尔王"……这些比喻,给我的一个感觉是,他的技巧其实是将经验"文学经验化"——他其实是有一个具体的经验,比如他在伦敦,进入到红灯区,但他马上会找到一个相似的文学经验来把它文学化,把它和某种已有的文学经验叠加在一起,来确认他自己的位置。这种东西对于阅读来说,它的效果是双重的。比如"这是否就是你:一个穿过暴风雨的李尔王",就和王璞刚才举的《离骚》中的"马"一样,给人的感觉是比较粗。这样对一部分知识分子读者来说,当他读到自己所熟悉的比如"莎士比亚"的时候,他会比较愉快。对一批比较年轻的读者来说,会觉得懂但不喜欢。而对另一部分知识资源不是那么丰富的读者来说,想喜欢却觉得不太懂。这样使用的另一个问题,就是刚才姜涛讲到的很容易形成一个类型化的拼贴性的形象。我非常同意赵珝刚才有关这首诗主题的解读:尤其是将第7到12节"你"和"一个英格兰的中国女性"的故事,与对"雪"这个词的寻找联系起来的发明性的解读,非常有意思。

陈均:在90年代的诗人当中,王家新被认为是拙于技巧的。他也曾在文章中表示他不关心技巧。但是在诗歌写作中,技巧是无可回避的。因为一旦动笔,就面临着怎样写的问题。在《伦敦随笔》中,很容易看出技巧成分可能比较单薄,比如每一节都是通过一个隐喻来完成的。还有音调的忽强忽弱,不易构成一种节奏。但我认为,技巧的范围其实应该更大一些,它不仅包含文本中的技术手段,比如对词的处理,还包括对整首诗的期待、它的构成及所达到的效果,甚至包括题材的选择、写作的准备,即写什么的问题。即使所谓的纯粹的技术手段,也并不是技巧熟练或技艺精湛就能达到相应的效果。有时"钝"一点,更能使词及物。我还要谈一点,就是王家新诗中的"自我形象",显然不具有全民性的,他也没有这样的期待,只能代表某种类型的知识分子。这和人们通常所说的那种代言人形象其实有很大的不同。

赵珥：我突然想到王家新的诗歌技艺问题。刚才冷霜提到王家新的经验的文学化的问题，我在这里把问题再下降一层，看王家新的个人经验和文学经验，或他个人的文学经验和另一种文学经验是如何缝合的。姜涛和冷霜都注意到"雾渐渐消散／桅杆升起"，但其实这个地方不是一个连续性的叙述当中的环节，这个地方是怎么出来的呢？"桅杆升起"是奥德修斯归航，而奥德修斯的漫长的归航，和诗人经过两年内心的沉思冥想之后与伦敦生活的面对，通过一种相似性被关涉起来，他成为奥德修斯。这一点王家新其实是非常注意的。据我观察，当王家新需要去调动一种文化资源的时候，他总是非常注意个人经验和这种资源之间的相似性，总是试图通过这样一种相似性来完成一种黏合。直截了当地说，这是西方现代主义文学一个非常根本的东西，对它怎么评价是另外一回事。但我想说，这种通过对称和平行建立起来的空间结构有助于融合、凝聚那些现代复杂、微妙的个人经验。而且在相当程度上，王家新在相似性的寻求和缝合上是把握得比较好的。其弱点可能在于这种缝合之后的推进，亦即在对这一经验的发展上显得有些不足。

洪子诚：今天的讨论，谈到王家新的诗歌主题、技艺的重要特征，王家新诗歌"经验"的性质，而且讨论了这种经验在他的诗中"实现"的方式，这种方式的成效和问题。我们对王家新诗歌艺术方法的把握，距离并不是很大，但在评价上就有较大差异。我在开头说到，他的写作是从"石头"开始的。石头的这种沉重感，一直贯穿下来。读他的诗，总会感觉到一种重量，或者说他很重视给我们重量。这种重量，对我们来说不能说是不必要的。即使在这个已失去"重量"的时代。我记得在90年代初，王家新曾在一篇文章中谈到中国当前诗歌在处理现实时的迟钝和无力，他明显关注诗歌对我们当代重要事态、问题、感受、经验的正视和"介入"。而且，他的这种关注，在表达方式上，也采用一种"沉重"的方式。我想，也许有的同学会认为这是一种过分的"承担"，认为是有点"面具化"，不太认同他的这种诗歌态度。我自己也会觉得,他的诗有时缺乏一种可以舒缓"沉重"的轻灵的成分,幽默的成分;但这样的要求可能并不合理。总起来说,我们当然不会认为王家新的诗歌道路是最好的,但是不是也不应太看低这种诗歌态度在当今的价值?这是可以继续思考的问题。

王家新简介

1957年生于湖北均县(现丹江口市)。高中毕业后在乡下务农。1978年就读武汉大学中文系,组办诗社,参与大学生刊物《这一代》的编辑。1985年至1990年任职于《诗刊》(北京)。1992年旅居英国,1994年回国后先后任教于北京教育学院和中国人民大学中文系,现为中国人民大学中文系教授。王家新80年代初就有作品发表。其个人风格的确立在八九十年代之交,特别是旅居欧洲之后。他对历史有自觉的"担当"意识,将自己的写作定位于对时代、对当代人生存状况的剖析、反思上。著有诗集《纪念》(1985)、《游动悬崖》(1997)、《王家新的诗》(2001)、《未完成的诗》(2008)等。另有多种诗歌随笔和诗论集出版。

[第三次课]

主讲人：胡续冬
时　间：2001年10月22日下午
地　点：北京大学五院中文系当代文学教研室

诗歌让"不存在的天使"显现

——读臧棣的《菠菜》

菠　菜

美丽的菠菜不曾把你
藏在它们的绿衬衣里。
你甚至没有穿过
任何一种绿颜色的衬衣，
你回避了这样的形象；
而我能更清楚地记得
你沉默的肉体就像
一粒极端的种子。
为什么菠菜看起来
是美丽的？为什么
我知道你会想到
但不会提出这样的问题？
我冲洗菠菜时感到
它们碧绿的质量摸上去
就像是我和植物的孩子。
如此，菠菜回答了
我们怎样才能在我们的生活中
看见对他们来说并不存在的天使的问题。

菠菜的美丽是脆弱的
当我们面对一个只有50平方米的
标准空间时，鲜明的菠菜
是最脆弱的政治。表面上，
它们有些零乱，不易清理；
它们的美丽也可以说
是由烦琐的力量来维持的；
而它们的营养纠正了
它们的价格，不左也不右。

胡续冬：如同臧棣在90年代后期的大多数作品，《菠菜》是一首对读者解读的耐心，和解读所依赖的现代诗歌常识要求相当高的作品。从表面上看，这首诗几乎没有编织什么复杂的隐喻地毯、没有发射什么机巧诡谲的构词暗器，全诗基本上是在一种简洁、干练、有着耀眼的条理性和逻辑性的陈述语言中完成的，属于臧棣多变的语言风格中在字词意义、修辞指涉等方面比较容易把握的一类。但在这些雄辩、精确、冷静的语言背后，却是一个整体意义的迷宫，充满了由人称代词、陈述的中断和延续、复合句群的语法关系构成的岔路和空隙。在其中，细部的确凿和明晰更像是醒目、有力的迷惑性提示，增加了穿行的难度。这是臧棣在近些年用自己极度活跃、亢奋的写作对当下的批评和阅读能力提出有力挑战的一个例证。而他自己，虽然已被实践证明为优秀的诗歌批评家，不知是出于谦逊还是世故，却迟迟没有加入到对自己的作品进行诠释的行列之中，把解读的可能性一劳永逸地留给了读者。

下面我们尝试着对这首典型的"臧棣制造"进行粗浅的解读。

解读这首诗的关键之一是诗中频繁切换的人称代词。这些代词包括："你""我""我们""它们""他们"。先来尝试着弄清楚这些代词的指代对象。首先可以明确的是："我"，陈述人，在写作中面具化的作者；"它们"，指代本诗的"中心之物",菠菜。在深入阅读之前还有些暧昧不明的是:"你",陈述对象,和"我"关系亲密,但不能进行社会学意义上的关系确认;"我们",是"我"和"你"在私密状态下的合称,但其私密程度和社会学归类不能确定;"他们",这个词在诗中只出现过一次(第17、18行),其指代对象是相对于"我们"而言的,是"我们"之外的某类人的合称。这首诗,很大程度上是在人称代词的相互关系中展开的。菠菜("它们")在诗中是关系的纽结,"我""你""我们"与菠菜("它们")的关系在诗中被诗歌语言充分地"研磨"(用"研磨"一词来描述臧棣的诗歌手段,由王敖[①]在《追忆自我的蓝骑士之歌》之中提出)出来,研磨到一种作者理想的、能完备地让读者窥见诗歌秘密的饱和度。"他们"与菠菜("它们")的关系虽然未经过充分研磨,但这个词的一次性出现恰到好处地让菠菜与其他三者的关系得以侧面地呈现,所以在解读中这个代词也应该受到高度重视。

[①] 王敖(1976—),诗人、诗歌批评家,毕业于北京大学,耶鲁大学,现为美国某大学教师。

抓住代词这个线索,我们可以开始诗歌的细读了。在细读之前我们尚未澄清的,一些上面所说的暧昧不明的东西可以在细读过程中"随身携带",随机予以解决。这些问题大致包括:"你"到底和"我"是什么关系?"菠菜"究竟意味着什么?为什么要把"菠菜"放到"我""你""我们""他们"的关系中间并成为关系的核心?等等。

这首诗从结构上来看大致可以分为三个部分。1—8行是一个部分,其中所呈现的逻辑关系基本上是以菠菜("它们")和"你"的关系为轴心;9—18行是第二部分,其中的逻辑关系的重心是菠菜("它们")和"我"的关系,并在这种关系中隐含了"我"与"你","你"与菠菜,"我们"与"他们"的关系；19—27行是第三部分，其中所呈现的逻辑关系以菠菜（"它们"）和"我们"的关系为主。

先从第一部分说起。这首诗的中心符号"菠菜"让我们联想到平凡的、个人化的日常生活，因为它既不是一种稀罕的蔬菜，也不是一种具备了充足的文学史抒情传统的吟咏对象。将它作为诗歌的核心之物，似乎从一开始就标示了这首诗的当代性、日常性和某种非经典的诗意索取手段：这恰恰是臧棣近几年来的一贯做法。而处理这样平凡的对象，在第一句臧棣就劈头盖脑地使用了"美丽"这个词，似乎菠菜这个日常事物的美丽不言自明。"美丽的菠菜不曾把你／藏在它们的绿衬衣里。"在这里，菠菜在隐喻状态下可能是大于"你"的事物。菠菜在这一句中是一个施动者，"它们"可以把"你"藏进"绿衬衣"里面。"绿衬衣"是一个非常形象的比喻。菠菜的色彩、菜叶上的褶皱等质感很像衬衣，而衣物是具有遮蔽作用的。这个比喻也暗示了菠菜具有某种以其外在属性（绿色、"美丽"）来掩盖某些东西的可能性。这一句同时是一个否定句（开篇就出现否定句也是臧棣的特色），它在"你"和菠菜间建立起某种语义联系的同时，又否定了"你"无法被菠菜所隐喻的生活状态所包容，否定了菠菜所代表的没有经过质疑的"美丽"对"你"的品质的遮蔽。"你甚至没有穿过／任何一种绿颜色的衬衣，／你回避了这样的形象"——第二句"你"成了主动者，从"你"的角度强化了"你"对"绿衬衣"的排斥是一种主观的选择。如果我们延续上面关于"绿衬衣"暗示了一种以世俗的美丽出现的掩饰工具的说法的话，"你"对绿衬衣的回避显然不仅仅属于日常喜恶，而应该归结为性格、精神层面上。"而我能更清楚地记得／你沉默的肉体就像／一粒极端的种子"——这是对前面两个否定句的语义提升，把前面两句未被说明的、肯定的一面——也就是"你"的性格和精神中不容于"菠菜"的外在形态的一面，以比喻的方式演绎了出来。"沉默的肉体"暗示了不被菠菜的"绿衬衣"遮蔽的东西，一种袒露的、不加语言巧饰的个性，而把它比喻为"极端的种子"，则继续强调了这种个性对菠菜所意味着的生活的"回避"：它没有受到任何成型状态的限制，它具有极端的、向不合规范的形态发育成长的可能性，这一切都是如此"清楚"地被我"记得"，一方面交代了"你"和"我"的私密关系，另一方面说明了"你"的上述个性是无比鲜明、不容遗忘的。

让我们来回顾一下第一部分。在这个臧棣惯用的复句关系（否定—递进否定—提升式侧面肯定）里面，通过菠菜和"你"的关系的逐层展开，我们可以得出如下结论："菠菜"是生活的某种状态，或许是男女二人私密状态下的日常生活，它在常识中是"美丽"的；"你"是个女性；"你"的性格之中有极端的一面，不容被表面的日常秩序所掩盖。

第二部分前面说过，其重心在菠菜（"它们"）和"我"的关系上。"为什么菠菜看起来／是美丽的？为什么／我知道你会想到／但不会提出这样的问题？"前一个问句在质疑菠菜的美丽，质疑二人私密状态下的日常生活在表面上的幸福感；后一个问句很精彩，既把前面提出的疑问置于"你"的意识之中，强化了第一部分"你"的个性，又把它并置于"我"的意识之中，强调"我"对"你"的深入感知，进一步暗示"你"和"我"的关系非同寻常。其结果是使"你""我"亲昵的二人世界在表面上的日常幸福感处于二人共同的质疑之下。"我冲洗菠菜时感到／它们碧绿的质量摸上去／就像是我和植物的孩子"这一句，在全诗中是唯一的体现了感性的欢娱的句子，透露了臧棣作为一个改变了传统的俄苏承受型知识分子形象的罗兰·巴尔特式享乐主义知识分子的气质。如果说上一部分的"绿衬衣"是"菠菜"外在的一面，那么"碧绿的质量"则触及了"菠菜"这个"中心之物"的内在蕴涵。"碧绿的质量"在构词上的非常规性强化了这一点。这种与"绿衬衣"的外观无关的平凡生活的鲜明的"质感"是由"我"在"冲洗"这种具有寓言意味的行为中感知到的。冲洗，意味着去污、意味着对常识的去伪存真，冲洗以后菠菜的"碧绿"则意味着在"我"的意识之中，二人生活即使在去除了表面上的世俗幸福感之后也存在享乐的可能。"摸"在这里是一个很性感、很享乐的动词,"摸上去/就像是我和植物的孩子"包含了欢愉的、幸福的性幻想成分,不由令我们想起了法国"新预言派"小说家图尼埃在其著名的《礼拜五或太平洋上的灵薄狱》中人与神秘植物做爱的美妙场景。联系到第一部分将"你"比作"极端的种子"的句子,因为"极端的种子"包含了植物的各种可能性,如果我们在此将"植物的孩子"置换为一个理想的"你"的状态的话,我们可以看到这样一个语法关联——碧绿的质量(内在的美丽、幸福的来源)是"我"和"你"的孩子(结晶)。再说说"冲洗"。这个词在这里至少有三重意味,一是和"摸"、性幻想相关的色情意味,二是我们刚才说到的"去伪存真"的意味,三是其本意,是指对菠菜的清洗以便烹饪。第三种意味对这一部分的第三句话有启示作用。"如此,菠菜回答了/我们怎样才能在我们的生活中/看见对他们来说似乎并不存在的天使的问题。"这句话是理解全诗的关键之一。"天使"是一种非世俗的、美好的东西,一种日常生活中难以企及的至福的象征,"他们"是"我们"之外的、不能如我们一般体味到二人生活个中滋味、不能在质疑了生活表象之后还能获得幸福感的人,"他们"也是没有被诗歌语言照亮、能够看见生活和语言的双重奇异景象的人,因而"他们"无法在日常生活的烦琐表象中看到至福,而"我们"可以,因为"我"和"你",也就是"我们",分享了"我"的一种奇特的经验——在家务劳动中("冲洗")能开掘出世俗生活之外的想象,并从中发现快乐的本质以抚慰生活本身。

这种奇特的经验是什么呢?我们看看第二部分的独特之处。"我"知道"沉默"的"你"的埋藏在心里的问题,这个问题"我"通过"冲洗""摸"这一系列动作来提出,回答者是"菠菜",而菠菜的答案是通过"我"的触觉来感知到的,并且这个回答是关于怎样去"看见"的。这不多的几个句子,跨越了有声与无声、施动与受动,消弭了视觉、触觉、听觉、内心知觉的界限。臧棣在这里几乎调用全部的感官来描述关于看见对普通人来说无法看见的"天使"的经验。就其描述和感知的方式而言,这种经验正是诗歌经验本身,正是日常生活中的诗歌经验使本来"不存在的天使"在"我"的意识中显现。

第三部分继续对菠菜"回答"的内容加以具体化，也就是说，就"菠菜为什么是美丽的"这一问题在"我们"的二人世界里进行具体阐述。这一部分的轴心经上一部分"我"与菠菜之关系的过度，由一开始的"你"与菠菜的关系变为"我们"与菠菜的关系。"菠菜的美丽是脆弱的"这个句子在结构上有双重作用，既承接上文揭示菠菜在开始时不言自明的美丽被质疑之后显现的意味，又作为对后文的预叙，前置性地提出了"脆弱"这个针对二人世界自洽状态而言的关键词。"当我们面对一个只有50平方米的/标准空间时，鲜明的菠菜/是最脆弱的政治"——在这里，二人私密空间的社会属性一下子从"50平方米的标准空间"这个词里体现出来了。"我们"的生活空间是一个典型的既具有现代主义以来的私人化、辖域化意味，又具有集权国家特有的个人生活的狭窄、局促意味的具有高度紧张感的小环境。"政治"这个词的使用具有多重效果：一是突出了本土强大的集权意识形态积留对日常生活的渗透；二是受米歇尔·福科《性史》之中关于"身体技术"这一观念的影响，对私人空间里的个人日常生活也加以微观政治学的观照，它可能具有性别政治、身份政治、二人日常习惯中所包含的文化冲突等微观政治学层面上的含义。在句中，修饰菠菜的"鲜明"一词无疑也是对政治习语的戏仿。对菠菜的"美丽"的追问已经由美学层面经过反讽的转轨，质疑到二人空间里的微观政治学问题上了。"表面上，/它们有些零乱，不易清理；/它们的美丽也可以说/是由烦琐的力量来维持的；/而它们的营养纠正了/它们的价格，不左也不右"——这个句群前两句是顺连、并列的关系，陈述了菠菜所代表的烦琐（理菠菜需要一根一根地清洗、去掉烂叶、揪下茂盛的根须）、零乱（即使在菜篮或碟子里，它们也是一根一根无规则地罗列着）的日常事物在生活中的耀眼位置，与此相关的可能是争吵、怄气、习性的差异带来的不便、鸡毛蒜皮的不顺畅，等等。这种烦琐、零乱在诗句中被陈述为一种可以维系"美丽"的力量。注意"力量"一词，它和我们在前面讨论过的微观政治学有关，在这里菠菜已经成为在生活外在形态的渗透和二人生活内在诉求之间寻求平衡并起到支撑作用的一种power了。最后一句和前两个分句之间是转折的关系，但也是一种递进式的转折。"营养"是内在的质地，和第二部分的"碧绿的质量"相似，而且从某种角度来说更加重要，代表了"我们"与"菠菜"之关系中较为核心的部分。菠菜之中所含的营养（作为一个常识，人人都知道菠菜的含铁量相当之丰富，所以，"铁"和"铁"所象征的坚定、稳固感应该视为在诗歌中缺席的"在场"）是外在的零乱和烦琐得以平衡的一个因素。"价格"是一种社会性、公众性的外在事物，它也是"烦琐"的构成因素之一，因而，来自菠菜内部的质地和解了"菠菜"与"我们"的关系之中不便、不爽的部分，并进而和解了"我们"之间原本自洽的二人私密空间因社会话语（价格）和微观政治话语的渗透所带来的不稳定感。耐人寻味的是，这种和解也是在反讽中完成的（"不左也不右"是一个显著的政治用语戏仿）。"我"，作为一个独特的诗歌经验的享有者，始终是冷峭地面对这种和解。因为在"碧绿的质量"所造成的想象面前，"营养"虽然也是一个可以被"我们"看见的"不存在的天使"，但它比起前者来，似乎在"我"的心目中更像是一个低一级的天使，一个实用主义的天使，而不是"我和植物的孩子"那样的美学天使。

从头至尾捋完了这首诗之后，我们发现"菠菜"其实是一个中介，它以其日常性、小家碧玉式的可疑的"美丽""碧绿的质量"、零乱、烦琐和"营养"搭建了一个私人空间框架，在这个框架之中，作为一个享乐主义者的"我"和个性强烈的"你"这一对情侣组成了"我们"这条脆弱的、不稳定的情爱关系链。这条关系链连接着内心世界的丰富性和现实生存空间的琐屑、乏味，两端均有"菠菜"这个中介所提供的支撑点——一端是处于"我"的意识之中的、将诗歌经验混淆到生活中带来的"至福"感，一端是由"营养"以及由此带来的缺席的"铁"的意象所制造的生活技术的平衡感和稳定感。但这两端的重心显然在前者，因为对前者的陈述充满了欢愉和感性的亮点，对后者的陈述则隐藏在冷峻的反讽之中，所以，或许是作者有意想暗示给读者的，这个关系链依然有倾斜的、不稳定的可能。

"个人的历史化"是臧棣进入 90 年代以后关于当下写作的一个著名论断。它意味着把对历史性的关注转移到个人命题上，在个人命题的微观视野中消解历史、分化历史，把历史的强硬感和加速度从个人生活的无穷差异中缓慢剥离。这首诗同样也具有这样的因素，尤其在我们刚才分析过的第三部分里面——特定社会制度下的私人空间、无处不在的政治语汇、90 年代以来都市生活中的房屋产权焦虑，以及由此引发的整体性的日常生活焦虑等等，都可以在这首诗里窥见。这首诗与其说是爱情诗，不如说是伦理诗，它关注的是通过特定的中介所牵带出来的二人私密世界的伦理问题，这也符合臧棣最近的动向，因为他在近期的一则诗观里提到，最近令他感兴趣的是"伦理问题"。而从阅读的角度，我们在无法对具体的诗意指涉做更进一步的猜测的情况下，我们只能欣慰于通过臧棣的诗歌，看见了"对他们来说似乎并不存在的天使"，并努力保留自己诗歌经验的鲜活度，保留让自己相信存在着并不存在的天使这一悖论的可能性。

课 堂 讨 论

本课的讨论部分，因课堂录音丢失而空缺。

臧棣简介

  本名臧力，1964年生于北京，1983在北京大学中文系读本科、硕士、博士，1997年获得博士学位，现任教于北京大学中文系。臧棣的诗，技艺精湛，着眼于微观的生活情境，表现了发现事物之间关联的想象力。著有诗集《燕园纪事》(1998)、《风吹草动》(2000)、《新鲜的荆棘》(2002)、《宇宙是扁的》(2008)、《空城计》(2009)、《未名湖》(2010)、《慧根丛书》(2011)等。

[第四次课]

主讲人：姜涛
时　间：2001年11月26日下午
地　点：北京大学五院中文系当代文学教研室

失陷的想象
——解读欧阳江河的《时装店》

时装店

从封面看不出那模特儿的腿
是染上了香港脚的木头呢还是印度香
在旅途中形成的伦敦雾。海关在考虑美。
官员摘下豹纹滚边的墨镜：怎么连乌托邦
也是二手的？撕去封面后，模特儿的腿
还在原来那儿站着没动，只是两条
换成了四条。跛，在某处追上了跑。

　　那快嘴叫了辆三轮去逛女人街，
哦，一气呵成的人称变化，满世界的新女性
新就新在男性化。穿得发了白的黑夜
在样样事情上留有绣花针。你迷恋针脚呢
还是韵脚？蜀绣，还是湘绣？闲暇
并非处处追忆着闲笔。关于江南之恋
有回文般的伏笔在蓟北等你：分明是桃花
却里外藏有梅花针法。会不会抽去线头
整件单衣就变了公主的云，往下抛绣球？

　　云的裤子是棉花地里种出来的，转眼
被剪刀剪成雨：没拉链能拉紧的牛仔雨，

下着下着就晒干了,省了买熨斗的钱。
用来买鸭舌帽吗?帽子能换个头戴,
路,也可以掉过头来走:清朝和后现代
只隔一条街。华尔街不就是秀水街吗?

　　秧歌一路扭了过来。奇遇介乎咔其布
和石磨兰之间,只能用一种水洗过的语言
去讲述,一种晒够了太阳的语言。
但丝绸的内衣却说着从没缩过水的
吴侬软语——手纺的,又短了两寸的风
一寸一寸在吹:没女人能这般女人。

　　礼貌刚好遮住了膝盖,不过裙摆
却脱了线,会不会是缝纫机踩得太快?
你简直就不敢用那肺病般的甩干机
去甩你的湿衬衣。皱巴巴的天空
像是池塘里捞起来似的晾在那里,
晾干之后,叠起来放成一叠。
没有天空能高过鞋子,除非那鞋
系不紧鞋带,露出各种脚趾的手电光。

　　难怪出过国的小女人把马蹄铁
往脚后跟钉。在内地,她们嫌卫生脏,
手洗过的衣裳,又用洗衣机重新洗。
但月亮是肥皂洗出来的吗?要是衣裳
是牛奶和纸做的衣裳,哦要是
女人们想穿而必须洗一遍才穿。

　　请准许美直接变成纸浆。是风格
登台表演的时候了,你得选择说"再见"
还是说"不"。笑貌在何种程度上是美德,

又在怎样的叫好声中准许坏?没有美
能够剩下美。因为时间以子弹的精确度
设计了时尚,而空间是纯粹的提问,被
扳机慢慢地向后扣。美留有一个括弧,
包括好奇心,包括被瞄准的在或不在
全都围绕着神秘的"第一次"舞蹈起来。
　　而那也就是最后一次。想想美也会衰老
也会胃痛般弯下身子。夜晚你吃惊地看到
蜡烛的被吹灭的衣裳穿在月光女士身上
像飞蛾一样看不见。穿,比不穿还要少。
是不是男人们乐于看到那脱得精光的
教条的裸体?而毫不动心的专业摄影师
借助于性的冲突,使一个冒名和替身的世界
像对焦距一样变得清晰起来。但究竟是
看见什么拍下什么,还是拍下什么
他才看到什么:比如,那假钞,那钥匙?
　　突然海关就放行了。哦如果
港台人的意大利是仿造的,就去试试
革命党人的巴黎。瞧,那意识形态的
皮尔卡丹先生走来了,以物质
起了波浪的跨国步伐,穿着船形领
或V字领的T恤衫。瞧那老派
殖民主义的全副武装,留够了清白
和体面,涂黑了天使,开口就讲黑话。
那敌我不分的黑,那男女同体的黑,
没有一个人能单独晒得那么黑。
太阳呆着像个哑巴。

姜涛：在90年代诗人群落当中，欧阳江河通常被认为是一个纯技术主义的诗人，即他的价值和成就，主要体现在惊人的修辞能力上。他的诗歌技法繁复，擅长在多种异质性语言中进行切割、焊接和转换，制造诡辩性的张力，将汉语可能的工艺品质发挥到了炫目的极致。这种特征一方面为他赢得了声誉，另一方面也不断成为他人诟病的口实，尤其是近来，当他的诗艺受到了广泛的模仿，而"复杂性"的追求，又面临来自公众和新诗人的普遍敌意之时。然而，从另一个角度看，欧阳江河也是一个主题意识极强的诗人，从早期的《手枪》《汉英之间》，到具有转折意义的《傍晚穿过广场》，再到这里要谈论的《时装店》，对公共生活的兴趣——政治，性，文化——一直支配着他的想象（当然，欧阳江河也常常出现一些经典的私人抒情因素，但不是推动性的力量），他技艺上的翻新，往往也伴随着主题空间的扩张。因而，在挑剔"炫技过程"的同时，还应当关注它是怎样发生、展示的，它又与诗人特定的主题意识有着怎样的关联。《时装店》一诗，在欧阳江河的诗作中肯定不是最好的，但在解读他的诗歌特征方面，却又是最具代表性的。

《时装店》写于1997年，在欧阳江河的写作年表上，应该属于最晚近的作品之一。标题本身，就设定了一个基本的主题范围。欧阳江河在描述90后代以后诗歌走向的变化时，提出了一个重要的说法：近年来国内诗人笔下的场景大多具有中介性质，即哈维尔所说的介于私生活和公众生活之间的场景，比如翟永明的咖啡馆、西川的动物园，孙文波、萧开愚的小城、车站等，并且将其与以家园、麦地等所谓非中介场景为中心的写作进行比照。虽然上述场景，在不同的诗人那里，具有的内涵和实现的功能是迥然不同的，但欧阳江河还是敏锐地抓住了某种似乎出于偶然的共性。表达了一种90年代诗歌的独特抱负。具体到欧阳江河的这首诗，"时装店"与其说是一个实体性的场景，不如说是一种全球化时代的文化想象，诗歌并没有描述一个现实的时装店，而是在抽象的隐喻层面上，构筑了一个虚拟的存在：当代世界在本质上，就是一个时装店。

在结构上，全诗没有分节，几十行诗句一贯到底，再加上语义和意象的密度很大，转换速度又极快，由此造成了一种密不透风、眼花缭乱的阅读效果。如稍加注意，却不难发现，诗人其实用首字缩进的方式，暗中设制了9个诗歌单元，虽然并非各自封闭、独立，但在彼此的替代、衍生间，还是显出了诗歌空间的转移。

起首的一段，似乎给出了诗歌发生的场景和动机：在通过海关时，一本时尚杂志遭到检查，从杂志封面上"无名"的模特腿，诗人展开了一系列联想："香港脚""印度香""伦敦雾"三个词，首先在一种殖民主义的反讽氛围中，暗示了不同的、具有标志性的地域或文化间的相关性，"模特腿"不再属于一个具体的个人，它的"无名"源自吹得地球辨不清东西南北的一体化浪潮，而"旅途"作为背景，更突出了这种"跨越边界"的印象。其后的若干诗行不过在强化这一主题，"海关"既是联想发生的现场，也是跨界之处，"海关在考虑美"，一句以及随后出现的"乌托邦"一词，将对"模特腿"的盘查引申了，诗歌主旨被巧妙地烘托出来：在一个跨越边界的复合空间里，一切都变得不确定了，即使是美和乌托邦这样的终极性存在。

"模特腿"虽然丧失了确定的身体（身份），但并不安于无名的状态，在下面的几行，"由两条换成了四条"，静态的画面开始活动起来，向外部伸张。在这里，"跛，在某处追上了跑"一句体现了欧阳江河的典型修辞，他习惯于在一系列对位、互否的关系中把玩，"跛"与"跑"成为互换的动作，除造成一种反常识的悖论张力外，某种借以评价、关照生活的尺度也随之被动摇。借助"腿"这一形象的衍生，一个花花绿绿，又矫揉造作的服饰世界展现于诗歌的第二段中。"逛女人街"，成为想象力运作的最佳隐喻。不用多说，"女人街"自然让人想到汇集的时尚、小巧的饰物、无聊却深奥的闲暇，以及不指向购买的目光消费。但与高级时装店相比，这里的一切又是廉价的、仿制的，没有优选的特权，恰好应对于诗人理解中的世界的本质。随后，一系列对位关系，"女性"与"男性"，"白"与"黑夜"又在被无情地玩弄，但技巧和主题发生了奇妙的交错,某种洞察力的介入,使得对位关系的颠覆和扰乱,在轻巧中不失机智:"满世界的新女性/新就新在男性化"。

这一段诗行又在大幅度的转换:由"女性"联想到刺绣,又由"针脚"与"韵脚"的谐韵,将书写活动纳入与服饰世界的对照中。"你迷恋针脚呢/还是韵脚?"两个问句,其实不是在提问,而是提示读者和诗人自己,"想象"可以在"形象"间如针、如线般自由穿行,将文本世界(闲笔、伏笔)与服饰世界编织在了一起,恍惚间一切都只是装饰性的风格呈现。

从第二段结尾到第三段,作为"华彩"部分的意象"变形记"出现了,从"单衣"到"公主的云",从"云"到裤子、剪裁,以至"牛仔雨",读者看到的,是一个意象生长出另一个意象,一个动机里变化出另一个动机,其间依靠的是意象间的相似性或逻辑关系。表面上看,这里只是技艺的炫耀,欧阳江河强大的联想能力也真是让人叹服,但事实上,诗人又完成了一次空间推移:将服饰世界与自然世界进行类比,在诗人笔下,自然也不过是可由时尚、风格任意剪裁、拼凑的材料而已。这种推进方式,其实也就是整首诗的展开方式,欧阳江河不是像有的诗人(如王家新)那样,通过缓慢的独白,趋近一个主题,或是自由地发展一个主题,获得意外的惊喜(如臧棣),而是在一个既定的主题层面上,穷尽想象力的可能。在这里,一种奇特的共生、同构关系发生了:诗人的想象力,开始代替时尚的逻辑,君临并加工这个作为"服饰原料"的经验世界。

在第三段的末尾,诗歌空间又发生了一次转移,"帽子"——"头"——"掉过头来走",实现了语义的过渡:"清朝与后现代,只隔一条街"一句很容易解释,前面在地域、服饰、文本、自然间建立的转移关系,推进到了时间轴上:在时尚的逻辑中,不同的时代也可任意穿越,只有一街之隔。而从"街",诗人又搬出了华尔街、秀水街,这两个具有标志性的街名,表明地域的差异已被时尚的一体化作用替代。从某种角度说,这又是主题的重复,因而,与其说诗人是在传达一个主题,不如说在卖弄一个主题,享受它带来的诡辩的力量。如此的"伎俩",一直持续到第六段的末尾,在服饰世界和各类经验空间中的游走,变形和饶舌的把玩,勾画出一个无所不包的总体性时尚空间,在其中自然、生活、性别、语言都抽离出来,扬弃了差异,变成可由风格任意摆布的材料——有趣的是,在诗中,这一点不仅是诗人所要表达的对"时尚逻辑"的认识,同时也是诗人想象力的运作的主要方式,它既是主题的揭示,又是技巧的展演。

经过了湍急的意象流动,在第七段中,我们会发现,诗歌峻急的速度慢了下来,视觉形象也变得稀疏了,追问和讨论的口吻替代了意象的变形,成为内在的推进力。诗人开始直接检讨他的主题——美、风格、时尚——似乎到了该总结的时候了。值得注意的,是最后对"美"的解说:

> 美留有一个括弧,
> 包括好奇心,包括被瞄准的在或不在
> 全都围绕着神秘的"第一次"舞蹈起来。

美是空无的(括弧),只与好奇心和时间的"瞄准"(时尚的更替)有关,但这一切背后存在的是一个不能被把握、认识的神秘的"第一次"。作为本源,它抗拒时间的改写,处在想象力之外,没有人能消费,却又暗中左右着一切。更重要的是,这个"第一次"在诗里没有被形象化,只是一个抽象的存在,但在"她"周围环舞的世界,却沉沦到形象之中,只能在替换中找寻瞬间的快感。这一行,似乎引入了一种超越性的形上话语,表达了一种本体性的思考。但从写作的角度看,其实,它还是修辞性的,目的与整个第七段一样,在于引入一种玄想的因素或语调,来中和前面的密度和速度,提供一种语义上的缓冲,也由此与超级市场般的时尚世界拉开一定的距离,形成些许的反思、批判,即便只是轻描淡写的一笔。

但诗人还是忍不住让"美"肉身化,从"美"也会衰老开始,一个女士的形象最后出现了：她在历史的封面上，虽柔弱依旧，却已是多病之体："想想美也会衰老／也会胃痛般弯下身子。"借助一个悖论，"穿，比不穿还要少"，诗歌视角发生了有趣的变化，具体而言，前面的几段诗行，都是以女性为中心的，在时尚中，她们既是主宰，也是奴隶。但这里，一种男人观看的视角出现了：

> 是不是男人们乐于看到那脱得精光的
> 教条的裸体？而毫不动心的专业摄影师
> 借助于性的冲突，使一个冒名和替身的世界
> 像对焦距一样变得清晰起来。但究竟是
> 看见什么拍下什么，还是拍下什么
> 他才看到什么：比如，那假钞，那钥匙？

　　色情的因素，起到了一种黏合的作用，"看"最终也不是主动的，也是受摄影镜头支配的。在时尚的世界中，没有了施动者，对世界的认识取决于"拍"的角度。最后一段，"海关就放行了"，最初的场景重新浮现，让诗歌首尾有了意味深长的照应，刚才的一切，不过是某种"停顿"中的浮想联翩。在处理现实经验的当代诗歌中，往往会出现这样一种类似的"时刻"。在这一时刻，现实的法则和生活秩序突然终止，另外一个世界顿悟式地出现，在张枣、多多等诗人那里，这个世界可能是一个自主的、神秘的世界，与某种脱序后存在的领悟相关。在某种意义上，欧阳江河也采纳了这一模式，但把"一刻"，变成了一个庞杂的联想世界的入口。而且，当"现实"回复，海关放行，他的联想仍没有中断："港台人的意大利是仿造的，就去试试／革命党人的巴黎。瞧，那意识形态的／皮尔卡丹先生走来了——"纷至沓来的名词，正好与通过海关中匆匆走过的各色人等对应，形成一种视觉上的可感性。在此处，我们会发现，诗歌中真正的中介性场景，是海关，是各种政治、语言、

人种汇集之处，在跨越或穿行的边界，风格上的仿制决定了一切，海关成了时装店的替换物，时尚不仅瞄准了美，也同样伴随着左右了政治生活和殖民的历史。这些不相关的事物，迈着"跨国步伐"向前席卷一切，不可阻挡。

　　黑与白，是全诗抛出的最后一项对位：在这里，显然指称着一种肤色上、人种上的差异。如果将"黑"与殖民主义的文化内涵联系起来，可能的解释是："白"对"黑"的殖民，只是老派的文化逻辑"清白又体面"的往事，当"黑皮肤"成为一种风行的健康时尚，"黑"与"白"之间的老关系被新的时尚同一性取代，而且这"黑"的时尚是集体性的，强制性的，泯除了背后实际的种族差异的，更与自然的本质无关——"太阳"，被晾在一边，成了一个无能为力的哑巴。

　　由上面的解读可以看出，《时装店》一诗，在主题意识上并不复杂；相反，在一个庞杂的时尚世界，所有事物都脱离了自然的归属，卷入一个不断替换、流动和复制的全球化旋涡，正是当前许多文化批评关注的问题。但欧阳江河的特殊之处在于，他不仅在诗中谈论了自己的主题，而且在想象力上不断回应、验证它，诗歌中意象的彼此推进、互换，对位关系的不断把玩，所遵循的正是时尚的法则。技巧像是从主题中分泌出来的，而主题也最大限度地修辞化了，二者互为表里，难以区分。似乎可以做如下假设：在一个由时尚逻辑支配的总体化世界中，即使是作为批判力量的诗歌想象，也难逃时尚逻辑无所不在的渗透。

　　一方面，诗人检讨着世界，一方面又戏仿这世界，享受其中无穷的乐趣，这种暗中的"共谋"关系，从伦理的角度看，自然可以成为责难的口实，但诗人的创造力却不会黯然失色，因为他的职责不在于提供清晰的道德观，在风格的探索中，展示在世界面前想象的含混和尴尬，反而可能更是他的优长所在。无论是"中介性"场景的凸现，还是对"时尚世界"的翻检，道德的、历史的关怀更类似于一个活塞，为封闭在"修辞陈规"中的语言活力启动一条出路，激活一个舞台，满足想象力的热情。在这个意义上，《时装店》中的

"花花世界"并不是诗歌的"宾词",它或许只是一个"状语",真正的主语和宾语,都是"写作"本身,虽然作为某种质询的力量,其位置仍暧昧不明。

课 堂 讨 论

臧棣:欧阳江河的诗是公认的难以读懂,在他的诗歌中有一个重要的问题就是修辞的问题。他的修辞方式在当代诗坛上是比较独特的。在80年代中期以后,中国诗歌对修辞有一个反省。海子明确提出诗歌要反修辞。因为中国诗歌由于受到修辞的束缚,在力量上有一个很大的欠缺,致使修辞变得"文学化",而诗歌也丧失了力量。因此,80年代中期以后中国诗人一直在寻找一种修辞方式,海子找到的方式是"反修辞":他提供的方式比较质朴。而欧阳江河的方式是另一种方式,"加强修辞":把诗歌的基本力量从修辞上来体现。他用了很多诡辩学的方式来加强诗歌内部的一种推进力量。但是现在看来我有一点疑问,他的这种"加强修辞"有一种过度的倾向。另外的一个问题是,有很多指责指向当代诗歌,包括欧阳江河的诗歌,离现实主题比较远。但是从这首诗可以看出,像欧阳江河这样的诗人还是非常关注现实主题的,只是他处理现实的方式可能和以往的诗人不一样。以往诗人处理现实有两种比较经典的方式:一种回避现实,完全抒发诗人自己的主观感受;还有一种是反映现实或者说罗列现实,把现实的原貌反映在诗歌当中。欧阳江河处理现实的独到在于通过语言的力量重新编织现实,让现实呈现出语言的面貌,把现实进行了一种变形。比如在《时装店》这首诗当中,它的现实主题非常强烈。刚才姜涛也提到过,很多想改造历史的努力到最后都逃脱不了时尚化的命运。时尚最后战胜这些努力,改变了历史或者说颠覆了诸如意识形态等在内的种种力量,最后变成历史的主角。

在诗歌的逻辑或者说结构上,欧阳江河也有自己独特的地方。这已经成为现在诗人普遍采用的一种方式,就是把诗人的视角作为一个诗歌的基本连接点,也就是说诗歌的主线不在文本当中,很可能在文本之外。有时一首诗歌跳跃性很大,逻辑也不是特别的明显,但如果挖掘诗人的想法,就会发现所有的意象和所有细节的陈列都和诗人的视角有关。诗人的视角是一个投射点。

另外欧阳江河的诗歌也反映了当代诗人对"诗歌的中心到底是什么"的一个普遍的想法。新诗开始以来,新诗人一直致力解决的问题,或者说新诗的巨大的审美焦虑就是如何增强新诗的美感。在欧阳江河的诗歌中,诗歌美感的倾向并不是主要的目标,而是增加诗歌的强度或者力度。也就是杨炼说的"他妈的力度"。这个力度其实就是诗人的主体性和意识,即诗人对诗歌方式的一种强制。

胡续冬:读像欧阳江河这样的,无论在作品、观念或是批评实践上都产生过很大影响的诗人的时候,难免会遭遇这样的难题。对一些对诗歌训练有素的人来说,在阅读过欧阳江河自己撰写的大量文章后再来读他的作品时,很容易在解读过程中自觉或不自觉与他达成"合谋"的关系。欧阳江河自己的文章、相关研究文字以及读者自己的阅读,三者构成了一个封闭的默契的表演。欧阳江河在处理时事、地缘政治学和全球化语境下杂多的亚文化现象时确实保持了一定的距离,呈现了显著的冷叙述。但实际上,正如姜涛刚才所揭示的,他与所叙述的对象有一种同构关系,在表面的冷叙述中实际上在行使着对现象的消费和挥霍,实际上批判的向度非常的弱。如果我们加入这种消费,实际上只是在这个封闭的阅读圈进行某种心照不宣的表演。在有距离的关照的表面下实际上对现象完成了一种消费,而读者也只是参与了阅读快感的分享。但是如果能够捕捉江河本人制造的阅读默契中的缝隙,或许就可以寻找到打破默契表演的机会。

石可:"对位"是指音乐或电影中两个主题在结构上非逻辑平行,构成一定的意义。但是《时装店》中的并置并不构成这样的对位，而且在诗的形式上的推进也并不应该说成是转喻。而是很多小的隐喻修辞，但是过多的修辞让整体显得无效。也可以说欧阳江河用整体的繁杂来隐喻时尚批判的主题，包括《感恩节》，只有在小细节上才能获得阅读快感。而且诗歌的推进是在抽象中进行的。芜杂增加了表达的无效。

钱文亮：听了姜涛的细读再来看欧阳江河的诗歌，有一句话非常有启发："欧阳江河的诗歌是一种想象力的嬉戏"。这让我想起罗兰·巴特所论述的关于对意义处理的后现代技巧和策略。他也是通过对一些公共场景的解读阐述他的观点，对巴黎时装的研究是建立他的理论体系的材料之一。欧阳江河的时装店与罗兰·巴特的时装研究是否具有互文性？从这一点来考虑罗兰·巴特对后现代文本的解读，是有意义的。后现代的策略之一，就是对观看脱衣舞的解读，逐层脱去直到最后实际上是一片空白。最终的结果是没有意义，意义只存在于脱衣的过程之中。在欧阳江河的这两首诗中，意象非常的密集并且转换得也很快，在转换当中不断有意义的碎片闪现。整个诗歌的过程就是阅读的快感，非常类似罗兰·巴特笔下的脱衣舞表演，而他所提供的文本就是一个喜悦的文本，一种智慧游戏。能指并不直接到达所指，而是在平面上不断地转换和滑动，整个诗歌的意义就在于阅读和写作本身。

徐晨亮：欧阳江河的诗歌中的细节的确构成了隐喻的向度，但是经过无穷的反复，意义经过阐释变成可见物时，诗的整体就构成了转喻。当我们把诗歌中罗列的意象熟练地和道德关怀联系时，转喻的关系就已经完成。

胡续冬：欧阳江河的诗歌中的确有一些非常精细的小的隐喻，但是诗歌的整体构成和意义的衍生是转喻方式。文本背后的核心可以和纸面上的东西发生置换。

冷霜：在姜涛的解读中有一个问题非常重要，似乎《时装店》的形式是它内容的延伸，在主题和形式二者间构成某种关系。但是这种关系到底是自觉的处理还是表现出来的效果？这种效果又是怎样的？欧阳江河有一篇文章谈到他非常喜欢格伦·古尔德弹的巴赫，原因在于格伦·古尔德不同于其他对巴赫进行人性化诠释的演奏家，而是在演奏的时候完全擦去钢琴并且反复地演奏。这其实是欧阳江河对自己诗观的阐述。尤其是他的《感恩节》，可以从任何一个地方读起，仍然是一首形式非常严整的作品。一首诗可以从任何一处读起并且可以反复阅读，这其实是欧阳江河非常"革命性"的想法。

如果说革命性——左翼可以归纳为两种的话，一种是巴尔特式的激进的批评诠释文本，另外的就是伊格尔顿式的，他将巴尔特的激进归因于长期的书斋生活。欧阳江河的诗歌中向某种深度靠近的细节非常多，但是这类点题的语句没有得到任何强调而是放在不重要的位置，这样，带有任何意识形态的成分都被拆碎，编织进诗歌，并不允诺新的建设性东西，这就是他的革命性。他的诗歌就像一种舞蹈，但是绝对不会停止。

还有，欧阳江河诗歌中诡论多见。当诡论作为特殊强调存在和作为整体结构方式存在时就发生了意义上的变化，变成了一种消费。我们的阅读快感就与阅读古典作品时的沉浸式的快感不同，似乎某个开关被撬开，但这种感觉紧接着就被接下来的语流所代替。因而我们可以认定这种效果是自觉的，这样的对形式的处理方式中已经包含了他的诗观，他对文学所能起到作用的看法。但是这种革命性只能在圈定的范围内有效，一旦脱离了这个范围就没有办法去解释另外的东西。从文本的角度来说，他的"革命性"也带有某种"反动性"。

赵珩：我们的细读是一个阐释的工作，但是如果只站在作者的立场上，那么效果就会非常有限，无法最终形成批评。理想的方式，是将作品的细读和批判性的视角结合起来。具体到欧阳江河的诗歌，我们应该捕捉诗人无意识泄露的，而不是过多关注有意的呈现，从而寻找批评的途径。在欧阳江河诗歌中某些反诘性的句子非常重要，他试图通过这样的句子完成某种逆转，但是可能并不成功。这可能是一个关照的切入点。

冷霜：90年代后期我们都感觉他的诗歌没有什么突破，就是因为他这种革命性的可能性已经被穷尽。在阅读中的冒犯已经被考虑到写作之中，这种对语言和修辞的态度已经不可能再向前推进。而像我们这样的"经验读者"仍然会与他有意错位，会从另外的角度理解。例如在对《雪》的阅读中，一些感受上的带有人性的东西就被忽略。原因在于在他以前的写作中这类东西是被摒除在外的，因而我们会有感受上的失望。这也包含在他原来的写作中。这种方式本身就是一种封闭的，不能容纳更多东西的方式。

姜涛：我们在阅读诗歌的时候有两种期待：一种是对革命性的期待，一种是对诗的感受的普遍性期待。那么在阅读欧阳江河的时候必须把他放回当时发生的语境中。他的作品的价值来自于对整个诗歌价值的重写和一种革命的冲击力，不能用传统的、经典的对诗歌的期待来理解他。其实，这种革命性的或者说历史化的诗歌向度，和一种被认为是普遍性的诸如抒情、人性的诗歌向度间，一直存在对立，围绕当代诗歌的很多辩论都发生在这里面。但需要考虑的是，这种经典的抒情、人性式期待，到底是诗歌的本质，还是仅仅是一种审美的积习。欧阳江河的诗歌，到底在何种程度上只是一种革命性，而不构成诗歌本身的拓展，以及可以延续的传统，这个问题值得讨论。"革命性"本身不是时尚，但却可能只被理解为时尚。当诗歌的风气变化之后，大家都认为它已成为风格的历史，可以被封存、讨论，但已经被磨尽可能性，已经无效。这样的看法值得追问，或许欧阳江河的诗中，还是提供了一些可发展的向度。

石可：经验读者和普通读者的阅读期待是完全不同的。把革命性作为阅读的期待本身的诗歌意义有多大，这是不是一种"审美歧视"？普通读者要求的深度打动和对革命性的期待两者是否有高下之分呢？

姜涛：我的意思并不是要对两种期待做价值上的判断，我关注的是这种对革命性的期待能否常规化。欧阳江河的《1991年，夏天谈话录》，在很多朋友看来非常出色，因为它实现了一种妥协，在革命性的变化和传统的东西之间达成了融合，它在诗歌的张力上、在悖论上、在反讽上力量一点不减，同时诗歌的深度和抒情的力量同样存在。因而，这种革命的力量是不是只能是不断变化的风尚，是不是能留下一些东西？

赵珩：欧阳江河的诗歌处理方式也许对一般的读者造成冒犯，但对经验读者来说可能已经是倦怠。而这里面呈现的问题是我们对传统诗歌的经验恰好是倦怠的产物。因此一首好诗可能要在两者之间达到平衡。在冒犯和妥协，在保守和革命之间找到通融的地方。用这种标准来读诗可能是恰当的方式。

胡续冬：姜涛刚才提到的问题其实非常重要。从一首诗的阅读上升到如何看待当代诗歌和诗人的问题。作为一个写作者，对待不同的诗人我们会有不同的要求。对欧阳江河这样的诗人，我们会期待从他那里榨取可以刺激写作、更新诗歌理解，也就是可以生产出来的革命性的维度。而对其他的诗人，我们可能接受更多的是关注他在普遍的文学观念下的"流通量"和被叙述的状态。前一类诗人也会面临转化期，当革命性的能量释放到达临界的时候，通过经验读者并且以经验读者的身份将他经典化，或者从更大的领域内来说，在文学史书写中如何将他经典化，就成为一个有趣的问题。当代诗歌传统自身也面临着经典化环节，而是不是经典，如何经典化，是需要考虑的复杂问题。我们的这门课，可能也有这样的预设动机吧。

洪子诚：胡续冬讲到这个课对当代诗歌经典化的"预设动机"问题，我要做一点解释。事实上，大学的教学，包括文选，作品解读，文学史叙述，都包含有不同程度的"经典化"的动机，这是不能否认的。这门课不管如何，也肯定包含这样的想法。但从我自己来说，还是有很明确的"警惕"的心理。所以，我欣赏一种不太确定的，有所怀疑的，批评性的，也包含自我反省的处理态度；尤其在处理离我们这么近的现象上，这种态度更加必要。

今天的课对我来说很有收获。一方面是对欧阳江河诗（主要部分，但不是全部）的特征的深入分析；这个分析很到位。另一方面，从他的诗讨论了当代诗歌的一些重要问题：写作上的，阅读上的，阅读上"经验读者"和普通读者的区别和关系，等等。大家使用了"革命性""冒犯""消费""时尚"这些词，可以看到心目中对"先锋性"诗歌的一种期待。"革命性"的冲击，也就是对"传统"的观念、方法、阅读期待所产生的"冒犯"。"冒犯"是赵垿用的词。这里可以引出许多很有意思的话题。比如，"革命性"变革与"传统"的价值和方式的关系；又如，"革命性"在怎样的情况下转化为消费的"时尚"，这种转化该如何评价；还有是"经验读者"和一般读者之间的关系，这里是否存在等级，而诗人又是如何预设自己的阅读对象。这里其实存在许多不能简单判断的悖谬的东西。新诗从胡适等开始，在诗歌观念和方法上，就不断出现"革命性"的，或先锋性的东西，包括左翼的诗歌。但这些东西最终是否能有效地"加入"到新诗艺术传统的构成，那并不一定；从另一个角度说，以冒犯、颠覆"传统"的面目出现的"革命性"因素，是否应该以削弱其冲击力为代价而成为强大的"传统"中的细节？而"革命性"的东西是否难以摆脱"时尚化"或"制度化"的宿命？这些问题，都既有趣，又难解。

吴晓东：欧阳江河的问题可能是在处理异质性的问题时，将其平面化。他在处理意象，将世界同质化的同时，也把自己诗歌的文本世界同质化了。而关键的问题可能在修辞上，他的修辞和语言，与他处理的世界具有互文性。

一方面他在处理对象世界,一方面在处理自己的诗艺。这就有一种元诗歌的味道。韵脚问题,人称变化,回文现象,都是围绕着诗艺问题的。在这个意义上,在写作这首诗的同时,他也告诉别人诗歌是如何写作的,指示性很强。因为对修辞的过度关注,有一种元指涉的意味。而欧阳江河诗歌方式中的封闭性有可能来自于这里。对位、悖反性的东西用得太繁复,最后就可能会造成重复感。他将世界修辞化,文本化,这就像罗兰·巴特和本雅明提到的,全部来自于复制。将异质性的世界同质化,同时将自己也同质化了,这就是他的问题。

欧阳江河简介

1956年生于四川泸州,本名江河。中学毕业后曾下乡插队,服过兵役。1979年开始发表作品。80年代写有长诗《悬棺》《玻璃工厂》等。90年代初旅居美国。诗作带有繁复的修辞倾向,由于跨界的生活经历,作品多有对全球化语境中的文化、精神现象的剖析。著有诗集《透过词语的玻璃》(1997)、《谁去谁留》(1997)、《事物的眼泪》(2008)等。

[第五次课]

透过诗歌写作的潜望镜
——读翟永明的《潜水艇的悲伤》

主讲人：周瓒、曹疏影
时　间：2001年10月29日下午
地　点：北京大学五院中文系当代文学教研室

潜水艇的悲伤

9点上班时
我准备好咖啡和笔墨
再探头看看远处打来
第几个风球
有用或无用时
我的潜水艇都在值班
铅灰的身体
躲在风平的浅水塘

开头我想这样写：
如今战争已不太来到
如今诅咒　也换了方式
当我监听　能听见
碎银子哗哗流动的声音

鲜红的海鲜　仍使我倾心
艰难世事中　它愈发通红
我们吃它　掌握信息的手在穿梭

当我开始写　我看见
可爱的鱼　包围了造船厂

国有企业的烂账　以及
邻国经济的萧瑟　还有
小姐们趋时的妆容
这些不稳定的收据　包围了
我的浅水塘

于是我这样写道：
还是看看
我的潜水艇　最新在何处下水
在谁的血管里泊靠
追星族，酷族，迪厅里的重金属
分析了写作的潜望镜

酒精，营养，高热量
好像介词，代词，感叹词
锁住我的皮肤成分
潜水艇　它要一直潜到海底
紧急　但又无用地下潜
再没有一个口令可以支使它

从前我写过　现在还这样写：
都如此不适宜了
你还在造你的潜水艇

它是战争的纪念碑

它是战争的坟墓　它将长眠海底

但它又是离我们越来越远的

适宜幽闭的心境

正如你所看到的

现在　我已造好潜水艇

可是　水在哪儿

水在世界上拍打

现在　我必须造水

为每一件事物的悲伤

制造它不可多得的完美

1999. 9. 18 第一稿

2000. 9. 21 第二稿

　　周瓒：第一次读到这首诗的时候，被它的冷静、克制、微讽的含蓄基调所吸引。翟永明写于同一时期的其他几首诗也是我喜欢的，如《出租车》《第二世界的旅行》《轻伤的人，重伤的城市》等等。但是，相比而言，《潜水艇的悲伤》要来得复杂、迂回曲折得多。初读的时候，一些句子很吸引人，如："如今战争已不太来到 / 如今诅咒　也换了方式"；"潜水艇　它要一直潜到海底 / 紧急　但又无用地下潜 / 再没有一个口令可以支使它"；还有最后一节。但是，想要揣摩诗的深意，却又处处受阻。因为，诗在内在的展开方式上，有大量的跳跃和省略，词语之间的关联比较错综复杂，而且很多词语是翟永明的写作中常用但又经过她重新定义的。

　　"潜水艇"是翟永明从前的诗中从未出现过的。这首诗的题目——"潜水艇的悲伤"是一个拟人化的表述。第一节中,又有个短语"我的潜水艇",后面还有另一些短语,如"你的潜水艇""我已造好潜水艇"等等。根据这几个短语,我们理解到,"潜水艇"暗指诗人的创造,工作,也是创造的成果,诗人劳作中分离出来的客体。对潜水艇的描述,涉及的可能是和"写作"有关的话题。我们来看第一段,这里写了一个日常生活的情境。诗中的"我"称自己在上班,准备咖啡和笔墨暗示写作的行为;后面又说"我的潜水艇都在值班",上班的写作与潜水艇值班在这里作了关联。这是把写作理解为现代生活的一个环节,试图解除写作行为的传统的神秘化。关于风球,翟永明自己说过:"风球是指沿海地区预报台风的警示,我写这首诗时,朋友正打电话告诉我深圳已打出第五个风球,意为很大的台风要来了。"不过,即使台风到来,潜水艇也会安然无恙,因为它有一个避风港。这里翟永明没有使用"避风港"的词,而是用了"浅水塘",它的意思比"避风港"要复杂,也和潜水艇本来的性质,存在方式构成一种悖谬。

"潜水艇值班"对写作行为的隐喻,在开头就有明显的提示。一是我刚才讲的为写作准备的咖啡、笔墨;二是诗人赋予值班的潜水艇"有用或无用"的功能。关于探讨写作性质、过程的诗,我们读过的不少,比如谢默斯·希尼的《挖掘》。《挖掘》的头两行:

在我的食指和拇指间
我粗短的笔搁着:安适如一把枪。

有意思的是,《潜水艇的悲伤》和《挖掘》都用了跟武器相关的喻体。希尼用的是"枪",而翟永明用的是"潜水艇"。也都有一个相近似的情境:希尼的笔蹲在手中休息,而翟永明的潜水艇则躲在风平的浅水塘值班。但这里有一个差异,"笔"与"枪"的联系非常直感,而与"潜水艇"相对应的本体是什么呢?根据弗洛伊德式的理解,"笔"是男性最爱用的喻体,是个男性化的词儿。相对而言,女性无"笔"可用。我希望下面的解释不会被看作生硬、勉强:翟永明在这里用的几个词是咖啡、笔墨,它们是偏重于液体的隐喻;而且对于潜水艇,她用"身体"这个词来限定它。所以,潜水艇不是器官,而是身体本身。在这里,我们或许可以从两位诗人的写作中,发现某种性别表述的差异。

接下来的三节诗可以看作一个段落。因为这首诗有明显的结构提示:"开头我想这样写","于是我这样写道","从前我写过　现在还这样写"。根据这几句,我把诗分作四个部分。

> 开头我想这样写:
> 如今战争已不太来到
> 如今诅咒　也换了方式
> 当我监听　能听见
> 碎银子哗哗流动的声音

这里用了一个关键性的词"监听"。这是一个位置隐蔽、密切关注着事态变化的紧张者的形象。我想起希尼曾谈到诗人的这种写作性质:"紧张地倾听一种紧张。""如今战争已不太来到"暗示情境的巨大变化导致的潜水艇的"无用"性,战争也好,诅咒也好,都是人类内部冲突的体现;这些或庄严,或残酷的关系和对抗,这种可见的冲突,现在都被"碎银子哗哗流动的声音"取代。"哗哗流动"的用语当然与潜水艇相关:它(也是"我")所"监听"到的,不再是"敌情",而是主宰这个时代的消费的行为。

由上一节关于消费的隐喻开始,第三节作了延伸。这种具体的消费行为,也是围绕与潜水艇相关的海、鱼等展开。这里有一个生动的蒙太奇式的图画对接:

鲜红的海鲜　仍使我倾心

艰难世事中　它愈发通红

我们吃它　掌握信息的手在穿梭

当我开始写　我看见

可爱的鱼　包围了造船厂

国有企业的烂账　以及

邻国经济的萧瑟　还有

小姐们趋时的妆容

这些不稳定的收据　包围了

我的浅水塘

　　回到"写作"这个基本命题上来，我们大致可以发现，诗人用造船厂、浅水塘是为写作行为构造的环境和空间：自在、完整、自由和结实——如同弗吉尼亚·伍尔芙那个典型的著名的短语——"自己的一间屋"一样。翟永明在致友人的信中说，"对我来说，'生活的诀窍'（注意：不是写作的诀窍）就是把自己变成一个罐子，既可占据黑暗中的一个角落，又可以接纳生活的一掬活水以映照内心的寂静和灵魂的本性"（《生活的诀窍——给李有亮的一封信》，见翟永明《纸上建筑》）。因为有了自我的圆融和充分，女性写作确实有艾莱娜·西苏所形容的那种"空中的游泳者"的性质："对于生活。她什么也不拒绝，她的语言不是囊括，而是运载；不是克制，而是实现"（《美杜莎的笑声》，收入张京媛主编《当代女性主义文学批评》）。所以，注意到第三、四两节的一些词是很有必要的。"艰难世事"似乎是对现实的不经意的评估，是对个人在时代中的状况的漫不经心的描画。"信息"和"收据"这两个词，则显示了诗人对于现代社会生活特征的一种理解：信息很多，收据不稳定，但它们都只是生活的表面，包围着浅水塘；而写作却必须深入——

潜水艇必须"下水"。在这里,"包围"一词提示了一种受困的经验,在这样的现实生活中,她正被纷杂、无穷的信息(不稳定的"收据")包围——写作的环境和梦想的空间遭遇围困。

因而,和前两节相比,第三和第四两节体现了更复杂的情绪,一种反讽的语调贯穿其间。从"鲜红的海鲜"在"艰难世事"中"愈发通红",到"可爱的鱼 包围了造船厂"的童话氛围,再到"国有企业的烂账""小姐们趋时的妆容"这对现实境况的冷静、讥讽的概括——我们能反讽语调中能感受到一种醒世感和批判意识。那么,它们和写作又构成什么关系呢?

> 于是我这样写道:
> 还是看看
> 我的潜水艇　最新在何处下水
> 在谁的血管里泊靠
> 追星族,酷族,迪厅里的重金属
> 分析了写作的潜望镜

这一节点出了写作的那种内在沉潜的特征。犹如希尼的"挖掘",翟永明这里则是潜水艇"下潜",是"泊靠"和"潜望"。这一节后四行是全诗的重要的转折。从"我的潜水艇　最新在何处下水"到"在谁的血管里泊靠",诗人由象征的本体自由地滑向一个喻体,潜水艇须得在水中潜航,而写作从对象性上讲,则是要深入到生命当中,体味激情的方向和强度。"谁的血管"把这个喻体巧妙自然地引发出来。或许"谁的血管"是个狭小、逼仄的孔道,不过,接下去,诗人把它引导为一个族群和类项的概念空间。"追星族、酷族"把诗带向现实世界,是这个世界中的事物影响着诗人的写作。"追星族、酷族,迪厅里的重金属"作为下一行的主语,和"分析了写作的潜望镜"在句意上颇复杂模糊。接下来的诗句或许会提供给我们一些信息。

酒精，营养，高热量
好像介词，代词，感叹词
锁住我的皮肤成分
潜水艇　它要一直潜到海底
紧急　但又无用地下潜
再没有一个口令可以支使它

　　这节诗的头一行，列举了人的生命存在所需的几个要素，而对于人生存高度重要的几个要素，对写作者来讲，却是几个虚词——介词、代词和感叹词。虚词——隐约削弱了第一行列举的三个词语所包含的意义，但它们关联的、承接的、富有感情色彩的功能也是不可少的。"锁"则一方面提示了虚词在言语创造中的作用，另一方面其关闭和设定之义，把写作中完整稳定的自我状态比喻为潜水艇浑然而结实的身体。

　　第五六两节作为全诗的第三部分，既有其内在的独立性和整体性，又有与第二部分相照应的地方。当我们读到"潜水艇　它要一直潜到海底/紧急　但又无用地下潜/再没有一个口令可以支使它"时，我们会回想到，这是第五节开始时的内省的心得。"还是看看/我的潜水艇　最新在何处下水"，通过一番审察后意识到，写作的外在禁锢和约束被抛开了。生活的表层影响不了内在潜望之眼的观察。

　　与谢默斯·希尼在《挖掘》中正面开掘的有关写作的主题不同，翟永明在这首诗中与其说是探索写作行为的特性，不如说更是反思了写作的功能。写作是沉潜的探索性活动，但却是一种无用的行为。这首诗蕴含了一种内在的张力，从诗人反省自己被日常信息和生活表象所围困开始，到这里，诗人意识到，写作行为实际上虽紧急，却无用。然而，"我的潜水艇都在值班"。这种"紧急　但又无用的下潜"是一种需要："它要一直潜到海底"。"要"的肯定和固执，在于它是一种内在的需要，它和人类的创造本能同属于一种动力源。

我们说，翟永明90年代的诗歌写作增强了观察、分析的成分，从这首诗可以明显看到。这种分析在这首诗里，表现为朝向写作自身。"监听""潜望镜"，以及第五节的"还是看看""何处""谁"的动作和提问，都显示写作中的距离感，一种质疑和期待的立场。伴随着几个有关身体的词语——手、血管、皮肤的加入，使这种分析的精神性得到凸显。

> 从前我写过　现在还这样写：
> 都如此不适宜了
> 你还在造你的潜水艇
> 它是战争的纪念碑
> 它是战争的坟墓　它将长眠海底
> 但它又是离我们越来越远的
> 适宜幽闭的心境

这个时候，诗像打开一扇门一样打开了内部。"都如此不适宜"却"还在造你的潜水艇"，以及在两个"它是……"之后紧接着"但它又是……"的句式，这种我特别喜欢的奇妙的转折和递进，包含了与坚持连在一起的自我质疑。这种矛盾、悖谬，正是潜水艇"悲伤"的所在。

按照上面的分析，也许可以做这样的归纳：潜水艇是写作中"诗人之自我"的象征。我造我的潜水艇，而且，"现在　我必须造水"——写作，既是对自我的创造，也是对生活现实的创造；这个创造来源于对生命、对事物完美性的永恒寻求，而这种寻求的过程，有着悖谬性质的内部矛盾。这是一首诗歌史上并不罕见的"以诗论诗"的作品，它的创新性表现在揭示了写作内部的与心灵有关的复杂情境——这既有某种共通性，但又完全属于翟永明本人。

曹疏影：和很多貌似平易的作品一样，诗的开头也是一幅亲切的日常情境:"9点上班时／我准备好咖啡和笔墨／再探头看看远处打来／第几个风球"。"咖啡"和"笔墨"作为"上班"的"道具"暗示出叙述人"我"的日常身份,同时也对"上班"作了意义偏移,写作／写对于"我"而言,构成了一种相当职业化的生存状态,它与"我"的生存之间不仅休戚与共,更意味着一种相互负有责任的"现代"关系。同时,这里也正是将"写作"作为文本意图之一在下文不断深化、复写的最初暗示和基础。"风球"是沿海地区对台风预报的俗称,由此这里的场景便不局限于仅仅是日常的"情景",而是达到了一种充满张力的"情境化":写作的空间充满着紧张的"预示",它将再度面临那"已经"遭遇过的"风暴"。这种来于外部的"紧张"感随即在下文的"值班"中得到呼应。这里是潜水艇的第一次出现,简单看来,它是属于"我"的,然而也可以是"我"的状态、"我"的写作,甚至就是"我"本身:简单的规约反而形成了多重的不确定,这也正是翟永明在语言构造方式上的特点之一。

总之,在台风袭来之前,"浅水塘"是"风平"的,潜水艇"躲"在那里,并处于一种警惕的"值班"状态中,与此并行的是一次写作行为的"准备"阶段。在"写作"的"准备"之后,第二节出现了这样的句子:"开头我想这样写:"这里出现了"写作"之中的"写作",随着这样的"嵌套",诗中出现了两套话语方式／代码,一种出于作者实际的写作行为,产品客观明晰,另一种则来自叙述者"我"的"笔"下——一次虚拟的写作行为。它包含于前者,又相对"独立",叙述角度的一种"内倾"的微调和分节的形式考虑,使之与实际行为结果的其他部分造成了一种有距离的"间隔"。两者之间固然因此而存在着相互的冲突,但在这里,我们更多地看到的却是一种互渗性,其他部分与虚拟行为的代码呈现出一种暧昧的胶着,而在意图上则阶段性地不由自主地融合,以至于作者需要不断提示后者的存在:"于是我这样写到""从前我写过　现在还这样写"……外在的形式隔断和有意的声音裂隙,恰与内在的流畅形成张力,恰如双色的马赛克地板。

除了关于"写作"——也即"存在"本身——的主题考虑外，我更相信它来自于一种自我交流的需要，而这种需要则产生于自省意识的自觉：通过将"写作"本身进行"外化"而反观写作，从而反观自身——一种自我与自我的"交流"——这样，对于文本自身而言，指涉性则成为了反射性，从中透出的是一种"写作"的"不安"和"自我"的"不安"。这种自觉意识在翟永明的早期诗作中已初发端倪，她一直保持着"完成之后又怎样"的自我追问，在周瓒对她的访谈中她将此集中为诗人对于"变化"的自我更新素质，它既出于诸如"避免风格化"等自我扩伸的考虑，又在一定程度上构成着现代诗歌的写作动机之一部分。

在反观中，诗中也第一次出现了"战争"："如今战争已不太来到／如今诅咒　也换了方式／当我监听　能听见／碎银子哗哗流动的声音"。这节诗与其后的两节可视为全诗中相当于"程式部"的一个展开之中的稳定结构。其中现代利益社会集中为银钱流动的声音，集中为"收据"（经济社会中的"交易"凭证），并具象为"国有企业的烂账　以及／邻国经济的萧瑟　还有小姐们趋时的妆容"，社会主义中国、资本主义国家以及女性日常心理化的自我"装扮"之间产生了某种关系，通过社会行为的"再语境化"而具有了某种带有"反讽"意味的"文化批判"。其过程虽然类似一种逻辑不甚严密的生物举偶法，却是作者对生活最直观的感受在写作中的自然流露。在这个过程的同时，个体被所有这些"不稳定"所"包围"着，由此而显露出一种"不安"，甚至觉察到一种神秘的"诅咒"——关涉到个体的命运，也关涉到社会—历史的"命运"，这"诅咒"一贯存在，只是时代性地"换了方式"。

这里的第三节使我们注意，不仅因为一开头突兀出现的鲜明色彩（这里再次出现了一种颜色——令人触目惊心的"鲜红"）和"海鲜"（至少阅读至此，既有语境并不能提供甚为有力的语境"支撑"，支撑它的"大海"在后文才在所有这些铺设的累积中最终浮出文本表面——作为一个已经接近完成的形象而出现，对于这个潜水艇渴望的容身之地——也是"浅水塘"的对应物——"大海"正面出场之前,本段给予了一次"暗示",这个"暗示"是不断衍生的,由"海鲜"到"可爱的鱼"到"造船厂",再由"包围"具体为一种生动的空间感),还因为作者对"鲜红的海鲜"的"倾心"态度和海鲜自身与"艰难世事"的照应。"海鲜"是一种来自大海的自然的"营养",然而也是活生生的"鱼"类的被消费方式,而作者对它的态度:"仍"及"倾心""吃",却让人产生了疑惑,这是亦真亦假的吗?"艰难世事"是一种无奈的开脱吗?还是煞有介事的清淡嘲讽?

随着后文的展开:"当我开始写 我看见/可爱的鱼 包围了造船厂",一种无"写作"和在"写作"之中的对照在短短的一节中出现了。后者是一派和谐的生态幻想曲。正式"写作"时出现了"可爱的鱼",这些源于写作本身的"享乐"使写作与写作者之间拥有了一种依赖性的亲密的关系,而这种关系又是相互性的,对于写作者来说,除了得到的愉悦,显然还有一种溶入"生态"的感觉,可以说,写作既成为主观个体与客体世界的交往方式,同时也是面对客体世界时的自我保护。"造船厂"提示了潜水艇的源生地,然而这两者无论哪一个都透露出一种"天然"的"工业"味道,较之一种工业化的产品"潜水艇"而言,或许"我"更倾心于那些自由自在的"鱼"们,这两者之间一个重要的不同就是"鱼"们的防护能力的脆弱,它们会成为"鲜红的海鲜",会被"吃"掉,而潜水艇则具有相当强大的防护性,只要它愿意它就可以密闭起来(正如后文所提到的"适宜幽闭的心境"),也可以说,这种防护充满着对抗性,现代味道浓厚的"造船厂"虽然是"大海"之中自然物的"异质",但由于必须要产生出拥有足够的对抗防护能力的"潜水艇",它采取的这种"现代"以及"工业"的手段又的确迫不得已。

一方面是对写作的"享受"的沉浸,另一方面却又旋即看到自我及自我的写作的现实处境:"国有企业的烂账 以及/邻国经济的萧瑟 还有/小姐们趋时的妆容/这些不稳定的收据 包围了/我的浅水塘",分别处于上下两节结尾处的两个"包围"——一种受压状态——彼此对照,对应着写作中的幻境（别一种真实）与物质现实、愉悦与不安、深海与"浅水塘"的对照，并由此造成了虚拟写作行为的发端："于是我这样写道"。而在这次虚拟行为中发生的则正是对于写作的"再"思考："还是看看／我的潜水艇　最新在何处下水／在谁的血管里泊靠"。不安引起了"我"对于写作／自我的犹豫和反思，在这之中，"我"似乎更注重于对一种"结构"中所处的"位置"的"察看"。然而当"写作的潜望镜"处于语法中的被动地位，从而成为大众文化时代空间所"分析"的对象时，一种反讽性的主客体位置"颠倒"凸显出来，或者这里的反讽更多地指向"我"自身：这原本就是强大的外部力量向"潜水艇"提出的"挑战"。"血"与"水"既存在着紧密的亲缘关系，也有显而易见的浓淡对照。而"血管"与"大海"两处栖息之地也同样存在着逼仄与深广的空间对照。对此，"潜望镜"虽然处于承受压力的"被分析"位置，但那真正始终"潜望"着的东西却是它自身，而不是别的什么，它才是"分析"的主体。这是一个写作者的"分析"，她明了这一切"对照"，也分析着一切——包括写作、生活，包括与之有关的一切。

　　在分析之中，生命的存在构成方式或支撑物（"酒精　营养高热量"）以及它的精神回应方式——写作——中不可或缺的基本成分（"介词代词感叹词"）形成了某种同构，通过"锁住"赋予"我"以某种"安全"的感觉，然而这种"安全"足够牢靠吗？"锁住"与"皮肤成分"的构成既是一次对时尚用语的轻俏戏仿，同时又削弱了"安全"的可靠度，或者说它使"安全"中的"不安"指数微妙地上涨着。这种"不安"不仅指向对生活的怀疑，对于写作而言，也是对"写作"究竟在写作者那里占有何等位置这个问题的一次若有若无的质疑。

　　紧接其下笔锋一转，持续的音高突然出现了一个升调，极其重要的三行出现了："潜水艇　它要一直潜到海底／紧急　但又无用地下潜／再没有一个口令可以支使它"。这里，潜水艇没有了人称代词的"帽子"而显示出一种主体的能动性，它由原来在"浅水塘"中静态的"值班"，转而到这里向着最深处"自觉"地俯冲。这是一次行动,这次行动是决绝的、孤注一掷的("一直""海底"),这次行动是完全"独立"的("没有一个口令可以支使它")——一切都只是出于自身的选择,这正是在对自我写作动机剖析之后而进行的一次清醒的"表白"。

值得注意的,是这次"下潜"的"紧急"和"无用",不妨说这种紧迫正来自那被重重包围的"不安"以及仅有的(也是既有的)"安全"的不可靠,如同仅有介词、代词、形容词是不够的,愈严峻的"被包围"要求愈深地沉入,将它们打磨成写作,凭此沉浸到自我的内心中去。然而,更为丰富也是更为"真切"的层次性却在于与坚决和紧急同时存在的心知肚明的"无用",如果说潜水艇的被"包围"和被迫使的"紧急"可以诱发一种"悲"的话,那么这里的"无用"则使之上升为一种"明知不可而为之"的"悲怆"/"悲哀"——一种力量更为强大的"悲"。然而,这里的叙述语气却仍然很好地控制在"悲伤"之中,其"超然"亦不难想见。事实上,也只有有所节制的"悲伤"语气才"压"得住这里的深层"悲哀",除了写作经验的作用效果,写作者所达到的成熟意识令人击节。

"悲伤"若此,"超然"若此,也只有一笔宕开方能似绕实接,并不单一的主题得到了回环三叹,而朝向纵深的发展也正生于其中:"从前我写过 现在还这样写:/都如此不适宜了/你还在造你的潜水艇/它是战争的纪念碑/它是战争的坟墓 它将长眠海底/但它又是离我们越来越远的/适宜幽闭的心境","从前"与"现在","写过"与"还"以及两个"这样"的重复,让我们看到"我"在对"悲伤"的命运(宿命)已透析无余的同时,却仍然对"自我"/"写作"予以坚持,正所谓"都如此不适宜了/你还在造你的潜水艇"。是的,写作需要偏执(甚至固执),尤其是这样清醒的偏执。

毋宁说,在这里出现的是一种通过"暗示"而进行的表白。与"自白"不同的是,它是通过某种"模式"的演练/"表演",将表白的中心"暗示"出来,而非"破意",而非直接"说"出。由这种"暗示"所制造出来的间隔——距离感——提供了一种充分开阔的戏剧空间,尤其当诗中的戏剧感在最后一节中倏地增强,也许更能令人体会到在这种"暗示"及"表演"的写作方式中,指涉自我的戏剧性更能随人随境而用的特性。在"模式"的演练中,虚拟的写作行为直接导致了第二人称"你"的出现,间隔进一步加大了。这个"你"似乎是文本中"我"的客体化,又或者是"我"对实际写作者的称呼,但不管怎样,它都揭示出这里存在的其实一直是一个"自我"对"自我"交流的过程,然而作者却将其戏剧化了,在下文中"你"又摆脱了冒号的控制直接闯入文本的第一层叙述之中,而其指向却更加飘忽不定,甚至还可能包括作者期待之中的读者或更加广泛意义上的读者。这样的结果之一即是一种大度的"出现",有"无奈"的成分,却并未堕入消极。正所谓"反复优游,雍容不迫",这是"悲伤"之中的"雍容",也是清醒之中的超然。

　　这里出现了一系列关于潜水艇的判断句:"战争的纪念碑""坟墓""适宜幽闭的心境"。这也是诗中关于这个关键意象自身性质的第一次正面规约,然而却仍然是修辞性的飘忽的规约。值得注意的是,潜水艇在诗中本是作为既成之物出现的,但现在看来,它却是始终处于未完成的"修造"过程,或者说生成过程和"完成"是同一的(最后一节中又说"我已造好潜水艇")——一种动态的"完成"即"开端"、即要求被"更新"、即"自我修复"的状态,"纪念碑"与"坟墓"是"完结"的标志和象征物,然而那"战争"真的结束了吗?还是只是"我"的一厢情愿罢了?一厢情愿地在通过想象与文字建造起的自我包容空间中让它结束,但真正的完结是遗忘,"纪念碑"和"坟墓"——"潜水艇"——不是仍然就这样存在于大海之中吗?事实上,它不但远未被遗忘,反而一直处于被纠缠之中,那受困的"包围"状态从未结束,因此,它是"纪念碑"也好,"坟墓"也好,都只是在一直渴望的自在之地——"大海"——深处"呼吸"着,它并未阖目,它"幽闭",但却属于可以长久处之的"心境",它将想象的"完结"延伸到绵长地呼吸着的"永恒"之中。而那种"完成之后又怎样"的写作意识及对自我之真实与完美的从无休止的追求,在这里得到了形象的完美的隐喻。

诗的最后一节,"悲伤"一词正式出场,直接的动因仿佛出于这样一个突兀的"发现":"现在 我已造好潜水艇/可是 水在哪儿"。或许,这才是潜水艇最为致命的悲伤所在,当它已准备就绪,却发现那为自己无限向往的包容物——"水"——的可疑,原来问题的关键也许并不在于潜水艇,却在于被向往对象的始终"缺席":"水在哪儿/水在世界上拍打/现在 我必须造水/为每一件事物的悲伤/制造它不可多得的完美"。"世界",那些所有从外部包围着潜水艇和"我"的事物的抽象总和,它拥有太过强大的能量,以至唯一有可能成为安全宁静的寓所的"水",不仅并未得到本应得到的安宁,反而与之不断地搏斗、纠缠,它"拍打"着,它无法安宁地流浪着。

在早年的组诗《女人》中,翟永明相对于"世界"创造了另一个世界"黑夜"。而在这里,她又要创造"水",创造"海洋"。如果说对潜水艇的"修造"仅仅因为自己,因为"心境",那么"造水"则是为了"每一件事物",为了"每一件事物"无法完美的"悲伤"而去创造"完美"本身。

然而,正如王一樑[①]所言:"先知解放全人类,我们只能解放自己。"写作的抱负的边界又存在于何处呢?"知其不可而为之",生活和写作本就"悲伤"如许,而"为"的边界又在何处呢?一个"篇终接混茫"、言尽意不穷的结尾,一场"用意深远,托辞温厚"的悲伤"表演",又能做到什么呢?然而,也只能这样了。

[①] 王一樑(1962—),诗人。

课 堂 讨 论

由于讨论时的录音带丢失,下面的"讨论"根据课上送交的部分作业摘编。而课上有趣、争辩激烈的讨论,则已无法追回。

郑闯琦:作为一种隐蔽而具有致命威力的战争武器,潜水艇在战争年代具有英雄的身份和各种传奇的故事,但是当下环境则是一个经济发展的世界,充满了世俗的享乐和堕落气息,同时在经济的泥泞里,个人和国家都在不择手段地挣扎、奋斗。它们由"碎银子哗哗流动的声音"、包围造船厂的"可爱的鱼"、"追星族""酷族""迪厅里的重金属""国有企业的烂账""邻国经济的萧瑟"等组成。潜水艇与环境之间形成了冲突:英雄无用武之地。它失去了自己的世界和光荣。它停在"浅水塘",而不是游弋在大洋里,甚至不是停泊在深水港里。它高度灵敏的监听设备听到的不是敌方舰队的消息,而是哗哗的"碎银子"——金钱的声音。它周围是经济的发展与停滞的纠缠,各种世俗的时髦事物的主宰,这与它毫无关系。然而,"我"的态度和行为是矛盾的。一方面,"鲜红的海鲜 仍使我倾心",另一方面,选择了固执地制造自己的"潜水艇",并以一种堂·吉诃德式的决绝去为自己的潜水艇制造"水"——"为每一件事物的悲伤/制造它不可多得的完美"。

程凯:《潜水艇的悲伤》可以看成作者对自己写作行为的一种反思性描述。由潜水艇、浅水塘、水这样一组意象打开了作者自我审视的空间,它们具象化的展开过程,引导着作者去挖掘和重新定位"我""我的潜水艇""浅水塘""水"之间的关系。作者描述的是一个正在转换的过程,在结尾,我们发现作者的写作观念似乎发生了反转,但这种反转由于隐喻而显得模糊。在第一段作者对"我"的写作状态进行了描述。"9 点上班时"这样一个叙述性的表达暗含着对自己写作状态的不满,它似乎已经变成了一种例行的工作——由咖啡陪伴的自闭性的工作。它与那预示着海上风暴的"远处打来"的"风球"形成对照，连接两者的动作——"看看"，显示着"我"与外界的距离，一个观察者，或者说观望者的形象，自足又有些无力。下面的形容——"躲"在"风平的浅水塘"中的"潜水艇"，更明确了这种自我定位。以"潜水艇"来指代写作心智，已经代表了一种对写作行为的理解，一种沉潜的气质，在风浪之下而能保持自我的完整，它甚至体现为坚硬，当无孔不入的水流力图侵入它的内部，它既内在于水又外在于它。这样的气质是要不断去打造的，于是建造一个"我的潜水艇"就成为写作的出发点和归宿。但现在，"我的潜水艇"似乎搁浅了，虽然它依然保持着敏锐、洞察力（有用或无用时我的潜水艇都在值班），可单纯的自我完善却使它隔绝于外界，正丧失着活力。

　　以下的六段展开了诗的第二层书写，书写的主体变成了"我"这个"叙事主人公"。但新的叙述主体的开口并未完全导致一个新的叙述层面的出现，"我"依然按照前一段已经确定的方向拓展原有的意象空间，（潜水艇仍是核心意象）。那么它的作用何在？它的直接效果是在每一段的开始加上了一个动作性的抬头："开头我想这样写"，"当我开始写　我看见"，"于是我这样写道"，"从前我写过　现在还这样写"。它们呼应了第一段中的动作性描写，使得"我"的言说与意识同作者拉开了距离。这些言说是出自作者的一种反思，但作者并不想把它们完全控制住，或者说不想让它们在展开时把自己控制住，因此要借用一个"我"将这种反思对象化，加以审视。这是不是也是一种"潜水艇"的技巧？（因此，在"我"的言说展示将尽时，会有"现在我已造好潜水艇"的句子。其中似乎有反讽的意味。）同时，叙述语的引入也使得层次间的转折、变换更加灵活，不必一个口气、意思延续到底。事实上，每一个"写"下面都有新的角度。

　　第一个"写"下面是对"潜水艇"意象的伸展——战争、监听。"如今战争已不太来到"在点明它的不合时宜，同时也在暗示这种态度（潜水艇）同时代氛围的纠葛。而如今"碎银子"和"愈发通红"的海鲜冲淡了战争的警示。再一个"写"下面直接引入了世相,但这些不是写出的而是"看见"的,表明这些只是外在的世情,它们包围着"我",但并未构成"我"的经验,也不能直接进入"我"的写作。对于"我"来讲,把自己的经验放置在何处("在何处下水")才是最主要的,它是要融入"血管","锁住""皮肤"的。"写作的潜望镜""它要一直潜到海底"再次把写作描绘成一种在表面浮华的世相下的沉潜。在诗的一开始就出现的自我质疑似乎被一种理想替代,一种关于深度、关于自由的理想("再没有一个口令可以支使它")。但"我"很快又回到了自我的质问——"都如此不适宜了／你还在造你的潜水艇",它终究不能摆脱过去时代的烙印,而它遗留的心境如今显得越来越遥远。

  "我"曾经致力于陶养自我,打造"我的潜水艇",但当它已经造好,我却发现它的环境已经改变,而我对新的环境似乎无能为力。因此我还要为这个造好的潜水艇寻找水,确切地讲是造出水——不是环境意义上的水,而是写作意义上的水。于是写作的意向发生了翻转,写作不再意味着构造完整的自我世界,而是敞开式的,将外在的世界纳入,即便是悲伤的,它也是完美的。

  钱文亮:《潜水艇的悲伤》有一个翟永明近年喜欢采用的结构支架——日常生活场景。藉此支撑,诗人独立而自我的存在经验与对话意识得以从容呈现。"9点上班时／我准备好咖啡和笔墨",这一现实的个人写作生活场景在这首诗中所起的只是一个具有世俗亲切感的舞台的作用,而真正提供给读者的诗歌内容,其实是词语所呈现的诗人的精神文本。而且,在这首诗中,起着深层的结构核心作用的是诗人对几个借入词语(即语言变体)的使用。这就是像欧阳江河所指出的,当前的汉语诗歌语言——"中间语言",对借入词语的语义、语法和音速都有一种奇异的过滤作用,这是一种诗学意义上的"语码转换",它使得包括翟诗在内的大多数90年代诗歌中的日常生活(世俗生活)场景转化为文本的场景,"它所指涉的现实是文本意义上的现实",

"是写作者所理解的现实,包含了知识、激情、经验、观察和想象。"

在这首诗中,最重要的一个"借入词语"(从专用的行业术语中借入的)就是"潜水艇"。这个"潜水艇"难以再用传统的象征主义诗学观念来理解或诠释它,它只是在组织诗篇、构造情境与氛围方面,似乎还发挥着过去意象诗学的核心意象的作用。

紧密不可分的另一个词是"水",它与"潜水艇"的关系似乎揭示了这首诗的主题结构。"浅水""碎银子""造水",都以隐喻的方式指涉着时代的精神状况,个人的独立与自由的困境与悲伤。另外,"我们吃它"——"鲜红的海鲜",也表达了时代的噬心之痛。而"追星族,酷族,迪厅里的重金属/分析了写作的潜望镜"这一句,主语和宾语应该互换,但之所以不换,别有意味,也是一种"反讽"。

王璞:我很欣赏这首诗。题目我就很喜欢。潜水艇让我想到了 The Beatles 乐队的经典之作 Yellow Submarine 以及另一首歌中的歌词:"I'd like to be under the sea..."①。在我的感觉中,潜水艇是一种远离人世的,将自我隐藏在深处的,秘密幽居于水底的内心状态。它或许与更为潜在而又更为真实的自我意识相关。潜水艇的隐秘和"悲伤",在我看来同时也具有很强的童话气质,令人着迷。而潜水艇又隐喻着什么?它的具体诗意又是如何展开的呢?我们在第一句看到的却是平淡的日常景象:"9 点上班时/我准备好……"直到第五行,"值班"的潜水艇和它的浅水塘出现。在第二节,诗人用两个"如今……"写出了潜水艇上的"我"所感受到的时代变

① 前者为披头士乐队的《黄色的潜水艇》,后面歌词"我想在海里"出自披头士乐队的《章鱼的花园》。

化，而在第三节，我们看到，"我"还恍惚倾心于水中的世界。然而，一个日益商业化和庸俗化的现实（国有企业……）正对潜水艇构成压力，"监听"到的，从"潜望镜"看到的（碎银子……追星族……），都是世界的纷扰杂乱。潜水艇的下沉是"无用"的，但它"是离我们越来越远的／适宜幽闭的心境"，具有深层的价值；而它的又一种悲伤在于，造好之后，"水在哪儿"：它无处下水。

由此我大胆地认为，潜水艇象征着保留着更为真实、深沉而安宁的心灵状态，这种状态受到了现实世界的种种挤压，但诗人在自我反思与对世界的观照中，终不愿放弃，她坚持着，虽然"不适宜"，但"从前我写过　现在还这样写"，她还在造自己的潜水艇。潜水艇，浅水塘，造船厂，等等，构成了自我世界的形象外化；而对现实世界的观察、述说，则是和对自我世界的形象化描写交织在一起的，因而也具有了某种童话的色泽，而潜水艇成为关注自我和世界的角度——这正是这首诗的一个妙处。当然，和许多现代诗一样，诗中的潜水艇等重要意象，其内涵并不是十分明确。可以肯定的是，在这样的一个时代，潜水艇注定是悲伤的，而诗人仍要将它"造好"。然而，也许在现实的境遇中，它甚至不能"长眠海底"，完成自己的悲伤——这或许是更大的悲伤吧。诗人在全诗中，表面上不露声色，却又有着深沉的激情，她最终决定"造水"，让悲伤"完美"。

《潜水艇的悲伤》语言舒缓而动人，它的隐喻、戏剧性、童话气质、内敛的抒情以及对某种生命体验的表达，都具有一种独特的魅力。这首诗确实是来自她的"灵魂深处"（《〈咖啡馆〉及以后》），坦然而出又诗意深远。而我也感到，优秀诗篇所具有的不可重复的魅力，往往是解读所无法企及和传达的；虽然文学批评是"对意识的再意识"，有另一种创造性。

翟永明简介

　　1955年生于四川,毕业于成都电讯工程学院。1981年开始发表诗歌作品,现居成都。《女人》《静安庄》等早期作品表现了自觉的"女性意识",多采用独白的方式。90年代以后,风格有很大变化,取材更多关注社会生活图景,语言也趋于平实叙说方式。出版诗集有《女人》(1986)、《一切玫瑰之上》(1989)、《翟永明诗集》(1994)、《黑夜中的素歌》(1996)、《称之为一切》(1997)、《终于使我周转不灵》(2002)、《十四首素歌》等。另外出版多种散文随笔集。

[第六次课]

主讲人：胡少卿
时　间：2001年11月12日下午
地　点：北京大学五院中文系当代文学教研室

笨拙之诗
——读吕德安的《解冻》

解　冻

一块石头被认为呆在山上
不会滚下来，这是谎言
春天，我看见它开始真正的移动
而前年夏天它在更高的山顶
我警惕它的每一丝动静
地面的影子，它的可疑的支撑点
不像梦里，在梦里它压住我
或驱赶我跌入空无一人的世界
而现在到处是三五成群的蜥蜴
在逃窜，仿佛石头每动一步
就有一道无声的咒语
命令你从世界上消失，带着
身上斑斑点点的光和几块残雪
而一旦石头发出呼叫，草木瑟瑟发抖
它那早被预言过的疯子本性
以及它那石头的苍老和顽固
就会立即显现，恢复蹦跳
这时你不能说：继续

呆在那里。你应该躲开
你会看见,一块石头古里古怪
又半途中碎成两半
最后是一个饥渴的家族
咕咚咕咚地到山底下聚会
在一条溪里。这是石头的生活
当它们在山上滚动,我看见它们
一块笔直向下,落入梯田
一块在山路台阶上,一块
擦伤了自己,在深暗的草丛
又在一阵柔软的叹息声中升起
又圆又滑,轻盈的蓝色影子
沾在草尖上犹如鲜血滴滴
我想,这就是石头,不像在天上
也不像在教堂可以成为我们的偶像
它们只是滚动着。一会儿这里一会儿那里,
在我们的梦中,在我们屋顶
(那上面画着眼睛的屋顶)
而正是这些,我们才得知山坡
正在解冻,并避免了一场灾难

胡少卿:这首诗写于1993年,应该是作者寓居美国期间。冰雪的融化的"解冻",有时也用来比拟政治气候的变化,比如苏联50年代政治"解冻"和"解冻文学",在这里则是具体描述山上石头的下滑,就是我们说的泥石流、山体滑坡之类的自然现象。

开头使用了一个被动句式,语句有一种直截了当的效果。吕德安的诗歌常常非常直接。"石头"这个物象是吕德安常用的,他的诗集名字就叫《顽石》(但集里并没有叫《顽石》的诗),不仅显示了他对石头的偏爱,同时有某种自况的味道。"这是谎言",对于这样的斩钉截铁的说法,接下来就用自己的亲身经历给予证实:"春天,我看见它开始真正的移动/而前年夏天它在更高的山顶"。"春天"一词与"解冻"的原始含义发生了衔接。由"前年夏天"到"春天",时间被拉开了距离而成为时段。这也是吕德安的惯用"伎俩"。在吕德安的成名作《父亲和我》中,也是这样的句子,"秋雨稍歇/和前一阵雨/像隔了多年时光",时间被拉开成为时段。这和欧阳江河、孙文波等的那种即时性、即景性处理时间的方式不同。这种"时段"的处理,常常呈现着很多的感情色彩;也许就是所谓"日久生情"吧。

> 我警惕它的每一丝动静
> 地面的影子,它的可疑的支撑点
> 不像梦里,在梦里它压住我
> 或驱赶我跌入空无一人的世界

"跌入空无一人的世界"是我在梦中的状态,其实也是石头在解冻过程中的状态,借助"梦"这个形式,"我"和石头似乎混为一体了,暗示了"我"和石头的同一性,石头的命运在某种程度上其实就是人的命运。

> 而现在到处是三五成群的蜥蜴
> 在逃窜,仿佛石头每动一步
> 就有一道无声的咒语
> 命令你从世界上消失,带着
> 身上斑斑点点的光和几块残雪
> 而一旦石头发出呼叫,草木瑟瑟发抖

它那早被预言过的疯子本性
　　以及它那石头的苍老和顽固
　　就会立即显现，恢复蹦跳
　　这时你不能再说：继续
　　呆在那里。你应该躲开

　　两个"而"字开启的两个意义单元，其实都是在写石头在滚动，然后又用"这时你不能再说：继续／呆在那里。你应该躲开"来开启下一个意义单元。

　　你会看见，一块石头古里古怪
　　又半途中碎成两半
　　最后是一个饥渴的家族
　　咕咚咕咚地到山底下聚会
　　在一条溪里。这是石头的生活
　　当它们在山上滚动，我看见它们
　　一块笔直向下，落入梯田
　　一块在山路台阶上，一块
　　擦伤了自己，在深暗的草丛
　　又在一阵柔软的叹息声中升起
　　又圆又滑，轻盈的蓝色影子
　　沾在草尖上犹如鲜血滴滴

　　和上一节相似，它们是重复地在写石头滚动的情态。这种反复描述，在吕德安的《父亲和我》中也有体现，比如："我们走在雨和雨／的间歇里／肩头清晰地靠在一起／却没有一句要说的话。／我们刚从屋子里出来／所以没有一句要说的话。""没有一句要说的话"竟然在如此之短的距离里出现了两次，这种做法对于强调诗歌的简洁和准确的吕德安来说，有些意外。吕德安早期受民谣和民歌的影响很深，这样做可能体现了他对诗歌的音乐性的要求，想借此来达到类似于旋律反复回荡的效果。如果我们再往前走一步，还可以说，《石头》的重复叙述，也与内容相应地在形式上构成了一种"滚动"的效果。

这个部分对不同石头的命运的描述（一块笔直向下，落入梯田／一块在山路台阶上，一块／擦伤了自己，在深暗的草丛），容易使我们联想到人的不同的命运（起点一样但遭遇不同），就像前面我提到的"驱赶我跌入空无一人的世界"，体现了"人"与"石头"的某种同一性。吕德安还有好几首诗写到石头从山坡上滚下来，其中一首《冒险》里提到，"也许那时候我们也像石头，／一些人留下，另一些继续向前"，则明确地将人的命运和石头的命运进行类比。

这一部分还有一个特别之处是出现了几个突兀的句子："在深暗的草丛／又在一阵柔软的叹息声中升起／又圆又滑，轻盈的蓝色影子／沾在草尖上犹如鲜血滴滴"。这几个句子的色彩，以及"柔软、又圆又滑、轻盈"等词语，似乎中断、或平衡了"擦伤""鲜血"等等刺痛、尖锐。这种奇崛、突兀的句子的出现，在他的诗里并非罕见。比如《曼哈顿》写一只海鸟的飞翔，说"如果我还惊奇地发现，这只鸟／翅膀底下的腋窝是白色的／我就找到了我的孤独"，"孤独"被物化、附着在"白色的腋窝"上，真是奇特的想象力。

> 我想，这就是石头，不像在天上
> 也不像在教堂可以成为我们的偶像
> 它们只是滚动着。一会儿这里一会儿那里，

这是全诗直接表达对石头的看法的句子。和被赋予各种含义的不同，吕德安解除石头的意识形态性，进行"还原"的工作，回归石头本身。在他看来，石头具有它的自主性，就像在《鲸鱼》里"鲸鱼"也有的自主性一样（吕

德安《鲸鱼》），它们和人类处于对等的地位，具有一种亲和关系，

> 在我们的梦中，在我们屋顶
> （那上面画着眼睛的屋顶）
> 而正是这些，我们才得知山坡
> 正在解冻，并避免了一场灾难

在分析这首诗之后，我对吕德安诗歌有几点总体性的思考。

第一，吕德安是当代少数坚持描写自然的诗人。与欧阳江河所说的"中介性"场所不同，吕德安诗歌题材的选择，在物象上，他喜欢石头、树木、房屋、池塘、海、山等固定的自然物象；在动作上，喜欢砌墙、割草、游泳等单纯的体力动作。这些选择，和他追求质朴的诗歌风格有关。在《解冻》里，由"石头、山坡、屋顶"等构成了富有乡野气息的幽居氛围，是吕德安诗歌展开的通常的场景。他致力于描写人与自然的亲和关系。许多诗人在面对喧嚣的商业时代的时候，"介入现实"，诗中引入众多时尚语词，吕德安则坚持词语上的选择性，似乎是背对着时代。这种"背对"的意义，用他自己的话来说就是："我的审美趣味是对周围环境，对社会噪音的消解。"（《吕德安访谈录》，见橄榄树网站）

第二，从最表层看，吕德安坚持一种简单的美学风格。他把诗写得非常简单。简单和复杂这样的区分并不构成对一首诗的价值判断，而仅仅是一种审美趣味的区别，但是我们往往倾向于把"复杂性"作为现代诗的品质，认为一首诗即使不能把它写好也要把它写复杂，写难懂，似乎这样才称得上是"现代诗"。在这个问题上，吕德安提供了一种可能，就是把简单的诗写好的可能。

第三，与"简单"的追求相联系，是对"最笨拙的诗"的追求。吕德安一篇诗论的题目就是《天下最笨拙的诗》。他说，他最希望写出的是一首天下

最笨拙的诗。这种自信大概来源于古代"大巧若拙"的观念。吕德安的诗歌通常给人迟缓、朴拙的印象。他试图通过这种方式，使自己的语言最大限度地靠近自己要描写的事物，正如他自己所说："我觉得我的每首诗都是对现实的竭力求近。"(《天下最笨拙的诗》)

"笨拙/机巧"这样的对立项能在中国古代文论中找到源头。吕德安诗歌的美学追求可以到中国古代的美学传统中去寻求，比如他对自然的态度，他在诗歌中表达某种情趣，他对诗歌的整体感和流畅的语流语气以及他对"语感"的强调等。这些都是科学主义的思维方式所无法解释的。它提供了传统美学追求在现代诗歌中复活的可能性。

课 堂 讨 论

洪子诚：吕德安的诗不是很多，我读过的也很少。他曾一度"消失"过，旅居美国，写作有过停顿。最先读到他的作品，是收在1985年老木编的《新诗潮诗集》上的那几首，当时印象颇深。90年代之后他的作品我读得很少，从这两首(《解冻》《鲸鱼》)看，感觉有许多变化。

谭五昌：这两首诗非常朴实，富于诗意，读者可以很快进入情境，不像现在的很多诗有技巧，却没有多少审美快感，成了专门为"文化批评"准备的文本；比如上次课我们讨论的欧阳江河的两首诗。《鲸鱼》是成功的寓言型写作。鲸鱼是一种受难英雄的悲剧形象，与庸众形成一种对比关系。作者使用了不动声色的反讽技巧。《解冻》是写泥石流，很自然让人联想到苏联的"解冻文学"，也可以想到中国90年代大众文化的展开，强调艺术的民主性。诗歌使用了隐喻性写法。我们对石头的认识最早是从《红楼梦》中得到的，"石头"外表顽固，但实际很富于灵气，可以与诗人形象构成某种对应关系，比如诗中说石头"恢复了它的疯子本性"。石头可以看作对先锋诗人的暗喻，"解冻"可以看作诗人对时代的感应。

郑闯琦：我问个问题。刚才谭五昌提到石头可以看作诗人的象征，你在发言中也把石头与人类的命运进行了类比，但你后来又说诗人是把石头还原为石头，这两个地方我看是有矛盾的。

胡少卿：我刚才强调石头的还原，是指诗人努力把它作为一个自然物来描写，而把它与人类的命运进行类比，则是一种平行关系，两者并不构成紧密的隐喻或象征关系，只是强调过程的相似性。如果把这里的石头与海子诗里的"石头"对比，可以看出两种不同的修辞倾向。海子的"石头"都带上了神性的光泽，石头成为诗人的意念载体。吕德安则试图使"石头"成为一种"自在之物"。当然，他们的修辞倾向，也都是一种"努力"而已。

诗歌的主题各人有各自的理解。刚才谭五昌的理解也是一种理解，尽管有"过度阐释"的嫌疑。我觉得吕德安在这首诗里要处理的是语言如何最大限度地抵达现实的问题。我们经常在说话时感觉自己言不达意，吕德安想用一种直接的方式与现实发生接触。这首诗可以说是对"解冻"的重新命名。

冷霜：你（指胡少卿）结尾对吕德安诗的特征的概括，我觉得其余几个都有道理，但第一个我和你的想法有偏差。你说吕德安处理自然物象，人和自然处于和谐状态，但我在读《解冻》《鲸鱼》这两首诗和他其他一些诗时，感觉自然是对人间生活秩序的威胁和质疑。在《鲸鱼》这首诗里，鲸鱼的自杀是对村庄生活的质疑，《解冻》里石头是在威胁我们的生活秩序，他的诗里，自然和人类并不是一个和谐关系。接下来的想法可能与你和郑闯琦的讨论有关，你说吕德安有一个诗歌观念是如何使语言尽可能逼近或还原现实，我很同意。他的诗确实不存在某种寓言性，就是说他并没有有意把这首诗结构为一首寓言诗。但是,"还原现实"这样的想法,我感觉是一种自我暗示,他认为这样的方式可以逼近现实,但产生的效果可能恰恰相反。当他尽可能想贴近现实时,恰恰使事物本身从它的影子里移出去了;在贴着写的过程中,他反而从这个过程中移出去了。因此,这个诗歌观念如果要作一点补充的话,我想它是一种自我暗示,一种自我强调。许多人想描写现实本身,但他写出来的东西其实是他想看到的东西。我认为,处理现实的不同观念之间并不存在正确与否之分,它们可能都只是某种自我强调。

胡少卿:你提到的自然和人之间的不和谐因素是有的,比如在《解冻》里,始终有某种轻微的惶恐情绪。我强调吕德安诗歌里人与自然的亲和关系,其实是针对在其他文学作品中表现的人与自然关系的猛烈的破坏说的,具有某种相对性。如何使语言接近现实?这只可能是一种"努力",在接近的过程中,可能是进一步的偏离。这是一个无法解决的悖论。贴近现实可能是一个神话,这只是一种与其他写作观念并行不悖的写作观念。

姜涛:我接着谈两点。一点是人和自然的关系问题。我想,在吕德安的诗中,人和自然的关系并不是他的重点,自然不是纯粹审美的对象,而更多的是他生活的一部分,这种关系更多的是一种日常关系。自然在他生活之中,而不是他观照的对象,所以不存在和谐与不和谐的区分。我特别同意胡少卿开头谈到的把石头与人的命运平行类比的看法,自然在诗里成为人的存在的隐喻,比如我们看到他诗歌中的自然，石头也罢，鲸鱼也罢，其实都是不可理喻的东西，不能按惯常逻辑去说它，它有时，像冷霜说的，是一种冒犯的力量。比如我印象非常深的是《曼凯托》①里写到，他突然开门，有一个质问，说门口的大海会不会突然消失？这里，自然并不是确定的，这背后有一种莫名的东西在支配着，自然与人一样处在冥冥不可知的力量的控制中。它其实是人的存在的一种隐喻，而并不是纯审美的、带一种文化乡愁的存在。

> ① 吕德安长诗。1991—1998年吕德安旅居美国时，居住在密苏里州名叫曼凯托的小镇上。

还有一点是刚才大家谈到的语言与现实的关系。很多诗人谈到用语言对现实进行把握是他诗歌的一个基本动力。但是如果我们看得更开放一点，就会发现这其实不是一个认识论问题，而更主要是一个风格层面的问题。对现实的追求或还原的要求暗含的是对朴素的追求，对过度修辞的拒绝。它其实是一种风格的变换，而不意味着哪位诗人对现实更贴近一步。因为从纯粹本体论的角度讲，语言与现实的关系是无法解决的，像胡少卿刚才所说，是一个悖论。所以，吕德安在这里完成的可能是一种风格的转换，他是站在一个背景之中的。比如说90年代诗歌有很多夸张的、过度修饰的倾向，比如欧阳江河。吕德安是站在对这种风格的拒斥的角度来谈的，而不是说对语言与事物本身的关系有过度的强调。

吴晓东：我的观点与冷霜的相似。胡少卿刚才强调诗人是想"使石头成为石头"，这一点是有道理的，但恰恰是这一点使我想到一个谈陌生化理论的作家，他在谈到他的陌生化理论时，举的恰恰也是石头的例子，他说当我们使石头成为石头的时候，使石头恢复了它的质感，反而使石头成为陌生的东西。我在读这首诗时，也感到了这种陌生化效果，石头成为陌生的东西了,并不是我们在生活中熟悉的。为什么会产生陌生化效果呢?这可能与语言如何想象和改造现实是相关的。这里的"石头"并不完全是自然的东西,而恰恰相反。可能吕德安有矛盾,一方面他想使石头成为石头,想描写石头的生活,但另一方面又造成了"人化的石头"的效果,按李泽厚的说法,是"自然的人化"。你看诗中有很多对石头的拟人化,如"石头发出呼叫""草木瑟瑟发抖""疯子本性""石头的苍老和顽固""饥渴的家族"等。因而,石头并不完全是"自在之物"。

另外,诗歌末尾提到的"灾难"的问题并非可有可无。诗中写到"我警惕""可疑的支撑点"这些都提示我们石头的滚动会带来灾难,灾难虽然最后被避免了,但并不意味着诗人对灾难无动于衷,灾难可能还是诗中的一个固有的语义。在这个意义上,石头的解冻更有拟人化效果,是不是可以理解为人性中某种成分的苏醒呢?从这个角度去解读可能比胡少卿刚才解读的要复杂。

洪子诚:我读吕德安的诗开始时和胡少卿的感觉类似,是从人跟自然的关系这个角度去理解的。感觉他对他所描写的东西(并不限于"自然")有一种尊重,这种尊重,就是他并不竭力要解开他表现的对象的内在的谜。对对象本身的"神秘性"保持一种尊重,没有表现出很高傲,或者说,他有时认识到人并不具有这种力量。在 80 年代,我开始对他的诗很感兴趣,包括《父亲和我》,还有《沃角的夜》等,主要是和自己喜欢的情调相近。那是一种胡少卿说的质朴的,单纯的诗。在朦胧诗时期,作为时期特征和美学态度,当时崇尚的是复杂,是象征和哲理,但吕德安写得单纯,没有繁复技巧,很少的形容词、隐喻、修饰语。有的话也非常简单,却有韵味。吕德安的诗中,鲸鱼也好,石头也好,它们的活动有我们不可理解的、神秘的东西,这种神秘的东西与我们构成了复杂关系,有时还表现出一种危险性,像姜涛、吴晓东刚才说的。但这种危险性也不是鲸鱼或石头内在的性格或它们的逻辑决定的,其实人并不了解它们的"逻辑"和"性格",所以人跟周围的事物有一种互不了解的关系。其实人与人之间也有这个问题。我想,这首诗大概没有更多的寓意,特别是社会政治方面的寓意。

曹疏影:刚才大家都谈到语言与现实的关系问题,冷霜说到,吕德安的诗是对现实的还原,是使语言尽可能地贴近现实。我在吕德安的诗论中也读到,他说"我的每首诗都是对现实的竭力求近"。但这个现实是真正的现实吗?还是经过诗人过滤了的现实?他在那篇诗论中还谈到,"这个现实可能是一棵树,一种声音,一片雪的飘落,一次做爱"。也就是说他对这个现实会进行自己的过滤与挑拣,他把其他的他认为在真正的现实之外的东西内化为一种感受,再投射到他所认为的现实中来。每个诗人在处理这个问题时都会有自己的方式,因此,我们应该避免先预设一个对立面,然后用"难得、可贵"之类的词语来作价值判断。

周瓒:我们分析一个诗人的作品,容易与别的诗人进行比较。比较是必要的,但容易形成非此即彼的思路。比如拿欧阳江河和吕德安的诗歌作比较,他们的可比性在什么地方?他们的差异是非常大的。比较是可以的,也是分析的一种重要手段,但是在涉及价值判断的时候,就要特别慎重。我们还要警惕那种概括的谈论,它很容易抹杀掉诗人的特殊性。我读吕德安诗歌时,最吸引我的是他谦逊、沉静的语调;读欧阳江河的诗歌,我被他诗中幽默和敏锐的东西所吸引,但我不是很喜欢他的语调,这种语调像上次胡续冬说的,是一种"蛮横"的语调,过于高昂,有点强加于人的味道。不过这都是个人的美感趣味。吕德安曾经在纽约靠卖画为生。翟永明的一篇随笔写到吕德安在纽约街头为人画像,其他街头画家都忙着拉客,而他并不主动,他坐在那里很安静。翟永明感叹说,他到底是个诗人。翟的观察很到位,吕德安的气质是一种沉静的气质,即使在纽约他也能写出《解冻》这样描写自然景观的作品来。吕德安诗中的现实和对待现实的态度与其他诗人是有差异的,这种差异最好不要上升到厚此薄彼式的评价。自然现象是吕德安诗歌的触发点,但他并非站在对象化的立场上,像姜涛刚才概括的就很有道理。诗中的现实可能也只是一种想象的现实,表现出一种与自然的亲近关系,我觉得这样就足够让我们感受到诗歌的美。

钱文亮:这两首诗一首写泥石流,一首写鲸鱼。我们经常看到关于鲸鱼自杀和泥石流的新闻报道,这两首诗涉及的可能都是一种自然灾难。刚才胡少卿讲的诗人强调"天人合一"、人和自然的亲和,这里面确实有这么一层意思,还有一些诗人如南野[①]也写过类似的诗。在这里,自然不完全是想象性的自然,它的确在考虑人和自然的关系问题。胡少卿刚才说吕德安是"背对"时代,我觉得比较精彩,对于现代文明对自然造成的破坏,他应该是有所感悟,有所批判的。从这两首诗的题材选择上可以看出他对人类生存环境的忧虑。吕德安,还有南野,他们对古代的诗学传统的确是有所借鉴,他们像古人一样静观自然,和古人不一样的地方在于他们所看到的自然已经是遭到破坏的自然。

洪子诚:这个讨论很有意思,特别是写作、语言和现实的关系问题,这超出诗歌的范围。冷霜说的所谓"还原现实"是一种"自我强调","自我暗示",姜涛说的是一种"风格层面"的问题,都很有意思。这些年,文学创作和文学历史研究,有许多类似说法,"还原现实""原生态""历史现场"等等。从文学写作的层面看,我很同意冷霜、姜涛的看法;具体到吕德安的诗,"还原"在他那里,主要表现为一种主题性

[①] 南野(1955—),浙江玉环人,诗人、教授。

的东西，一种处理"现实"的态度。当然，我们还可以进一步追问，这种"自我暗示"是怎么发生的？其心理来源是什么？时代风尚，潮流，诗人的思想艺术个性之外，"文本"因素也很重要。已经存在的"文本"，前人的，或同时代的，它们的语言与现实关系的处理态度，成为或趋同，或偏离，或叛逆的对应物①。

吴晓东：洪老师刚才提到人的中心的观念对我启发很大。吕德安的诗里可能也在处理这个问题。这里其实人的观察的角度很重要，诗里提到了"我看见""看见"，一开始还使用了一个被动句，其实"被"字引入的也是"人"。在这种观察方式的背后是不是隐藏着人的中心主义，是不是隐藏着人的某种价值判断？如何在观察中避免人的中心主义？问题可能还能从这个角度来引出。

周瓒：泥石流也好，鲸鱼自杀也好，在我们的现代社会媒体里都是作为一个事件来报道的，它本身就影响了我们的判断。我们读诗时，觉得它在写一种灾难，马上形成了一种和媒体合一的判断，这个判断其实和诗人的看法是不一样的。文化的熏陶左右了我们对诗歌的看法，先入为主地带到对诗歌的理解中来。但诗与这些东西可能没关系，或反而是要与这些东西拉开距离的。诗是诗人自己对这种现象的理解。泥石流等现象可能是由污染、环境破坏造成的，但不一定是诗人要涉及的。

姜涛：冷霜刚才谈到的其实是诗人的写作与自我阐释之

① 在分析欧阳江河《时装店》的课上，冷霜提到欧阳江河谈古尔德演奏的巴赫。欧阳江河文章题目是《格伦·古尔德：最低限度的巴赫》，收入《站在虚构这边》(生活·读书·新知三联书店，2001年)。欧阳江河认为古尔德弹奏的巴赫是"元音乐"的巴赫。但他在比较古尔德1955年和1981年两个版本的《哥德堡变奏曲》时，说前者是"消极弹奏法"：外界境况，生存体验、伦理观、情感状态被排除在外，演奏"主体"是"被抽空了的，经过消声的"。而在1981年录音的"积极弹奏法"中，主体现身了，主体对生命、世界的体验带入音乐内在语境。"元音乐"的说法，大概也类似于"回到现实""原生态"吧，但其实也只是相对于以前或同时代的不同巴赫演奏"文本"而言，是对于"宗教的""人文的"巴赫的偏离、反叛而言。

间的关系问题。80年代以来，有很多诗人提出了对自己写作的解释，比如"还原"，"诗到语言为止"，这些概念的发生有它自己的语境，我们必须回到具体语境中去看，不能把它抽象出来与他的写作直接对应，造成一种封闭和自我循环，形成他的写作印证他的说法、他的说法用来解释他的写作的局面。其实关系不是这样简单，很多时候是一种策略，他面对他的对立面时提出一种主张，这种主张是有具体指向的，并不能抽象出来，必须有一定的剖析。

冷霜：周瓒谈的其实是读者的阅读怎样和作者的阐说尽可能地贴近。作者写作过程和表达他的诗歌观念的过程，某种程度上是建立个人神话的过程。诗人说还原自然，其实是不可能还原自然的。比如在《解冻》第9、10句"三五成群的蜥蜴/在逃窜"，这里"逃窜"无论如何是很主观的词，后面的"石头发出呼叫"，属人的东西都出来了。

周瓒：吕德安其实也没说"还原自然"，他在他的诗论《天下最笨拙的诗》里，使用的是"对现实的竭力求近"这样的说法，这种说法还是比较能接受的。

吕德安简介

  1960年出生于福建马尾，1978年就读福建工艺美术学校，1983年与同仁在福州创办"星期五"诗社，也在南京的民间诗刊《他们》上发表作品。1991年，旅居美国，以作画为生，现居福建与纽约两地，写诗画画，并担任"影响力中国网"诗歌栏目主持。1988年写出成名作《父亲和我》。90年代以后有影响的作品是长诗《曼凯托》和《适得其所》。出版的诗集有《南方以北》（1988）《顽石》（2000）、《适得其所》（2011）等。

[第七次课]

主讲人：陈均
时　间：2001年11月19日下午
地　点：北京大学五院中文系当代文学教研室

精神的叙事
——读孙文波的《祖国之书，或其他》

祖国之书，或其他

1

八月又要来临。这一次，在悠长的历史
和短暂的现实之间，他成了一个
梦游者。商业社会的浮华绚丽，
金钱像狼犬似的凶猛追击，使他
在这座城市又越来越远离这座城市。
现在，他比任何时候都希望时间
消失了它的线性。他已经不知道生还是死。

2

自由的小喇叭始终吹响在他的体内。
他把自己武装成世俗制度的敌人。
在夜晚望月，他渴望天空，"不是神祇
的生活，算什么生活？"炼丹术的火
在他体内熊熊燃烧。"终有一刻，
我的身体会轻如雨中的燕子。帝国，
你的都城，你的官吏，都将是一沙砾。"

3

他啊，荣誉感已成为深入骨髓的病。他啊，
心中的小算盘天天都在拨拉；怎样
才能使世界充满他的崇拜者。二十岁
的激情掩饰四十岁的虚伪，使他
赚得了很多人的羞愧："我们都在衰老，
他却还在以孩子的眼光打量世界……"
世界、世界，他最大的欲望是它成为小菜一碟。

4

狎妓冶游，终日出入于茶楼酒肆。他
找到了医治战争灾难的药方。他
开始以石头眼珠，木柴心脏与世界周旋。
家啊！是风中的浮云；妻儿，水中的
青萍。都消失了。他不再需要。
他以醉态抨击自己过去的理想主义：
皓首穷经，济世治国，不如杯中一轮明月。

5

是他把地狱塑造成书籍的模样。黑色的
和白色的判官，灯笼眼的阎王。
是他的禁忌改变了死亡的含义，人
看见了自己的反面，苦难上面再加上苦难。
是他使怜悯和哀求像种子一样，
在心灵上疯长。可是他，留下的
却是风和雨、星辰、草莓、树一样的形象。

6

"国家还是旧的好。"这句话使他成为
前朝遗老的拥戴者。旧的典章,旧的礼仪,
也因此包围了他。他获得了遗物的
性质。日月星辰,季节的更替,仿佛
在他那里不再发生。他说话,那是
死亡在说话。他聆听,那是死亡在聆听。
一个旧的器官,错误的喜剧的器官,是他吗?

7

围绕着小巧玲珑的庭院,在精雕细琢的
廊柱,假山和池塘,他找到了
一个国家的精神。他发扬着这种精神,
使它遍地开放犹如罂粟。迷幻的美,
孱弱的美,滋养着国家道德。而他就
站立在道德的台阶上,一步步向上攀,
直到和道德融为一体,成为道德的化身。

8

从来不知道向世界索取什么,退避
成为他的原则。一个篱笆小院,几亩田地,
构成他呈现给时间的全部图景。
鸟啼的释语者,蛙鸣的聆听者。他
这样给自己命名。遗忘。遗忘却
二律悖反了,它使用了语义学的花招。
使他被世界紧紧抓住,紧紧,犹如水果落入掌心。

9

这致命的一击来自哪里?是他对自己
心灵的拷问。物理学对事物中小的发现,
让他看到大恐怖的诞生。科学
在他的眼里不再是美丽的。他不得不
反复问道:"我懂得科学吗?"到了
弥留前的一刻,他说出了:"啊!和平,
不是科学。我的一生充满了可怕的虚伪。"

10

呼啸于山林的声音是他的声音。
他比所有人更乐意做黑夜的主人。
练,再练,直到从人类中退出去,
直到肉体不再是肉体,这是他的愿望。
而当他犹如闪电一样出现在他的朝代
的末期,人们却将他看做世界箴言:
事物总是隐藏着秘密,肉体是时间的礼品。

11

坚船利炮,高鼻梁的神,改变了他的信仰。
使他的命运一下子从中心滑落到边缘。
洋行里的小伙计,新语言的学习者,他
体会到了精神鸦片的威力。鼓吹,
啊!鼓吹,就像一个急先锋,他把
一生的精力都花在上面。"一个叛徒,
一个假人。"最终,他在自己的国家失去了国籍。

12

他以急躁和粗暴著称于世。日爹骂娘,
是他的家常便饭。当无数人在书籍中寻找
着幸福,他将之看做悲哀的源泉。
"可怕的奴役就在其中。"为此他就像
一台不知疲倦的机器,四面八方
与人开战。到了最后,他甚至成了
战斗的化身,可以反复抬出来照耀天地的镜鉴。

13

把怀疑主义当做自己的黄金铠甲。他
看到诡辩术的美丽。每一个人都是
潜在的阴谋家。于是,只有杀,
才能保护自己,被他发展成面对世界的
哲学。熟练运用这种哲学,是他
献给历史的奇异风景:人民啊!
长大脑是多余的,是生物进化上错误的一笔。

14

对事物假想的真相的迷恋,是他
苟且偷生的理论依据,失去脚有什么?
思想还可以行走在大地。他也的确
这样干着,纵横在已经消失的事物中,
寻找着可能复活的生命。戏法总是
要变的。变、变、变,像万花筒,
他变出的事物,比事物的原貌赢得了更多人心。

15

骑在马上,他眺望着南方的风景,为自己
描绘出一生的蓝图,让大地在脚下
颤栗。每位见到他的人都要跪下双膝。
精细的道德,高级的智慧,在他面前
成为滑稽的笑话,荣华富贵和权力
是同义词。而最终,他以灾祸制造者
的身份,赢得伟大的声誉和可怕的恶名。

16

当人们把漂泊等同于哀伤。他却把漂泊
看做自己的信仰。离开、离开、离开,
不单是离开出生的地方,而且离开自己的母语。
他在另一种语言中的眺望,改变了
自己灵魂的模样;一个永恒客厅的
借住者,一个家园在修辞学的变异中
的人。他的欢乐,他的幸福,建立在虚无上。

17

八月又要来临。这一次,他是轻轻地唱。
他唱出:梦境啊!它是我的故乡。
在梦境中我看见精神的生长。一个人
可以是所有的人;一个人,正是
所有的人。无限的力量使他生死两忘。
而在他的吟唱中,时间消失了线性;
过去就是现在。未来也是过去。生死皆苍茫……

1995.11

陈均：这首诗在1996年春创刊的民刊《标准》上出现，为开篇之作，在2001年人民文学出版社出版的《孙文波的诗》中，作者把它排到最后一篇，为压卷之作。这样的安排，可能不能反映这首诗在作者和他人心目中的重要性。在孙文波那里，从篇幅上说，这算是"中型诗"，行数在100行左右，这首诗算是其中的一个代表。由于这首诗较长，我打算解读其中的三节。

在解读之前，我要谈到孙文波诗歌写作的一个观点。他在《笔记》中说的："诗歌写作对于每一个诗人，其实是一个'问题'的出现和解决过程。"这里突出的是两点，一个是"问题"意识，另一个是"过程"的展开和呈现。另外一点，孙文波是90年代诗歌中推动诗歌"叙事性"和在"叙事性"上作出重要理论构建的诗人之一，而这些在《祖国之书，或其他》中有恰当的体现。

首先来看标题。"祖国之书"这种语式让我们想起了博尔赫斯的著名小说《沙之书》。在这篇小说中，博尔赫斯用一种神秘主义的观念谈到了一本无穷无尽的书。鉴于博尔赫斯在90年代中国文化界广发影响，这种书籍的观念是否在潜意识里促成了这种"……之书"的语式？又是否和马拉美的关于"世界存在是为了写进一本书"的观念有关？在90年代诗人中，张曙光《西游记》的结尾写道："在他的晚年，他将写一本书，一部／无所不包的书，但里面只是一页页白纸。"

那么，什么是"祖国之书"呢？这里"祖国"这个词到底指什么？

在《生活：解释的背景》中，孙文波对这首诗的写作作了说明。他认为："一个民族或一个国家的文化性格正是由一系列产生了重大影响的人物构成的。"而且，这样的民族性格规定了我们的存在。最后，孙文波把"民族魂"作为"祖国"的代名词。

我最近读鲁迅的随笔《晨凉漫记》，鲁迅有一个设想，"我后来想到可以择历来极其特别，而其实是代表着中国人性质之一种的人物，作一部中国的'人史'"。我想这里可能有三个问题：第一是关于历史是由一部分人构成的这种历史的认知和中国人传统的历史观有关。第二，孙文波对于历史图景的描绘实际上有一个功能，也就是"画传"，因此桑克称孙文波为新文学中的张择端[①]。《在无名小镇上》一系列诗中，孙文波勾勒了时代的风俗画，而这首诗，可以称之为历史的风俗画；第三，也就是最重要的，我认为孙文波的写作实际上延续了新文学以来的一些主题，比如在《叙事诗》中对于"虚妄"的认识，在这首诗中对"国民性"的剖析。

因此有理由认为，这里"祖国之书"指的就是诗人对于漫长历史过程形成的国民性的认识。这样的"国民性"是怎样的，它是怎样在历史中表现并形成，而且规定着我们的存在。拿孙文波的话说，就是历史的阴影，但到最后就落到了现实问题，或者说是一个很现实的伦理问题上，即我们为什么是这样的存在。

在标题中逗号及"或其他"使由"祖国之书"积聚起来的重量和紧张感得以舒缓，句式得以平衡，并意味着可能"另有它指"。

整首诗有十七节，分为三个部分，第一节为第一部分，第十七节为第三部分，中间的十五节为第二部分。我解读的是第一、二、十七节。下面我们来看第一节：

第一节共有五句诗。在第一句中，"八月又要来临"。"八月"在诗人的语汇中，也许有一种不利或不安的环境的意味。"又"透露着循环论的时间观，这样的处境的周而复始，是自然之力，人无力抗争，表达一种无可奈何之感。"八月又要来临"意味着一种巨大的压力或预兆，正像济慈在诗《每当我害怕》中写的：

每当我害怕，生命也许等不及，

[①] 张择端，北宋画家，《清明上河图》作者。

> 每当我在缀满繁星的夜幕上看见，
>
> 传奇故事的巨大云雾征象

　　这里，"八月"对于诗人来说，也是一个征象。它意味着，某个时刻到来了，某个契机开始了。但八月是实指还是虚指呢？换言之，这是诗人在生活中面临的，还是只是一个心理时间，或者仅仅是个人语感上的选择？孙文波写作中有一个习惯，或者说技巧，就是对一些生活事件作形而上的思考，最后生活事件变成了一次"灵魂的遭遇"。我们来看这种"变形术"是怎样进行的。

　　"这一次"起了一个强调和确定作用，限定了时间。"在悠长的历史／和短暂的现实之间，他成了一个／梦游者。"这两句话包含了时间、空间和人称代词，这就形成了一个叙事框架。正如乔纳森·卡勒所说："整个诗学传统运用表示空间、时间和人的指示词，目的就是为了迫使读者去架构一个耽于冥想的诗中人。"在这里，我们可以看到一个话语空间，时间是"八月""这一次"，人物是"他"，空间是"历史"和"现实"。而第三人称"他"在这里的功能比较复杂，也很重要。我们看到，这首诗全篇只有一个人称代词"他"，但这个"他"却扮演或意喻了不同的角色。而且，可以说，"他"的巧妙腾挪，正是这首诗的重要构成要素。事实上，这首诗的"他"并不单一，有三个"他"：文本外的叙述者；现实中的"他"（存在于第一节和第十七节）；作为梦中人的人物"（中间的二到十六节，各节的"他"又有不同指向，这一部分实际上是十五个"他"）。它们之间构成一个三重层次的叙述者与被叙述者的关系。

　　通过第三人称"他"的使用，这样一个话语空间被虚拟化和戏剧化了。第三句是对第二句的渐进。在第二句中，叙述者面临着一个对立关系，即"历史"和"现实"的对立，在这种对立的紧张中，"他"发生了变形，"成了一个梦游者"。在此，叙述者还顺便表明了自己的看法，就是"历史"是"悠长的","现实"是"短暂的"。在第三句中,出现了叙述者所面临的压力——"商业社会的浮华绚丽,/金钱像狼犬似的凶猛追击",这是一种现实的压力,由于市场经济发展所造成的整个社会低俗化,并且造成人的地位的边缘化和焦虑感。这句话看似一个平静的陈述句,但"浮华绚丽""狼犬"等词的选择无疑包含了一种评判。从面临着历史和现实的两难,到现实凸显出来,构成巨大的压力,我们能够看到叙事的推进。

那么,叙述者对此有什么样的状态?由于"金钱像狼犬似的凶猛追击",使叙述者"在这座城市又越来越远离这座城市"。这种"在而不在"的状态,一方面说明叙述者除了面临现实和历史的对立外,还面临着精神和肉体的分裂。

从第四句开始,叙事由对话语环境的描写转入对叙述者本人的描述。第四句诗是对叙述者心理状态的描述:"他比任何时候都希望时间/消失了它的线性。"在第三句中"在而不在"的状态是一种空间的消失,而到了这里,叙述者希望的是线性时间的消失。到了第五句,表明这个希望已经实现。从希望某种状态到到达某种状态,只是轻轻一跃,语调仍然平淡,但语意却得到提升。这样的"自由体操"在孙文波的诗中很常见。这也说明在孙文波朴素甚至平淡的诗句下,实际上蕴涵着很多可能的指向。

在整节诗的节奏上,也构成了一种平稳中的抑扬。整节诗的叙述语调是单一的,但用韵却使语气有张有弛,并有抑扬感。如"临"是阳平,"次"是去声,"间"是阴平,"者"是上声,这样四声的间隔便使语气显得抑扬,而且,"这一次"这样的短句夹在两个较它长的句中,这种长短句的排列也有助于形成节奏感。

在第一节中,五个句子承担了不同的功能。大致相当于一个戏剧性情境的建立和展开。从第二节到第十六节,就是这样一个过程的展示。孙文波谈到:"在这首诗中,我选择(或者干脆说是杜撰)了一些人物,将他们一一描绘出来,以此构成一幅我眼中的历史图景。"中间的这十五节实际上叙述了十五个历史人物,这样一些人物代表着在历史长河中各种精神的侧影,它们从多个方面、多个层次,展示了孙文波所要揭示的"国民性"。

在第二部分开始时,我们清楚地看到,叙述者正处于一种梦游的状态,而这种梦游是处于历史当中,也就是,他化身于各种各样的他,并把他放在各种戏剧化情境下,从而使被叙述者得到更深入的揭示。这种把人物放在聚光灯下进行分析的方法是孙文波常用的方法,也是他的诗学要求。这就造成了一种如冷霜所说的剧场氛围,这种戏剧化的框架在孙文波的诸多诗歌中被屡屡采用。

由于时间关系,这十五节我仅仅分析第二节。

在第二节中,首先是两个完整的长句,各占一行,从声音效果来看,它起到一个割断上下文的关系,也就是强迫读者进入这样一个"梦剧场"。第一句话是外在的叙述者对"他"的描述:"自由的小喇叭始终吹响在他的体内。"第二句也是一个直接引语,"他把自己武装成世俗制度的敌人",这同样描述了"他"的状态,对于被叙述者所怀有的自由的信念作了说明。接着的"在夜晚望月,他渴望天空"仍然是一个间接引语,继续描述被叙述者的状态,这两种姿态都是理想主义的,其中问号也表明被叙述者的自我的责问,这个问句在语意上实际是一个肯定句,进一步表明被叙述者的信念的狂热。于是第四句,"火"便开始燃烧了。这一句,我注意到的是,它的句式和第一句相仿,叙事转入外在的叙述者的叙述,炼丹术作为一种古老的追求长生的方法,蕴涵的也是一种理想主义的信念。经过修炼,被叙述者达到了一种状态,也就是第五句和第六句转入的直接引语。在第五句中,"身体"的"轻"显然是一种在"自由"和"理想主义"的炼丹炉中修炼的结果,和这种"轻"相对应的是时间性,由于"轻"就可以摆脱线性时间的限制,达到某种永生。在这两句中,"一沙砾"喻示死亡,而"燕子"飞过"帝国"的"沙砾"更是古诗中常用的情景,用以表明对时间的感慨。但是被叙述者真的能够摆脱时间的规定吗?在第四句中"终有一刻"表明,这只是一种愿望。

在其后的十四节中,孙文波勾勒了其他一些精神典型的命运。叙述者在叙述历史事实和生活细节的时候,呈现出反讽的意味。反讽效果是主要通过叙述者的态度和被叙述者态度的反差达到的。如在第三节中,存在着三种人物或态度,其中被叙述者是"怎样／才能使世界充满他的崇拜者",而"很多人"的"羞愧"是"我们都在衰老,／他却还是以孩子的眼光打量世界……"这一反差由叙述者揭破,"荣誉感已成为深入骨髓的病","二十岁／的激情掩饰四十岁的虚伪"。在这里,我们可以看到一种类似于歌剧的舞台场面,有人物、有群众、有提词人,还有叙述者的态度。也就是这样一个有着道德底色的叙述者在叙述中起的作用。他通过语言的选择和转换、语气和语调的变化,揭示出历史和人物中蕴含的戏剧化和荒诞的一面。由此,我感觉孙文波对于90年代以来诗歌的贡献,也许不仅仅在于叙事方面。当"叙事"作为诗歌写作的基本观念和方法中的一种已得到认定,甚且成为风尚之后,孙文波赋予诗歌的那种富于人性的声音,也许会显得更突出。而且我认为,在日常叙事流诗歌充斥的今天,一种更加人性的声音应该是必要的提升。

第十七节是诗的第三部分。第一句重复了"八月又要来临",它把读者又拉回到现实中,并且形成一个完整的戏剧性情境。虽然句子是重复的,但情感却有了变化,它更接近一种感慨。第二句和第一节的第二句相对照,但是,我们看到,本来迫使叙述者的压力现在消解了,梦游者的形象变为歌者,而且"唱"这一行为可以解释为吟唱,在某种程度上是写作行为的替代词。这暗示了叙述者用写作这一行为来消解开头所面临的现实的压力和诸多对抗性矛盾的,第三句叙述者寓示着写作的内容正是他的梦游,以及像《神曲》中的魂游一样得到的答案。是否这场梦游实际上是在写作中发生的,是一种语言中的漫游?一个生活事件变成了一个语言事件和精神事件。而且,诗人得到了问题的解答:"一个人／可以是所有的人;一个人,正是／所有的人。"这一流畅的吟唱语调,在可能性与实存性之间,实现了语意的跳跃。这一跃虽然小,但诗人却用了整整十五节戏剧情景来进行,从而使其充满张力。这句诗同样点明了题旨。按孙文波的说法是:"在《祖国之书》中,我是叙述者,同时我又是一个我所叙述的人。并不是我可以代表他们,而是我感到在我的身上实际上有他们每一个人的影子。"这样,在这首诗中所做的"历史研究"就演变成了"生活研究",也就是孙文波通过解析这些精神典型的荒谬和历史的悖论,来揭示存在于他自身以及我们每个人身上的荒谬和尴尬的一面,并进而阐释我在前面谈到的一个现实的伦理问题。我注意到,在孙文波那些日常生活的叙事性诗歌中,他关注的同样是这个最基本的问题,也就是生活问题、存在问题。

在第四句中,出现了"过去就是现在。未来也是过去"这样的时间观,这正是线性时间消失的结果,这样的循环时间观,孙文波认为它代表着历史与个人的关系。也正如前面所说,我们的存在就是一种历史规定的存在。从这一意义上来说,人类是永远无法回避他们的悲剧性命运的。所幸的是,正是写作的力量使诗人回到那样一个生死苍茫的时刻,从而获得小小的拯救,最后一句"生死皆苍茫……"是一声喟叹,也是一曲人类的挽歌。

课 堂 讨 论

洪子诚:刚才陈均解读得很细致。陈均是随孙玉石老师研习现代诗歌的,但他很喜爱昆曲,对昆曲有深入研究。所以,他对孙文波诗歌内在的"戏剧"因素、结构很敏感。事实上这也是《祖国之书,或其他》的一个重要特征。孙文波的诗,在叙述的人称上很讲究,经常设置"他",特别是第二人称的"你",来形成一种对话,这也可以看作这种"戏剧"因素的体现。另外,陈均的解读,在方法上特别注意在与其他的诗歌文本,以及诗人写作自述的互相照应中,来寻找孙文波这样写(语词的运用,句子的展开,人称的设计等等)的根据和涵义。这种互证方法的使用,肯定有它积极的成效。但如果做得过分，是不是也会有一些问题？这是值得我们讨论的。还有是，这首诗和孙文波其他的写日常生活的诗不很相同，是他另外的类型。这对孙文波来说，应该是他重要的一首，不过我不是特别喜欢，但这是我个人的感觉，我还是比较喜欢他写日常生活的一些作品。

曹疏影：我还没有太想好。我看孙文波的诗，一直都有这样一种感觉，觉得他的措辞方式可能和其他许多诗人不一样，有一些地方可能会直接说出来，比如他说"商业社会的浮华绚丽"，他直接就说出这个浮华绚丽。我感觉这种东西在文本中会演化成某种类似"权力"的东西，而不是语言中"民主"的东西……

王璞：我先说一下读孙文波的诗的一些比较感性的记忆。最初让我感兴趣的是他那种叙事的语调和语气，其实就是大家都在说的孙文波非常重视叙事能力的挖掘。他有一些完全是日常场景的作品，我当时读的时候感觉他很擅长在词语之间造成某种戏剧性，在这种戏剧性中给读者某种意外的惊喜，读者能够有联想、继续思考的空间。他在诗里说过所有的人都是旅行者这样的话。有时候我感觉他像一个旅行者，在走动中，或在旅途中坐下来。比如说，他有时候在咖啡馆写信，有时候在车上，有时候要去什么地方等等。他写的就是他"旅行"看到的，听到的东西。他可能就从这些极日常极细节的东西中生出他的联想，然后进入某种思考，在这种发散过程中生出很多内容，我觉得这是他的路数，是他个人比较特殊的东西吧。

邓程：在《祖国之书，或其他》这首诗中，始终用一个人称代词"他"。从第一节到十七节，实际上把中国历史进行了一个概括，刚才第二节陈均已经说了，实际上是一个炼丹者，是那种所谓道家呀、求神仙的那种思想……

陈均：这里不是说的炼丹者，这个形象可能是带有理想主义色彩的，炼丹术在这里只是一个象征。

邓程：一个比喻。对孙文波来说呢，他实际上是对中国历史的一个反思。他把这个"他"分成这么多人物形象，表示的是他对中国历史的一种看法，就是说在中国历史、中国文化中到底有一些什么样的人物。第三节讲的是一个求名的人。"二十岁／的激情掩饰四十岁的虚伪"，第四节实际上就是享受主义者，第五节是一个禁欲主义者，第六节是一个遗老或者什么怀旧者。

陈均：我想第五节指的不是一个禁欲主义者，他实际上代表某种知识分子，通过知识这样一种手段，把"地狱塑造成书籍的模样"，而且他通过书籍这种知识传播手段使地狱变得更加可怕，最后他的形象却被想象成一种"风和雨"的清新、美丽的形象。这就成为一种对比。在对比中揭示历史的这种荒谬。

邓程：实际上都有一个一个的对应物，包括第七节他一步一步成为道德的化身，这可以说是一个理学家呀。第八节很显然就是一个隐士，到第九节开始他就从古代进入到现代了，到了科学。到十一节就到了新语言，坚船利炮啊，我认为这里都可以把中国历史上一些人物的侧影描绘出来。

鲁太光：在读孙文波的《祖国之书，或其他》之前，我先读了孙文波其他的诗。我感觉孙文波像一位农民一样写作，在自己的田里侍弄自己的庄稼，努力让它们长好。孙文波确实像一位农民，刚才，我又读了他的《北京大学》这一首，感觉非常有意思，孙文波在诗中写他演讲时面对北大的老师与学生时的不自然与尴尬，所以他宁愿早早离开会场，跑到路边摊上听小贩们神吹海侃，像农民一样的诗人是无法面对评论家们提出的分析性的问题的，或者可以说无法从容面对。他们只管写，不管分析。

然后我读《祖国之书，或其他》。刚开始时，我没读懂，我给诗中的"他"弄糊涂了。我以为这个"他"是诗人在文本中的现身。听陈均讲后，我明白了，原来第二至十六节中的"他"是诗人"虚构"的几个人物，他想以点示面，进行历史性的思考。我觉得这首诗与孙文波的"生活场景诗"（只是一个方便的称谓）大有不同。孙文波是在进行一种新的开拓。前两天我听余华的讲座，余华说作家写作总是在开创一个与现实平行的但丰富得多的世界。我想在这首诗中，孙文波也进行了这种努力，也想尝试一种无边的写作。比如第一节，在八月又要来临的时候，在开始写作之时，"他比任何时候都希望时间／消失了它的线性。他已经不知道生还是死"；而当写完，诗人忽然发现：一个人可以是所有的人，所有的人也可以是一个人。当然，这种无边的写作本身就是一个悖论，至于能否达到和达到之后又如何我就不多说了。总之，我觉得孙文波的这首诗表明诗人在向自己的诗歌挑战，想进行一种新的努力。

曹疏影：关于诗歌语言中的"权力"和"民主"的问题，其实我想说的是一种感觉，孙文波诗的语言的组织，有很多地方的措辞很直接。他的直接是建立在他发出这个声音的时候的自信上面，这种自信存在于诗人内心、或者说建立在对他所写的东西的剖白、内省上，比如说《在路上》这首诗。他浏览着路边的景色，他的描述有一种非常稳定的非常自信的东西存在。另外我想说一下，刚才王璞说到《在路上》，是90年代大量存在的"叙事性"类型的诗，一个诗人在路上看到周围的景色，当时发生了什么情况，他内心想的……这可以和王家新《伦敦随笔》那堂课的有些问题联系起来。有些同学谈到，伦敦在王家新那里形象不是很明晰，我觉得这可能是两种方式。伦敦在王家新那里是和诗人的个人记忆紧密相关的，有的同学可能会感到伦敦的形象有些飘浮空泛。但是在孙文波这种类型的诗中，外界的东西和诗人自身并不是那样密切相关的。在这种类型里面，他所见的东西，和他说的、想的东西存在着一种紧张关系。就是说诗人的所见和他所想的彼此渗透然后制造了这么一个混沌的空间，或者诗人本身就处在这样的混沌的空间之中。

袁筱芬：我是今天才读这首诗的。我觉得这首诗写得不是很成功，我不是很喜欢这种类型的诗。我在阅读时很强烈地感觉到一种强制性，就是诗人在非常强制性地编织。刚才陈均讲到从第二节到第十六节是十五个杜撰的编织，我想诗人是想建立一个戏剧化的框架，想把读者带入这样一个梦的剧场，但是他的经验不是建立在一个日常经验的基础上，而是一种形而上的指代，这种直接的形而上的指代可能缺乏一种语义生成的基础。一方面是从总体框架上的主观编织性、强制性，另一方面就是他的语言细节方面的一些问题。他喜欢一种直白式的抒写，如"商业社会的浮华绚丽"，还有第十六节"他却把漂泊／看做自己的信仰"。这些虽然可以看作一种形而上的剖析，但他不是把问题的复杂性进行展开，而是直接把它摆在你面前，诗人主体意识特别强烈。读者被非常强制地接受他的这样一种观念：我有这种感受。刚才陈均还讲到十五个片段是对国民性的剖析，如果从剖析角度来说，因为每一小节就那么几句，每一节之间也没有联系，也可能会有概念化之嫌。这都是一些感觉性的东西。

赵珣：刚才这位同学反复谈到日常经验对语义生成的重要性，和对诗歌写作的重要性的问题。我突然想到，诗歌在构成"风俗画"或"人物诗"——借用桑克的说法——的过程中，它相对于其他文类究竟有什么优越性呢？它是否能构成一种诗歌之为诗歌的文体特点？比如，诗歌的叙事性在和小说相比较的时候，它还有优势可言吗？它能够和一部纪录片相比吗？我想它肯定都不行。这里是不是有一种对日常经验的崇拜，或者一种对日常经验的神化。在孙文波一些广为人道的对日常经验的书写的诗歌中，说实话，我看到的那些所谓日常经验其实是非常单调的。孙文波是怎么讲述他的日常经验的呢？

他会设置这样一个说话者：这个说话者用一种调侃的或者一种理性但同时又带有"谵妄"色彩的语调，用这样一种语气对他的所闻所见进行一种调制：这非常突出地表现在他的那些加引号的句子里面。我们看到孙文波那些加引号的句子，一般都是非常哲学化的或者非常学者化的句子，不管他是在怎样一种场景的叙述当中，他都会一如既往地使用这种语调。很明显，这部分改变了诗歌的以往的那种单一的观察，丰富了诗歌的表现。但我们在这里看到的，却仍是一种模式化的类型化的经验表达。所以我觉得，90年代诗歌在对新的变化的渴求中，可能神化了对日常经验进行叙述的效果。我觉得，我们其实应该有另外一种眼光。诗歌经验本身是非常丰富的，对每个人都是不一样的。

在阅读孙文波的《祖国之书，或其他》时，我发现了一个我更喜欢的孙文波。当然，我觉得他里面花力气最大的地方，可能恰恰不是做得最好的地方。但是我觉得，与其喜欢《在路上》的孙文波还不如喜欢《祖国之书，或其他》的孙文波。因为在这首诗中呈现出来的个人的感性的具体性，或达到的深度，都完全不是《在路上》所能相提并论的——我们本来要读《在路上》。在读这首诗的时候，我始终对那些加引号的地方感到恼火。我觉得这些东西要么是装模作样的，要么是过分随便的。而在《祖国之书，或其他》中，这些弥散在《在路上》的零碎的东西，完成了一种综合，而且有了一个其实是非常清晰有力的表现。

周瓒：我在第一次阅读(《祖国之书，或其他》)时也没有把这个"他"从具体的写作意识中分离出来，我也觉得"他"就是一个人，觉得这个"他"是"诗人形象"吧。可能孙文波就是这样一种类型的诗人。因为我在读他的一些短的、一些比较日常化的诗的时候就把他的诗人形象，和生活中一个非常质朴的、而且很有道德感的形象联系起来，他的诗歌的优点也是在这个方面。他对我最有启发的地方，也就是在这种非常稳定的、非常平实朴素的语调中寻求到一种温馨、温情的东西。我觉得在我们现在的社会里面,很直接地表达这种道德愿望、道德意识,而且很主动地表达的并不多,很多诗人好像没有这样一种意识。孙文波在这一点上很直接地做我觉得是很可贵的。

在读这首非常长,看来分量也比较重的诗(《祖国之书,或其他》)的时候,我觉得这里有一种矛盾、分裂,因为我当时把它误读成一个诗人关于心灵成长的自我的寻找,或者对自我心灵的一种探索,把这首诗中的"他"和其他诗里出现的他或者我都混淆起来。但是当我仔细读的时候,特别是听到陈均刚才的分析的时候,我才发现这首诗有一个诗人很主动的、很大的写作意图,他想把历史中的不同人物、中国历史的不同精神侧面展示出来。如果要对历史上这样一个很大的东西把握的话,诗人需要有一定的精神概括力,对历史的认识有一定的信心。再联系到我读这首诗最初的感受,发现诗人的形象在这首诗里是一个茫然者的形象,道德信心不是那么稳定的,而且他在处理一些分量比较大的词,像和平啊、自由啊,用一些片段加以展示,我就觉得这些在片段中处理比较难。孙文波在这里的方式好像是想把它拉到我们的日常道德中来,拉到他在写作中一以贯之的道德感中来。我觉得这种尝试是非常可贵的,但很难处理好。如果要这样做的话,需要诗人建立一个庞大的认知体系和价值体系,然后在这样一种方式里去建构对每一种精神类型的把握。这是一种比较宏大的写作,比较完整性的写作。

胡续冬:首先说一下这首诗,它的写作时间是1995年。刚才有的同学说看见孙文波这首诗感觉它展现的气象和生成方式已经离开了日常化的语境,意味着他在朝着一种更大的目标在走。这首诗是在一种什么样的状态下产生的?当时整个的写作环境和部分诗人在1995年左右的心智是怎样状况?当时这一批人有什么样的写作焦虑?一个比较重要的写作焦虑是"经典焦虑症"。当时在不同的诗人的访谈中,都谈到如何朝着当代诗歌或者现代汉语诗歌经典化去努力这样一个趋向。孙文波自己就说,现在很有标识性的这样一类诗,大概在 1990 年左右就已经成型了。大概在 1995 年左右,有一批诗人在实现了一种从 80 年代写作语境当中的转型后,首先考虑的是自己的年龄的问题,这一拨人齐刷刷的都是三十多岁、奔四十的岁数,按说他们的参照系就是西方诗人到这一年龄的时候所达到的。我记得当时大家都比较信奉罗伯特·勃莱的一个访谈,罗伯特·勃莱曾经说到一个真正意义上的诗人一生大概有那么几个重要的阶段,他说三十岁到四十岁这个阶段有一个回溯,一个很大的回溯,就是对已经积累起来的诗歌素养、诗歌技能、你的比较完备的诗歌经验作一次朝着经典方向努力的一个回溯。西川、臧棣等等,他们都在一些言谈中涉及经典化问题。孙文波这首诗可以看作当时这种氛围之下对当代诗歌作经典化努力的一个尝试。我为什么说它是经典化呢?实际上这首诗是非常典型的在中外诗歌史上经常见到的一个母题,是一种母题性质的写作。它的结构有点类似于什么呢,我只是说结构不是说主题上,类似于帕斯的《太阳石》:一开始从一条弯弯的小道、白杨啊、喷泉呀,从那里开始是第一节。最后一节也是把第一节回复一下,中间有一些很混杂的叙事的多角度的广角镜式的场景,一种墨西哥文化的甚至人类当代文化的反省。孙文波这首诗实际上也是采取了《太阳石》类似的办法。打破线性时间结构,然后再人为制造一个非常诗性化的时刻。一般来说经典性的、母题性的诗歌写作都要蓄意制造一个生死临界点,借这个生死临界点进入一个可以勉强进行或很从容进行一种思辨啦、历史回溯啦或者语意延伸啦这样一个空间。这首诗也是非常明显,它一开始悬置了一个"他已经不知道生还是死",悬置了时间的线性,进入到一个无论说是对国民性的批判也好,还是什么什么也好,这么一个多场景多侧面的回溯当中,到最后又回到这样一个生死临界点上,同时强化这么一个生死临界点,认为是生是死都无所谓等等。这是一种非常典型的母题写作,一种从西方诗歌到中国当代诗歌,包括现代诗歌很多人都注意到的一种可以使整个写作都十分完整的框架。在完整的框架之内,他有我们的一种老式的思维,如否定上升、螺旋上升式的东西。

但是这首诗对孙文波来说,我也同意洪老师刚才的阅读感受,就是这首诗并不是我所喜欢的孙文波的诗。当然我非常认同孙文波写这首诗的时候的那种雄心:因为任何一个诗人到一定年龄限度,他都要考虑不适合自己的诗,有没有能力去挑战;自己从来没有尝试过的,或者从能力来说不擅长的东西我能不能做?写了一定尝试性、实验性的诗歌后,我能不能写经典性的诗歌。这种挑战是每个诗人都要面对的,那么这首诗就是这种挑战或经典焦虑症的产物。但是我觉得不是非常的成功,我相反更喜欢其他一些、包括赵珝不喜欢的《在路上》,还有比如最近写的一些关于在村里的。但是我要谈的一点,就是我们要把这些和"日常生活"的概念划分开来,它有一种伪表征,是一种日常生活的东西,但它实际上不是。这首诗在哪里不是太成功?有一个很直观的说法:在成都写诗的朋友当中,他们说欧阳江河是一个筋斗云接一个筋斗云地写,说孙文波写诗是一锄头接一锄头地写,他是一种非常沉稳的、非常勤奋的人,而且孙文波对当代尤其是对90年代以来诗歌最大的贡献在于他创造了一个整体化,从整体到局部都能够有进有退、有缩有放的控制诗歌的节奏,控制诗歌的语调,同时在诗歌的细部通过音韵、词的长短和句式的切分来打造一个井然有序的诗歌形式。这是孙文波对当代诗歌的、我觉得对90年代以来的形式上最大的贡献。他的这种写法的不利之处在于——我们回到刚才那个比喻,就是一锄头一锄头地写,很难有一个突然的意外飞升达到的状态。或者孙文波的诗里有?在其他诗人非常擅长的比如拐弯抹角啊,一溜烟到某个非常豁达的诗歌语意空间……他其实不是太擅长这个。尤其是当他涉及他所希望达到的母题,进入到一个诗意的悬置的生死临界点,进入到一个历史的或其他的什么,他依然是用比较沉稳的、比较平实的这种构筑方式来构筑起了十五个片段,那么我们看到的这十五个片段——刚才周瓒说的有道理——不是没有一个知识体系把它连接起来,我觉得是没有一个空间能够让这十五个片段有更好的一种气象。那么这十五块就是夯得非常实的十五块砖头,这十五块砖头确实夯得非常结实,一锤子一锤子地敲得很死,那么十五块砖之间没有一个敞亮的垛口。这首诗我不认为它是一个国民性的反思,我也不认为它是针对国民性的,当然这个角度我也可以理解,我认为它是一个"招魂术",借生死临界点进行一次诗意的招魂……我觉得邓程说得很有道理,这些人各有各的特点,有的是贪欲式人物,有的是隐士式的,等等。这些人实际上都是中国知识人的形象,他实际上是对知识人,某种知识人的抱负、知识人的局限、知识人的野心、最终的命运的一次招魂。而招来的魂最终是要反射到自身,自己作为一个知识人对自己的认同,但是认同是消失在一片生死茫茫之中。当然我觉得这个不成功,一个是在招魂过程中"实"的成分过多,没有一个让这个东西变得真的像他所希望的那一类的经典文本所能够达到的空间范围;另外一个是这十五个片段的选取确实和他最后做的一个否定上升所达到的效果并没有一种很好的互相——怎么说呢,我喜欢用的词"互相勾兑"——一种你在前面的行文和你后面的行文诗意地提升也好跳跃也好有一个很好的勾兑的过程,这实际上是一个同义反复的过程。我们有许多朋友喜欢这首诗,认为这首诗是突破了个人局限性,也是向精神深度、开阔的视野迈进的一个标志。我觉得这种起点或者想法非常好,但是落到实处,可能是因为自身写法的局限性而没有达到这样的地步。另外我说一下刚才赵珝说的警惕日常经验的神话。确实我觉得日常经验从开始被当作一个诗学概念来进行阐述,到一些诗人自觉地加以使用,到出现大量的模仿者和盗版生产者。现在对日常经验这个提法确实需要非常非常的警惕,并不只是孙文波这一类诗歌的开拓者是这样,另外它还造就了一批那种无关痛痒的写作。我记得有一次谢(冕)老师曾经提过,"现在的诗越写越无聊了,喝了一杯茶、看了一次电影就要写上一首诗"。但我的警惕不是从这个角度看的,我警惕的是仅仅把日常经验当作唯一的入口,或者把日常经验当作诗歌展示中的唯一参照系。日常经验我们没有必要加以过度神化,也没有必要过度将它当作一个厌弃之物抛弃掉,因为它确实是诗歌的入口,它是一个比较便捷的、比较泛化的一个入口。从这个入口进去后,更好的状态是通过你可以便捷获得的日常经验和你头脑中的意识状态在你自己的词语魔方当中无限地加以旋转、加以不停地整合，出来的是一个远离日常经验或者在日常经验中掺入了更多的很诡异的东西。总之我觉得日常经验本身确实是既要加以警惕，但是同时也不是说要加以彻底的厌弃。

赵珝：我说一下那个"厌恶日常经验"的问题。我想，那不应称之为厌恶，而且我想你可能也不是那个意思。我之所以对日常经验的表达进行批评，是因为在我看来，诗歌里有一个非常重要的东西，或者说一个核心问题，就是诗意的存留和表达问题。我们非常清楚，一首诗、一个艺术品，如果等同于生活的话，那么这艺术就可能毫无价值！并不是所有的生活都有价值，都值得表现。这是一个很简单的问题。提升为一个诗学命题的话，就是"直接经验能否直接转化为一种艺术经验或一种文学经验"的问题。我们推崇日常经验，是因为我们想丰富诗歌经验，想让诗歌经验变得更加生动，是渴望一种经验的具体性质。有一个和我们写作密切相关的事实是，我们始终在历史中进行写作！也就是说艺术的创造或文学的写作总是通过一个个人的秘密渠道回溯到历史，在历史中寻找它的对应：或者是让历史重生，或者是重新发明他个人的历史。我觉得只有这样的写作才可能是有效的。所以在这样一个意义上来说，那种抒情与叙事的对立，我往往不能理解。我觉得文学经验的具体性，绝对不是这样一个单向度的，或者单层次的东西可以概括的。它往往表现为一种综合，而且这种综合是一种类似于生命的生成那样的一种综合。在这一意义上，我会对目前一些诗歌的倾向，提出可能不是特别合时宜的想法。另外，我想就孙文波的《祖国之书，或其他》里面的十五节，再说几句。胡续冬刚才谈到十五节和十七节重复的问题。要我看的话，十五节所塑造的形象，和第一节、最末一节里的形象，也完全是一样的。他要想消灭过去、未来，他想要处于一个永恒的时间。孙文波反复用这个他所玄想的永恒时刻，对可能会对他的玄想构成挑战的事物进行一种征服。我们如果对诗提一个更高的要求的话,我们觉得他对诗歌的成长、诗歌的变化的关注,还不是很足够的。但是我又想说,孙文波在这十五节当中,他的这种工作,是非常值得珍惜的!另外这里还包括一些解读上的问题——虽然刚才邓程点了一下——我觉得在第一节和最末一节当中的"八月",是一个特别值得开掘的东西。我在这里想到了《诗经》里写蟋蟀的那首诗:"七月在野,八月在宇"。大家都知道,"蟋蟀"在古诗当中有一个自然的重生过程,蟋蟀死了,然后化成腐草,然后化成萤火,有这样一个生命的转化过程。这和孙文波在诗里面想消弭时间的线性,达到一种生死两忘的时刻这样一种企求,可能有关系。

胡续冬:八月在当代诗歌中确实是一个非常值得关注的词语,很多,包括孙文波这首诗,包括洪老师说过北岛的《八月梦游者》,还有陈东东有首诗就叫做《八月》。我记得是在哪篇文章里头……

周瓒:这是一个特殊的时间。

胡续冬:因为这里头的这种窒闷的感觉,这种无限度的冗长的时间期待,夏天还未过去,非常冗长,非常窒闷。诗人,尤其是写这种中长篇的诗人,比如沃尔科特,曾经有一组诗写八月怎么怎么窒闷。

赵珝:最著名的应该是福克纳的《八月之光》。"八月"在孙文波的诗里,我怀疑和宋渠、宋炜对他的影响有关系。我在想"八月"是怎样出现在孙文波的诗歌意识中的呢?可惜它的前后关联比较少了些。

洪子诚:今天的课就到这个地方。我再说几句。首先是这门课开始时我说过的。我们虽是对诗歌感兴趣,也多少有一些准备,但每个人的知识情况,感受能力,包括兴趣爱好,都有很多差异。我们的讨论,就是要把对问题的理解引向深入,这就要有对话,争论。因此,不同意见的争论是正常的。但这种争论,应该有一种平等的态度。其次,谈到对孙文波这首诗理解和评价上的分歧,这没有什么关系。从某种意义上说,我们讨论问题,研究问题,既是要寻找共同点,但更重要的是发现分歧和差异。这是我特别希望有不同意见发表的根据。

在讨论中,我们牵涉到一个普遍性和特殊性的复杂的问题。在文学的经验、文学的评价标准上,我还是相信有一种普遍性的标准的,或者说有一种关于"普遍性"的理想的。但是,在实际的历史过程中,特别是今天,我们发觉互相之间的差距非常大。对这种"普遍性"的追求,这种可能性,是在一种承认差异、互相倾听差异的情况下来达到,这个过程也可以说是没有边际的,我们只能够互相地接近,大概是这么一个状况。比如说,对孙文波这首诗,我在上课之前,可能比较孤立地看,但同学们的发言,提醒我一个值得注意的角度,就是它在孙文波试图拓展自己诗歌写作时的地位。从文学史的角度,从一个诗人的创作道路的角度,这很重要。自然,确实这里存在抱负和具体处理之间的距离。

谈到对孙文波的诗的印象,我想起程光炜老师的一个说法,说他在朴素、原始的一些语言里头能够说出一些很恶毒的话来,好像说孙文波是一个悲观主义者,绝对的悲观主义者,对生活看得很悲观。这个印象在他的诗里确实能够看到。有时候,支持我们的可能是生活中一些美好的东西,或者是一种想象力,或者是使我们感到温暖的、日常生活的东西。比如说,随便讲吧,跟谢(冕)老师到饭馆里,看他对某个做得很好的菜那么兴高采烈,你会感到生活还是很有意思的:不是这个菜怎么好吃,而是人能够这样发现、着迷于那些好的东西。可是,有的时候孙文波把这些都给破坏了。所以有时候会觉得残酷了些。我想诗人的经历里一定有一些让他难以释然的东西。昨天晚上我刚看了伊朗的电影《白气球》,日常生活里头其实也可以发现很温暖的东西。孙文波可能以对生活很警惕的态度来对待,走在路上,会用一种可疑的眼光来看待生活细节。不过,这也只是一个方面。我也同意周瓒的话,他在诗中表现了一种很执着的道德感,这说明他是有信心的,有温馨的东西存在的,这是他那种让人尊敬的道德感的支撑力量。胡续冬说他像个农民,一锄头一锄头地挖,我其实很喜欢这种朴实。当然,期待他发生变化,写一些更大的诗,或者承担更多的诗,像《祖国之书,或其他》这样的,那也是合理的。

孙文波简介

1959年生于四川成都,1973年下乡"插队"。1976年到1978年在陕西等地服兵役。退役后当过工人、编辑、记者。1985年开始诗歌创作。80年代后期和90年代,参与几种诗歌"民刊"(《红旗》《九十年代》《反对》《小杂志》等)的创办。90年代以来,大部分时间居留北京。善于"从身边的事物中发现需要的诗句",是他坚持的方向;精确观察和锐利剖析,提升了所触及的琐碎生活细节的诗意质量。著有诗集《地图上的旅行》(1997)、《给小蓓的骊歌》(1998)、《孙文波的诗》(2001)、《与无关有关》(2011)、《六十年代的自行车》(2012)等。

[第八次课]

主讲人：刘复生、冷霜
时　间：2001年11月26日下午
地　点：北京大学五院中文系当代文学教研室

历史的反讽，或减法所不能删除的①
——萧开愚的《为一帧遗照而作》《安静，安静》解读

为一帧遗照而作

你的罗马表不再为你而走动
但也不为我们而走得快些，
今晚我看到和听到的，超过
你在旧上海的晚会上以优雅
所忍受的；纽约的行情，台北的
淫秽小说，各个地区的抗议——比你
遭遇到的喧嚷——所有变化一致表明
你应呆在这间凉爽的斗室里，
呷着茶与幽灵角力：这才是
你的时代，而你比你的时代还要不幸，
还要仓促，来到少量精确的敌意中。
你与自己的时代的联系只有遗照
眼光恍惚而阴冷；哦，从你的眼睛
可以发现命运的诡计：你审视着
灰色的庞然大物，一枚胸章。
你推倒的偶像与新塑的之间
每一株植物都受灵感（或上帝

① 刘复生和冷霜为自己的发言起的标题分别是"历史的反讽"和"减法所不能删除的"。

支配？你崇拜机器，老虎，和民主
它们多么狂暴，而你以对月球的
眺望来调和彼此粗糙的区别
你的罗马表不再为你
而走动；你所唾弃的我正在
回顾，格言、真理和鸡毛菜；
你所梦想的正是我所厌倦的，
从答案中选择疑问，从睡意
或惰性享受交流的宁静。
如果可以，我也不会去你的家庭
从你忠贞的妻子身旁替代你，她的意志
和纯洁正是我们时代的缺陷，我的时代
推崇说谎，因为出版了弗洛伊德全集
你虽然擅长但你不会愿意，来到一个
有飞行但没有飞翔的世界，从视窗
看你所不愿看见的，熄灭你所不愿熄灭的

刘复生：《为一帧遗照而作》，从题目我们只能知道，诗作是由一个人的遗照而引发，主题也将与这个人的身份、命运等因素构成某种重要的关联。至于此人是谁，是一个什么样的人，他又会和叙述人发生怎样的关系，则是我们的解读所要理清的问题，从纯逻辑或解释的优先性来讲，我们要首先跨越这个障碍，才能抵达诗意的核心；但从解读实践上来说，重建这个人的精神世界和领会诗意主旨是同时完成的。其实，这正是这首诗吸引我的重要方面，像许多好诗一样，它整体建筑得非常结实、质密，诗作的每一部分似乎都回荡着其他部分的和声。它的构成方式不是时间性的，不像一首乐曲历时地呈示、发展；它是空间性的，就如一张浸在显影液中的底片，整体一齐逐渐地均匀地清晰、丰富起来,而不是各个部分依次显露。所以,这首诗给我的解读至少是表述带来了困难,我不得不在解读一个部分时,把另外的部分当成理解的前提,或者把我多次阅读之后形成的对全诗的理解作为前提,这样就进入了一个令人无奈的解释学的循环。因此,可能有些人会觉得我是将自己的一些想法先验性地强加给了诗歌。为了尽可能减少大家的这种感觉,我将采用一种细致的语义分析的解读方法。

第一句:"你的罗马表不再为你而走动 / 但也不为我们而走得快些"。

"罗马表"具有象征意义,它提示着读者对近现代历史的想象,同时又是一种社会身份的表征。在近现代,作为来自西方文明的生活奢侈品,罗马表显示了表的主人可能具有贵族化的家世背景,一个簪缨望族或新贵之家;另外,罗马表还暗示着一种特定的精神气质、思想趣味和生活态度,以及与欧洲文明的某种亲和性。总之,表的主人即"你"应当在中国现代,无论从社会地位,还是思想境界,都居于一个精英的位置,同时还具有优雅、精致的趣味。"你的罗马表不再为你而走动 / 但也不为我们而走得快些"从语义的表层结构来看,当然是说"你"早已不在人间,但从意义的深层来看,这句诗显然强调了时间的那种匀质流动、不为世事所动的冷漠的特性。结合下文或者说全诗的主旨,我认为,在这里,诗人事实上赋予了时间一种恶意,它具有自主的意志,超出人类理性的控制,并具有对人的某种敌意和狡诈,习惯于和人类开恶毒的玩笑。

"今晚我看到和听到的,超过 / 你在旧上海的晚会上以优雅 / 所忍受的"。

"旧上海的晚会"是一幅典型的二三十年代资产阶级上流社交界的场景,出入其中的"你"肯定不会为现实的生存问题所困扰,那么"你"需要忍受的也自然应该是自身物质生活层面以外的更广大的精神性的痛苦或忧虑。

"纽约的行情,台北的 / 淫秽小说,各个地区的抗议"分别象征了商业社会的唯利是图、人心的道德堕落以及普遍的社会性的不公正、不平等状况的存在。这些诗句暗示,此类社会问题和"你"的时代所面临的问题是同质或近似的,而且在量和度上可能还要剧烈深重。

"你应呆在这间凉爽的斗室里,/呷着茶与幽灵角力:这才是/你的时代……"

"斗室"隐喻私密空间,并带有一种与世隔绝,甚至是遗世独立的味道,再用"凉爽的"来对它加以修饰,又赋予了这个私人空间以某种宜人的气息。从一定意义上,"凉爽的"这个形容词有效地清洗或过滤了"斗室"这个词所可能具有的狭窄、逼仄、局促和幽禁等负面内涵与语义色彩。根据新批评的诗学理论,在某个语境中,一些词汇要对另一些词汇的意义形成限制,其中一种作用叫作警察行动。可以说,"凉爽"就对"斗室"构成了一种警察作用。"幽灵"不是指的 ghost,它意指某种超自然的、难以被人所理解的幽昧之物,"呷着茶"显然是对一种从容、自信、雍容优雅的心境与气度的呈现,那么这一句的意思就是说:愉悦地,同时怀着某种心智上的自负感沉浸在超越性的形而上的思索中,探求那些神秘、幽昧的道理。但是诗中这样写:"你应呆在"则表明"你"事实上并没有做出这种最适合你的人生选择。所以下面这几句充满了惋惜之意。"这才是/你的时代,"采用的断句法具有某种形式上的表意功能,"你"这个人称代词处在句首,从而得到了突出的强调,也就传达了这样的潜在意义:只有通过"呷着茶与幽灵角力"的方式,"你"才能使那个时代真正属于"你",也才能与自己的时代结成一种最恰当的关系。

"你与自己的时代的联系只有遗照/眼光恍惚而阴冷;哦,从你的眼睛/可以发现命运的诡计:你审视着/灰色的庞然大物,一枚胸章"。

这一个长句在叙述的内在逻辑上直接承接着上一段,是对你未能选择最适于自己的生存方式的结果的陈述,"你与自己的时代的联系只有遗照"散发出一种凄凉感,暗示了你的命运的悲剧性:你本应与自己的时代结成更有价值、有意义的联系,比如说从事一种书斋式的创造性工作,它才更能体现你的价值、才华,也更适合你的性情。但你放弃了。这是真正的悲剧性所在。"眼光恍惚而阴冷":一种困惑、犹疑和失落的神情,仿佛"你"也对自己的这种命运有所领悟。

"命运的诡计",是指命运对人的拨弄,人往往自以为能够掌握命运,结果却发现一切努力只不过使自己更深地陷入了命运的掌握。我觉得,在本诗的语境中,这种"命运的诡计"其实也是指"历史的诡计"。因为从词组构成形式上,它自然地使人想起黑格尔所说的"历史的诡计"。它指人类的这种悖论情境:人类往往处在一种操纵历史的巨大幻觉中,总是试图给历史设计航向,岂不知狡黠的历史不但有自己独立的意志,而且早已事先料到了人类的这种企图,从而将它暗中引向自己所希望的方向。于是,人类反抗历史的努力恰巧使自己落入历史的圈套。"审视",是一种带有距离感的情感冷漠的关注姿态,何况又是"眼光恍惚而阴冷",这种眼光中显然暗含着情感与价值上的评价。通过下文,我们可以知道,这里事实上潜伏着一种态度上的反差。那么,"灰色的庞然大物"的所指是什么呢?这个词组首先给人一种威压感,让人心理上产生畏惧与紧张,它在体、量、色彩上都对人的自由意志构成压迫,似乎具有吞噬人的巨大异己力量。而"一枚胸章"则表征着一种社会性的荣誉和奖励,它意味来自主流秩序的肯定,来自权力或权威的体制性的认可。由于这二者处在你的阴冷的目光的笼罩之下,就具有了否定性的含义。既然二者体现了命运的诡计,它们也就带有了某种反讽的意味,说明二者并不是你最初所向往的,甚至是你最初意愿的悖离。

"你推倒的偶像与新塑的之间/每一株植物都受灵感(或上帝)/支配?你崇拜机器,老虎,和民主/它们多么狂暴,而你以对月球的/眺望来调和彼此粗糙的区别"。

这几行中间的词语非常富于语义上的张力,但是通过细读,我们却能够相对完整地还原你的形象。从一定意义上说,这几行诗隐藏着理解全诗的秘密通道。为理解全诗提供了一条逻辑线索。在此之前的语义场中,词汇、词组的意义是难以确定的,或者说,能指的所指始终处于一种游离、漂浮的状态中,这几句对上文其实也包括下文的语义场进行了一种固置的工作,当然不是把能指固置在一个明确的位置上，而是把它们大体圈定在一个范围之中，或者说把它们引向某个方向。现在我们来看看这几句：

"植物"指代那些自发生长之物，它们顺应自然的节律，无需人为外力，相反，人工的介入倒有可能揠苗助长，事与愿违；"灵感"是一个转喻，指人的智慧、智性，天才的设计，非凡的奇思妙想；"上帝"代表绝对的意志，或某种确定无疑、不容质询的真理（"或上帝"用小括号括起来，表明它与灵感具有同质性，或是一体两面）。"你崇拜机器，老虎，和民主"是非常关键的一句，在我看来，它浓缩地描述了相当一大批现代知识分子的思想观念，精神气质乃至人格结构，体现了他们的焦虑、向往和价值观，是一种社会性的集体无意识，不言自明的常识。"机器"是现代工业文明的象征，国力强盛的象征，在某种意义上，可以看作对严复所谓"富强"的另一种表述；"老虎"是强力或暴力的象征比如说革命。应该说，这三个词都是中国现代思想史上的大词、关键词，它们共同支撑起了一个现代性的大叙事，也共同构筑了一个现代性的神话。"崇拜"描述的就是对这个神话的痴迷的精神状态。下面紧接着有一句是对这一现代观念的反思与质疑，"它们多么狂暴"，"狂暴"是对机器、老虎和民主性质的一个独特而又深刻的表达，质疑了它们似乎天然的、自明的合法性，揭示了它们令人担心、奴役人、压抑人的一面。机器所代表的工具理性具有可怕的异化力量；"老虎"所代表的暴力，激进的社会革命的暴力，或者说一种集权的专制的社会体制，虽然在起源和目的上可能是正义性的，但却会带来直接的和间接的、短期的和长期的社会性创伤和文化性灾难。就算是民主充其量也只是一种最不坏的制度而已，"民主的程序照样可以选出希特勒"，它还有可能会导致多数专制，而且往往最终蜕变为一种专制者轮流坐庄的游戏。"而你以对月球的／眺望来调和彼此的粗糙的区别"，用粗糙来形容区别，具有陌生的修饰效果，也非常妙，它不但表明机器、老虎和民主之间的差距之大，还传达了它们之间在内在逻辑上的冲突，不谐和，不相容；同时又给人一种奇特的触觉感受。"你以对月球的／眺望来调和……",这种冲突是"你"所视而不见的,因为"你"沉浸在现代理想或乌托邦幻想中已变得盲视。月球负载着无数的美丽的神话和文化想象,因而具有一种可望而不可即的乌托邦色彩,这里之所以用"月球"而不用"月亮"这个更美好的更具乌托邦色彩的词,大概是为了增大月球作为一个天体与地球的距离感。

整体上来看,我觉得这一段意思还是比较清晰的,"你"这个人物的精神世界也凸显出来。为了理解的方便,我是不是可以进行这样的猜测性的梳理:"你"是一位具有浓重的理想主义气质的现代知识分子出身的人物,信奉某种决定论的或者说目的论的历史哲学,"每一株植物都受灵感(或上帝)/支配",你亲自介入了激进的社会实践,力图将一种乌托邦制度付诸实现。但是,"种下的是龙种,收获的是跳蚤",新塑的偶像并不比推倒的偶像更好,甚至是更坏了;在"你"的身后,乌托邦制度已蜕变为"灰色的庞然大物",一种压抑人、威胁人的东西。当然,这只是一种个人化的猜测,虽然每个读者的猜测可能会有不同,但这个"你"作为一个具有理想主义的人物应是没有疑问的。应该说,"你"的命运在现代知识分子的人生选择上带有很大的普遍性,他让我们很容易就想到三十年代的知识分子的集体向左转,或现代史上著名的改信问题。

接下来的几句构成一个语义单元,叙述人的态度或当下时代的态度开始出现,从而对"你"的观念、人生选择进行了反思、质疑、颠覆和弃绝。

"你的罗马表不再为你/而走动;你所唾弃的我正在/回顾,格言、真理和鸡毛菜;你所梦想的正是我所厌倦的,/从答案中选择疑问,从睡意/或惰性享受交流的宁静。"

两种人生价值和生存态度的分野与对立极其鲜明。我漠视你所看重的乌托邦的理想与信念,坚持个人日常生活的不可替代的意义、价值,注重体味庸常生存经验中的细小的趣味。"鸡毛菜"正是被你所漠视、所压抑的日常生活的象征。这里之所以用"鸡毛菜"而不是用其他的如菠菜或芹菜,是为了有效地传达一种日常生活的琐屑感，比如它很容易使读者联想起"鸡毛蒜皮"或"一地鸡毛"这样的词汇，从而暗中和理想主义的神圣性、压制人的崇高性、真理的专断性形成对峙的两极。叙述人不相信完美的、确定无疑的答案，"从答案中选择疑问"，而把平等的自由的交流当成乐趣。我们知道，在后现代哲学中，交流向来是和质疑元叙事联系在一起的，例如哈贝马斯、罗尔斯等人都有过很重要的论述。我相信，在深层，对交流的肯定其实是在肯定一种由交流所体现的价值观，它构成了对你所高扬的理想国的神圣真理的专断性的一种反动。以上这几句诗让我想起赫尔岑："历史没有剧本""每天每时只是其自身，而不是通向另一天的中介。"从某种意义上说，"你"就是那种试图书写历史剧本或按照某部历史剧本演出历史的人，而我则坚持每天的价值和它的非中介性。

  余下的部分是全诗的最后一部分，诗意又发生了逆转，转入对当下消解了任何理想和超越性的精神状况的批判。"如果可以，我也不会去你的家庭／从你忠贞的妻子身旁替代你"是一个过渡句，这前半句仍然承接着上文的主旨而来。如果简单地理解，这句诗的意思是说，我不愿意选择你的生活方式。但是我们要格外留意"忠贞的妻子"在中国独特的历史语境和文化语境中的衍生意义和意识形态内涵。自从 20 年代后期开始，在左翼叙事中，革命者妻子的忠贞从来都不是一个社会道德或婚姻伦理的符码，忠贞的妻子是作为一个印证"丈夫"神奇魅力或者说卡里斯马魅力的价值客体而存在的。革命者的忠贞的妻子在主流叙事中形成了一个清晰的人物谱系，从而把革命者的政治神圣性上升（升华／偷换）为一种性感魅力，这也是对革命者的一种奖赏。于是这种叙事策略给男性接受者一种富于诱惑力的心理暗示，而且忠贞的妻子这种经过美化的女性形象也往往成为大众情人式的偶像，我想，作为萧开愚这个年纪的写作者是逃不出这种影响的。那么拒绝"从你忠贞的妻子身旁替代你，"就成为对意识形态所允诺的奖赏的拒绝，同时也是对主流意识形态所建构起来的卡里斯马的一种"祛魅"。因为这种忠贞的妻子忠贞的其实是一种信念，"丈夫"只不过是这种信念的载体而已，这种忠贞事实上已经抽空了真正的世俗情感或爱情，这恰恰是叙述者所拒绝的。

从"她的意志……"开始，才真正转入对当下时代精神状况的批判。"我的时代推崇说谎"，是说这是一个没有确信，没有原则的时代，接着叙述者说："我的时代／推崇说谎，因为出版了弗洛伊德全集"，弗洛伊德怎么能成为说谎的理由呢？我们知道，心理分析有一个最基本的理论，人的心理结构或人格结构分为三层，本我、自我和超我。本我才是人的真实的欲望，但它是为自我和超我所不容的，受到了表达上的禁忌，为了突破自我与超我的监控和审察机制，本我必须经过种种伪装，于是，说谎产生了，人们越是在理性状态下说的话越不符合本我的真正意愿。弗洛伊德全集当然不能为说谎负责，事实上，这是古人所谓"诗家语"，它遵循的是诗的修辞逻辑。是对这个时代的一种反讽。

"你虽然擅长但你不会愿意，来到一个／有飞行但没有飞翔的世界……"这里要格外注意"飞行"与"飞翔"的区别，本来在公共语汇系统中，这两个词是同义的，但在这首诗的语境中，却被赋予了不同的意义和价值。"飞行"具有某种实用性，行是我们日常生活的一种状态，所谓衣食住行，是一种生存的手段，是为了到达某个地点或目标；而"飞翔"则完全是脱离任何实用性的非日常非世俗的自由状态，它比"飞行"更轻盈，更纯粹，更具精神性，它也不是一种手段，它自身就是一种目的；另外，"飞行"带有某种机械性，再快也难以摆脱本性上的笨重，于是通常我们习惯于用飞行器指称种种航天飞机之类的机械装置，而用飞翔来形容鸟类的自由。陈敬容《飞鸟》就是只用"飞翔"或"翔舞"来形容飞鸟。我想这不是偶然。于是，诗人用这两个词区分了不同的精神状况。我们的时代是一个有飞行的时代，各种交通工具越来越快，最近美国刚出了一本非常有意思的书就叫《越来越快》，说的就是这种状况；另一方面，人的内在的自由、超越性却在消失，米兰·昆德拉前两年写了部小说《缓慢》说的就是这个主题，速度正在消灭诗意和生活的趣味。

另外，如果再多说两句的话，我们可以说，对速度的崇拜本身具有某种法西斯主义的倾向。我们知道，20 世纪初的未来主义就非常崇拜运动和速度。在 1914 年，未来主义的创始人也是代表人物马里内蒂发表了《未来主义与法西斯主义》，后来又组建了未来党，走向了法西斯化。由此可见，速度与法西斯主义之间存在着某种隐秘的联系。从这一意义上说，现代人对速度的崇拜是日常生活中的微观的法西斯主义。这个问题挺复杂，在这里我就没法展开了。再者，速度还与纵欲相联系，不少人分析过这一点，大家应该看过那部著名的非主流影片《撞车》，说的就是这一问题。在一定意义上，飞行的加速就意味着性欲的放纵。这是不是一种当下时代状况的一种描绘？所以，这个时代在反抗专制奴役的时候，又不知不觉间坠入了另一种奴役之中，更内在的奴役。我们又落入了另一种命运的诡计或历史的诡计。

"从视窗 / 看你所不愿看见的，熄灭你所不愿熄灭的"，"视窗"我们都不陌生，应该是 windows，信息时代的标志，也是指一种网络神话，和网络时代的生存状况与心灵状况。

最后，我们来审视一下叙述者的立场，会发现他坚持了一种对历史和现实两面说"不"的立场，在质疑具有专制倾向的理想主义的同时，他也质疑了质疑者本身。在否定理想主义之后，他并没有认可缺乏任何理想性、普遍平庸的当下。同时，他也没有试图提供一种替代性的社会理想图景。如果那样的话，他就陷入了他所批判的思维模式。他坚持了诗歌的智慧，拒绝任何一种专断论，不管对谁说不，诗人都坚持了同一种立场：对各种奴役形式的警惕，和对个体自由的捍卫。

安静，安静

（一）

不一样呢！狗练习着狗叫。
小村子只讲一句英语，

Sorry, I don't understand it.
我被恐吓着,开始跑。

水塘正是眼中的水塘,
枯干了:栅栏、栅栏、
栅栏,已被樱花砸烂。
雀雀儿在树枝和地上

竞相指点,吵吵闹闹。
封闭的捅破,门窗打开。
一个亲戚送一切进来。

很多迷惑去而又来也。
此季节修好了此楼梯,
你是我的亲戚,慢一些。

(二)

眼下这所房子是安全的。
它的昂贵价格迫使它卖不出去。
只有一人知道它空室以待
是为一个老少年否定哭泣。

他并不欣赏二十公里以外
湛蓝的湖水所掀动的理论,
让自己停下来,一下子停下来,
物群就兴奋,就扑过来。

他终于可以大喊大叫，终于可以
两只脚上同一座楼梯，两只眼睛
看同一个花瓶上的少女。

横在草坪边的山脉
果然雕琢了一园锦绣，
果然寒冬划一了两个世界。

（三）

自暖气片、吊灯、桌面
自破得不能使用的字典
自缥缈图像滑翔而过的
摊开的白纸

灰光的安宁灌进我的背脊。
自盥洗室、偏烫的洗澡水
自宽床、方枕、薄被
自睡眠泛出的独身的甜意

漆黑的安全感涨满我的脚趾。
我不再需要我脑侧的排风扇
抵制你的痛苦。

我不再嚷嚷和嘀咕。
既不享受拒绝之硬，
也不享受逃避之软。

（四）

楼里早就空无一物。
我睡一觉，猝倒、消失了的
就醒转来。黑白两色皮球
瘪在墙角。我找到气枪。我打气。我踢。

小足球翻腾黑白色
摩擦初春的冷空气，孤飞向
远处的灰暗，矮树丛
乱点在光曦中。

有些心愿埋得太浅。
有些疑问没有腐烂。
女孩儿领着男孩儿。
它们脱下了花内衣。
它们从新乳房捧出
新秘密。且卖且送。

（五）

间谍们留主要面具在外国
和京城的一间密室里。
又疲惫，又轻松，晕着头，
在郊区扮演丈夫或妻子
或孩子们的好玩的父母。
他们想不到危险把世界
从他们的照相机里撤走。

地窖和锦囊空空如也。

大自然一再施展僵死
或春天的变脸术；而必然，
从电话里开出来大卡车，

落下这三更夜剃头的
第一刀。长老们在钞票上，
笑嘻嘻的，招呼一切。

（六）

很像一双胎儿手间歇地剥着。
一锅稀粥原来是一锅雪呀，
可电饭煲热气腾腾，是呀，
超市里的模糊上帝行善了。

救急车忙乎，忙乎。
一股暖呼呼、融化的，
因熟悉而例外的亲和力，
抓住我的女性胸膛。

几乎忘掉了那另外的，
那深深地拍过的地区。
搬呀搬，一次又一次。

扔呀扔，几乎干净了。

可是记得江南的更珍稀的春雪。
可是撕破了这儿的安静。

（七）

我们的长电话砍伐着分离我们的市区森林。
我搜索，搜索，四川的农田自沉默中展开，
来啜饮你的眼泪：我一再看见四川
干涸的河床重新蓄水；其实没看见。

你去过那里。山路蜿蜒而下。那时你骄傲地
宽恕了一个离婚妻子的火热。
那时一张寄自上海的明信片
胜过本地女子十年赤身震颤。

去年夏天在 Petershagen 的池塘边
你找到四叶草，我在路边找到。
我们需要一个证明。

当我独自回到四川，我感到
只有灰色——飞机轰地起飞——帮助我领会
而且我像我感觉到：回到了丛林。

（八）

真，拎着一袋脂粉。
红色下面最好黑色。

男人体内妖着女性。

即使散乱在
秤和尺子之外,
悔悟和怜悯之外,
当然和想当然之外。

我在一面小圆镜里。
出来了一个,还有。
出来了一伙,还有。
即使删除了
这个被删除过的村子,
这座被删除过的房子,
这些被删除过的日子。

(九)

下午了,一切坐在我肩膀上。
好一座大湖,被铁丝网捆绑。
一切张嘴,打哈欠,
而轻风、斜阳
在湖面竖起墓碑又推倒
空,空空地回响。
我们已经交谈过。
我们的语言不同。

你不喜欢路边湖。

不喜欢铁道劈成两半的。
不喜欢捆绑起来的。

它们就是喜悦——
自曲向湖心的圆木桥，摇摇摆摆，
乌有乡向着乌有。

（十）

被燕子尾巴差减为二。
负数的无穷尽的宇宙。
蝴蝶的花翅贴着窗户
和无限，度过礼拜六。

鸟嘴提起城市、公寓，
就像错误吃掉了账单。
而蝴蝶脸忙坏了妻子，
她的狐狸心和老虎胆。

本来没有 Petershagen。
一位女士将要把别墅
搬进记忆中的小村子。

她请我进梦里做减法。
她大睁着警察的眼睛：
……我，一闪。

1999 年春 Petershagen-Wiepersdorf

冷霜：萧开愚的诗在 90 年代中后期，受到越来越广泛的注意和赞誉，由他提出的"中年写作"以及他对诗的"及物性"的主张也在这一时期产生过较大的影响。同时，他的变动不居的写作活力，也使他成为至今仍给予更年轻的诗人以持续启发的诗人中的一个。1997 年旅居德国之后，他的写作在旨趣上相比此前又有所变化，按照他在一篇文章中的说法，较之 80 年代他的诗关注自我，90 年代关注命运与社会，旅德之后他更侧重于诗本体。《安静，安静》就是其中比较重要的一部作品。

这组诗标明写于 1999 年春，是由 10 首意体十四行及其变体（第八首）组成。我们先来看第一首。"不一样呢！狗练习着狗叫"，起句就勾画出一个极度陌生的环境，以及初次进入这个环境时的紧张心理。在进入陌生环境时，我们总是会首先对环境和自我加以确认或重新确认，这里，"狗练习着狗叫"，以一种反向修辞，使这种高度紧张的辨识活动传达出一种喜剧感。其中"练习"这个词让我们联想到辨识行为中很重要的一部分，即语言的习得与沟通。可是，对于诗中的"我"，这种沟通却是失败的："小村子只讲一句英语 / Sorry, I don't understand it"。在这个幽僻的、使用一种"我"所不能把握的语言的村子里，唯一可能用于交流的英语只被用来说明它的无用。这是一个令人过目难忘的喜剧化的开头，甚至在形式上也体现出对这种喜剧性的一种微妙的呼应：我们可以发现，第一节的四行诗虽然遵循了意体十四行正统的 abba 韵式，然而中间两行，却是用英语中的"it"一词与汉语中的"英语"一词押出的一个诡谲的半韵。

接下来，第二节，"水塘正是眼中的水塘"，辨识还在继续，嘴巴不行就靠眼睛。对于"我"要去的地方，已经找到了一个标志性的景物。后面两句，"栅栏、栅栏、/ 栅栏，已被樱花砸烂"，点染出的是一处荒凉、阒寂、近乎朽败的居所。樱花砸烂栅栏，极言此地的安静，这种安静的腐蚀性经由时间的压缩处理，凸显出它在听觉、视觉等诸般身体感觉中的张力。"栅栏"一词重复使用三次，恰好在听觉上模仿了"砸"的动作和声音。不过，在这个夸喻里还包含着更深一层的意味,像在第一节的二、三行里那样,诗人在这里也设置了一个语言的机关。假如想到诗人是四川人,并且我们尝试着用四川方音来重读这一部分,会发现"栅栏"一词的四川方音恰好是普通话中"砸烂"的读音。这并非一个无意的巧合,因为——几乎像是为这个机关特意留下的暗记——在随后的第八行中,诗人又用了一个明显属于四川方言词汇,而极少见于普通话的"雀雀儿"。我们以后还能看到这样的例子。利用这样一个巧合,一个小小的难以觉察的语言游戏,诗人透露出他的语言身份的具体性:他使用的不仅仅是汉语,而且内在地使用着它的某种方言。萧开愚在他的诗论《南方诗》中曾经提出这么一个观点,由于四川话的特殊性——它"既被称作四川方言,又属于北方语系",或者更确切地说,它的一般表述与普通话差异很小,可是它的地方性发音,地方性词汇和地方性语法又层出不穷——使得四川诗人可以用四川话思考和写作,而不像南方其他地区的诗人在写作时不得不告别他们在日常生活中所使用的各种方言,而必须借助于普通话。在这里我们可以看到一个有趣的例子,它使得这首诗在语言层次上隐秘地变得丰富和立体起来。

在前八行里,我们已经看到一个地理上偏僻、更被一种陌生语言所封闭起来的村庄、它的安静对"我"来说,几乎有种令人不安的、暴力的味道。但同时,我们也发现由于"我"的进入,从另一个角度来说,这里已不再安静。它至少出现了这么几种声音:英语,某种陌生语言(我们可以猜到是德语,很可能是它的某种地区口音),汉语和它的四川方言,尤其是后者,"捅破"了这里的封闭和安静,就像在诗的第三节的头一行,也就是在十四行的"转"的位置上这一句,"竞相指点,吵吵闹闹"给予我们的感觉那样。在这首形式上相当规整的——就韵式而言是整组诗中最为整饬的一首——诗中,这个唯一的跨行句还不由得让我们跳回到第八行,让我们注意到这首诗真正的转折是由"雀雀儿"这个词开启的。假如我们在这里代之以任何其他同义或近义的普通话词汇("麻雀""鸟儿"等等),似乎都难以获得在这个方言词汇中含有的那丝熟悉、狎昵以至喜悦之感。在这个陌生的新环境中，这种处处可见，平素无甚可观的普通生灵有了不同于以往的意义：它们不但打破了此地的安静，而且是比水塘更为重要的心理标志，使这个环境开始变得亲和起来。而到了第三节的末尾，"亲戚"一词的出现，就完全扭转了先前所凸显的陌生感。"一个亲戚送一切进来"，不同于现代汉语中较常使用的处置式结构（"把一切送进来"），连同对前一行被动句中同样的对笨重的被动词"把"的取消，呼应着第八和第九行，建立起一个喜悦、轻快的调子。整首诗像是跳着一支小步舞曲，洋溢着当代诗中少见的喜剧感。它交代出一个过程，同时也布下了这首诗的一些要素和线索。在第四节的起句，"很多迷惑去而又来也"中，我们看到了进入下一首诗的一节楼梯。

在第二首的第一节里，最引人注目的是第四行："是为一个老少年否定哭泣"。显然，这里暗示出一个精神回忆或者说有关于生命认识的主题。它无疑是上一首诗中"迷惑"的主题句的延伸和加强。这一句就修辞本身而言，已有着强烈的语义效果，同时，超过半数而又大多集中在词的后部的仄声字又强化了这种效果。我们还应注意到，它在这一节中所在的位置，空间和声音上的位置：在这一节的前两行，我们可以感到这首诗的节奏和第一首已经有了明显的不同，它不再那么轻逸，但好歹还算舒缓。第三行，"只有一人知道它空室以待"，从第一个词到最后一个词，从语义到音响，都陡然一紧，为这个跨行句的后半准备了多重的落差。在第一首中，"栅栏"和"砸烂"押出了一个古怪的、在声音上互相追逐的多音节韵，在这一节里，第四行的"哭泣"与第二行的"出去"再次押出一个双音节韵，使"哭泣"一词沉重而响亮的音色成倍地加强了；同时，处在一节最末的位置，又使这个词如同一道水坝，为上游蓄积的落差沿着这一行倾泻至此，而同样撞击出巨大的能量。当我们考察这句诗给我们带来的鲜明印象时，不能不把这些因素考虑在内。当代诗总体来说较少对诗韵的讲求，这当然是因为自由诗体本身有足够大的空间可以驰骋，但是这里是一个很好的例子，说明合适的诗韵不仅不是束缚，反而是一种爆破，它也不是一种局部的刻意经营，而是对语言的完整关注的结果，正如这一节所展示给我们的。换言之，在自由诗中（这组十四行就总体而言，也没有依循十四行的基本韵律格式），用到好处的诗韵正应如我们的古语所言——"巧夺天工"。

这一句诗已经把我们的好奇心调到了最强，我们且看它如何展开。接下来一节，"他并不欣赏二十公里以外／湛蓝的湖水所掀动的理论"。诗人并不打算解除他在上一节给我们带来的情感和心智上的重压，他似乎已经开始诉说，但同时又在反对和间离这种诉说。我们看到，第一行使用了一个否定句式，并且，从第一个字就挑开了在上一节中模糊未明的人称上的变化，第一首诗中的"我"一变而为此处的"他"。到此为止，就这一首诗的前半段而言，它在节奏、语气和人称上较之前一首诗的多重变化已经开始让我们预感到，这组诗将会是极不规矩、极不安分的。再来看第二行，"湛蓝的湖水所掀动的理论"，它显然是上一节的主题句的一个分支，与这样一个主题相关联，因而极有可能意指着一个我们所熟知的比喻的传统，就是把心比做湖水，把心灵视为某种平静的、有待的、反映并受动于外物的东西。不过，这一句的结尾的逗号，使得第三、四行——"让自己停下来，一下子停下来／物群就兴奋，就扑过来"——和前两行之间的关系多少显得有些含混：它究竟是一个中顿、转折（就像一个分号那样），还是一个扩展、说明（承担着一个冒号的功能）？在这里，"自己"一词加深了这个逗号所造成的模棱两可，我们似乎既可以将这两行诗视作对这个"二十公里以外"荡漾的湖水重新平静下来时的一种观察，也可以发现，它们刚好也可以用来描述"我"——"他"——的现状：来到一个安静的时空之中，而很多迷惑却又跟着扑了过来。然而，这样两种意味重叠起来，似乎却又在实际上验证着那种他"并不欣赏"的理论。

我们在这里遇到了一个复义的例子，就这一节的表层意义而言，显然，诗人并不认同那种对心灵的简单看法，以及它所包含的心物对立的观念。很有可能，这样一种认识方式正与"哭泣"所指代的那种生命态度有着内在的关联,如果认同于它,也就难以达到"否定哭泣"的目的,但是在诗行内部似乎又蕴涵着反向的可能。现在又到了十四行的第三节:"他终于可以大喊大叫,终于可以/两只脚上同一座楼梯,两只眼睛/看同一个花瓶上的少女"。这个潜在的反叛受到了削弱,我们看到内心与外界,以及内心世界自身的分裂得到了弥合与和解;接着,第四节又对称性地使用了两个"果然",整首诗的最后一句,"果然寒冬划一了两个世界",对这个和解添之以有力的强调:"终于"和"果然",正是诗人此前所期待、而此地的安静所允诺的。不过,我们仍然能够感受到张力的存在,它甚至是更具结构性的:在反复出现的"两"字中我们体味到这一点;再者,人称上的变化已然透露出分裂,这种分裂与前面的含混无疑有关。可以说,这"两个世界",正是"我"与"他"的世界:"我"是"他"的取景器和行包寄存处,而"他"则是"我"的变焦,是"我"随身携带的一个问号。矛盾并没有解决,而是被更深地呈现出来了。

第三首实际上是由五个句子构成。在前九行中,我们得知的是由环境带来的身体的感受。我们也已从栅栏经由楼梯,逐渐从房间的外部进入到它的内部空间。稍可留心的是第九行的"安全"这个词,它曾经出现在第二首的第一句中,现在又出现了。如此强调意味着什么?如果这里换一个词,比如说,作者显然熟知的四川话中近似的"安逸",较之现在,少了的是什么?我们可以先把这个想法留在这里。接下来两句,"不再"延续的是第二首中的"终于",自我的分裂也从第二首中的"我—他"关系转为"我—你"关系,一种更具对话性的关系。而从"抵制你的痛苦"一语来看,这个"你"对于"我"来说,曾经是个强大而不胜其烦的存在。第四节的第一句中,"嚷嚷和嘀咕"一般用于表达不满的意思,现在,在这种空室以待的安静里,无论精神上如何,身体却首先感到了安全与满足。与前两首诗相比,可以看到,这首诗在节奏和语气上仍然在变化。

第四首:"楼里早就空无一物。/我睡一觉,猝倒、消失了的/就醒转来"。这里,"醒转来"又是一个四川方言词汇,它出现在这个位置上,似乎暗示这些"猝倒、消失了的",而在梦中重新活跃起来的事物也隐秘地携带着语言经验与记忆自身的口音。这一句与第三、四节中的"心愿""疑问"和"秘密",再次与前三首诗中的"迷惑""哭泣"和"痛苦"这样一条主题线索连结起来。从第十一行起,以一个隐喻,某种自我认知的心愿诱导着重重困惑。

"间谍们",第五首诗的第一个词显得格外凶险。它通常让我们联想到的是意识形态的角逐和对立,是冷战格局以及这一格局之下的各种政治小动作;它也让我们想到,冷战的一个最重要的标志物,柏林墙,就在作者旅德所长期居住的城市。而这一首诗的后两节也仿佛突然被压紧了,无论是从意象还是从语意转换的节奏上,都仍然延续着那股凶险的味道。比如,"落下"一词使"剃头"有了"砍头"的意味。而"长老们"这个词的出现,又使"剃头"有可能指涉"剃度"。假如我们考虑到剃度所包含的洗心革面的意思,那么我们还可以把它和前面出现的"变脸术"联系起来,等等。到了这里,这组诗已经有了不少难明之处,即使我们有意保留诗的意义的不透明和多解性也仍然需要去询问:这组诗的"核儿"是什么?如果有,是单一的还是互相缠绕的一丛?它(或它们)又是如何得到表现和发展的?如果从前四首诗中我们可以不太费劲儿地得出一个欲言又止的关于自我认知与内心变化的线索,那么接下来的第五首诗与它又是什么关系?

很多时候,一个力图统一的解释容易成为一种强制性的解释;何况,诗中之"思"的力量,不在逻辑推演的深度,而是要靠语言形象的妙构。不过,如果不能在"解释的循环"中寻绎出一个总体的把握,对个别字句的随兴体玩也就缺少必要的依附。只是这种把握得到的常非循序渐进的结果,而是一种感受的迸裂。我在此给出的是非常个人化的理解,而我的解读沿用了老式的逐篇依次的形式,或许给了这种理解一个并不恰当的外貌。这首诗的第一句以"间谍们"开头,最后一句则以"长老们"开头,这是一个有趣的对照,这两种角色不无一些相似之处,他们都意味着一个与"此地"相异的世界、都需经历长期的磨练,都可以说具有隐秘的双重身份。最后一句所蕴涵的拜物教含义,以及第六句到第八句,使我们感到明显的意识形态嬗变的意味。这种意味,对当代中国读者来说,并不陌生。再回到第一句:"间谍们留主要面具……"在这首诗里有不止一处谈到了"变脸",这使我们回想起前几首诗里涉及的自我的分裂的主题,从某种意义上说,间谍所从事的职业就是自我的分裂,就是在不同的身份之间变换。我们还应想到,现代诗中很重要的一个发明,是面具理论,对此作者非常熟悉,那么这首诗里的间谍们的命运除了可能让作者勾起社会主义社会的生活记忆之外,是否也让他反省到自己的"主要面具"——诗人的身份,并由此引申出一些认识呢?

第六首的第一节,是冬春之间的一个场景:窗外下着雪,室内熬着稀粥,两种声音在想象中交织在一起。第二节大概要和诗人的一个一度作为他主要面具的身份,即他曾经作为一个医生的经历联系起来,这种熟悉而在此时此地显得意外的记忆使他变得温情。下面两节是记忆的延伸。"搬呀搬,一次又一次",这一句,涉及了中国当代城市生活中很多人都非常熟悉的疲惫的不由自主的缺乏安定感、在某些时候甚至缺乏安全感的身体经验,这让我们再次想到刚才两次出现的"安全"一词。在萧开愚的另外一首诗,写于1997年5月的《跟随者》中,他和他的朋友孙文波一样,都敏锐地触及到这个现代化过程中极为重要的普遍性的个人经验,不妨把它的结尾两节拿来作个对照:"而我(我们)的出路就是搬家,/搬呵!搬呵!/当我们抛弃多余的东西/木椅,字典,挚爱,/生命好像有了一点意义。/当我们抛弃身体的时候,/(我们乘过的飞机都腐烂了)/也许有人会点一点头。//而市政工人还在街上,/挖啊,挖啊。"在这两节中,和现在第六首的后两节一样,除了"搬"之外,都触及两个相关的经验,就是"扔"和"挖"。注意这里的形式:第十一行和第十二行用一种重复性的短句,传达出一种疲惫之感。再细心一些,还可以体味这里的两个"呀"字和第一节的两个"呀"字之间的情绪对比。另外,"几乎忘掉了"和"几乎干净了"都涉及记忆。和对江南的雪的记忆一道,似乎已经被遗弃,却好像和前面提到的"心愿"和"疑问"一样,"埋得太浅",

"没有腐烂",趁着一个偶然的、不可预料的契机,重新回来,穿透了眼前这暂时和脆弱的安静。因为记忆,最后两句从此前几首中,尤其是这一首前两节中那种宁谧的调子突然一转,连用两个"可是",音色变得高昂起来。最后一个词"安静"唯一一次出现在诗中,却和"撕破"共同传达出内心的动荡。

第七首和第六首一样,在异国的情境中展开和交织回忆,这些回忆极为私人化,但似乎并不难理解,作者的叙事能力在此又一次充分展示出来,具体而简劲,为诗中的情感恰到好处地勾勒出必需的线条。这里的"你"和第三首中的"你"不同,很明显是一个爱侣。从第二句"我搜索,搜索"以及此后的词汇可以看到,第六节末尾升起的音调仍在继续爬升,或许高音总是容易变得单调而令人厌倦,第一节的末尾分出一支降调。但是这个高音还在上升,到了第二节的后两行,无论是意象、节奏,还是情感浓度,甚至从视觉上,振幅都达到了最大,也是整组诗的最高值,而且难以察觉的是,那个降调的声音在这里也被融合了进去。这两行诗中的情感成分复杂、微妙,如同岩浆,既含纳着巨大的激情,在"那时"一词中又透露出无限的追挽。而较之第一次出现的"那时"不同的是,我们或许还能体察出一种深蕴着的反讽的意味,它使这两行诗中的情感变得难以确定,令人不安。可以说,它"撕破了这儿的安静"。假如我们没有忘记这些记忆始终跟前面已经提到的那个自我的分裂的主题相关的话(正如这一首诗最后一行所写到的:"我像我感觉到……"),那么,从这里已经可以明白这个组诗的标题所包含的两重意思:它既有由身体所获得的安全感所发出的感叹,也是内心对自我的直面与哀恳。

笼统地说,以上七首可以分作两个部分,前四首勾画出一个背景,同时不断给出我们一些诱惑;后三首都在现实与记忆之间展开,但并没有随之满足我们的期待:诗人此前所提及的"迷惑"与"疑问"究竟是什么?他既未明言,似乎也没有什么迹象表明它们得到了解决,以至于它们也成为我们在阅读时的疑问与迷惑。我们当然可以把这些诗简略地读为一段相对完整的时空中对情景与心境的记录的松散集合,不过,这些疑问和迷惑毕竟还是会来纠缠我们,我们可以感到,它们来自于个人的经历,然而又包含观念性的内容。它们使读解有时陷入晦涩,但这与诗人在这组诗的篇幅内注入的容量及其方式有关。到第八首诗中,诗人就开始展示与此迷惑相关的认识本身。这首诗因此显得和其他各首都不一样,它明显地分成两部分,因而在形式上也成为一个变体十四行。第一节中的"脂粉"一词让我们回想到第四首诗中的"花内衣",同时,也可以和第五首诗中的"变脸术"联系起来。化妆不也是一种小小的"变脸术"吗?除美容之外,它也往往意味着身份的微妙转换。很有意思的是,在两次涉及认识这个主题时,作者都使用了性的意象。显然,诗人认为在二者之间存在着不仅仅是隐喻性的,而且是本质性的关联:对性的认知与其说要穿过种种面具和装饰来达到,不如说这些面具和装饰本身恰恰构成了性的最迷人的内容。那么,存在着某种绝对的、无视角无身份的"真"吗?用客观、主观这样的范畴("秤和尺子","悔悟和怜悯","当然和想当然")能够框限它吗?在这里,作者把它肉身化了。

　　再来看后半部分。第三节中的"小圆镜",和第二首诗中的"湛蓝的湖水"存在着一个呼应关系,二者都适合用于比喻心灵,不同于后者的是,前者总是被用来指涉自我认知。"我在一面小圆镜里。/出来了一个,还有。/出来了一伙,还有",这里写到了自我之面具的不可穷尽。为什么呢?在前面的几首诗里,我们已经注意到,自我的分裂的主题,总是和记忆有关,就像在这首汉语诗中,隐秘地包含着一种特定的方言口音。或者也可以说,在从四川到上海再到德国的这个不断"搬呀搬""扔呀扔"的过程中,身份也在经历着迁徙和增殖(比如,身处海外,对作为一个汉语诗人的身份感受自然会与在国内时不大相同),而自我在这种挑战和压力下,也在经历裂变。这首诗的前后两部分对称性地谈论了"真"与"我"这"两个世界",但其实这是同一过程的两个侧面。我们还可以注意"小圆镜"这个词,它不是一个一般性的词汇,比如"镜子",它有某种特指,它和第一行的"脂粉",恰好构成女性"变脸术"的两个基本道具。综合"小圆镜"这个意象内蕴的多重含义,我们体察到这首诗里的这样一种观念：一种"变脸术"的欲求，一种面具性，就内在于我们的认识和自我认知过程中。这样，我们可以意识到它和前面谈到的"真"的肉身化的互相说明的关系。也可以回头去理解第二首诗中，为什么"他"并不欣赏"湛蓝的湖水所掀动的理论"，他所要否定的"哭泣"也就比较容易把握了。

刚才说到这首诗在整组诗里相对比较特殊，它所表达的是很具观念性的内容，但是它又不是通常意义上所说的那种哲理诗，它要显得更为丰盈，换句话说，即使不能洞晓它所说为何，它的如何说的方式也非常迷人，似乎穿着一件"花内衣"，如果依照上面的分析，那么后者才是诗歌更重要的内容。

第九首，第三节里是一种我们都熟知的情感经验，对某种绝对的自然状态的渴望。第四节的"喜悦"与组诗前半部分的"安全"对应，是与精神、与认识上的领悟相关的。这种喜悦与第八首中所表达的内容有关，在这里，它被浓缩在最后一句里："乌有乡向着乌有"。"乌有乡"这个词让我们想到诗人在这首诗中所在的环境，一个陌生、封闭、安静的处所，但是，如我们所已经看到的，经验、记忆却不断地将之捅破，无论是"真"还是"我"，都不存在一种乌有乡似的状态。

第十首的第二行，道出了乌有乡的组织法则，即任何对于乌有乡的想象，无论其中多么应有尽有，暗中却是以减法原则组织起来的，即靠对现实世界的丰富性的减缩来实现。比如诗中的女士，记忆和梦本应是丰饶之物，就像我们在分析第四首第一节（"我睡一觉，猝倒、消失了的 / 就醒转来"）和第六首第三、四节时所看到的那样，但当她"要把别墅 / 搬进记忆中的小村子"时，它们变成了一种减号，或者说"删除"。"我"的"一闪"，让我们回想起第三首结尾的"既不享受拒绝之硬 / 也不享受逃避之软"，无论是"拒绝"还是"逃避"，都发自于一个中心，因而也会带上其对象的部分色彩，那么如果这个对象就是请你"做减法"呢？可以把最后两首放在一起来读，可以注意到，一种喜悦、轻逸之感重新回到诗中，与组诗的开头遥相呼应。

由此可以把这组诗看作一出认识的喜剧，就像它写作的时间——冬春之际也可以被视为是自然的喜剧一样。它包含了诗人以往诗中对自我以及对命运与社会的探索（尤见第五至八首），同时也可以从中见出他对诗歌自身的理解：诗，乃是对一切"做减法"的邀请的轻盈"一闪"。从这一意义上说，这组诗对诗人以往的写作有某种总其成的意味。这组诗的难能之处也在于它将这种种探索与理解打成一片，并且以令人难忘的方式使之呈现出来。它创造性地使用一种各首之间不匀齐（形式不统一、节奏不一致）的十四行诗组的形式，并赋予整组诗一种迥乎不同的节奏、气韵和结构，在组诗与其中各首各自的节奏运动中使诗的空间达到最大。而这种独特的形式，与诗所展示的认识之间，也显示出微妙的呼应和交流。

课 堂 讨 论

① 1997年由四川、上海、北京部分诗人创办的一份诗歌民刊。

胡续冬：这首诗（《安静，安静》）最早是在《小杂志》[①]第七期上看到的，非常喜欢。可以说，今天冷霜替我解开了一个结。这首诗是我近两年来相当偏爱的几首诗之一。但是里面有很多难解之谜。我喜欢诗里面透露出的一些冷霜所谓旨趣上的变化，它提供的一些变化非常刺激。另外一个喜欢它的原因，或关注它的原因，是因为确实一些结打不开，这种东西成为一个悬念，一直悬置在头脑里头。今天确实是抱着很强烈的学习的态度来听课。听冷霜说了，我确实受益匪浅。原来我接受这首诗主要是从技术的层面上，因为从直观上来说，没有想到像开愚这个年龄层的人能发生这样的变化，很多东西我觉得会发生在更年轻的一些人身上。一些技艺上的变化在他那里出现得非常惊人。我认为这是我看到的十几年来中国最好的诗之一。

　　冷霜的分析的一开始我就觉得非常好。比如说,"狗练习着狗叫,"冷霜的分析中,刚开始进入这首诗的时候,比如说语言的成分,听觉的辨识,到视觉的辨识,我能够跟上这种路子,但是到后来确实超出我的想象,可能冷霜还没有完全展开。我觉得读这首诗要警惕几点:第一,确实需要展开很多细节上很精到的地方。诗中隐含了很多可以挖掘的点。当然我觉得也要避免一一落到实处,全部展开,这样这首诗所包含的悬而未决,很多很强烈的诗歌本身莫名其妙的因素的感觉就会丧失一些。刚才休息时我和冷霜在走廊里说了一些,给他补充了一点,打个比方说,诗里头的方言因素的渗透。开愚写过一篇《南方诗》,我也有一些言论涉及这方面的问题:为什么很多四川诗人,即使不是全部地用四川话写作,也喜欢在比较正常的阅读情境之下,掺杂一些当地的方言成分在里头。有一个巧妙之处在于,四川话是一种南方的语言,但它事实上却属于北方官话的体系之内。所以它和普通话有一个可公度性,和普通话有一种相互参照、对照的感觉。无论从哪个角度看,它都可能产生一个意义场,而且二者可以叠加在一起,无论从语音上,还是从节奏上,还是从它可能产生的隐喻上面,都是非常非常巧妙的。我举个例子,可能也是冷霜疏漏的一点,他刚才只提到了"栅栏、栅栏、/栅栏,已被樱花砸烂"利用了语音上的混杂感,用在四川话里是这样一个谐音,但放在普通话里又是这样一个效果,这可以说是一种语音上的技巧吧。但我想指出的是方言在语义上所带来的一种混杂感或者说多义的那种感觉。下面这一句,"雀雀儿在树枝和地上//竞相指点,吵吵闹闹。/封闭的捅破,门窗打开。/一个亲戚送一切进来。"刚才冷霜也说到雀雀是一个方言,没错,这是一个四川方言,在四川的农村地带,雀雀指阳具,在诗中指鸟雀。鸟雀在互相吵闹,那么在一个安静的局面,这一切打开。我们从这一个角度可以理解。但如果我们把它放在四川话的隐喻的意义当中来读的话,我们也可以想象到,因为有雀雀的这样一个意思,刚才冷霜提到的分裂的自我,而且是男性化的这样一种东西,就确实在诗里头了。这是我补充的一点。

然后我觉得还要注意一点,在语言的使用上,我觉得开愚这两年有一个比较大的变化,他的语言的风格,就是整个行文的措辞,包括句式的构成,他有意识地使他的语言风格杂多化起来。这并不是指文体风格的杂多化——比如在一首诗当中,嵌用不同时代的文体。他的语言风格的变化可能表现在既和普通话互相参照,又和我们日常习以为常的现代汉语有所区别。打个比方说,"一个亲戚送一切进来,"正常一些或官话的表达应该是"一个亲戚把一切送来"。这里,他有意识地不用把字句。同样也是在第五节,"间谍们留主要面具在外国",按正常一点的表达,应该是"间谍们把主要面具留在外国",取消了这种把字句,而采用了这样一种实际上有点介词结构后置的句式,我觉得有他在结构上的考虑,同时也有一些语言风格上的考虑。再有一点就是,在词和词组的组合上所带来的节奏感和音韵感上面,在最初阅读这首诗的时候,我比较喜欢第四节的第二段"小足球翻腾黑白色"之类的,小足球,黑白色,都是以三字音作为它们音韵的基础,以前确实比较少见,一般都是四字的,二字的。最近开愚的诗也经常出现这种破解正常的比较舒缓的语言节奏的做法,这点很有意思。另外还有一些在短句上面,比如"我找到气枪。我打气。我踢。"造成一种很强烈的效果。

另外我还比较喜欢那种修辞上的偏执现象。一个好一点的诗人,在进入一种诗歌表意状态的时候——尤其是在这两年——对某一种四平八稳的或全面包容的、包罗万象的写法,可能出现大量的摹仿化倾向,或在自身肿胀的难以为继的情况下——有些人是很巧妙地利用了这种偏执的感觉。无论在这种修辞上面,还是语式所带来的语义、节奏和音节上面。比如说这首诗里头,"他终于可以大喊大叫,终于可以/两只脚上同一座楼梯,两只眼睛/看同一个花瓶上的少女"。如果按照我们正常的思维的话,两只脚应该在同一个楼梯上的,两只眼睛也应该看同一个地方的,为什么他要特别刻意地把它提出来,重复了两遍说两只?另外还有很多类似的东西,像开愚诗里的一些排比,比如对方向的特意地注意,比如在他的其他的一些诗里,对一些表方位的介词的没有来由的格外的重视。还有一些对于身体部位,特别是一些不是十分突出的身体部位的特意的强调,都带有一种偏执的感觉,产生一些非常意外的诗歌效果。

总结起来说,很简单,它有一种适度的喜剧感。我说它有一种适度的喜剧感,是因为从整体的语式,包括像冷霜分析过的,它的一些具体的行文,都带有一种非常适度的感觉,在这种适度的喜剧感里有一种非常丰富的表意元素,而且其中有一些还是鲜为人尝试的方式。

郑闯琦:关于《为一帧遗照而作》,有些地方我和刘复生的解释不太一样。关于"你"的形象,他解释成一个乌托邦的信奉者。这个乌托邦呢,我感觉和后面有些矛盾的地方。"你所唾弃的我正在 / 回顾,格言、真理和鸡毛菜",鸡毛菜确实是和乌托邦相对,但格言、真理和乌托邦好像并不很矛盾。因为乌托邦的内核好像也是对真理在握的一种把握。那么下面说"你所梦想的正是我所厌倦的"。你所梦想的是什么呢?是"从答案中选择疑问,从睡意 / 或惰性享受交流的宁静"。那么这个睡意和惰性到底是"你"呢还是"我"呢?我觉得这里面指的还是"你"的,与"你"相关的是"睡意、惰性和宁静",而"从答案中选择疑问"则是一种怀疑主义的,不坚定的东西。再下来,"从你忠贞的妻子的身旁替代你,她的意志 / 和纯洁正是我们时代的缺陷",那么"你"和"你的妻子"还不一样,"你"的妻子代表的是"纯洁和意志";"我也不会去",联系他所厌弃的正是我所选择和追求的,那么这里暗示着"我"选择的其实是意志和纯洁,而"你"所选择的不是意志和纯洁。而意志和纯洁可以说正是乌托邦的一个特征吧,而"我的时代 / 推崇说谎"。前面"你与自己的时代的联系只有遗照 / 眼光恍惚而阴冷",我觉得这种眼光不应该是一个乌托邦信奉者的眼神。我没有细读,但是我倒觉得,联系这一句"你以对月球的/眺望来调和彼此粗糙的区别",在这里,我更乐意把月球理解成一个审美的、颓废的形象,"你"可能是与纯洁和意志相反的,比如说在情感关系方面比较自由的一种人。

臧棣:第一首诗(《为一帧遗照而作》)里边"你""我"有一个对比或者说对照,那么"你的时代"和"我的时代"是不是同属一个时代?(**刘复生**:应该有差异。)对,应该有差异。那么我是这么理解的:我觉得这个遗照应该是一个各个时代的诗人的原型。诗中的"罗马表"可能是指庞德的罗马表;另外,英国诗人布莱克很崇拜机器、老虎,很崇拜法国大革命。在诗中,他是想把自己的身份确定为一个诗人,那么他做这项工作,他要继承的,也就是说,他有一个来源,一个继承的对象,由所有时代的诗人所汇聚成的一个肖像。你也可以说这是诗人对他自己的个人经历的一种调整。萧开愚把这种调整建立在一种比较广阔的背景里面,比如这里面涉及东西方文明的差异,还有发达和落后之间的差异。诗中增加了一种敏感、多歧义,不让它中断,使这种主题或者说原则不变成一种空的结构。

那么第二首诗,和胡续冬一样,我也觉得这首诗写得非常非常的好。这里面有一个阅读的视角,我觉得大家应该时常问一问,为什么诗人要说,他要追求这种"安静,安静"?也就是这个题目本身就带有一种灵魂命题或精神命题,也就是它来源于诗人对自身经历的一个反省。这首诗有一个基本的视角,它的异域观察。这首诗是他在国外写的,所以它有一个地域差异所造成的异域观察,诗人也非常敏感于这种差异,敏感于这种差异所带来的冲突。所以这首诗里面有一个精神命题,他把安静命名为他跟世界某一种关系的调整。比如说我们可以设想到,他早年,可能非常非常激烈、狂躁,也就是说难以体验到这种安静的心情,有了这个异域视角以后,他会感受到一种心灵上的安静。那么换句话讲,有了地域之间的这种比较,他早年的这种寻找的主题也发生了一种变化。比如说,我们设想这个诗人,从四川搬到德国,这种迁移有双重意义，象征意义：一个是身份的改变，一个是精神上的寻求。在以前，这种寻求本身可能就非常剧烈。他一直感受到外部的这种变化，到了德国以后，好像到了一个终点似的，突然感受到这种安静。就是说这种安静实际上是对他经历的一个总结，另外也是他对世界本质的一种观照。这首诗的主题也不是很复杂，就是要调整一下他和世界的关系，我觉得这种调整非常有意思。第九节非常有意思，这种安静也可能来源于对这个世界一种特性的理解，"空"可能和中国哲学比如说佛教所说的"四大皆空"有关，那么"乌有"则是一个西方的概念，可能和西方的虚无传统有关。但是这两个传统的差异非常有意思，东方的"空"往往是对个人的创造力的一种麻醉，比如使之瘫痪；而西方的虚无恰恰有一种积极的地方，它能激发个人的创造力，在《安静》这首诗里可能具有这种性质。为什么要安静？为什么要在中年感受到这种安静？他实际上对这个世界的本质有一个新的理解。另外这种安静可能还有一个对少的体验，以前他往往是对多的体验，想经历很多，就像加缪讲的"一个人的生命的丰富来源于对经历的占有"，就是尽可能地生活。那么就要不断地向外部去寻找体验，就是受多的诱惑。而到了新的居住点以后，他突然对少有了一种新的感受，有了一种新的专注，这种少可能意味着一种对自我的回归。对我来说，它的主题非常明确，如果细读以后，还是容易整理出线索。这首诗由十首组成，他在每一首诗中所做的意义的空间或句法上的更新，会引起你不断地调整，每次读都会产生新的想法，这次读我又产生很多联想。

余旸："超市里的模糊上帝行善了"，开始读的时候我没怎么仔细，我以为它是反讽的，后来我读到"一双胎儿手间歇地剥着"，反讽已被减少得非常非常微弱了。还有第五首，冷霜把"间谍"和"主要面具"都解释成在德国的，那是因为他在外国遇到的，但是据我个人了解，因为我后来问到他（开愚）一个比较亲密的朋友，我说对萧开愚的出国多少还是有些惊奇，他（萧的朋友）说他（萧开愚）在国内比较绝望。"间谍们"这几句，我解读的时候可能要和具体意思联系起来，比如和中国一些比较具体的变化有关。然后"又疲惫，又轻松，晕着头，/ 在郊区扮演丈夫或妻子"一句说的大概是和父母之间的关系。实际上在早期，父母和孩子之间的关系有麻烦，被认为是可以教育的。另一方面他们也已观察到"危险"，因为过去的框架——"照相馆"提供的视野框架，全部都丧失了意义，所以后面出现了"僵死"。然后"从电话里开出来大卡车""落下这三更夜剃头的 / 第一刀"。我先解答"这三更夜剃头的 / 第一刀"，这是对和尚的描述，和尚最根本的一点就是无情无欲，"大卡车"指什么呢？我个人认为，"电话"和通信有关，而"大卡车"呢？你要知道，农村的经济改革从什么地方开始的？而且"大卡车"是非常莽撞的；"三更夜"，这种变化是偷偷摸摸的。大家一开始都不能确认观念已发生变化，所以我觉得这第五首主要是描述当时的中国所发生的状况。另一方面，第七首，"我们的长电话砍伐着分离我们的市区森林"，刚开始读的时候，我觉得是具体展示的，比如"长电话"是指打电话，而"你"可能是指情人，"我在路边找到。/ 我们需要一个证明"。指的是一种很亲密的关系，是情人或者说是爱人。但后来我发现，在第二句："山路蜿蜒而下。那时你骄傲地 / 宽恕了一个离婚妻子的火热。"这个"你"肯定是一个男人，而且这里面肯定是一种记忆，第六首是一个记忆，而第七首是对这种记忆的展开。这里面有一种过去的我和现在的我的一种认同感，这种"长电话"就变成一种联系。什么时候中断？飞机起飞的时候。好像只有这时，他才感到差异感，"你""我"之间的这种关系后来得到证明，"一位女士将要把别墅 / 搬进记忆中的小村子"。我觉得"别墅"中居住的肯定是现在的我。还有，第九首，我几次都被迷惑住，这组诗有时是按照及物方式写作的，有时又是按不及物或隐喻的方式写作的，所以这一首，开始我以为他就是在湖边看的，后来我才发现这是隐喻的方式，这里面又展开了一个"你""我"之间的关系。你的态度是拒绝，不喜欢，后来是一种对"乌有"的喜悦，其中有一个偏差的地方。我觉得诗的主题不是太繁复，就是说他转到国外以后，他感受到一种权力感，他早期的态度是采取拒绝,到后期可能更强调自身的丰富性。可是第十首有个麻烦的地方,"燕子""负数""蝴蝶""鸟嘴""蝴蝶脸""狐狸心"这些词汇具有某种关联性;而"贴着窗子"又转到现实中来了。可能萧开愚对自身的丰富性有一定的怀疑吧。

洪子诚:今天因为读两首诗,留给讨论发言的时间比较少,许多同学都没有来得及发言。关于第一首诗,臧棣讲到一种看法,认为是萧开愚跟过去的诗人之间的一种对话。开始我没有从这方面考虑,这可能是一种很有意思的想法。大多数的同学,包括我看到的一些作业,都理解为两个时代的人的对话。刘复生讲得很好,只是可能有些地方太过落实,或者说展开得太多了,对遗照主人的身份有些地方发挥多了一些。理解为两个时代的人的对话,我觉得也可以,因为从诗本身来说,它还是提供了这样的一种格局,或者说供我们做这样理解的线索。当然臧棣提出的理解,也值得我们重视。实际上,我们对一个时代,对人跟时代的关系,包括我们对自身的生活的理解,都是以对另一时代的理解、想象作为参照物的,所以这种联系方式,这种思考方式、情感的反应方式相当普遍。

但是对《安静,安静》这首诗,还是有一些难懂的地方。不过,胡续冬说,诗里存在一些难解的谜,是一种刺激。我想起了张曙光说过的一句话,说萧开愚的一些诗是专门写给专家读的。我不是诗的专家,也没有写过诗,因此理解起来困难就更多。萧开愚在评论臧棣的一篇发在《诗探索》中的文章里有一句话讲得很好,说诗人跟诗人之间可能不需要说很多的话,有几个词或一个短语他们就能心领神会。当然,一般的读诗人,一般的诗歌爱好者,就不一定能瞬间就心领意会。但如果我们对诗还是喜欢,而且还有耐心,有时间,那我们就慢慢努力吧,这样来慢慢接近他们的水平。不过有时候诗人走得太快、太远也不好。按照我的想法——因为当初是朝着这样一个方向去理解——我觉得一个人移居国外,他会对中国的现实,包括经历、经验本身有很多新的理解。到一个陌生的环境，可能会形成一种新的感受。但这种理解或感受肯定又带有他过去形成的一些记忆或情感的因素，所以，这种限制与反限制是很通常的一种经验。对这种混杂的经验、感觉的捕捉，这首诗很敏锐，有许多让人意想不到的东西；而且，还有很多有趣的东西，不一定写得很"正经"的。刚才臧棣也讲到，在处理一些严肃的主题时，他可能会采用一种别的方式，滑稽、机智方式，有的词语句式的连用，刚才胡续冬讲到的，也很有意思。对待这些地方，我们读者也不要过于严肃，太"正经"，也需要有一种幽默感。严肃容易做到，幽默感却是一种智慧。要不，会失去读诗的一些乐趣。另外，臧棣谈到对"多"和"少"的体验，也很有意思。这是萧开愚的体验，也是读诗人的发现。

总的来说，萧开愚的诗我读得不多，手头只有这一本《动物园的狂喜》，这还是他比较早的诗集。今天听赵珥说萧开愚是一个"很伟大的诗人"。第一次听到这个说法。赵珥应该不是随便说的，一定有他的理由。萧开愚和我们是同时代人，他正在写作的时候，就有"很伟大"的判断，这可是不多见。如果是这样，那是让人高兴的事情。

肖开愚简介

1960年生于四川省中江县，1979年中医学校毕业后，曾在家乡行医，后辗转于成都、上海等地，做过编辑、记者、大学老师，1989年与张曙光、孙文波创办诗刊《反对》《九十年代》。1997年旅居德国，2005年回国，现为河南大学文学院教授。在90年代"叙事性""及物性"的诗歌潮流中，他曾被看作一个代表。写作强调社会伦理向度，并在艺术上有不断探索性开拓。出版诗集有《动物园的狂喜》(1996)、《学习之甜》(2000)、《肖开愚的诗》(2004)、《此时此地》(诗文集，2008)《联动的风景》(2011)等。

[第九次课]

主讲人：郑闯琦、姜涛
时　间：2001年12月3日
地　点：北京大学五院中文系当代文学教研室

领悟中的突围与飞翔，或被句群囚禁的巨兽之舞 [①]

——读西川的《致敬》

致　敬

一、夜

　　在卡车穿城而过的声音里，要使血液安静是多么难哪！要使卡车上的牲口们安静是多么难哪！用什么样的劝说，什么样的许诺，什么样的贿赂，什么样的威胁，才能使它们安静！而它们是安静的。

　　拱门下的石兽呼吸着月光。磨刀师傅佝偻的身躯宛如月芽。他劳累但不甘于睡眠，吹一声口哨把睡眠中的鸟儿招至桥头，却忘记了月色如银的山崖上，还有一只怀孕的豹子无人照看。

　　蜘蛛拦截圣旨，违背道路的意愿。

　　在大麻地里，灯没有居住权。

　　就要有人来了，来敲门。就要有羊群出现了，在草地。风吹着它从未梦见过的苹果；一个青年在地下室里歌唱，超水平发挥……这是黑夜，还用说吗？记忆能够创造崭新的东西。

[①] 这次课原解读西川的两首诗，即由郑闯琦主讲《致敬》，由徐研主讲《虚构的家谱》。讨论时，参加者主要就《致敬》发言，对后一首涉及很少。讨论之后，应主持课的教师的要求，姜涛又写了对《致敬》的解读文章。现在把郑闯琦的发言和姜涛的文章放在一起，删去了解读《虚构的家谱》的部分。郑闯琦和姜涛为自己的发言和文章起的标题分别是"领悟中的突围与飞翔"和"被句群囚禁的巨兽之舞"。

高于记忆的天空多么辽阔！登高远望，精神没有边界。三两盏长明灯仿佛鬼火。难于入睡的灵魂没有诗歌。必须醒着，提防着，面对死亡，却无法思索。

　　我给你带来了探照灯，你的头上夜晚定有仙女飞行。

　　我从仓库中选择了这架留声机，为你播放乐曲，为你治疗沉疾。

　　在这星星布阵的夜晚，我的头发竖立，我左胸上的黑痣更黑。上帝的粮食被抢掠；美，被愤愤不平的大鸟袭击。在这样的夜晚，如果我发怒，如果我施行报复，就别跟我谈论悲慈！如果我赦免你们，就赶紧走路，不必称谢。

　　请用姜汁擦洗伤口。

　　请给黄鼠狼留一条生路。

　　心灵多么无力，当灯火熄灭，当扫街人起床，当乌鸦迎着照临本城的阳光起飞，为它们华贵的翅膀不再混同于夜间的文字而自豪。

　　通红的面孔，全身的血液：铜号吹响了，尘埃战栗；第一声总是难听的！

二、致敬

　　苦闷。悬挂的锣鼓。地下室中昏睡的豹子。旋转的楼梯。夜间的火把。城门。古老星座下触及草根的寒冷。封闭的肉体。无法饮用的水。似大船般漂移的冰块。作为乘客的鸟。阻断的河道。未诞生的儿女。未成形的泪水。未开始的惩罚。混乱。平衡。上升。空白……怎样谈论苦闷才不算过错？面对岔道上遗落的花冠，请考虑铤而走险的代价！

　　痛苦：一片搬不动的大海。

　　在苦难的第七页书写着文明。

　　多想叫喊，迫使钢铁发出回声，迫使习惯于隐秘生活的老鼠列队来到我的面前。多想叫喊,但要尽量把声音压低,不能像谩骂,而应像祈祷;不能像大炮的轰鸣,而应像风的呼啸。更强烈的心跳伴随着更大的寂静,眼看存贮的雨水即将被喝光,叫喊吧!啊,我多想叫喊,当数百只乌鸦聒噪,我没有金口玉言——我就是不祥之兆。

欲望太多,海水太少。

幻想靠资本来维持。

让玫瑰纠正我们的错误,让雷霆对我们加以训斥!在漫漫旅途中,不能追问此行的终点。在飞蛾扑火的一刹那,要谈论永恒是不合时宜的,要寻找证据来证明一个人的白璧无瑕是困难的。

记忆:我的课本。

爱情:一件未了的心事。

幸福仿佛我们头顶的云朵。我们头顶的云朵仿佛天使的战车:混乱的和平!面临危险的事业!

一个走进深山的人奇迹般地活着。他在冬天储存白菜,他在夏天制造冰。他说:"无从感受的人是不真实的。连同他的祖籍和起居。"因此我们凑近桃花以磨练嗅觉。面对桃花以及其他美丽的事物,不懂得脱帽致敬的人不是我们的同志。

但这不是我们盼待的结果:灵魂,被闲置;词语,被敲诈。

诗歌教导了死者和下一代。

三、居室

钟表吐露春光,蟋蟀在它自己的领地歌唱。我不允许的事情发生了:我渐渐变成别人。我必须大叫三声,叫回我自己。

我用收集的道具装饰居间。每天夜晚,我都有幸观赏一场纯粹由道具上演的戏剧。

厨房适于刀叉睡眠,广场适于女神站立。

镜中的世界与我的世界完全对等但又完全相反,那不是地狱就是天堂;一个与我一模一样但又完全相反的男人,在那个世界里生活,那不是吕加禄就是圣约翰。

我很少摸到我的脸颊、我的脚踝。我很少摸到我自己。因此我也很少批评我自己,我也很少殴打我自己。

常常有这样的事情发生:刘军打电话寻找另一个刘军。就像我抱着电话机自言自语。

精神病患者的微笑。他暴露给太阳和女人的生殖器。他以头撞墙的声音。他发育不良的大脑。"对不对——对不对?"——他反复追问的问题。

我的家没有守门人。如果我雇一个守门人,我就得全力以赴守住他。

如果这房间坐进美女三千,你是兴奋还是恐惧?美女三千,或许是三千只狐狸精,对付她们的惟一办法是将她们灌醉。

一个曾以利斧断指的男人,来向我讲述他的爱情故事。

别人的经验往往成为我们的禁忌。

墨水瓶里的丁香花渐渐发蓝。它希望记住今夜,它拼命要记住今夜,但这是不可能的。

我用内心的秘密滋养这莲子:一旦荷花开放,就是夏季。

四、巨兽

那巨兽,我看见了。那巨兽,毛发粗硬,牙齿锋利,双眼几乎失明。那巨兽,喘着粗气,嘟囔着厄运,而脚下没有声响。那巨兽,缺乏幽默感,像竭力掩盖其贫贱出身的人,像被使命所毁掉的人,没有摇篮可资回忆,没有目的地可资向往,没有足够的谎言来为自我辩护。它拍打树干,收集婴儿;它活着,像一块岩石,死去,像一场雪崩。

乌鸦在稻草人中间寻找同伙。

那巨兽，痛恨我的发型，痛恨我的气味，痛恨我的遗憾和拘谨。一句话，痛恨我把幸福打扮得珠光宝气。它挤进我的房门，命令我站立在墙角，不由分说坐垮我的椅子，打碎我的镜子，撕烂我的窗帘和一切属于我个人的灵魂屏障。我哀求它："在我口渴的时候别拿走我的茶杯！"它就地掘出泉水。算是对我的回答。

一吨鹦鹉，一吨鹦鹉的废话！

我们称老虎为"老虎"，我们称毛驴为"毛驴"。而那巨兽，你管它叫什么？没有名字，那巨兽的肉体和阴影便模糊一片，你便难于呼唤它，你便难于确定它在阳光下的位置并预卜它的吉凶。应该给它一个名字，比如"哀愁"或者"羞涩"，应该给它一片饮水的池塘，应该给它一间避雨的屋舍。没有名字的巨兽是可怕的。

一只画眉把国王的爪牙全干掉！

它也受到诱惑，但不是王宫，不是美女，也不是一顿丰饶的烛光晚宴。它朝我们走来，难道我们身上有令它垂涎欲滴的东西？难道它要从我们身上啜饮空虚？这是怎样的诱惑呵！侧身于阴影的过道，迎面撞上刀光，一点点伤害使它学会了的呻吟——呻吟，生存，不知信仰为何物；可一旦它安静下来，便又听见芝麻拔节的声音，便又闻到月季的芳香。

飞越千山的大雁，羞于谈论自己。

这比喻的巨兽走下山坡，采摘花朵，在河边照见自己的面影，内心疑惑这是谁；然后泅水渡河，登岸，回望河上雾霭，无所发现亦无所理解；然后闯进城市，追踪少女，得到一块肉，在屋檐下过夜，梦见一座村庄、一位伴侣；然后梦游五十里，不知道害怕，在清晨的阳光里醒来，发现回到了早先出发的地点：还是那厚厚的一层树叶，树叶下面还藏着那把匕首——有什么事情要发生？

沙土中的鸽子，你由于血光而觉悟。

啊，飞翔的时代来临了！

五、箴言

击倒一个影子，站起一个人。

树木倾听着树木，鸟雀倾听着鸟雀；当一条毒蛇直立起身体，攻击路人，它就变成了一个人。

你端详镜中的面孔，这是对于一个陌生人的冒犯。法律上说：那趁火打劫的人必死，那挂羊头卖狗肉的人必遭报应，那东张西望的人陷阱就在脚前，那小肚鸡肠的人必遭唾弃。而我不得不有所补充，因为我看到飞黄腾达的女人像飞黄腾达的男人一样能干，一样肌肉发达，一样不择手段。

葵花居然也是花！

为什么是猫而不是老虎成了我们的宠物？

小小的疼痛，像沙子涌入眼睛的感觉——向谁索取赔偿呢？

一本书将改变我，如果我想要领会它；一个姑娘将改变我，如果我想要赞美她；一条道路将改变我，如果我想要走完它；一枚硬币将改变我，如果我想要占有它。我改变另一个生活在我身旁的人，也改变自己；我一个人的良心使我们两人受苦。我一个人的私心杂念使我们两人脸红。

真理不能公开，没有回声的思想难于歌唱。

愤怒使咒语失灵。

对于海上落难的水手，给他罗盘何用？

不要向世界要求得太多，不要搂着妻子睡眠，同时梦想着高额利润；不要在白天点灯；不要给别人的脸上抹黑。记住：不要在旷野里撒尿；不要在墓地里高歌；不要轻许诺言；不要惹人讨厌；让智慧成为有用的东西。

可以蔑视静止的阴影，但必须对移动的阴影保持敬畏。

太阳鸟争飞，谁在驱赶？

什么样的好运才能终止你左眼皮不住的跳动？

六、幽灵

空气拥抱我们，但我们向未觉察；死者远离我们，在田野中、在月光下，但我们确知他们的所在——他们高兴起来，不会比一个孩子跑得更远。

那些被埋藏很深并且无人知晓的财富，被时间花掉了，没有换取任何东西。

那些被埋藏很深并且渐被忘却的死者，怎能照顾好自己？应该将他们从坟穴挪出。

他人的死使我们负罪。

悲伤的风围住死者索要安慰。

不能死于雷击，不能死于溺水。不能死于毒药，不能死于械斗，不能死于疾病，不能死于事故，不能死于大笑不止或大哭不止或暴饮暴食或滔滔不绝的谈说，直到力量用尽。那么如何死去呢？崇高的死亡，丑陋的尸体：不留下尸体的死亡是不可能的。

我们翻修街道、起造高楼、为了让幽灵迷路。

那些死者的遗物围坐成一圈、屏住呼吸，等待被使用。

幽灵将如何显现呢？除非帽子可以化作帽子的幽灵，衣服可以化作衣服的幽灵，否则由肉体转化的幽灵必将赤裸，而赤裸的幽灵显现，不符合我们存在的道德。

黑暗中有人伸出手指刮我的鼻子。

魔鬼的铃声，恰好被我所利用。

七、十四个梦

我梦见我躺着,一只麻雀站在我的胸脯上对我说:"我就是你的灵魂!"

我梦见一座游泳池,四周围着铁板。我伏在铁板上纵情歌唱,我的脚在铁板上踢出节拍,而游泳池内忽然空无一人。

我在梦中偷盗。我怎样向太阳解释我的清白?

我梦见一堆书信堆在我的门前。我弯腰拾起其中的一封。哦,那是我多年以前写给一个姑娘的情书!她为什么归还?

我梦见一个女人给我打来电话。一个陌生的女人,一个似乎已经死去的女人,以关怀备至的口吻劝告我,不要去参加今晚的晚会。

我梦见我从地面上消逝。在地铁车站,我听见一个老太婆的抽泣声。

我梦见海子嬉皮笑脸地向我否认他的死亡。

我梦见骆一禾把我引进一间油渍满地的车库。在车库的一角摆着一张铺着白色床单的单人床。他就睡在那里,每天晚上。

我梦见我走进一间乌烟瘴气的会议室。会议室里坐满了面孔模糊、一言不发的男人和女人。我坐下,这时一个满脸是血的男人闯进门来,大呼小叫:"谁是叛徒?"

我梦见一个孩子从高楼坠落。没有翅膀。

我梦见了变形的钢铁,我梦见了有毒的树叶——这是一座城市在崩塌:大火熊熊,蒙面人出没。但一座小楼却安然无恙;我没有失约,我坐在楼门口的石阶上,但我等待的那个人始终没有出现。

什么样的马叫做"小吉星马"?

什么样的陨石使大海燃烧?

我梦见我躺着,窗外海浪的喧声一阵猛似一阵。这座孤岛上连海鸥也无法栖息,而那个闪现于窗口的男人的面孔是谁呢?

八、冬

这是头发变白的时候,这是猎户座从我们身旁经过的时候,这是灵魂失去水分,而大雪落向工厂传达室的时候,一个座位上的姑娘受到邀请,走下灯光变幻的舞池,一个业余作者停止写作,开始为黎明的鸟雀准备食品。

雪在下,马粪被冻硬。

乡村会计跳舞进城。

一只猫停在中途,用两种声音自我辩论。

一幅小时候看不懂的画至今依然无法看懂。

那部盖在雪下的出租汽车洁白得像一头北极熊。它的发动机坏了,体温下降到零。但我不忍心目睹它自暴自弃,便在车窗上写下"我爱你"。当我的手指划在玻璃上,它愉快地发出"吱吱"响,仿佛一个姑娘,等待着接吻,额头上放光。

疾病不在冬天里流行,疾病有它自己的打算。

被冻住的水龙头,节约了每一滴水;冰封的大海,节约了我们的死亡。

每次我在半夜醒来,都是炉火熄灭的时候。我赤脚下床,走向火炉,弄响火钳,那不辞而别的火焰便又噼噼啪啪地回来,温暖这世界黑夜的口水和呼吸。对于那恰好梦见狼群的人,我生火是救了他。我多想告诉他。即使是在寒冷的中心,火焰也是烫手的:狼群惧怕火焰,一定是由于它们中间有谁曾被火焰烫伤。

哦,破门而入的好汉,你可以拿走我床底的钱罐,你可以拿走我炉中的火焰,但你不能拿走我的眼镜、我的拖鞋——你不能冒充我活在这世上。

一个不具姓名的地址使我沉默良久,一张面孔被我忘却:另一种生活,另一种排遣时间的方法,构成了我的另一部分血肉。我手持地址走上风雪弥漫的大街,我将被什么人接纳或拒绝?

痰迹,有人生存。

寒冷低估了我们的耐力。

郑闯琦:从已经公开发表的评论看,作为90年代重要诗人西川的重要作品,《致敬》这首长诗并没有得到细致的阅读和分析,直到1999年荷兰汉学家柯雷的解读文本[①]出现,才改变了这一状况。但是柯雷必须面对这样一个困难——即如何分析一首由8个内容上几乎没有什么关系的小节组成、没有共同主题的"看不懂"的长诗。柯雷把这个困难命名为"不确定性"——一种"容纳窘境、矛盾、悖论与不可能性的能力"的长诗。事实上,柯雷自己在分析这首诗时,也使用了矛盾的表述。他认为:"《致敬》比一首通常的诗包含了更多的主题,这是由于它允许更多的阐释。这尤其因为它的组成部分可以分别的阅读——因此在阐释时就无须建立一个排他的连贯模式加强鉴赏或从头至尾覆盖全诗。"这样,柯雷就事实上认定这首诗没有一个可以统一全篇的主题。并且,在柯雷看来,这种"不确定性""很难与譬如崔卫平在西川作品中观察到的和谐和不混乱相吻合。对那些已成为西川90年代艺术商标的长篇散文态诗歌来说,这一点尤为适用:如《厄运》《鹰的话语》和《致敬》"。换言之,柯雷认为《致敬》是不和谐的和混乱的。柯雷的部分论证是有道理的。首先,通过对《致敬》的发表和修改史的分析,他发现"组诗第一首

[①] 原标题为 Xi Chuan's "Salute": Avant-Garde Poetry in Changing China,作者 Maghiel van Crevel,发表于 *Modern Chinese Literature and Culture*, Vol, 11, No, 2, 1999. 由穆青翻译,发表于2001年《诗探索》第1—2辑。

诗的写作后于第二、第四和第五首"。他因此"猜测，西川是先向诗集编者投了这四首诗，后来又将完成的八首诗不再按时间顺序组成整体，投给了《九十年代》和《花城》"。他进一步得出了这样的结论："参照组诗的发表史，'致敬'一词很可能在写作过程中经历了相反旅程：从众多诗节中一节之内的词语到成为一首诗的题名再到整组诗的名称。"从这个过程来看，只有三种可能性，最不可能的一种是西川很随意地把自己的八首诗放在一起，从而成为了目前的这个统一的《致敬》。第二种情形是西川发现了这八首诗的统一性，甚至后来的四首诗就是专门为完成心目中统一的《致敬》而写作的。第三种情形是西川有意把八首不具有内在联系的诗放在一起进行实验。显然，柯雷是认可第三种情形的。他甚至认为这种"不确定性"，这种不和谐和混乱，恰恰是《致敬》这首诗的先锋性所在，因为《致敬》在他看来是一首"元诗"；并且，"这事实上构成了其大部分的价值；这种价值修正了批评家们所构造的西川形象，我将之称为不确定性"。柯雷进一步认为，"被西川称为自己创作的转折点"的《致敬》，开始了"常常用怀疑和解构取代"80年代的信念和结构的西川90年代的诗歌写作，《致敬》"标志着中国当代诗歌的一个里程碑"。

对西川诗歌的先锋性及其内涵的讨论不是我的目的，我下面要做的只是通过自己对《致敬》这首长诗的阅读，来说明这首诗起码有一个贯通的主题，而不是混乱的或不和谐的。

在我看来，《致敬》是一首关于"悟道"的诗。这部诗展示了诗人悟道过程中带有神秘性的心理历程，情绪由充满涌动的安静到窒息般寻找突围的苦闷，到奋力一搏、激愤的反讽、激昂、沉思、沉迷，最后，整个的情绪归于明朗、坚定。"道"有多种，我在解读中，将更多地理解为海德格尔意义上的对存在的真的领悟。

《致敬》从总体上说是一首充满致敬之情的颂诗。诗人叙述了自己一次神秘的领悟"道"的心理历程。这个历程开始于一个不寻常的安静的夜，那种安静里诗人感到莫名的躁动和兴奋——像暴风雨来临前的反常征兆，一些久久期盼的东西就要来临了。诗人不自觉地进入了一种写作的冲动之中，而写作也正是他进入神秘的飞翔的翅膀。这个神秘的经历从记忆中找到了突破口，但是这个记忆是可疑的，诗人的精神将对它进行穿透和分析。一旦进入记忆，首先就是巨大而压抑的苦闷，除了铤而走险，没有任何办法可以摆脱这种积聚成苦难的苦闷。在寻找突围的过程中，爱情、幸福、和平等在人为的磨练状态下产生的虚假东西突出出来，它们是作为社会规范和强制力的"课本"进入记忆的结果。在它们带来的麻醉中，"灵魂，被闲置；词语，被敲诈。"只有诗歌才可以解救这一切，可以挽救下一代。这样，"致敬"的主题被豁然点明了，即是对这种解救力量的致敬，比如诗歌。下面的诗歌叙述进入了对灵魂和词语的具体扭曲状态的描述和分析。《居室》揭示了自我的道具化。在以"课本"为代表的合理化驯化过程中，自我已经变成了一个我不认识的陌生人，但是诗人已经看穿了它，也看到了摧毁这一切的希望。这个希望以神秘而力量无穷的巨兽形象体现出来。巨兽摧毁了"我"熟悉和依赖的一切，但是还给我一个全新的世界。在某种程度上说，巨兽也可以理解为诗歌。但是诗人必须面对复杂的现实，其中之一就是以真理的面目现身的箴言，这也是对真理的思索。箴言既导向了真理，但更多的时候则是对真的遮蔽，像"课本"一样规范了人们的思。"空气""死者的幽灵""埋葬很深并且无人知晓的财富"……这些都指向被虚假的箴言、"课本"所杀死的本真。但是真理本身并没有死去，它就像空气一样在我们周围，拥抱着我们，但是我们向未觉察。它像死者一样远离我们，但是我们其实知道他们的所在。至此，诗人已经凭借真正的思和诗走到了一个新的通往存在的地带，但是他面临的却是更加迷茫的前景。《十四个梦》显示了这种似乎山重水复的境地：他等待的那个人没有来，那个神秘的黑衣人仅仅在窗口一闪而过。但是他至此已经具有了强大的信念，因此内心充满了一种找到信仰的人所具有的宽容和乐观，庸常的世界在他的眼里已经充满了美与和谐，苦闷已经一扫而光。他看到了严寒中同路人的痰迹，对于自己的前路充满了信心。

在形式上,《致敬》明显地具有一种朗诵诗的特征,并且,这种朗诵在很大程度上是一种代言的性质,叙述者具有先驱者所特有的那种孤独和高贵的气质。互相之间呈现陌生化的并列式的短句组成的排比,既把情绪逐渐推向高潮,又避免了同类短句组成的排比所难以避免的急促的缺点,从而形成了有力、沉稳、厚重而饱含情感的特征。第一人称单数只出现在更具个人性的情景中,而更多的第三人称单数则用来代表人们进行描述和赞美。在需要的时候,第一人称复数也会出现,以加强代言的力量。总之,人称在《致敬》中是灵活的,他们共同构造了总体的叙述者,并服务于不同的目的。

课 堂 讨 论

洪子诚:《致敬》这首诗写于 90 年代初,是西川的诗歌变化较大的时期。记得 1994 年初我刚从日本回来不久,一次诗歌聚会中,郑敏先生对西川诗的这个变化有些讶异,问过西川。西川回答说,按照过去那样写不大可能了。西川自己的自述,也多次讲到这个变化的时代的、心理的依据。他有一本诗集叫《虚构的家谱》[①],这个诗集分两个部分。卷一主要收 90 年代的诗,卷二则是 80 年代部分,包括经常被选进选本的《在哈尔盖仰望星空》。他在前面的《简要说明》里说,这两卷"似乎是出自两人之手";他说,从 80 年代到 90 年代,"中国社会经历了巨大的变动,个人几乎没有从历史抽身他适的可能"。送我的这本诗集的扉页,他写有这样的话,"卷二属私人纪念性质";可以见到他自己本人的看法、评价。

① 中国和平出版社,1997 年。

刚才郑闯琦介绍了柯雷的文章,也谈到这一点。郑闯琦不同意柯雷对《致敬》所做的分析,认为这首诗有一个内在的、一以贯之的主题,并把这个主题归纳为"悟道"的过程。经过他的解读,这个组诗似乎有了严密的结构和内在逻辑。这个问题,不知道其他同学怎么看?我要提出的一点是,柯雷谈到《致敬》等作品的"不和谐""混乱",应该是从风格层面说的,不是通常的那种美学评价。

王璞:刚才的解读是从诗的内涵、意义的角度来讲,其实我觉得还可以从西川诗歌的语言、技巧的角度来讲。因为他有很多自己独特的东西,或者说在90年代比较特殊的东西。但是我并没有太多的准备,我觉得西川是90年代诗人中有自己独特形象的诗人。这形象由他的诗歌创作、文化活动、他的文章,包括他的朗诵构成。比如说当我读到《致敬》里的一些句子时,我就感到有一个人站在那里向我们倾诉。当然别的诗人也有形象,但是他的比较明显。柯雷也谈到我们谈论西川的时候总是在谈他的诗人形象,比如首先谈到他的文人气质,在一个物质时代的坚守。我们在读他的诗的时候,也就受他的诗人形象的引导,受到影响。当然,这个诗人形象也不是从某一首诗歌里来的,而是他整体诗歌创作完成的诗人形象。

冷霜:读到这个文本时首先碰到的一个问题就是它篇幅很大,那么它到底谈论的是什么?它的题目叫《致敬》,它向什么"致敬",向谁"致敬"?我第一次读的时候大概是在1993年、1994年。当时读第一句,"在卡车穿城而过的声音里,要使血液安静是多么难哪",在我们当时阅读的背景里,很容易,也确实联想到80年代。从这里可以看出这首诗要表达的主题似乎和时代对个人诗歌,包括给个人精神所带来的变化有关系。在西川自己的说法里,1989年对他的诗歌写作有很大的影响,像他的好友海子和骆一禾的去世。在西川自己的写作中有一个特别的过程,不是像柯雷说的明确分成80年代和

90年代两个阶段。比如他作为一个组诗来写的《混合》，就是从80年代中期一直写到90年代中期。《致敬》也早就开始写，到1992年完成。我的想法是，《致敬》实际上是一直在考虑之中但是一直延迟着没有处理的东西。西川很早就表现出一种对超验世界的关注，在《在哈尔盖仰望星空》这样的诗里给我们最强烈的就是这样的东西。我觉得他和他的一些朋友一直在努力为中国的诗歌引入这样的一个维度。如果我们同意这样一个假设，就是这首诗多多少少跟中国八九十年代的巨大变化有关系的话，那么它要面对的就是如何去表现这样一个巨大的变化，而且如何面对事态对人的意识形成的一种"强迫"。可能经历过那些事件的人都有这样一个经验，就是那些事件强行把我们拉入到一个被缩削了的经验世界中。在这之前我们可能会谈论某些丰富的东西，但是在这之后，我们不得不去焦虑地关注这些事件。而除了事件本身之外，事件对人的精神所产生的"强迫"，也成为这首诗所要面对的主题。更重要的是，他怎么样以他个人的角度，以他个人的写作来面对这样一个变化和这样一个压迫？这是我对这首诗所要补充的一个观察角度。如果说这首诗是继续对超验世界的关注的话，那么它又是怎样在保持这种关注的同时，不减低，不缩削经验世界的混杂、丰富和矛盾、暧昧之处。

西川的语言我们在读的时候，都感到很多时候跟他自己的乐趣有关系。比如他里头有仿经书的语言，他自己也提到这一点。比如在《箴言》里面他仿《圣经》的语言："那趁火打劫的人必死，那挂羊头卖狗肉的人必遭报应"。这个是典型的经书语言。我觉得——可能这样说比较简单——这和他的主题相关，他的语言是一种深度隐喻语言。这种语言不是一种直接来谈论事物的语言，而是对语言进行二度转折造成深度隐喻来谈论事物。这比较有效地来服务于他的主题，就是怎么样谈论这个事件而不降低这件事情的寓言性质。一般出现一个很大的事件的时候，这个事件往往会成为一个黑洞式的东西；你无论怎么样去谈论它，都不能呈现它的完整性，它的全部。那么在这种时候一种寓言式的语言可能是更有效地谈论这个事件的一种方式。

胡续冬：这首诗我读的也比较早，1994年左右。其中有些段落和语句就像王璞说的，因为其他的原因，比如西川的诵读原因以及他自己参加的一些社会活动原因，你感到他的这种形象，这种诗人整体形象，会简化成西川本人的形象。这个形象反过来施加于他的诗句，甚至使你在默读他的诗句的时候，也会感到好像是他的声音在诵读，听着"啊、依……"莫名其妙地在你的脑子里起到了一个强化的作用。

洪子诚：你跟王璞谈到的诗人身份、姿态的问题，我以前也听你们谈到过，比如谈王家新。其实，所有的人，所有的诗人都在构造自己的形象、姿态。我们也不例外。不过有的比较自觉，有的不那么有意识。形象、姿态，有时候不是可以作出简单评价的问题。可能你们对某一种形象、姿态比较有意见？是不是带有一种嘲讽的意思？

胡续冬：没有嘲讽。可能是个现象。比如他谈论当代诗人怎样活命哪……有一年我看一本杂志叫《环球青年》，召集了几个文化人来谈对来年的构想。其他几个文化人谈的都是比如小说明年怎么样，但是西川谈的是明年国家将对国有大中型企业进行改造什么的。他有意地显出了一些不一样的姿态出来。在他这种姿态的背后可能是在说诗人应该以怎样的面目存在下去，或者说一个诗人到底应该关心什么样的问题。这也可能是一个维度。他可能有意识调整自己发言的腔调。具体说，比如在大家都谈论具体文化语境的什么问题的时候，他说我关心的是魔鬼问题，幽灵黑暗呀，善恶呀什么的。可能像冷霜说的，他的诗里头很早就表现出一种对超验世界的一种喜好。当然他有两个延续。一方面是他在诗里把这种超验作为一种普遍性的元素添加进去。另外一个延续是他不断地在转换他的超验的范围。以前可能坚持一些比较经典的神秘化的范畴，那么后来可能转到一些比较边缘的地带，比如对印度哲学，比如对类似于和现代文明构成矫正作用的东西。他不一定相信这些东西,而是作为矫正的、反思的、平衡的东西来吸收。他可能花费很多时间去考证印度的六字真言,但是他并不一定相信这些东西。

至于《致敬》是向谁致敬,虽然读了这么多年西川的东西,但是一下子我也说不出到底是向谁。也许是向他喜好的什么致敬。我记得《致敬》是和另一首《远景和近景》同时写的。西川自己有一次说到《致敬》更多地表现意识中非理性的一面,而《远景和近景》更多的是表现意识中理性的一面。我觉得对《致敬》中有些诗句,解读时可能真不需要逐句落实。有些句子可能就是玩笑性的。里面有许多可能是有意制造的貌似命题一样的语句,这基于他清晰地知道制造这语句时的反制造。比如随便找一句,"请给黄鼠狼留一条生路"。没有必要像传统的解释办法一样非要说黄鼠狼代表了什么,因为在他那里完全是一种语言的释放,语气和语势的需要。除了逐字逐句阅读的方法之外,可以整体看他的八个章节的释放方式。在他的思路里,是有理有节,收放有度的。他把这个事件带来的冲击,把这种块状淤积、矛盾现象进行一种释放。我觉得把握这种释放的过程也是解读这首诗的方法之一。

另外我要说一下《虚构的家谱》这首诗,这个虚构甚至包括他自己。他在 90 年代初期谈到两种虚无主义——历史的和生命的虚无主义。他构造了这个家族的序列,然后再否定掉。西川并不是一个非常具有描述能力的诗人。但是我觉得他的力量在于他具有一种非常强的二次转喻能力。我还要补充一点,西渡曾经指出他的声音过于高,总让人感到居高临下。我觉得……一下没想好,其他同学先说吧。

吴晓东:以前没有意识到诗人的姿态问题。《致敬》这首诗是先知式的写作。这种先知很自觉。一是断片语句,祈使语句等。他又是自觉反先知的,有戏谑的成分,是戏仿。那么这些包容性体现在诗中的哪些方面,包容了哪些因素?90 年代诗歌的叙事性在这首诗中又是如何体现的?

臧棣：把诗人身份定为先知身份，和海子、骆一禾一样。所以他也明确用伪先知的断章来调和。但他事实上还是先知身份，以预言的方式来发言。我觉得今天用先知的方式发言会有许多问题，我天然会抵触它，但还是有许多人喜欢这种写法。

洪子诚：时间到了，有些很有意思的问题没有得到展开。相信对这首诗的理解会有不同的看法，但是也没有很直接地提出来。更多的是就西川的创作、他的个性的深入分析。在现在的诗歌选本中，像《在哈尔盖仰望星空》《一个人老了》等，入选比例很高。这些诗，可能处理的是属于比较单纯的体验。而西川的一些比较复杂或者"混杂"的诗，像90年代以后的《致敬》《汇合》什么的，我们有时会不知道如何处理、评价。《一个人老了》这首诗，有一段时间我很喜欢，但这主要跟我个人的状况有关系，说起来，就是我也"老了"的缘故。我觉得在西川的经历中，或者在他的写作中，有一种我们现在喜欢说的"中断"的事情发生。当然，这个词，包括"转折"等，也都是一种表明写作的延续性出了问题的比喻性说法。我相信胡续冬说的是有道理的。这首诗的许多表达、语词，其实是不必一一去落实。有时确实只是情绪的释放，或一种类乎戏谑，一种"破坏"。胡续冬所说的情绪淤积的释放的理解，和因此可能产生的解读方法，和郑闯琦的理解和方法显然不同，这都值得考虑。

在最近十年，我们确实更容易看到、体验到矛盾的、混杂的、悖论的情境和心情。这首诗写到，要使它们安静是多么难啊，但紧接着又说，其实它们是安静的。这使我想起一件事——这个联想也许不大靠谱——就是骆一禾去世，我们去跟他告别。1989年6月10号吧，臧棣也去了。我跟谢冕老师——我在《北大诗选》序里提到这件事。在乘车到八宝山途中，那个感觉真的很奇异，甚至可以说让我惊悚。要是没有这种经历，我也许一辈子都不会有这个感受。大白天，阳光灿烂，一个上千万人口的城市，路上几乎没有行人，没有车辆；那么安静，安静得让我突然感到可怕，觉得这种安静中有巨大恐怖的东西。没有当时的这种体验，我也许难以想象那些矛盾的、互相冲突的东西是如何同时存在的。在《致敬》中的一些地方，应该是在试图表达他"淤积"的复杂的、缠绕的情绪和经验，用一种同学指出的"转喻"的方法，同时也是运用特殊句式的方法。

还有是诗人姿态的问题，也是个可以讨论的问题。在平时聊天时，也有同学说，西川是一个很自觉的"经典化写作"的诗人。就是说，他可能想创造会是"经典"的诗歌，所以他的诗歌文本和他的诗论里头，特别强调文化含量，而且对"传统"（"伟大的传统"）非常重视，似乎更重视20世纪以前，和20世纪前半叶的西方诗人：他们的诗歌文本，他们的经验、叙述方式，也包括从典籍借用语词、意象和句式，比如大家说到的《圣经》，特别是"旧约"。另外一个方面，就是他强烈反对写一些"庸俗""琐碎"的东西，他的题材处理，会引向有关人的精神深度等这些重大的问题。也许我们会希望西川的诗写得放松些，降低语言的音调，更多去处理日常的经验等等，不过这种要求可能也会成为问题。按我的想法，我宁愿有一个声音高的西川，而不愿见到一个柔美的、"新写实"的西川。当然，这是一种极端的说法。至于具体到一些作品，在具体处理上，以及不同作品之间的关系上，要求有更多变化、错动、对比，那也是合理的。

课堂讨论之后，姜涛补写了解读《致敬》的文字。

姜涛：在西川个人的写作年表中，写于1992年的组诗《致敬》具有举足轻重的转折性意义，以此为界，诗人的修辞策略、语言构成在保持以往风格的同时，也发生了显著的变化，从具有唯美气质的高蹈抒情，转向一种包容复杂异质性成分的综合技艺，从结构的整饬转向结构的瓦解，用西川自己的话来说，当"历史强行进入我的视野"（《大意如此·自序》），诗歌就应当"是人道的诗歌、容留的诗歌、不洁的诗歌，是偏离诗歌的诗歌"（《答鲍夏兰、鲁索四问》)。与之相关,他还提供过另一种描述,说在写作《致敬》后,自己有了一种"成精"的感受,似乎发现了写作的奥秘,想象力获得了真正的解放。这些说法经过一系列转引,又相当顺畅地被组接到有关"90年代诗歌"的叙述中,《致敬》因而也成了一个典范性文本,像历史坐标一样标识出90年代诗歌的发生轨迹。然而,长久以来,对这一重要的作品却缺乏必要的读解,在诗歌呈现的高度矛盾、暧昧的生活及精神状态前,读者似乎都能有所体知,但又无法用语言澄清,因而,《致敬》里到底发生了什么转化,西川是如何"成精"的,就成了一个悬念性的话题。

对于习惯早期西川节制、完美的诗歌技巧的读者来说,《致敬》是一个十分古怪的庞然大物,像诗中出现的那个神秘的"巨兽"一样,蛮横无理,又无法命名:从结构上看,《致敬》由八首短诗构成,每一首都有独立的标题,围绕一个动机展开,彼此之间没有紧密的推论性关联,而且每一首也由松散的句群和短句组成,放弃了诗歌固有的分行模式,维持了最大限度的散体风格,在主题上也呈现出前后的多次重复、纠葛,与其说是精心构制的完整诗歌,毋宁说是随意写下的笔记和片段。在90年代初,某种消解诗歌既有结构的努力,似乎是一种普遍的风格追求(譬如,王家新《词语》中的断片式结构),打破形式约束之后获得的语言自由舒张,的确带来了新的包容力和表现力,而在《致敬》这里,中断、空白和内在线索的悬置,当然也包含着"乱中取胜"的意图,但在瓦解诗歌内在结构的同时,某种同一性也在悄然浮现,这一点下文将具体展开。

第一首《夜》,从渲染某种不安、困惑的基调开始,深夜里穿城而过的卡车以及卡车上的牲口,首先作为视觉形象出现在读者眼前。这一时刻,或许是诗人伏案写作的时刻,浓重的夜色与诸多不祥的征兆环绕着他,也或许有着特殊的历史影射,但令人惊奇的是,这种奇异氛围的营造,不是通过对卡车、牲口的具体描述,而是某种语调上的陡然转换来实现的:在如此的深夜,牲口的安静(它们正被送向屠宰之地)在诗人看来,是一种难以理解的甚至是不可能的状态:"用什么样的劝说,什么样的许诺,什么样的贿赂,什么样的威胁,才能使它们安静?"随后的一个简短的陈述句,却一下子终止了这种追问:"而他们是安静的"。诗行节奏也随之骤变,多重追问形成的急迫语速,突然被抑制了,造成语脉上的断裂,转折词"而"字与不容置疑的判断词"是",更是传达了一种命定的色彩。这一行诗曾让诗人简宁感到无比恐怖:牲口的安静是无法理解的,但它们却是安静的,无法诉说出的悖谬,暗示的是某种不可知力量在背后的支配权。

起始的一段,全诗的基本主题和氛围(对神秘事物的不安感知),已经得到初步交代,更重要的是,诗歌的结构方式和语言特征,也表露出来。从诗歌气质上说,西川不是一个叙事性诗人,即使他的写作参与了90年代的叙事话语,在这里,视觉形象的出现,最终服务于听觉的效果,即对语言的节奏变化和声音色彩的敏感把握。下面的段落依然暗中违背着叙事的原则,表面上看,是在渐次描述着黑夜诸多可能的物象:"拱门下的石兽""磨刀师傅佝偻的身躯""山崖上怀孕的豹子"等等,但很显然,上述描述的展开,依据的是某种俯瞰的联想视角,并非遵循现实的视觉逻辑,浸透"神秘"色彩的物象拼接成一个高度假定性、寓言性的场景。与此相关的是,《致敬》的基本句法也得以显露,即全诗基本上是由复沓的组合句群与箴言体短句交错而成。组合句群铺陈场景、展开玄想、集各种文体因素于一处;而短句则具有总结、宣喻的功能,时刻造成寓言性的空白和中断。在组句与短句的交替中,诗行的推进不是依据某种内在的推论性线索,而是一种共时的、并置式的展现。这种结构特征,在后面的段落中表现得更为明显,《致敬》全诗都盘旋在这样的复合结构中。更有意味的是,这种结构特征,恰好暗中呼应着诗歌基本的氛围。在夜色中,所有出现的事物和生灵都与禁忌、阻断和危险的主题相关:"蜘蛛拦截圣旨,违背道路的意愿","在大麻地里,灯没有居住权",换言之,一切都处在"险境",都被封锁在各自的黑暗或厄运中。而重叠的句群本身,也恰恰像囚笼一样,容纳了可能的事物,也禁止了更多的变化和发展，只是用修辞"封闭"了他们。在夜色中，也是在诗行中，一切——牲口、其他动物以及人，都缺乏出路。

但是，随着"就要有人来了，来敲门"一句的出现，一种打破封闭状态的努力开始显露：这种努力不是来自外部，而是来自某种自我的觉醒或精神的超越——"必须醒着，提防着"。然而，打破"封闭"的可能仍与封闭的事物相连，请看下面的句子："记忆能创造崭新的东西"。如果联系到先后出现的相关意象——"一个青年人在地下室里歌唱"，"我从仓库中选择了这架留声机"，不难发现，借以打破沉寂的歌声和音乐，也都是发生在具有幽闭、储藏性质的场景中。这与"记忆"的功能，以及整个"深夜"的氛围，形成语义上衍生和连带。不言而喻，这里是危机四伏的封闭之所，而某种解脱的可能也恰恰被这种封闭所孕育；而从另一个角度说，新的可能性或出路，仍是包含在过去的封闭循环里，并没有真正解脱。在这种特殊的辩证逻辑中，歌声、音乐以及精神的独醒，都不过再一次在强化着"幽闭"的主题。果然，诗歌在最后虽然也讨论了出路、阳光和身体的觉醒，但口气是乞求的、勉强的："请给黄鼠狼留一条生路"，从黑夜里挣脱出的翅膀仍是不祥的预兆："乌鸦迎着照临本城的阳光起飞"。

第一首的幽闭性主题，在第二首《致敬》中，得到进一步展开：头一段干脆放弃了句法，采用一种"蒙太奇"式的处理，直接将一大堆名词性词组堆积、并置在一起，并以句号相隔，形成节奏的峻急和语义的断续性张力。一方面，罗列的意象都仍与空间的封闭，以及阻断、未完成和矛盾状态相关："地下室中昏睡的豹子""旋转的楼梯""封闭的肉体""无法饮用的水"；另一方面，断句间形成的有力、顿挫的声音效果，也强化着这种风格效果。第一个词"苦闷"，更是将这一切设定在某种心理困境的框架内，而所有罗列的事物，都不过是内心困境的外化。有趣的是，困境的主题，再次与诗歌形式发生暗合：对物象的蒙太奇罗列，模仿的正是内心的焦灼状态，一切都是破碎的，没有发展，没有焦点，只有纷杂的词语在冲撞、盘旋。

随后，诗行又一次回到组合句群与箴言体短句的错落并置中，其形式功能更鲜明地表现出来：诗人一边在焦灼地、无度地追问和倾诉，一边又时刻用简短的告白自我打断，在这里，夹杂在句群中的一系列"名词解释"执行了这种功能。先是一个名词，冒号之后是对该词的一个形象性说明——"痛苦：一片搬不动的大海"。解释本身并无太多惊人的深刻之处，但在诗歌进程中，却形成了形式上、语义上的双重张力：一方面，是复杂的缠绕与短促的中断的节奏反差；另一方面，超越性的宿命法则，也时刻与精神的挣扎形成对照。长段复句拓展的主题空间，也时刻被压缩在箴言的间隙中，由此形成的自我抑制，与全诗开端那个神秘性转折句（"而它们是安静的"）所实现的效果，其实是一样的。诗歌似乎始终处在对生活、命运真相的冷静洞察和盲目的语言焦灼之间。

可以引申的是，这种效果是通过"重复"来实现的，实际上整首诗的主要部分，都是以不同形式的"重复"方式构架。譬如下面的段落："多想叫喊，迫使钢铁发出回声，迫使习惯于隐秘生活的老鼠列队来到我的面前。多想喊叫，但要尽量把声音压低，不能像谩骂，而应像祈祷；不能像大炮的轰鸣，而应像风的呼啸。"再如："让玫瑰纠正我们的错误，让雷霆对我们加以训斥。"主句与子句间句型的不断重复，带来了回环往复的声音效果，加之"箴言体"句式的大量使用，就形成了西川诗歌特有的风格：庄严敞亮、节奏均齐，非常适合公共场合的大声诵读。但是，正像上面提到的那样，重复的句式仍是一种对诗歌主题的形式表达：面对巨大的精神困境和不可知事物的威胁，诗人能做的不过是不断展现生活、心灵的不同侧面，却不能给出答案："面对死亡，却无法思索"。而困厄中的盘旋，正是"重复"句型的文本效果所在，相同句式不断递进，又彼此联结，形成语言囚笼的铁网。

与第一首相仿，精神的困厄同样导致了对"出路"的追寻，在《致敬》最后，日常生活以及感官生活的出场，使焦灼、不安的封闭句群中浮现一缕优美的、感恩的话语："我们凑近桃花以磨练嗅觉。面对桃花以及其他美丽的事物，不懂得脱帽致敬的人不是我们的同志。"以桃花的气味为象征的日常生活成为困境的解救。作为此段标题及全诗总标题的"致敬"一词，也首次（唯一一次）出现在诗中。从某种意义上说，"致敬"一词并不是诗歌辞藻。在中国的语境中，它或许属于交际性的功能性词汇，譬如书信末尾的"此致敬礼"；或者具有特殊意识形态内涵，譬如向共和国致敬、向领袖致敬等。（对于精神、苦闷、永恒这类知识分子命题而言，祈祷、凝望是更常见的词汇）当它被用于诗歌的总标题时，风格上的反讽和陌生化因素已经包含在其中（"同志"一词的使用，更说明了这种意图），但值得考虑的是，一种新的姿态和立场，或许也包含在"致敬"一词中，这是一种建立在智性洞察之上的、有距离的、世俗的信仰。

从第三首《居室》到第七首《十四个梦》，可以说是全诗的展开环节，主题也呈现出复调的趋势，虽然结构仍以重叠、铺展来完成，但句式复杂起来，也向更多的生活场景开放。在《居室》中，黑暗、幽闭的空间中出现了更多明媚的光线，密集的追问也被舒缓的描述性段落取代："钟表吐露春光，蟋蟀在它自己的领地歌唱。"在第二首中已经出场的日常性、私人性场景，进一步冲开了苦闷的封闭句群。一种博尔赫斯式的自我镜像讨论，也在此开始：我与他人，与另外一个我，与镜子中另一个世界的关系，成了在诗行中被反复把玩的话题。应当说，这一玄学话题，在诗中包含着多重意义：两个"完全对等但又完全相反"的世界，可能分别对应着"自我"与"他人"，"天堂"与"地狱"，"真实"与"虚构"，"死者"与"生者"，同时也对应着"文学世界"与"生活世界"的关联。一个多少有点令人吃惊的"噱头"是，诗人公然在诗中使用了自己的"真名"："常常有这样的事情发生：刘军打电话寻找另一个刘军"。考虑到在西川早期诗作中，出现过这样的著名句子："你要读西川的诗，因为／他的诗是智慧的诗"（《雨季》），因此《致敬》对真实姓名的暴露——"刘军"对"西川"的替换，似乎也在暗示着对所谓"生活的诗意"的追求。

在诗中谈论自己的生活，以及大量日常因素的涉入，从个人诗歌的发展角度讲,的确构成了《致敬》中的"修正性"特征,"生活的诗意"也确是西川此一阶段诗学上的自觉。这种"修正"不仅是技巧、风格上的,它还转化为诗歌主题的一部分,《致敬》一诗整体上都在探讨着个人生活的复杂状态,很多生活的细节都得以呈现,在第七首中甚至还写到了出现在梦中的亡友海子和骆一禾。但从根本上说,日常经验出现在西川诗中,并没有具体性,更不是满足"叙事"的需要。"戏剧化"的寓言性才是其本质。最明显的事实是,出现在此诗中的细节、场景虽然很多,但都是被孤立地、碎片式地使用,换言之,其中没有叙述性线索将其串联成一个具体的"现场";而这些生活片段,又被安插在整饬的、对仗的结构中。譬如:"他在冬天储存白菜,他在夏天制造冰。"普通的劳动与季节的变化对应,遵循着一种农业神话的节奏,句中所谓的日常细节,并不具有日常性,相反更多地成为一种仪式化的因素。而下面这个句子则用箴言体消除了具体性:"厨房适于刀叉睡眠,广场适于女神站立。"在厨房、刀叉与广场、女神的对照中,日常的世界也只是神秘秩序的显现,用箴言体表达私人经验,这本身就违反表达的忠实。这一点,西川自己有足够的自觉,倡导与"生活对称"的写作的他,也自称"不喜欢细节";细节在他诗中,始终有比兴的、装饰的性质。当"细节"作为孤立的、枚举的存在,脱离了具体的生活联系,成为元素化的片段,万物只是"道具",冥冥中参与着这场"纯粹由道具上演的戏剧"。

在稍稍放松之后,第四首《巨兽》又回到句群与短句交替的紧张模式,一个明确的主题出现了,这就是"巨兽"。在短促有力的大段描述中,"巨兽"被呈现为一个巨大、盲目、破坏性十足,打乱生活表面秩序,同时又内心柔弱、充满幻想的形象。而更为关键的是,它是无法命名的——"没有名字的巨兽是可怕的"。这其间穿插的短句则涉及一系列可以命名的鸟类:乌鸦、鹦鹉、画眉、大雁、鸽子,而它们的出现由于太突然,而消失了真实的意义,可以说只是为巨兽的存在,提供了一个衬托性的背景。西川对动物意象有一种伊索式的偏爱,这使他的诗歌往往像在一座充满寓言色彩的动物园。巨兽的形象在其中,却无法得到有效辨认,但在它身上,诗歌的主题其实得到了一次回应和强化。

在西川诗中,对某种超越性绝对尺度的追求,是一贯的特征,但这一追求也伴随着对不可知事物、对深渊感受的迷恋,从黑暗到魔鬼,从黑衣人到蒙面人,这构成了西川的另一个主题系列。这一不可知的事物,可以说是西川很多诗歌中唯一的主角。《致敬》中它有多种变体——巨兽、命运、幽灵以及那个隐身的男人:"黑暗中有人伸出手指刮我的鼻子","而那个闪现于窗口的男人的面孔是谁呢?"这些不可知事物,不仅潜藏在生活背后,构成命运或奥秘,也像"巨兽"一样时刻闯入生活:"它挤进我的房门,命令我站立在墙角,不由分说坐垮我的椅子,打碎我的镜子。"这意味着,在上两段诗中建立起的对"日常生活"的敬意,其实也包含着对日常恐惧的体知,"生活的世界"同样是一个混乱的、黑暗的、无法控制的世界。"致敬"一词的含义,也变得含混起来:它不仅指向对一个日常乌托邦的认可,同时也意味着对生活黑暗、矛盾一面的"敬畏"之情。这一主题,与所谓"历史强行进入其视野"的说法,可以相互参见。这一"历史"其实也是观念化的,即它是作为以往抽象价值、或单一价值的反拨力量而被命名的。它就是"巨兽",是不可解说的激情、痛楚和混乱的结合,它可以叫做历史,也可化身为命运、魔鬼或另一个自我(叫做刘军而不是文学化的"西川")。

从精神的困境,到日常生活的介入,到神秘双重自我的讨论,再到不可命名的巨兽,《致敬》一诗的基本主题到此都已涉及,这些话题与其说得到了深入讨论,毋宁说它们是被直接说出的(不是依靠隐喻或暗示的力量)。在一种庞杂的经验、知识引证中获得一种"博览"的风格,对"博览"效果的追求,导致《致敬》一诗似乎遵循了某种"类书"的原则,对命运及世界荒谬的诸多形态,无度地展示,却不给出逻辑关联和焦点,最终西川后来特有的风格被塑造出来:伪哲学中的"废话"美学。

《箴言》一段,就是这样一种伪哲学"废话"的万花筒式集锦,这里有诡辩式的逻辑把玩，有万物之间的变形互换，有莫名其妙的发问，句式、语体是不断重复的："不要怎样怎样"，"如果怎样怎样"。疑问、假定、劝阻，万物在其中骨牌一样翻转，一个引发另一个，最有特征性的段落："不要在旷野里撒尿；不要在墓地里高歌；不要轻许诺言；不要惹人讨厌"。戒律性的忠告传达的却是似是而非的内容，疯癫的呓语中却有一种喜剧性的世俗智慧，满足的不是主题的表达，而是某种语言的精力。"废话"一语，是西川自己的道白，指的是这样的段落，在主题上没有推进，却在无意义的、杂质性的重复中穷尽着生动、有趣和遍藏的机锋。在90年代诗人中，西川是最饶舌、废话最多的一个诗人，但同时又是一个最有趣的诗人。在这个意义上，其诗歌深度的获得，正是在无度的平面铺陈中，运用雷同的力量，谈论了、追问了万物却不给出答案，在使一切发生关联中又禁止、阻断了一切。语言层面的丰富流动，和诗歌意义层面的僵持、阻滞状态，相反相成。对严肃伦理问题的禁欲主义关注在这里，与一种享乐主义的语言狂欢态度结合在一起。这说明在西川的诗歌中，世界是混乱、困苦的，但同时也是喜剧性的，或者说，只有靠喜剧的化解力量，世界的荒谬才有可能被克服，这一点成为西川后期诗意的另一个关键。当然，有的时候当喜剧的力量过度膨胀，"废话"美学也会有"饶舌"之嫌。

最后，在第八首《冬》中，对主题的尽情发挥，又回到了对困厄状态的描述。全诗似乎完成了一个首尾相接的循环，第一首《夜》中黑暗不安的"夜"换成了最后的寒冷、僵滞的"冬"。起笔仍是"共时化"的展现："这是头发变白的时候，这是猎户座从我们身旁经过的时候，这是灵魂失去水分，而大雪落向工厂传达室的时候——"在同一时刻发生的多种事件，虽然各不相连，但都被"这个时候"——具有整体宿命意义的时间所统摄；芸芸众生的琐屑生活背后的同一性，也被揭示；而反复出现的大雪、冰冻意象，又一次重申了有关阻断、封闭、不可能的困境主题。有意味的是，在诗的最后，"出路"意识被一种"忍耐"意识取代："寒冷低估了我们的耐力"。这种内在的坚定不是来自对困境的解决，而是来自对困境的承担和理解，面对"破门而入的好汉"("巨兽"的变体),下面一段诗句可以看作《致敬》一诗有关"自我"的最终认定:"你可以拿走我床底的钱罐,你可以拿走我炉火中的火焰,但你不能拿走我的眼镜、我的拖鞋——你不能冒充我活在这世上。""眼睛""拖鞋"虽然微末,但却是自我的尊严和生活的根据,如果联系到全诗开头,"幽闭"与"觉醒"的辩证阐说,一条内在的线索隐约显现出来:在莫测的命运、生活的戏弄和精神的困境面前,"致敬者"的形象,其实落实在一种特殊的姿态上:在困境中的忍耐,用富于包容力的个人心智,来抗衡混乱,理解世界,"面对死亡,却无法思索",或许是唯一正确的思索方式。

通过上面的分析,《致敬》一诗的主题及形式特征,得到了部分解读。最后,联系西川诗歌的前后变化,试图再作以下几点总结和引申。

"句群写作":如上所述,《致敬》的主体基本由句法相近的长段句群构成,这种展开方式,其实是西川一贯的修辞作风,批评家崔卫平就将其准确地概括为"句群写作",即最大限度地铺陈、穷尽一个主题。然而,作为一个结构感相当良好的诗人,西川在早期诗作中,往往将句群的组合结合在一种整体的进程中,复沓的句式是受制于朝向某一目的的运动,因而,在平面的铺展中诗歌是线性发展的、有最终归宿的。著名的《远游》一诗就是代表。但在《致敬》这里,西川似乎放弃了自己的结构能力,换之以松散的片段式集锦。但从《致敬》的整体效果上看,这何尝不是一种新的结构,即将句群的局部性原则,放大为整首诗的构架,这种变化中不是缺失了"结构",而是不同诗节、段落甚至诗句间关系发生了变化,它们之间缺失了推论、递进的链条,也不再有因果的叙事关联,变成了互见的、并列的,容留"废话"的诗歌。不仅每个句群显示出复沓、缠绕的特征,诗歌的整体也前后反复、交叠,在封闭中循环。更重要的是,这一点恰恰与诗歌的主旨有一种奇妙的对应。句式缠绕、段落的错杂、结构的封闭,正是精神困境的有效表达。当个人生活和整体历史,最终被巨兽践踏,陷于困境,诗歌写作也就相应要展示这种命运，成为笼中的"兽舞"。这种"无结构"的结构，在西川后来的长诗写作中，成了最重要的模式。

"生活的诗意"：出于一个诗人特殊的趣味，以往西川的写作偏爱使用大量书面语和文化素材，这使得他长期承担着所谓"文化写作"的罪名。而在《致敬》一诗中，"生活的诗意"开始大面积介入他的想象力，这似乎也构成了变化的一部分。然而，从上面的分析中，可以看到，生活的闯入并没有驱走诗中对普遍性、超越性命题的关注，整首诗歌还是趋向于"崇高"的风格。这其实说明"生活世界"与"文化世界"的关系，在西川那里不是相互对立的、替换的，相反，它们可能就是一个世界。在谈及西川诗歌的文化抱负时，程光炜曾使用了一个有趣的说法，他认为在西川看来，一个诗人的"文化教养"是比写作更重要的东西。"教养"一词的启发性在于，它表明在西川那里，神话、迷信、历史、观念，并不是外在的"文化"，而更多是人经验的延伸和智慧、趣味的体现，是感受力的重要组成，对一个心灵开阔的人而言，这些存在本质上与"桃花的气息"并无区别。因而，《致敬》中，所谓的变化仍然包含在"教养"的追求中，日常细节的渗入，没有影响普遍性的关注，口语的使用也没有导致真正的"平民风格"，反之，一切被仪式化地接纳了，成了他的教养的一部分，相应的是，"文化世界"也在写作中，也落到了"生活世界"之中。

"伪哲学"："伪哲学"一词，是西川自己相当得意的一个发明，它既是指对哲学、伦理、宗教、迷信的煞有介事的、佯装的讨论，也是指他用箴言体编制的张冠李戴、颠三倒四、自相矛盾、似是而非的文体风格，这一点在《致敬》中也得到最大程度的体现。"伪哲学"的写作，指向的是对一种理智、硬朗、浑厚和庄谐并出的诗歌可能性的构想，从而构成对精致的诗歌语言（即"美文学"）的反动，西川也自言，对于上述重大命题，"我迷恋的是它们的美学意义"，以便形成"伪哲学、伪理性语言方式，以便使诗歌获得生活和历史的强度。"（《大意如此·自序》）但在"伪哲学"中，还包含着一种严肃的人文关怀，它意味着诗歌对历史、生活的介入，不仅是要有力的，而且还要是独特的，是在放弃教条、标准和正确见解的前提下，对生活矛盾、复杂性的同情性洞察，是想象力对混乱的一种自足性反应，而这种"伪哲学"能力最终诉诸的是一种人格，也就是《致敬》中那个困苦而坚韧、自嘲而又渊博的"致敬者"的形象。在他的身上，西川唤起的其实是一种与浪漫主义有深刻渊源的现代诗学理念，在现代世界的紊乱冲突中，诗歌的整合价值来自对矛盾冲突的有机调和，复杂的诗艺达到的"意识最大状态"，也就是精神的丰富和包容状态，在其中某种自我的完整以及对他人的影响，才有迹可求。用西川自己的话来说，在精神解体的时代，唯一能够依靠的只有诗人的"知识人格"。而在《致敬》中，他其实就押了这一宝，在向生活、命运致敬的同时，也向这一"人格"致敬，"生活、命运、人格"也就成了"致敬"所指向的"三个维度"。

西川简介

本名刘军，1963年生于江苏徐州，在北京上小学，中学。1981年就读北京大学西语系英文专业。大学期间参与校园诗歌活动，与同在北大求学的骆一禾、海子成为挚友。大学毕业后，在新华通讯社工作。参与创办诗歌民刊《倾向》《现代汉诗》。1993年开始，任教于中央美术学院。80年代的诗，重视抒情的纯净和节奏匀称的形式感，写爱情、愿望和对不可知的超验力量的敬畏。80年代到90年代，诗风有很大变化，提出要写"人道的诗歌、容留的诗歌，不洁的诗歌"；这体现在《致敬》等长诗和组诗中。诗集有《中国的玫瑰》（1991）、《隐秘的汇合》（1997）、《虚构的家谱》（1997）、《西川的诗》（1997）、《大意如此》（1997）、《深浅》（2006）、《个人好恶》（2008）等。另出版有散文随笔和诗学论著集多种。

[第十次课]

主讲人：张夏放
时　间：2001年12月10日
地　点：北京大学五院中文系当代文学教研室

"诗意"瓦解之后
——读韩东的《甲乙》

甲　乙

甲乙二人分别从床的两边下床
甲在系鞋带。背对着他的乙也在系鞋带
甲的前面是一扇窗户，因此他看见了街景
和一根横过来的树枝。树身被墙挡住了
因此他只好从刚要被挡住的地方往回看
树枝，越来越细，直到末梢
离另一边的墙，还有好大一截
空着，什么也没有，没有树枝、街景
也许仅仅是天空。甲再（第二次）往回看
头向左移了五厘米，或向前
也移了五厘米，或向左的同时也向前
不止五厘米，总之是为了看得更多
更多的树枝，更少的空白。左眼比右眼
看得更多。它们之间的距离是三厘米
但多看见的树枝却不止三厘米
他（甲）以这样的差距再看街景
闭上左眼，然后闭上右眼睁开左眼
然后再闭上左眼。到目前为止两只眼睛

都已闭上。甲什么也不看。甲系鞋带的时候
不用看,不用看自己的脚,先左后右
两只都已系好了。四岁时就已学会
五岁受到表扬,六岁已很熟练
这是甲七岁以后的某一天,三十岁的某一天或
六十岁的某一天,他仍能弯腰系自己的鞋带
只是把乙忽略得太久了。这是我们
(首先是作者)与甲一起犯下的错误
她(乙)从另一边下床,面对一只碗柜
隔着玻璃或纱窗看见了甲所没有看见的餐具
为叙述的完整起见还必须指出
当乙系好鞋带起立,流下了本属于甲的精液

张夏放:韩东的这首诗可能会给人"冰冷""阴险"甚至"恶毒"的感觉。考虑到韩东本人在90年代的双重身份,一边写诗,一边致力于写小说,他的小说观念和诗歌观念会有某种渗透,我想在一定程度上,可以把他的小说和诗比较来读。另外,我再给自己找几个人、几条理由来壮壮底气。第一个人是给予中国作家很大影响的博尔赫斯,是小说家,也是诗人,据说韩东一度也曾迷恋博尔赫斯。第二个人是写过《洛丽塔》的纳博科夫,是研究蝴蝶的专家,也是诗人,他的长篇小说《微暗的火》就是由对一首同题的长诗的注释构成的,写得极其繁复有趣,充分体现了诗和小说的"互文性"。第三个人是想象力丰富、敏锐的胡续冬同学,他在解读臧棣老师的《菠菜》中的一句诗时,让我很感兴趣。这句诗是"我冲洗菠菜时感到/它们碧绿的质量摸上去/就像是我和植物的孩子"。胡续冬说这句诗让他想到了法国小说家图尼埃的小说《礼拜五——太平洋上的灵薄狱》中鲁滨孙和一棵植物做爱的场景,并认为这充分体现了一种罗兰·巴特式的享乐知识分子气质。我觉得这样的

分析很精彩。第四个人是韩东本人,在韩东的小说里经常会出现自己的诗或朋友的诗,小说和诗相互印证,有着更明显的"互文性"。比如在小说《西安故事》里韩东七次引用了丁当的诗,一次引用叶芝的诗《当你老了》,一次引用他本人的诗句。小说《农具厂回忆》开头引用了他的诗《木工》。写于1998年7月的小说《我的柏拉图》中引用了写于1986年5月的诗《郊区的一所大学》、写于1987年10月的诗《孩子们的合唱》、写于1988年11月的诗《成长的错误》,而且在小说里也这样说:"这首诗题为'成长的错误',与《孩子们的合唱》在写作时间上大约相距一年。从此王舒彻底离开了学校,再也没有回去过。"这里边有很多的自传的痕迹,所以从一定意义上说,韩东的诗和小说是不可分的,它们可能共同指向韩东本人说的"我的根本问题,简言之就是:写作与真理的关系"。

在分析《甲乙》之前,先简单介绍一下韩东这个人。我没见过韩东,还是借用别人的说法吧。马原在同济大学的小说课堂上这样说:"我有一个非常要好的朋友——作家韩东。韩东1982年从山东大学哲学系毕业,然后当过一段时间的老师。又发觉自己当老师不行,因为他有严重的'自闭'倾向,后来他就辞职了,现在是作家。在很多年里,韩东经济状况非常惨,几乎是没有吃饭的钱。韩东幸好是单身一人,结过婚,但是离掉了,也没有孩子,好像离掉也有很多年了。幸好是一个人吃饱,全家不饿,有时候一个人吃不饱,也过得去。他是住他妈妈的房子,因为他妈妈搬去跟他哥哥一块儿住,等于他是一辈子没有自己的房子,没有一个正儿八经的职业。实际上韩东选择了一份模仿上帝的职业,过上了一种跟常人完完全全不一样的生活。他特别像美国19世纪末的一个大作家舍伍德·安德森写的《俄亥俄州的温士堡人》里的一个玄想家,像一个苦修的修道士。"很巧的是,前些时候,我在橡皮网上看到韩东回忆在西安与马原初次会面的情景。韩东这样写道:"我们一同游览了大雁塔。在这座古朴的宝塔的最上层,马原向我谈起了做人的道理。他说,在这个世界上,政治家是第一等人,他们的消息和照片每天都能见报。第二等人是体育大明星。第三等人才是影视歌星。他（马原）是不得已求其次，这才选择了当作家。这番'英雄主义'的谈论深深震撼了我年少的心灵。"说到大雁塔，就不能不提到韩东的那首写于1983年5月4日的成名作《有关大雁塔》。从这首诗开始，韩东成为"第三代诗歌"运动中有重要影响的诗人之一。也有人认为"第三代诗歌"运动就是从这首诗开始的。虽然韩东本人在他的中篇小说集《我的柏拉图》的序中抱怨说："就像当年《有关大雁塔》发表以后，我的诗歌写作似乎再无意义。尽管我自认为诗越写越好，别人却不买账。由此我知道所谓'代表作'的有力和可怕。"韩东在西安当马列教员时和杨争光、丁当等人办过诗歌杂志《老家》，后来回南京主编《他们》一到九期。韩东的诗歌观念，比如"口语化""平民化""诗到语言为止"也引起过很多争论，但不可否认，韩东是一位有影响力的诗人。当年在西安的时候，韩东周围有一批志同道合的诗人，回到南京后围绕《他们》杂志也有一大批诗人。进入90年代，这批诗人中有很多又开始写小说，韩东和朱文是其中突出的代表。我觉着最有意思的是，在韩东的小说《西安故事》里也提到那首《有关大雁塔》。韩东这样写道："这首诗正是写于西安。原稿中有一段写大雁塔目睹昔日的豪迈和野蛮，其中有这样的句子：'那些好汉，一晚上能睡十个女人／这辈子骑坏了多少好马'。可见当时的气氛和我们的趣味。"如果这些句子不删除，那么今天读到的《有关大雁塔》会是另外一番面孔。去掉的正是这首诗所要消解的"英雄气派"和"历史感"。可以说，韩东的诗和小说一直有这样的一个清醒的态度，就是他对所谓"英雄"或代表英雄的这一类大词的警惕和反对。今天我要说的《甲乙》也是这样一首瓦解传统的"诗意"的诗。

　　为了分析的方便起见，我把《甲乙》这首诗分为四部分，每一部分有各自的语义和功能。第一部分是前两行。第二部分从"甲的前面是一扇窗户，因此他看见了街景"到"甲什么也不看"。第三部分从"甲系鞋带的时候／不用看"到"只是把乙忽略得太久了"。第四部分从"这是我们／(首先是作者)

与甲一起犯下的错误"到结束。

先看第一部分，前二行："甲乙二人分别从床的两边下床／甲在系鞋带。背对着他的乙也在系鞋带"。在我看来，这是一种典型的小说的写法，一开场就直接进入一个场景，交代人物、环境、人物之间的位置，暗示他们的关系。可以举一些例子，比如我书架上的《海明威短篇小说集》，其中一篇是《印第安人营地》，开头这样写："又一条划船被拉上了湖岸。两个印第安人站在湖边等待着。"另一篇《杀人者》的开头是："亨利那家供应快餐的小饭馆的门一开，就进来了两个人。他们挨着柜台坐下。"近年来很多诗人都进行叙事性的试验，我想从小说中是可以吸取很多经验的。韩东本人也写小说，对叙事的把握也更得心应手。这头两句就表明了一种平实、简捷的叙事手法，也定下了全诗基本的语感和语调。这两句中有一个关键词，就是"床"。这个字眼在某种语境下常常带有一种比较暧昧的意味，比如"上床"就可能暗示男女之间发生了性关系。在韩东的这首诗中，写的也是这种男女关系，不过他集中写"下床"以后的情形。

第二部分几乎占了这首诗一半的篇幅，是以非常细致的笔法写甲的目光的运动。在这里，甲看到的东西并不重要，重要的是他"看"的行为本身，是他有些呆滞的目光的移动。细分的话，他的目光有两次努力，想看到更多的东西。为了说明这种目光的机械和内心的无动于衷，我在这里把他的目光比作一只吃饱了没事做随意溜达的蚂蚁。第一次是这只蚂蚁沿着树枝往树梢爬，结果是"直到末梢／离另一边的墙，还有好大一截／空着，什么也没有，没有树枝、街景／也许仅仅是天空"。于是这只蚂蚁无路可走，只好往回爬，这就是第二次的"往回看"。在这里，韩东用了令人吃惊的更精确的数据——"五厘米"和"三厘米"来描述目光的移动，在句式上也是一层更比一层详细的递进关系，几乎有一种不厌其烦的少见的蜗牛般的耐心。这中间还有一个会让人发笑的关于左眼和右眼的比较，"左眼比右眼／看得更多。它们之间的距离是三厘米／但多看见的树枝却不止三厘米"，从光学常识来说，这是不可能存在的，但韩东在这里却达到了一种戏剧性的效果。接下来仿佛要表示这只可笑的蚂蚁对它的两只眼睛的一视同仁，很民主地让左右两只眼睛平衡一下，共享同样的景色，"闭上左眼，然后闭上右眼睁开左眼／然后再闭上左眼。"不过再好的民主制也有让人疲倦的时候，"到目前为止两只眼睛／都已闭上。甲什么也不看。"这是第二部分的结束。我所用的蚂蚁的比喻可能有些夸张，夸大了这细节描绘中的戏剧性，其实韩东要表达的可能是一种更冷静或更冷漠的"看"，这中间是一片空白，什么也不表达。可以比较一下刘半农的一首同样写目光看到的静物的诗，这首《案头》里写道："案头有些什么？一方白巾，一座白瓷观音，一盆青青的小麦芽，一盏电灯。灯光照着观音的脸，却被麦芽挡住了，看它不清。"这首诗写案头的静物，只是白描，但让人能觉出诗人想要表达什么，至少有一种情趣通过"一方白巾，白瓷观音，青青的小麦芽"来暗示出来。但韩东的这首诗里把情趣一类的东西放在了括号里。我觉得这一点更接近于法国"新小说"派的风格。可以举罗布－格里耶的小说《窥视者》里一个写物的细节的例子。

　　再来看第三部分。这里有一个很自然的过渡，从"甲什么也不看"到"甲系鞋带的时候／不用看"，接下来写与系鞋带有关的事情，出人意料的是韩东在这里把系鞋带和人的成长连在了一起，仿佛系鞋带是成长中很重要的一件事，从四岁、五岁、六岁一直牵涉到七岁以后，三十岁或六十岁。这中间也有一种喜剧气氛。从语调和句式上来说，也明显比第二部分的缓慢、呆滞要欢快一些，"四岁就已学会／五岁受到表扬，六岁已很熟练"，节奏感很好。这也是韩东的一个特点，就是对语言的良好的控制力。可以举一首韩东的诗《我在植物中挑选》为例："我在植物中挑选你的名字／玉米、豌豆、扁豆／我在蔬菜中挑选你的名字／扁豆、黄瓜、大葱／我在水果中挑选你的名字／桃子、橘子、杏子／如果我在动物中间挑选／它们将全是哺乳类／我在所有的名字中挑选一个名字／老虎、老虎、老虎。"读起来很愉悦，是一种明快的愉悦。可以对比一下另一种复杂句式的愉悦。废名在论卞之琳的诗《道旁》中"骄傲于被问路于自己"一句时,说"这个骄傲真可爱,句子真像蜗牛,蜷曲得有趣。"论《航海》一诗中"在家乡认一夜的长途／于窗槛上一蜗牛的银迹"一句,说"这句子该有多好!真像是蜗牛的银迹"。这和韩东的诗是两种不同的修辞风格。回到《甲乙》这首诗,接下来的一句:"这是甲七岁以后的某一天,三十岁的某一天或／六十岁的某一天,他仍能弯腰系自己的鞋带／只是把乙忽略得太久了。"这里,甲的年龄也是不确定的,这"某一天"就有了某种普通性,诗中所写的场景也仿佛会凝固了,在甲的一生中反复出现。到这里,这首诗一直以甲为中心,可能在读诗的人的感觉中,应该要写到乙吧。韩东很会替读者考虑,很自然地把话题转到了乙。而且说"我们",显然是把读者和作者拉到了一起,好像是一种"合谋"关系。

  第四部分可能是这首诗最核心的部分,也是最能体现韩东诗歌中一种"尖锐"品质的地方。这一部分有一个明显的变化就是出现了"我们"这个视角。这个"我们"包括作者和读者,当然这是韩东的一个策略,也引出了"窥视"的一个角度。这是阅读行为为中一个潜在的心理,在这里韩东把它拉到了前台。就像俗语说的"螳螂捕蝉,黄雀在后",一般只会注意到螳螂怎么捕蝉,现在韩东把"黄雀"也拉出来了。虽然这里有一个好像是担当责任的话——"这是我们／(首先是作者)与甲一起犯下的错误",但不可否认这"错误"也有"我们"的份儿,"我们"也和甲一样一边系鞋带,一边无动于衷地四处张望,而把乙忽略了,好像乙不在身边一样。为了弥补过失,"我们"就把眼光转向乙。如果诗到这里就结束了,这首诗只能算是一首写法上很老练的诗。我前边已说过了,当你读到这最后的两句时就会发现这首诗让人震惊、骇然,因为它完全打破了传统的诗的观念,而且可能让读诗的人在心理和生理上有一种"不洁"的感觉。这里体现了韩东一贯的执着,就是对"诗意"的瓦解,把男女之间性爱关系中浪漫、温情、诗意的一面完全撕毁了。韩东"尖锐"的力量也体现在这里。同样是写性,可以对比一下30年代邵洵美的诗,比如《花一般的罪恶》和《蛇》等等,邵洵美写性显得很"颓废",

更有诱惑性。再比较一下臧棣的诗《关于维拉的虚构之旅》中的一句:"她解开衣链,裙子像波浪一样滑下／她露出了更完美的建筑:她坚定地说／'这就是你的教堂。信仰我吧'。"可以看出,韩东更直截了当,甚至在某种程度上让人不愿在诗中面对这样的直接。从写法上来说,在结尾处发力,也是韩东惯用的一个技法,有时候就是借着这一个结尾,就像一束强光一样回射到全篇,让整首诗产生一种出人意料的效果。

这首诗先分析到这里,我估计对韩东的这首诗会有很大的争议。其中可能最难以解决的一个问题是,这首诗或这样的诗有什么"意义"?有人这样说过,每一种"意义"的背后会站着一位神,那么这种"诗意瓦解之后"的诗的背后站立的是什么样的神?这个问题我还没有想清楚。不过我可以引用伊格尔顿的话作为我的分析的结束,伊格尔顿在《文学原理》中谈到文学的价值判断时说:"不仅是它(文学)赖以构成的价值判断可以历史地发生变化,而且是这种价值判断本身与社会思想意识有一种密切的关系。它们最终所指的不仅是个人的趣味,而且是某些社会集团借以对其他人运用和保持权力的假设。"我最感兴趣的是,我很想知道每一种价值判断是怎么形成的。

课 堂 讨 论

洪子诚:张夏放是写小说的,他从写作的角度作了细密也很有"意味"的分析。我觉得他讲得很好。从表面上看参加多次的课堂讨论,听了同学一些精彩发言,有时候会想,批评、解读虽说"依附"于要解读的作品,但是好的批评总是会成为"独立"的创造。张夏放分析的特点是建立一种广泛的关联:与韩东的小说,还有另外的诗人作家的文本。韩东这个诗人,当时议解读的名单是我提出来的,但是选这首诗好像是臧棣的意思。我对这首诗——怎么说呢,肯定是不很喜欢的(众人笑)。但是听过张夏放解读以后,觉得好像应该喜欢它。主要一点是，觉得韩东是个有自己的想法，艺术上有独创性，对这个世界和自己保持清醒态度的诗人。这一点，在中国作家和诗人中，是很难得的。

钱文亮：我谈谈对这首诗或者韩东的诗的理解。韩东这个人是一个非常深的人，这个非常深的人不表现在追求字面上陌生化的组合来形成一种诗意，而是在于他的整个人生态度，他的整个哲学或者叫做他的世界观。韩东是作家方之——就是写过小说《内奸》的作家的儿子。方之本名叫韩建国。韩东八岁的时候曾随父母下放到农村，这个经历他在一篇小说中写过，里边有墓碑上的话：作家方之，括号韩建国，下边是骈文写的，四字句，写他一生的经历。小说后边附了一首叙事诗，中间一句非常有意思，就说方之"他是诗人兼战士/上升，有如明星/却陨落在猪圈旁"。这让我联想起方之他们这一代人，他们的经历对后代造成的影响，我觉得这一点是非常有意思的。命运的一种剧烈变化、大浮大沉，对一个少年成长的影响。比如顾城也有类似的经历，他的父亲也下放到农村；但是顾城和韩东有两种对待世界的方式。在顾城那里，他平衡这样一种落差，是通过一种童话世界的建立。而韩东我觉得比顾城要坚韧一些，或者说更成熟一些。他采用一种面对现实，观察现实，介入现实的方法。这可能和他的父亲、他的家学有关系。我再胡扯一句，作家和诗人，他们对世界的看法是不一样的。我觉得作家小说家的心理结构从某一程度上说社会性更强一些。顾工作为一个诗人对顾城可能有一种偏执的影响，这是我的猜测，包括对顾城的诗作及他后来的一些行为。小说家方之对韩东的心理结构影响可能会更现实一些，更具有社会性一些，也会使之表现得更坚强一些。另外一点，这也和韩东受的教育有关系，韩东上的是山东大学哲学系。这个背景很重要。80年代以来，我们整个诗歌受哲学影响非常大，包括文艺思潮从西学特别是语言哲学那里，可以说得到一种动力，或者说得到一种理论指导。如果说韩东的诗跟老庄有关很牵强的话，我觉得韩东的诗受禅家影响,另外再加上西方语言哲学、维特根斯坦他们这些东西的影响是有可能的。韩东的诗歌理论,包括"诗到语言为止",都跟语言哲学有关。维特根斯坦有句名言,"对你所不能言说的你必须保持沉默"。另外还有一句名言,"想象一种语言就是想象一种生活方式"。我们可以把它理解为,想象一种语言就是想象一种文化,想象一种哲学。从这一点上来看韩东的这首诗,会发现它有一种哲学在里面,有一种哲学观在里面,或者叫世界观在里面。这样就使他的诗呈现的整体面貌和别人不一样,但仅仅从字面来看是看不出来的。韩东诗的"哲学""世界观"是80年代凭自发写作的诗人普遍缺乏的,因此他的诗能有那么大的影响。谈到世界观的话,我觉得韩东有一点是一以贯之的。他的诗中反复出现"蚂蚁"这个意象,比如《蚂蚁的大军又黑又亮》这首诗。如果说这中间有隐喻的话,他是无意识中用蚂蚁来隐喻人的一种琐屑、一种平凡、一种卑微。我估计这是韩东的一种觉悟,他的诗很多是写这种琐碎的、日常的、非常卑微的东西。从这一点来理解韩东的诗,可能会比较切合一些。最后一点,他的技术的运用,他的语言、修辞比较明显地受到"新小说"的影响,刚才夏放也提到了,你可以看一下《橡皮》,罗布-格里耶的那部小说,写的就是一个人在屋子里面,在桌子和什么之间的移动,写得非常仔细,就跟韩东这里写左眼看右眼看一样。包括杨黎他们这帮人,当时对"新小说"佩服得五体投地。从这个方面讲呢,韩东的东西更完整一些,跟别人相比,他是一个完整的世界。

袁筱芬:刚才两位同学都谈到了这首诗和法国"新小说"派之间的关系,我觉得这比较有意思,这两者之间确实有相似之处,而且不仅仅是手法上借鉴的问题,可能对这首诗主题上的解读也会有帮助。举个例子吧,就是罗布-格里耶的小说《嫉妒》。这首诗第二部分那种比较琐碎的,很机械化的描写和罗布-格里耶的小说手法特别像。但是它们其实有一个很大的不同。因为《嫉妒》里边,讲的是一个丈夫对自己的妻子和另外一个女人的关系的观察,但是这个丈夫的身份始终没有出现,他始终是一个隐蔽的视角。在韩东的这首诗里,虽然前面是一种比较客观的冷静的观察视角,但是从第三部分开始,慢慢地,叙述者的身份就渐渐渗透进来了,尤其出现了一个"我们",这在罗布-格里耶的小说里是绝对不会出现的。所以,韩东对物化的现实的这样一种描写,可能只是一种策略上的需要,但是在罗布-格里耶的小说里,物化的现实就是小说本身要表达的内容。韩东在这里提到"我们",而且说"把乙忽略得太久",我觉得提供了一种很强烈的反思性。这个不同点,也可能是诗人和小说家的不同点吧。

冷霜:今天本来是要请一个年轻诗人席亚兵过来,因为他非常喜欢韩东,我相信他如果来的话,可能有一些对韩东诗歌包括他自己的创作的一些有趣的讨论。刚才张夏放在开始提到纳博科夫,所以我在读的时候就在想,如果是纳博科夫读这首诗,他会读出哪些有趣的东西。我觉得这首诗里头可能让我们最惊讶的地方是:"这是我们/(首先是作者)与甲一起犯下的错误"。这种做法在小说里面是经常出现的、由"新小说"带出来的一种技巧。在诗里头出现这样一种写法,实际上诗本身相对小说化了,很容易让我们想到韩东在90年代小说里头的一些关注,包括主题上面的关注。在这个地方出现这样一个自指,可以把它拿到电影里头来比较。电影里头一般不会把摄影机暴露出来,但诗在这个地方,他把摄影机暴露出来,而且这个摄影机的镜头不是一个纪录片的镜头,不是一个对正在发生的事件的一种跟踪,而是由于有了这个拍摄行为,然后在摄影棚里出现的东西。换句话说,这首诗写的不是正在(哪怕是虚构)发生的东西,而是由写作本身带出来的一个叙述。所以它会在后头出现"为叙述的完整起见还必须指出"这样的话。这个叙述是在叙述之中发生的,不是先有某种东西,我们再来写它。这里面就会出现一些比较有意思的东西,就是说,在诗里头,我们会发现这里面的空间是无个性的,无特征的,我们不知道这空间本身到底是在一个家里头,还是在一个、打比方说,在妓院的某一间屋子里头。我们看不出来。直到最后,乙"看见了甲所没有看见的餐具",这个时候,这个房间才开始变得有个性。我们大概可以猜测是哪一类的私人空间。刚才我听到有的同学说这里甲乙有一个等级性的,但是这首诗由于有"甲乙"这样一个标题,我们一开始不会意识到,不会明确意识到。张夏放分析的第三段里头说"这是甲七岁以后的某一天,三十岁的某一天或/六十岁的某一天",这样一种叙述也是强调没有什么个性,没有什么新鲜的东西。

我很喜欢韩东的诗歌,我喜欢它"清晰",因为相当多的诗人很难有这种清晰。但是我觉着他为这个清晰付出了一些代价,就是某种狭隘。回到最先开始的话题,就是它和"新小说"派的关系。这首诗和"新小说"派那样一种叙述看起来相似,但实际上不一样。在韩东这首诗里,看上去没有任何情感标识,背后却隐藏着一种情感,这种情感非常激烈,比如说假如我们认定这首诗可能跟婚姻有关,哪怕跟长期的同居生活有关这样一个主题的话,那么你会看到这种背后的态度是一种情感性的态度,而且是一种非常激烈的情感性的态度。他的小说似乎也放置了情感这样的特征。当你把它和他其他一些作品,比如诗《温柔的部分》,里面说"我的性格里有温柔的部分/它来自我的乡村生活",包括他的小说里头比如《我的柏拉图》这样的小说,你就会发现,韩东诗歌里的故意无情感的描述,是一个固执地停滞在童年生活或者说童年性格里,在成人世界里遭到某种挫折或伤害之后所表现出来的激烈的态度。

胡续冬:刚才冷霜说的和我要说的有相似之处。首先来说这首诗,无论大家怎么说它和"新小说"派的关系啦,或者说它叙述上的冷静啦,观察力什么的,我觉得这并不新鲜。实际上从80年代中期以来,刻意地用这种比较琐碎的、无人称的,或者说无人性的视角观察周围的景象,以这样的形式组织起来的东西并不稀罕。那么这首诗,要读出点什么才有意思?刚才冷霜也说到了，它为什么要写到甲"看"，看了那么一大堆，然后写了包括几厘米呀，左眼啦右眼啦，为什么后来还要牵涉到乙"看"。一首本来看上去好像很琐屑、很乏味、有意地让诗歌的笔调在这种乏味的状况下延伸的诗，我们感兴趣的是，它的延伸的动机是什么。这首诗它的描述方式说是消解意义的，写的是非常冗碎的、乏味的东西，但是它为什么以这样的方式生长。我觉得这恰恰是一种对意义的考虑，而且是一种非常聪明的、希望过度承担意义的考虑。初看这首诗的时候，我发现越看越容易掉进它意义的陷阱里头去。它其实正是在这样一种你认为它朴实、你认为它平静、你认为它没有很多花哨的地方等等的表象之下，实际上它的意义胃口非常的大。我们可以粗略地罗列一些，比如说刚才提到的"人"、人的个性和地位的丧失，包括题目的"甲乙"啦、人在行动当中包括场景的不可识别性、人物行动的麻木和机械，这是可以罗列出来的第一点。另外，就是对性别文化的有意调用，有意调用一些非常敏感的性别符号，"看""犯下的错误"、女性看到的东西是"餐具""玻璃""纱窗"啦，那么男性的甲看到的东西是"街景""树枝"啦这样一些比较开阔的东西。这实际上设置了许多。我觉得韩东非常狡猾的是，如果一个读者受过一些粗浅的理论训练的话，那么很可能就循着他给你扔下来的诱饵，走到一个意义的陷阱里头去。我要说的是，他设置了这些意义的陷阱，我们是按照这样的方式走进去呢，还是找另外的突破口，看它写作本身，单纯从动机来说，在背后隐藏着什么。

这首诗有一点让我感到有兴趣，刚才冷霜也说了，就是我们如果从摄影机的角度，从观影的角度看它，它整个描述的场景比较像一部电影的名字，这部电影叫《做爱之后动物忧伤》。实际上这首诗跟这个电影又不是一回事，因为它连忧伤的成分也没有。从这一点想象开始，可以从影像语言的角度来进入这首诗。在这首诗的前半部分，就是甲"看"的部分，实际上是一个拍DV的过程，用家用摄像机拍摄小型的个人纪录片这样一个过程，是由甲通过一个自我分裂的机位：甲把自身分裂成两个摄像机，一个左眼摄像机，一个右眼摄像机。两个摄像机的目的是为了让拍摄的东西更多一些，让拍摄行为更成功一些。但是在拍摄过程当中，我们看到很重要的一点，刚才冷霜也提到了，他说场景无个性、任何东西无特性，我指出韩东这首诗里一个要命的东西是，一切事物的同一性。不单是人物取消了这种个性的差异，全部变成了符号的指代，时间"这是甲七岁以后的某一天，三十岁的某一天或／六十岁的某一天"，这也是毫无差异的，是同一性的。而且，方位"头向左移了五厘米，或向前／也移了五厘米，或向左的同时也向前／不止五厘米"，都是以一种或然性的关系构成了一种并置的、可以相互替换的同一性结构。那么在这样一种影像语言里头，一切都处于一种同一性的、完全可以相互替代的、不存在任何差异的场景，那么你无论调用多少台 DV 机，你拍摄到的东西显然是一种徒劳的努力。果然，拍摄过程进行到刚才张夏放说的第二部分结尾时候，他只有把两台机子关掉了，这是徒劳的拍摄行为之后的一个关机行为。关上机之后呢，第三部分可以看作试图努力的、通过画外音旁白的方式来补充影像语言的不足，但是这种补充依然不能把它的动机充分地显示出来，那么到最后它采用了一个极端的方式，如果用影像语言来说，就是由一个拍片行为转到一个观片行为。最后一部分实际上是一个观影过程。刚才冷霜说是拍摄机机位暴露，也是同样一个说法。但我更关心这一句，"这是我们／（首先是作者）与甲一起犯下的错误"，当它叙述到这一句的时候，实际上是邀请更多的人，如果说是"共谋"关系的话，就是一种试图拉扯更多的人参与进来、集体的窥淫癖的行为。他所看见的东西已经不是前边那种试图拍摄的纪录片的东西，它后面是精心设置的一个观影的场景，大家所观赏的这部影片有一个基点，有一个最终的收尾点，收尾在乙的这个非常生理性的、原本属于甲后来在乙身上的这么一个液体上，那么到这里为止，才充分暴露了他整个的叙述动机或者说拍摄动机所在。我觉得从影像语言的角度，可以用这样的方式把他的动机拆解一遍。因为像韩东这样的人，尤其他的朋友纷纷涉足于电影业，自己编剧或是导片，像朱文一类，韩东自己不可能不在这个写作的同时，更多地考虑，包括他最近的一些小说，充分地暴露出来在写作的时候以作者的身份和摄影机的身份同时来写作。这首诗我觉得如果从这个角度来看的话，它的一些动机和意图会看得更明显一些。

姜涛：刚才几位同学都提到韩东的诗和新小说的关系，我想从这里面引出一个话题，就是在一首诗里面技巧的位置、技巧占多少比重的问题。韩东这首诗里有很多80年代"第三代诗歌"非常常见的一些技法，比如这种客观的、中性的、对意义的悬搁的种种。这种东西背后也有刚才钱文亮分析的新小说或语言哲学的背景，但是我们看到这首诗的时候觉得这首诗最有价值或最吸引我们的地方并不是来自对这种理论的一种回应，一种对应，更多的来自冷霜刚才讲的情感的激烈，背后隐含的东西。在这个意义上，它的价值来自于对他的理论的打破。他并不是完全在遵循他写作的这种理念，而在理念之中发生更多的事情。从这个角度来讲呢，我觉得这是一个可以谈的话题。从80年代以来，诗歌的许多技巧在诗人那里有一个独特的表述，这种表述过程中就不断地把某种技巧立场化，比如80年代那个"诗到语言为止"，"拒绝隐喻"，包括90年代诗歌里的"叙事性"，欧阳江河谈的"杂多的中介"，在某种程度上都被"立场化"了，它已经脱离了技巧本来的含义，可能变成技巧的纯化，但是它的问题在于如果过多单一依赖技巧的话，就会造成诗歌的很多问题。刚才胡续冬谈到的同一性可能就是这个问题。所以在面对一首诗歌的时候，怎么样面对它这个技巧，它怎么叙述这个技巧，是不是要遵循这个东西，这是要警惕的，所以我想到，就做一个参照吧，就是上次冷霜讲的萧开愚，我觉得萧开愚的活力正来自于对这种立场化的技巧的一种回避，他做得非常聪明，不露痕迹。比如上次解读的《安静，安静》这首诗里，有两句话，我印象非常深，就是"我不再嚷嚷和嘀咕。/既不享受拒绝之硬，/也不享受逃避之软。"这两句我读了以后印象非常深，当然可以参照于坚有篇文章《汉语之舌：硬和软》，硬和软正好对应普通话和方言，好像两种写作姿态，他表面在谈两种写作方式，背后更多的是诗人个人的一种文化身份，对自己的一种虚构，对自己的一种想象。萧开愚的诗里，当然它有别的含义，但在我这里引起的反应是它技巧本身逃避了这种硬软的区别，逃避了这种价值姿态，其实技巧本身就是技巧，就是服务于诗歌的表达，而不是服务于外在的一种理论的姿态。我大概就是这个意思。

赵珥：我觉得这首诗里可能还有些前边的解读中还没有挖掘尽的东西，比如我注意到诗中其实还有些对"观看"心理或目的的自我陈述。比如"总之是为了看得更多/更多的树枝，更少的空白"，这个句子就可能是对诗中"观看者"的心理状况的一个揭示，从某种意义上说，它构成了这首诗的诗歌动机。从这首诗的情景来看的话，它是对性行为发生之后场景的一个讲述，在讲述中，"甲"的"观看"其实也就是甲的心理活动的直接呈现，构成了这首诗的内容。而他的这个"看"显然是一种躲避，想躲避什么，因而想抓住什么来回避他的那个空虚。这个地方尤应注意的是，这种大幅度描写的躲避和"乙"寥寥数语的交代是一种有意为之的张力设计，诗人开始直接说出他的意指："把乙忽略得太久了"，并把我们引向他认为被忽略最久的"从乙的身体里流下的甲的精液"。所以，我觉得这个"为了看得更多/更多的树枝，更少的空白"和对乙的忽略，这两个东西其实是一样的，是在一种心理状况之下产生的两个反应。这首诗有的同学可能比较欣赏，或者说太欣赏，因为它完成了对所谓传统诗意的瓦解。我这里就谈谈这个问题。可能这问题会扯得比较远一些：什么叫"诗意"，我们为什么需要"诗意"这东西，很明显，这是一个有关"意义"的合法性问题。也许是因为感到正在日渐衰老，老实说，我不以为传统诗意的消解或对"诗歌"中的黑衣人神话的破除，需要什么高深的智力；人的意义或人的价值的虚妄性，也并不需要什么高深的哲学，而只需要一两次不太严肃的挫折就能明白。说到这里，我想起了英国自由主义之父约翰·斯图亚特·密尔的故事。从小被按照最伟大的哲学家目标严格培养的他，有一天突然感到要是上帝仅仅是一个虚构，由宗教和哲学反复讲述的信仰和价值仅仅是一些习俗和教条的话，该怎么办呢？他远赴法国，希望在大革命的余烬里找到慰藉的火种，但他失望而归，所有的外在的一切都不能挽救他。他来到湖区，和骚塞、柯勒律治一起生活。在那里他终于明白，不是上帝存在，我们才信仰他；而相反是因为我们需要一个上帝才能生活……我不是想在这里全盘否定那些从否定意向建构意义的思考，但是我想说，明白生活的无意义仅仅是一个并不怎样的开始，而在无意义中创造生存必须的价值和审美，才算得上诗哲的工作！很久以来，我一直以为，韩东的诗歌是通过"意义的偷窃"的方式来获取意义的。其建构意义的方法是通过一些似是而非的说辞，将一切非我的东西指认为非诗或过时的诗，然后拉扯起一个圈子，透过自办的"民刊"或官刊，借助传媒向文学史渗透。换言之，其诗歌通常所书写的无意义的状况，不是通过其个人或写作来承担，而是依靠三人成虎的声势或所谓的文学史意义来承担的。所以我们始终看不到他通过写作来完成的对个人生存无意义状况的应对。我想说，这一方式在所谓的"70年代后"当中，有同样恶劣的发展，所以我的批评，不仅是针对韩东一人而发，它包括了许多以求新求变为名四处妄逞事端的新诗人。

臧棣：韩东这首诗现在看来很平常，在90年代诗歌中这样的技法很多，但是考虑到它写作于1992年，在90年代初，这首诗对后来一些人产生的影响，还是有它的代表意义的。尽管如此，韩东是一个非常聪明的诗人，他知道怎么样来进行有效的破坏。韩东在这一点上是有意义的，但这只是一个基点，为后来的人铺平了道路。韩东停滞在这一点上，没有提升，不像后来的萧开愚他们做得那么好。诗歌毕竟还是一个有乌托邦气质的东西。

洪子诚：可能是个人的癖好不同吧，我说应该喜欢，但还是不太喜欢，尽管它有这样那样的意义、技法，可以做很多的，并不牵强附会的解读。我也喜欢清晰的诗，不过不是韩东这首诗的这种清晰，而是他的另外作品的清晰。但是，个人的爱好和对评价，特别是诗歌史上的评价——包括对当代诗歌革新，和开启诗歌写作的可能性等方面，是不完全相同的。我的趣味比较保守，也不容易改变，改变起来有时比较痛苦。这种封闭性是弱点。有时就会造成对许多有价值的东西的盲视。如果只是个人的阅读，那倒无关紧要，但如果要做文学史工作，这是值得警惕的倾向。所以，这次的课，对我是一个帮助。我的另一点收获是，我初读这首诗时，有一些感触，一些相当普泛化的理解。我想到的，大概哪一个同学都会想到，这就是对于传统的"诗意""意义"的消解。这种消解，当然背后可能是有一种如冷霜、胡续冬所说的"激烈"的东西在的。我上课之前，没有想到能从中"挖掘"出这样多的东西。大家的解读让我兴奋：在表面平静、平淡、琐屑的叙述中，会发现这么多的奇妙之处。我不能说这都是韩东的设计，但可以说这是我们的发现。就像我开头说的，这种发现本身具有它的创造的独立性质。

韩东简介

1961年生于南京。毕业于山东大学哲学系。在校期间开始写诗。曾在西安、济南的大学任教。1985年和于坚、丁当等创办民间刊物诗歌刊物《他们》。被看作"第三代诗"的代表诗人之一。他的诗，缓和了历史和道德对当代诗歌的巨大压力，开放了诗面对日常生活的处理能力；体现了艺术对"具体性、自足性、一次性、现实性和不可替代性"的个体生命的重视。90年代初辞去"公职"，写作也主要转向小说、散文随笔，有多部中短篇和长篇小说出版，但仍时有诗作发表。诗集有《白色的石头》(1992)、《爸爸在天上看我》(2002)等。

[第十一次课]

主讲人：钱文亮
时　间：2001年12月17日
地　点：北京大学五院中文系当代文学教研室

在记忆与表象之间

——读柏桦的《琼斯敦》

琼斯敦

孩子们可以开始了
这革命的一夜
来世的一夜
人民圣殿的一夜
摇撼的风暴的中心
已厌倦了那些不死者
正急着把我们带向那边

幻想中的敌人
穿梭般地袭击我们
我们的公社如同斯大林格勒
空中充满纳粹的气味

热血旋涡的一刻到了
感情在冲破
指头在戳入
胶水广泛地投向阶级
妄想的耐心与反动作斗争

从春季到秋季
性急与失望四处蔓延
示威的牙齿啃着难捱的时日
男孩们胸中的军火渴望爆炸
孤僻的禁忌撕咬着眼泪
看那残食的群众已经发动

一个女孩在演习自杀
她因疯狂而趋于激烈的秀发
多么亲切地披在无助的肩上
那是十七岁的标志
唯一的标志

而我们精神上初恋的象征
我们那白得炫目的父亲
幸福的子弹击中他的太阳穴
他天真的亡灵仍在倾注：
信仰治疗，宗教武士道
秀丽的政变的躯体

如山的尸首已停止排演
空前的寂静高声宣誓：
度过危机
操练思想
纯洁牺牲

面对这集中肉体背叛的白夜
这人性中最后的白夜
我知道这也是我痛苦的丰收夜

1978 年 11 月 18 日,914 名美国公民在圭亚那热带丛林集体自杀,"琼斯敦"是自杀地点。这个地点以当时宗教性组织"人民圣殿"的领导者吉姆琼斯命名。

钱文亮:我的解读分为下面的几个部分。

柏桦的"下午"性格、毛泽东时代、后朦胧诗

柏桦是一个特立独行的天才诗人,对他写于 1987 年的名作《琼斯敦》的解读需要考虑文本内外的诸多因素,例如诗人成长过程中独特的生理心理秘密,诗人异于常人的诗歌修炼,诗人与整个时代诗歌写作的关系等等,也只有在这种复合而开阔的历史与诗学视野中,我们才有望解开具体诗歌文本的语词密码,把握一首诗所造成的整体效果及其背后的意义构造,回答它表达了什么、怎样表达及其表达内容的价值等问题。

作为一本"讲解当代中国诗坛之谜"的具有气韵之美的诗人回忆录,柏桦在《左边——毛泽东时代的抒情诗人》[①] 这本充满自我精神分析的自传中,表述了自己的"恋父"情结和母亲所具有的"下午"性格与自己人格的成长、诗歌气质养成的特殊关系,同时也透视了"毛泽东时代"作为一种精

① 《左边——毛泽东时代的抒情诗人》,香港牛津大学出版社 2000 年版,江苏文艺出版社 2009 年版。

神气质是怎样滋养了一代人的心灵,并在他们看似背道而驰的诗歌事业中,发挥着潜在的却又是决定性的影响。在这本书中,柏桦这样描述"典型的下午性格"——这种贯穿于诗人的生活与写作的遗传学影响:

> 下午(不像上午)是一天中最烦乱、最敏感同时也最富有诗意的一段时间,它自身就孕育着即将来临的黄昏的神经质的绝望、啰啰嗦嗦的不安、尖锐刺耳的抗议、不顾一切的毁灭冲动,以及下午无事生非的表达欲、怀疑论、恐惧感,这一切都增加了下午性格复杂而神秘的色彩。

童年时期这种下午性格的影响,使柏桦对既定的人生道路具有天然的叛逆冲动;使他加速成为一个"秩序"的否定者、安逸的否定者、人间幸福的否定者。使自己理解了"斗争""阶级""左派""解放"这些蕴涵着自我牺牲的极端热情的词语。

关于柏桦人格结构中的这种来自母亲的下午性格与其诗歌形象、诗歌气质的内在联系,已经为不止一个评论家所重视。

母亲的下午性格对自己世俗生活所造成的不幸在诗人的体会中是显而易见的,但诗人未尝不感激由此而造成的歌唱的诗人命运。对批评家而言,柏桦更大的幸运却是这种特别的人格与整个"毛泽东时代"那种特别的精神气质的同构契合,一种普遍性通过这一个特殊性在另一个时代真正获得了它的美学成果,这也是一种"历史的诡计"了。

对于深深影响了几代人的毛泽东时代,柏桦表现出了卓越的洞鉴力。在谈到北岛的《回答》带给自己的"父亲般"的震荡时,柏桦这样评价了毛泽东时代和今天派诗人(包括柏桦们)以及二者之间的奇异关系:

> 毛泽东时代所留给我们的遗产——关注精神而轻视物质的激

情,犹存于每一个"七七级""七八级"大学生的心间。那《回答》的激情正好团结了每一个内心"我——不——相——信"的声音。那是一种多么巨大的毁灭或献身的激情啊!①

① 柏桦:《左边——毛泽东时代的抒情诗人》,香港牛津大学出版社,2001年,第36页。

正是这种毛泽东时代的"关注精神而轻视物质的激情"和来自"母亲激情"的下午性格,二者从内在的精神气质上决定了柏桦必然地成为现代意义上的抒情诗人。而且,这种抒情品质在形式上也许与浪漫主义截然不同,但实质上却是一脉相承的。正如休姆所言,"一切浪漫主义的根子就在这里:人,个人是可能性的无限的储藏所","整个浪漫主义的态度好像是环绕着各种与飞翔有关的隐喻在韵文中具体化了",好像不停地向着无限的不存在的东西飞旋。从这种意义上讲,80年代的诗歌正是浪漫主义的。这一点,在《琼斯敦》中表现鲜明。

文本现实、时事诗、抒情的象征主义、青春激情

作为一种文学派别,浪漫主义已经在文坛消亡,但作为一种"诗化哲学",浪漫主义则始终涌动于人类的精神历史中,从这种意义上讲,所有的诗人又都是浪漫主义的。柏桦也不例外。这种诗人比较轻视叙事式的日常生活,而对"无限""远方""本质""本体"的东西情有独钟,这使他们与现实生活始终处于紧张与对峙的关系之中,在他们的诗歌中就充满异乎寻常的激情。激情式风格往往被人们归入抒情式这种语言行为方式之中,造成一种紧张的统一体。这一点也明

显表现在柏桦的诗歌之中，证明着"抒情诗人"这一名号对于柏桦是再贴切不过。这一点在《琼斯敦》中的表现至为明显。

但是柏桦在诗歌艺术知觉上却更属于象征主义诗人这一类，更加注意有形世界的声色形相，强调各种不同感官之间的交通呼应，具有更为强大的表现能力，特别适合于表现现代世界的复杂性与人性的神秘暧昧。柏桦曾经说：

> 但象征主义的旋律已融化为我血液的旋律，我那血的潮汐。时间已到了1993年，但我仍然是一个"古老的"象征主义者。

正如有的评论家所指出的：柏桦的诗歌英雄大多是象征主义诗人如波德莱尔、兰波、马拉美、瓦雷里、里尔克、史蒂文森、魏尔伦，也包括狄兰·托马斯、曼杰斯塔姆等人；而中国当代诗人中对他影响最大的是北岛。因此，这种象征主义是以强烈的抒情风格为其品质的。在这一点上，《琼斯敦》最可作为代表。如果说，北岛的象征主义还带有民族国家的寓言性质，是一种"大抒情"的话，柏桦的诗则将象征主义与古典主义的有限意识、个人主义的知识与直觉等等，作了深度的形式主义的综合，因此他的诗歌是现代感性基础上的象征主义，蕴涵浪漫激情的古典主义，沉醉于梦境的超现实主义，综合了种种文学传统的现代主义，美学意义上的文本主义，而这一切都以柏桦个人独特的天才的生命体验与综合直觉能力作了创造性的诗学转化。具体地说到《琼斯敦》这首诗，最像狄兰·托马斯的风格，因为狄兰·托马斯最喜欢别具一格地运用意象的冲突来展示潜在的人性冲突，毫不忌讳地探索着生与死、性与自然的关系，作品往往洋溢着一种原始的生命力。

但是，柏桦本质上是一个厌弃世俗的遁世者，又是一个感觉敏锐而微妙的耽于文字的怀旧的唯美主义者，这使浪漫的"对峙"主题在他那里并不长久，而且还很容易转化为美学上的形式冲动，对于一种超现实之美的倾心。这种超现实之美往往通过高度的智慧、修养与个人化的深度的抒情意象，在细小而感触强烈的瞬间情境中，在一个远离当下却又与现实相关的事件、形象与记忆中，制造出一种高出于现存事物的幻美之境，并向现实世界施压。不过，这种幻美之境并非浪漫主义的远古田园或纯净天国，也非今天派诗人的精神乌托邦，它是毛泽东时代与弗洛伊德时代的奇妙产物，混合着革命、暴力、青春与性，还有着对权力与极端事件的迷恋冲动。即使他的诗歌中指涉了现实，也"不是事态的自然进程，而是写作者所理解的现实，包含了知识、激情、经验、观察和想象"（欧阳江河语）的文本现实，即使涉及了道德，也不再是单一的意识形态化的判断，而具有了美学的态度。虽然柏桦特别强调诗歌与时代的关系，"诗歌永远需要一个重大事件，在这里面产生歌手，他是一个隐秘的歌手，一种时间和他自身心灵准备的契合。可以说是神给予了这一刻"，但是柏桦诗中的重大事件仅仅是作为一种挖掘诗意的语境而存在的，它不同于当代传统的政治诗，而是"视野广阔、诗意浓郁的时事诗"，"它能艺术地同化对它的非艺术的同化，从而将诗歌的洞察力推展到一个新的时代的高度"（臧棣语）。

《琼斯敦》、极端事件、倾斜的词与美、激情与暴力

《琼斯敦》从它所涉及的事件看，诗人最直接的写作冲动应该是来自于他的阅读——一本书或一本杂志、一张报纸对发生于1978年美国"人民圣殿教"悲剧的报道，也就是他所说的来自于"懒散的阅读时碰巧的专注或停顿"。但是为什么偏偏是这样的题材在一瞬间触发了诗人的灵感，这又必须追溯诗人在这一时期的整体的生命状态、特别的心境，具体地说，这一时期主宰诗人灵魂的是"母亲激情"还是"父亲形式"，或者是二者的冲突与协调。对此，柏桦在《左边——毛泽东时代的抒情诗人》中作了生动的解释，在一节命名为"飞行时期"的自传中，他回忆道：

"离开重庆，以最快的速度离开。"这一符咒日夜纠缠着我的思想，逼得我坐立不安，无心教书（那时我已在四川外语学院任教）。肉体深陷在生活的泥淖里，诗歌却挣扎着想拔起遍体鳞伤的生活飞向远方，远方，那不知名的任何一个地方……一封一封的请求调动信寄往祖国各地，我乞求"制度"伸出援助之手……"飞"，可怕的"飞"，生活将为此付出高代价，精神的疼痛或极乐将作为飞行的助推器，而肉体将作为不被同情的果皮扔进生活的"垃圾箱"。

一日复一日，单调而沉痛的主题在进行，夜夜通宵达旦，高寺酒成了我们艺术的催化剂，多么白热的日日夜夜，我们无意中卷入西洋式的加速度，青春的胸膛充满渴望爆炸的军火，现实或理想的痛苦在撕咬着愤怒的眼泪，热血的漩涡如疾雨倾泻于玻璃，感情在突破，性急与失望四处蔓延，示威的牙齿谩骂着，啃着一排排艰难的时日……我在酒精的毒焰中挺身代替曼杰斯塔姆"残酷的天堂"，我宣告："孩子们可以开始了……"

这就是《琼斯敦》这首诗产生的现实契机与特殊的表达动机；在这里，"激情的加速度"借助了"即兴"的表达方式，通过美国"人民圣殿教"悲剧这一极端事件而转变为一种"灼人的形象"。这一点，被诗人钟鸣视为"他对当代诗歌的贡献"。

通读全诗，我们看不到关于圣殿教悲剧的具体完整的外在描述，也看不出诗人对于这一事件的单一的显豁的道德或历史的评价，诗人已经远远脱离了传统政治诗的窠臼，他已经厌弃了对于一种统一的意识形态话语的图像化复述；不仅如此，他还通过强烈的语境压力对此进行了微妙的反讽。写作的目的似乎仅仅在于对这一极端事件中升腾起的某种灵魂状态或气氛的沉醉与转喻，在这一被诗意地征用的现实题材中体验与挖掘诗人自己真正关注的生命经验与人性内容，以及其中可能蕴涵的人类普遍性的生存遭遇或文化象征意义，也因此，诗人独特的"知识、激情、经验、观察和想象"才将事件的现实性转化成了诗歌的艺术性，诗人的表达才真正实现了诗歌的表达，有形世界的残酷才真正得到美学的审视，"异常简单的事物"才获得了"回肠荡气的、感人至深的力量"（欧阳江河语）。

在转入正文之前，我们需要了解一下美国"人民圣殿教"悲剧这一事件的大致梗概。人民圣殿教是美国人吉姆·琼斯所创建的一个宗教组织。他的教堂随时为饥饿的人提供食物，帮助失业的人寻找工作。对于有病的人，琼斯所能提供的就是"信仰疗法"。事实上，年轻时代的吉姆·琼斯是一个思想非常复杂的人物，他一方面受到社会主义思潮影响，接触过马列主义，并阅读《资本论》；一方面又希望凌驾于众人之上像位救世主，于是研读希特勒《我的奋斗》，学习如何操纵群众。他一方面对正统神学理论颇有兴趣，更是一位《圣经》爱好者；一方面又竭力寻求行"神迹"和"信仰治病"的妙方。吉姆·琼斯因为被认为是"未来理想社会的建设者"而吸引了大量的追随者，但他自己却越来越频繁地感到敌人的威胁。1976年，琼斯害怕美国政府的法律调查，就带了一批最狂热的信徒迁徙到圭亚那首都附近的丛林地区，建起一座神秘的小镇——琼斯敦。琼斯告诉信徒们，这里将是一个不分种族的、平等的新社会。这个社会组织的名称就叫"公社"。这是一个"反抗资本主义制度"的乌托邦公社，像一个理想的大家庭，琼斯就是"父亲"。近千名公社社员在这里砍树、种地、盖屋、同吃同住同劳动，像一般的拓荒者一样。不同的是，他们还要经常被招到大帐篷里聆听教主的训导，并定期开会互相启发、"帮助"。在这独立王国中，琼斯的权力更加不受约束。他更加自由地选择男女做爱伙伴。而别人要想相互建立性关系，不经他的批准是绝对不行的。经过反复"教育"，许多人真的把他们的"父亲"和事业看得高于一切。但也不断有人向新闻界和司法界发出控告，要求将"琼斯敦"的情况公布于众。1978年11月14日，众议院民主党议员瑞安带着记者团从华盛顿出发前往圭亚那。他们在与琼斯谈话后带着十几名想走的"人民圣殿"成员离开"琼斯敦",琼斯派人打死了包括瑞安在内的5个人。琼斯感到自己的末日到了。在琼斯敦,高音喇叭中传来吉姆·琼斯的声音,要求所有人到大帐篷紧急集合。在一番训话之后,吉姆·琼斯和信徒们集体"自杀"。①

① 参见世言 编著:《阳光下的罪恶:当代外国邪教实录》,人民出版社,2000年。

在这首诗中,直接来自人民圣殿教这一事件的几个重要词语有"人民圣殿""公社""演习自杀""父亲""如山的尸首"等。但是,对这些词语的理解不能仅仅局限于它们在人民圣殿教这一事件中的意义。其中"公社"一词还蕴涵着柏桦的历史知识、革命记忆、乌托邦冲动和生存幻想等等。例如,钟鸣曾谈到:柏桦"喜欢即兴发挥,尤其是幻想的集体主义可能存在的时候(比如,他突然有天跑到我这里来,发挥了一通公社理论,他想说服我,到农村建立公社……)"。而"父亲"这个词在柏桦的诗意构造中,更是一个极有张力的概念,其感情色彩、联想意义等都是异常丰富的:在这一个意象上面,既有亲切、认同与仰慕(柏桦对自己生身父亲与拉金的),又有激动、敬畏与共鸣(对波德莱尔等的),更有冲动、怀疑与痛苦甚至讽刺(对吉姆·琼斯的),他既是他的亲人,又是他的诗歌导师,他的精神启蒙者,当然也是美国人民圣殿教派的"教父";例如,在《左边——毛泽东时代的抒情诗人》第35页写到"一幅波德莱尔的肖像——'我精神上初恋的象征'已呈现在我的眼前……我的灵魂抵挡不住他(父亲或兄弟)的诱惑,要心甘情愿跟随他去经历'美的历险'"。

至于"演习自杀"这个词组则表达着一种毁灭的激情。

至于诗中为何用"幸福"修饰"子弹","秀丽"修饰"尸体",为何用这类优美的词语命名像圣殿教悲剧这样惨烈的毁灭生命的极端事件,第一可能与张枣对他人生观世界观的影响有关；第二，与波德莱尔等人的象征主义的"审丑"的美学观念有关，他们认为丑和美的交织才是最高的审美真实，例如闻一多的《死水》；第三，这样"陌生化"的词语组合从诗歌艺术效果考虑，容易产生张力，同时，把它理解为反讽也未尝不可，也许倒真正切合诗人的内心所指，丰富了诗歌的意蕴。当然，关键在于它与诗人独特的心理特性、看待事物的特殊的审美角度有关，正是在这里，我们看到了诗歌而不是其他。

这首诗中还有一个意象很重要，需要解释，它就是"白夜"。这是柏桦非常喜欢的一个意象，在他的诗中多次出现。很明显的，它标识了柏桦诗歌资源中的俄苏文学因素（参见《左边——毛泽东时代的抒情诗人》，140—141页），那种理想主义的、幻美的、苦难中超越的、带有宗教性的献身激情与净化功能的、个人倾诉性的对青春与爱情的想象与表达。它是贯穿于从屠格涅夫的散文诗和《猎人笔记》、果戈理的《狄卡近乡夜话》、托尔斯泰的《战争与和平》到帕斯捷尔纳克的《日瓦戈医生》等等文学作品的一种影响深远的精神传统，在陀思妥耶夫斯基的中篇小说《白夜》里更有具体深刻的表现。《白夜》写的是一个孤僻成性的"梦想者"与孤女娜斯金卡邂逅的故事，在四个白夜里，俩人互诉衷肠，并且"梦想者"爱上了娜斯金卡。但是娜斯金卡的情人突然归来，"梦想者"虽然很痛苦，却仍然怀着感激之情向她祝福……"梦想者"身上的这些美德——精神的纯洁和爱情方面的自我牺牲，曾经深深影响了北岛、柏桦他们这代人。与此相关，柏桦特别喜欢白色、白银、白马、白夜，尤其是白夜；这是一个美妙的情境，这样的夜晚，"只有在我们年轻时才有。星斗满天，清光四射"，与柏桦热爱旧时代的自然风物的情怀正相契合。在谈到"八十年代的西风压倒了俄罗斯的东风……现代主义和后现代主义坚硬地塞进浪漫主义的生活"时，柏桦仍说："梦中的'白夜'要和公司的发票厮杀一番"；因此，"白夜"在柏桦那里成为一种超现实之美的象征，"美在'老大哥'的冬天，在贫穷的严寒倾心于一个女孩子，一个立刻发生，迎面走来的女孩，她就是《白夜》或《秋天》中的女孩，而这样的女孩永远高悬天空,如梦如烟,抒情的创造再次扬帆";"白夜"也是抗拒死亡的瞬间永恒之美,是一个青春激情、纯洁爱情与诗歌梦想对易逝的时光之流的审美的挽留,是一个节日,"回忆中无用的白银呵/轻柔的无辜的命运呵/这又一年白色的春夜/我决定自暴自弃/我决定远走他乡"(《回忆》)"你在此经历夜色/经历风景的整容/以及又一次青春的消息/看,满天星星/远处白羊站立/这是春天的一夜/这是难得的一夜"(《节日》)。

我想,经过以上关键的词语梳理,这首诗的难解之处已经不多了。不过,这里还有一点,就是第五节,那个十七岁的女孩是谁?从年龄上看,她正是孤女娜斯金卡,所以她"亲切""无助"。但"她"又代表人民圣殿教派的单纯信徒,一个集体自杀风暴中迷茫而狂热的生命。由此而来,联系诗人写作时的生活状况与相关的精神状态的描述(上面讲过——例如,"妄想的耐心与反动作斗争"),我们可以看出这首诗称得上是异质混成,现实的、历史的、阅读的、想象的、经验的等等,都在一个过去的事件中得以表达与呈现,并转化为一种新的艺术品。"诗人的心灵就是一条白金丝",可以让特殊的、或颇多变化的各种情感能在其中自由组成新的结合(艾略特语)。

综上所述,这首诗究竟表达的是什么?一种反抗的激情?还是对意识形态的反讽?或者如陈超所说,"核心语像雄辩,隐忍不下,它们颠覆了流行的政治套语,解构、改写、转进又转出。'进步''革命''阶级''牺牲'等权力主义的独断的语词,被柏桦赋予本真的效力,重新命名"?似乎都是。

那么它是如何表达的?显然采用的是抒情诗的语言行为方式:篇幅是短型的,有限的;叠句与重复的使用;最重要的,全诗只有一种东西是统一的,那就是——情调,只有一种意义是最明显的,那就是——语言的音乐性;"因为纯的抒情式完全是偶然的……它虽是充满灵魂的(感情丰富的),却又是没有精神的(言之无物的)"。而这些是经典抒情诗最重要的外部特征。在这首诗中,柏桦是投入的,在状态中的,诗中的一切都在情调中,因而都不是对象。因为抒情式诗人既不把过去的事情也不把现在发生的事情对象化,他走进过去或现在发生的事情里并与之融合，正因为如此，这首诗中的主要人称是"我们""我"，表明了抒情式的"互在其中"。而且，"处在抒情式情调下的人的'深处的丰盈'是被局限于狭窄范围之内的"，抒情式诗人"不是与永恒者同一，而恰恰是与最易逝者同一"。

那么，这首诗中的情调呢？就是一种"飞翔"的激情，"爆炸"与"燃烧"的激情，或者说"革命"与"毁灭"的激情，如果说抒情式诗人的生存是"一种令人难以置信的生存，它以面对任何业绩都令人震惊的束手无策为代价换取受到恩惠的喜悦，以一个世上无药草可医的、平日流血不止的伤口为代价换取协调一致的幸福"，因而纯的抒情式语言是"软的"，就像在柏桦的《表达》里所表现的那样，而激情式的抒情则"需要以'抵抗'为前提，即公开的敌意或者麻木不仁。激情于是设法坚决粉碎这种抵抗。"（埃米尔·施塔格尔语）它甚至与纯的抒情式语言相反，它往往借助于"讲话"的姿态将力量聚集于词语里，让听者遭受到一种讲话的暴力。"讲话"者靠一个大概念点燃自身，用手指向自己的头顶，自己权势的来源——天上的神。他借助于更高的力量诅咒自己或听众的生存之低或者说服自己与听众，因此，紧张的事物关系与煽动性的节奏，不容拒绝的要求与语气，高亢的声调，每一诗节或部分的不独立，都使得每一诗节或部分让诗人自己或读者感到不足，每一诗节或部分都需要补充。"接下去一个'部分'又不足……到了结尾才什么都不再缺少，急躁的心情才被平息。"所以，总的说来，这首诗达到了激情式的紧张的抒情效果。

下面，我们逐段解读一下全诗。此诗第一段的前三句是直接切入琼斯敦集体"自杀"事件之前的场景，是模仿"父亲"（吉姆·琼斯）的口吻在演说，而后四句则带有诗人加入的描述，仿佛诗人作为其中的一员在向读者讲述这事件；第二段也是这种讲述的继续，这段的"斯大林格勒"是借第二次世界大战的一次著名战役来渲染气氛，"幻想中的敌人"一句，是一种评述口气；第三段与第四段则将事件表象与诗人自己的现实经验、想象与激情复合表达，其中的"指头在戳入"可以由弗洛伊德的观点理解为性隐喻，而"胶水广泛地投向阶级"这颇富张力的一句则是诗人对琼斯敦不分阶级、不分种族的平等社会状况的一种诗意概述，"性急与失望四处蔓延／示威的牙齿啃着难捱的时日／男孩们胸中的军火渴望爆炸"等句进一步渲染了群情激愤的情状，也是诗人自我激情的充分抒发，其中的用词具有戏剧性的紧张与抒情性的情绪力度，蓄满了巨大的感情能量；第五段表面是写一个女信徒的自杀演习，同时却又用"疯狂""激烈""无助"暗示了个体生命在群体"风暴"裹挟下的不由自主、无奈与迷狂，说"秀发"为她作为少女的"唯一的标志"正说明了生命自我的迷失。不仅如此，诗人还用"十七岁"这一定量词，使我们与诗中所涉及的陀思妥耶夫斯基的小说《白夜》中十七岁的女主人公娜斯金卡直接联系，从而将纯洁、牺牲、脆弱与信仰等复杂地糅合在一起，表达了复杂的情感；第六段很关键，其中的"父亲"形象用欧阳江河的话说，是一个极为含混的人物，他既是诗人的自诩，是其强烈的自恋倾向、恋父情绪以及律己意识的奇特的混合产物，是自我与他者的奇特混合，又作为人类和种族的长者、大人物、至高至尊者，体现了一种复杂的人格模式，体现了权力抒情化、统治博爱化的王者风范。白炽、尖锐、紧张与灼热，是他的主要精神特征，也是《琼斯敦》这首诗的风格特征，整首诗也正是通过这样一个"父亲"形象，将个人与世界、神性与人性之间的冲突、搏斗以一种生硬、突兀与白热的激情化的方式表达了出来。另外，用"幸福"修饰"子弹"，"秀丽"修饰"躯体"，除了具有诗艺的考虑，增强张力效果外，也使诗歌的意蕴更加丰富，当然这首先是一个场景描述；第七段也是一个场景描述，不过，高音喇叭的声音和口号式的句子，自然勾联起了中国读者的"文革"记忆；第八段则是激情宣泄后的喟叹，点出关于"神性"与"人性"的感悟，以及自己对于这事件的感受，表明诗人对"人性"中自我牺牲与个人信仰等精神性因素的唯美评价与复杂情感。

课 堂 讨 论

洪子诚：这首诗的题材来源于一个重大事件，这个事件是许多人都了解、熟悉的，并且大都已形成了对它的基本判断，特别是对它的"性质"的判断，对它所作的道德裁决。这是读者知识和心理的背景。这一背景会影响、制约我们的阅读：我们或者会期待诗加深我们原有的感觉，或者也期待它挑战我们的理解。我读这首诗，强烈地感到产生后一种"效应"。钱文亮刚才的分析很深入。在方法上，他特别借助诗人的自传性材料，包括他的自传性质的回忆录，以及别的诗人和批评家提供的情况，同时，也联系柏桦其他作品的意象、词语的使用。当然，这些传记式材料，在他的分析中，并不是简单、生硬地成为解读的文本的佐证，钱文亮是在保持诗歌文本的"自足性"，也就是在结构的相对独立的情况下，来利用这些材料的。这一点很重要。今天的讨论，当然主要还是对诗本身的细读。但如果从方法上提问题的话，我们可以考虑的是：围绕这首诗的背景材料对我们的解读究竟起什么作用？它是否制约甚至决定了我们对诗的理解的基本框架？没有这些材料，解读是否不可能？或将会产生另一种理解？这一种理解会不会与钱文亮的解读出现冲突？另外一个要考虑的是，钱文亮刚才说到的"物理的"或者"物质的"现实文本与书面文本或者说"文本事实"之间的关系。因为柏桦写的是一个我们都知道的事件，但实际上诗人创造的文本一定程度上离开了那个本源的东西。它们之间的关系，可能是很复杂的，这有待于我们在阅读时进行思考。

某旁听同学：我有两个问题。第一个就是人称的问题。我想问一下，就是在这一首诗之中，"我"是不是经常在转换，有不同意义？因为我觉得第一节的"孩子们可以开始了"和后面的"而我们精神上初恋的象征"和"我们那白得炫目的父亲"，好像不是同一个声音发出来的，好像是站在不同的角度来问的。另外一个,我想问的是,从你刚才的解释来看,这首诗是不是并没有对这个事件进行价值上的判断?它只是描述一种比较迷狂的状态,一种疯狂的激情。

钱文亮:第一段显然是"父亲"的口气,也就是一个面对众信徒的"我";而后面一段中的"我们",就等于是教徒了。这个"我"与作为"教父"的"我"就不是同一的。但你还可以看看第二段的"我们",这个"我们"可以看作第一段中第一人称"我"的延续,因为教父(或说"父亲")在我们所记忆的集体主义时代,"我"实际上就是"我们",一般说"我"时也就是说"我们","我"是一个集体的"大我"。像这首诗中的句子:"孩子们可以开始了……幻想中的敌人/穿梭般地袭击我们"什么的。到后面,那个"父亲"死了之后,中断以后,这个"我们"又把"教父"排除在外,这是一种审美确认。

某同学:那么这一段呢?"这也是我痛苦的丰收夜。"

钱文亮:这就回到诗人自己了。是作为诗人身份在发言。

陈均:刚才我和夏放(张夏放)读到"孩子们"这一段,夏放也说这是"教父"的声音。可是我在想可能也是作为教徒中的一员在发言,一个代言人,在集体里面。比如说他作为诗人或作为什么角色来说话,并且"孩子们"也可以指称这个集体或同伴。这是一个。第二个我觉得从人称来看,最后一段出现了"我",实际上就是把整首诗分成了两个部分。一个部分就是对这种集体性狂热的一个描述,而最后的"我"是作为诗人的形象出现的。这就把"我"分成了两种人,一种就是刚才所说的集体的"我",另外一种就是个人的"我"。并且在这个"我"里面对场景进行了一次个人性的反思、总结比如说这里用了一个"白夜",刚才钱文亮也提到,这是一个场景,这就经历了一个梦幻或者说精神上的纯化。所以我想说,最后一段是诗人对这样一个场景或者事件的一个反思吧。

袁筱芬:我觉得他这个精神上的迷狂与理性上的观照不是截然分开的。不是说前面一部分就完全是对教徒精神的描述,把自身置身到那种狂热的风暴中,而后面一部分就是作为诗人的一种反观。我觉得这两者是相互渗透的。因为"孩子们可以开始了"起首一句引入的是类似"上帝"的视角,"孩子们"的称谓意味着一种俯察、引导、督促,同时又隐含着亲切、包容和关爱,这一部分确实是一个精神父亲那样的角色;但是,全诗并没有把这种口气和语调一以贯之。到"已厌倦了那些不死者/正急着把我们带向那边",这里出现的"我们"就是把读者、叙述者都一起卷入风暴之中去。"夜"的内涵丰富而暧昧,它本身即是一个过程,具有一种过渡性质,而这里凸显的也正是一种"过渡"和"转换"。底下两段是对"风暴"情态的描述。这里有很强烈的心理现实主义的感觉。"革命的一夜","革命"带来的是突变,这个词语具有一种切割般的快感;"来世的一夜"的"来世"明确了"我们"所具有的位置是生与死的边缘,今生被"来世"替换,超现实的梦幻感是刻意营造出来的,它暗示了参与风暴的"孩子们"的精神状态:癫狂、痴迷、执着。"人民圣殿的一夜"点出了"夜"的主题。"人民圣殿"正是"孩子们"信仰及行动的唯一的最高的依据,同时它在全面渗透到这一转换性质的"夜"中时,自身被抽象化了。"正急着把我们带向那边"进一步明确了"夜"所具有的内涵。"此岸"与"彼岸"在此显出了形状,"那边"是什么,是死,是来世,是上帝之城。"急"这一极具动感的词汇高度概括了"摇撼的风暴的中心"是怎样一种情势。

第二段与第三段是"风暴"情状的具体描述,视点仍然是"我们",集中描绘了一种高度紧张的心理现实。暴力词汇带来力度与紧张感,而这一切是在"幻想"中发生的,是自我内部的搏击,不动声色的暴力的展览,表明了

"风暴"某种悲剧性的本质。然后从第四段开始,"孤僻的禁忌撕咬着眼泪/那残食的群众已经发动",从这里开始,我觉得那种理性的反观的因素在逐渐加强,视点发生了变化,外化为一个审视者,带来了客观冷静的观察,并且渗透了批判与反讽。"孤僻的禁忌""残食的群众"揭示了群体所具有的集体无意识暴力对个体的某种摧毁。然后,"一个女孩在演习自杀"这一段就集中关注了一个个体生命。底下那一段说"而我们精神上初恋的象征/我们那白得炫目的父亲",对个体生命的哀怜与对"精神信仰"的激情之间潜在的冲突进行了凸显。"天真的亡灵"是对"信仰"的概述。这里又出现了"我们",但我觉得这里的"我们"与前面的"我们"已经不一样了。因为这个"我们"带有明显的反讽意味。已经不再是纯粹对精神父亲的一种追随,一种景仰。有一种反观的意味在里头。而且我注意到这里有一个很重要的词汇是"排演",这个词,包括前面所说的"演习",还有后面这个"操练思想"的"操练",对于"风暴"这个自杀行动,是一种很精辟的象征。因为"演习""操练""排演"这样一些活动,意味着一种行动的失效,或者是行动上的无效性。但它本身又具有一种仪式感。它本身所具有的仪式感可能会让读者去认可它的价值,所以这里很集中地显示出了诗人价值取向上的矛盾与悖论。最后,"夜"成为"白夜",而且是"人性中最后的白夜",就尖锐地面对了人类的精神困境。"集中肉体背叛"、毁灭的激情与"操练""排演"的无效性混合在一起,深刻地结合了滑稽与悲哀。诗歌的全部意蕴包含在丰富的语境中,难以作出明确的划分与阐释。全诗呈示了人性内在的冲突、困境、挣扎与收获。

田露: 我认为这首诗是以一个事件参与者、"人民圣殿教"的信仰者的视角进行叙述的,基本的方式是叙事,但包含了抒情的调子。诗歌的态度是批判性的,但是在一种很节制的语言中发出控诉。不是直抒胸臆,而是靠词句本身的力量来渲染极权的、暴力的色彩,或营造激烈的、惶恐不安的气氛,或靠对比来表明态度。诗中的"我"有两个指向,一个"我"深陷事件中,对信仰表现出毫不质疑的迷狂，另一个"我"却显然是一个"他者"的口吻，是站在群体之外的视角的观察，这样一种不协调的口吻就在暗中发出一种质疑的声音。通观全诗，虽然节制，但价值判断上却是毫不迟疑的。

曹疏影：我觉得柏桦在这里，所谓的矛盾，或者说"痛苦的丰收夜"，并不是一种分裂的东西，而是一种统一的东西。他就是以这种残忍的东西为幸福的，而且他是通过，刚才钱文亮也说了，是在一个"飞行时期"，他自己把那个时期命名为"飞行"，他是通过肉体的消灭来获得精神的飞升，这可能恰好跟"琼斯敦"当时那样的心境应合。我一直觉得柏桦是一个比较直接的诗人，他的诗歌中写的东西跟他的经验是非常相关的。他在《左边》中也提到了，他当时是在渣滓洞的那个地方，国外的这种邪教的东西对柏桦来讲有一种天然的吸引力；同时，他又经历过"文革"，而且他又对与渣滓洞相关的中国红色革命非常神往，以及他童年时比较压抑的那种东西，所以我觉得恰恰是这些"残忍""残酷"还有"痛苦"，这种以毁灭为幸福的那种"飞行"，不是一个矛盾的东西，而恰恰是统一的。

余旸：这首诗速度这么快，刚才说反讽什么的，我想作者很难在这么快的诗中直接获得反观性的东西。考虑到这首诗的题材构成、写作的动机，可能是接触到这个材料，然后把他自己的东西词汇化；而且考虑到这首诗的许多词汇大概属于柏桦自己的，刚才说的"白得炫目的父亲"，"幸福的子弹"什么的，都属于柏桦以前早已熟悉了的，有丰富感觉了的。这首诗速度这么快，语气不断变化。开始借助场面展开，借助事件主角的口气来说，但具体还是变成了自己的东西，这时候有一种交叉的感觉。从"孩子们可以开始了"为整首诗提供一种语气，到"我们精神上初恋的象征"就已经变成诗人自己在说话了。后来又转向"信仰治疗，宗教武士道""秀丽的政变的躯体"，我就感觉难以区分诗人是在利用场景，还是这些场景本身就获得了意义。后来写到"操练思想/纯洁牺牲"时，诗人的激情已经得到宣泄了。到后面"痛苦的丰收夜"就是诗人写完之后很清醒的一种说法吧。

陈均：当时读这首诗时我就感觉，最后一段前头是一个非常统一的场景，像一幅油画一样。今天听了钱文亮的解释，联系到从前看的《左边》，我想它实际上是三个场景的叠加。比方说"琼斯敦"事件中作为"人民圣殿教"集体死亡这个场景；第二个是80年代末的时代语境，像柏桦所读到的一种生存的焦虑，一种激情的时代，还有"文革"记忆；第三个就是作为他人精神世界的这种状况。这三种场景叠加起来，从这首诗的一些词也可以看出来，比如"公社"，既是邪教的组织名称，另外也是"文革"中的社会组织；再比如这个"口号"也有"文革"口号的形式……

余旸：我也不同意将"白夜"与俄罗斯文学联系起来。我认为他是在写作中自动获得意义。因为写作快时，下意识就选择了。说不清楚的。

陈均："白夜"在柏桦的心理结构、意象系统里实际上是有一种象征意义的。刚才钱文亮也说到，"白夜"是和俄苏文学传统有关，并且"白夜"所象征的意义以及他个人对于这样一个场景的引用是与他的反思与总结有关的。

冷霜：我补充一点。刚才好像很多话题集中在诗人在这首诗中态度的问题。我比较同意这样的看法，就是说虽然这态度有层次感，但整个还是统一的，而不是说矛盾的。他在这个诗中体现出来的也不是反思性的东西，而是一种歌唱性的东西。这里头有一个很重要的句子就是"我们精神上初恋的象征"，"我们那白得炫目的父亲"，在读这个的时候，刚才钱文亮提出了一个注解，就是说柏桦也用这个词来形容过波德莱尔。但是在读这首诗时，其实我想到的是毛泽东。因为柏桦本身对毛泽东非常崇拜，他本人还做过毛泽东诗词的注释本。他把波德莱尔这样一个现代诗人和毛泽东这样一个现代政治家（也是一个诗人），把他们结合在一起。刚才很多人也说到了，这首诗是用"琼斯敦"这样一个事件，把他放到了他自己的这种兼有革命、青春和诗的记忆里头。所以我觉得这首诗中"我们"和"我"的这种区别也是这样的。他开头是戏剧性的，带着神谕、带着咒语，这样一种宣谕的口气，他慢慢会转入到"我们公社如同斯大林格勒／空气中充满纳粹的气味"这样描述性的句式里头。那么他既是一个教父，同时又是教父底下的教徒，身份之间转来转去。实际上，这在革命这样一个经典性的行为里头是很容易理解的事情。比如，我们看到另外一个描述我们的红色记忆的很重要的文本，就是《阳光灿烂的日子》。你看里头那个马小军，当他被从派出所里扔出来以后，一方面是把自己看成时代的英雄，一方面又是被英雄看成一个教徒。我觉得在这首诗里"我"与"我们"的人称转化也是这样的一个综合体。他在渴望着、幻想着成为这样的一个教父，同时他又在崇拜着这个教父，是这样的一个态度的扭合。他的这个歌唱性也不再同于红色革命时代像郭小川啊、贺敬之啊这样的诗人的一种咏唱。柏桦这样的一种对革命的咏唱组合了自己的青春记忆，他把革命、青春和诗歌，用像《生活在别处》里的雅罗米尔那样的一种态度，把他们扭合在一起。所以他这样一种歌唱的本身，不是像郭小川、贺敬之那样一种政治抒情诗，而是变成了非常个人的一种方式，来看待革命，来看待他自己的青春。

钱文亮：李振声有一句评价，说柏桦是那种"在记忆与表象之间漫游的人"。这样来看的话，那么他通过"琼斯敦"这样一个事件的表象，带入了他的记忆，他生命中很多的东西。

洪子诚：刚才讨论中，有些同学侧重于诗人写作过程中，在词语的运用上可能是什么情况的追索，包括对"白夜"这个词的理解。写作过程的研究，或想象，都是可以的。有助于我们对诗和诗人的把握，同时，说实在的，这其实也是我们读者参与的再创造。这里面可能有哪种理解更好、更准确的问题。但做这样的判断，还是要比较谨慎。但问题是这样的，阐释和阐释者都有一定空间。这个空间当然不能漫无边际，但在文本内在构成的合理程度下，应该允许有不同的解读。也就是说，我所理解的解读应该有更多的个人性。

刚才粗粗翻了一下同学们写的作业，觉得比较集中的问题是出在这首诗是否提出一种价值评判。因为诗涉及的，不是对我们陌生的经验，或者说这些经验于不同读者完全不对等。这里头会牵涉几个问题，刚才陈均说的，有几个层面的东西交叠在一块儿。"琼斯敦"这个事件，我们在座的多数人都听说过。按照一种很主流的理解，是一个应该批判的事件。在我看来，"人民圣殿教"毫无疑问是邪教。那么，诗人既然写到这个事件，你对它是怎么看的？这是读者很自然的一种反应。另外一点就是大家讲到的，诗中实际上融进了"文革"经验，包括所使用的一些词语，对场景的一些描写。"文革"的造反运动，革命，暴力等等，也是最能激起评价冲动的问题。"文革"虽说已是往事，是"历史"，但远未被"历史化"，在很大程度上仍是"现实"，包括心理，情感的现实。对"文革"记忆的叙述，有一个"合法性"的问题。我们的叙述，可能已经被个人的经验和统一的意识形态规定所固化。我们看到的记忆都似曾相识。我们能认同如陈凯歌在《龙血树》里的那种讲述。但是面对柏桦所提供的这样的记忆和经验，我们有时会不知如何是好。我就有点手足无措。当然，刚才同学们说得很好，它是一种个人性的经验呈现，并不是说要对"文革"作一个评价。因此，这首诗的第三个层面是柏桦个人独有的经验。所以，这里头就有他的复杂性。我大概比较同意像曹疏影、冷霜他们的一些看法，这首诗基本上不是反思性、批判性或悖论式的处理方式，虽然它包含了这种复杂经验的矛盾性质，甚至也可以说"悖论"性质。这是一个使我很感兴趣的问题。

柏桦简介

　　1956年生于重庆,毕业于广州外国语学院英语系,就读四川大学中文系研究生时中途退学,曾先后在重庆、南京等地的高校教授英文,1992年辞职后长居成都。2004年起任教于西南交通大学艺术与传播学院。大学期间开始写诗。80年代的诗带有颓废和唯美的色彩,但有时又体现了某种激情的爆发式写作形态。90年代初起十余年时间几近搁笔。近年重新写作后,主张"逸乐"的诗学。诗集有《表达》(1988)、《望气的人》,(1999)、《往事》(2002)、《水绘仙侣:1642—1651:冒辟疆与董小宛》(2008)、《演春与种梨》(2009)、《山水手记》(2011)、《史记:1950—1976》(2013)等。

[第十二次课]

主讲人：王璞
时间：2001年12月26日下午
地点：北京大学五院中文系当代文学教研室

尤利西斯的当代重写
—— 读张曙光的《尤利西斯》

尤利西斯

这是个譬喻问题。当一只破旧的木船
拼贴起风景和全部意义，椋鸟大批大批地
从寒冷的桅杆上空掠过，浪涛的声音
像抽水马桶哗哗响着，使一整个上午

萎缩成一张白纸。有时，它像一个词
从遥远的海岸线显现，并逐渐接近我们
使黄昏的面影模糊而陌生
你无法揣度它们，有时它们被时间榨干

或融入整部历史。而我们的全部问题在于
我们能否重新翻回那一页
或从一片枯萎的玫瑰花瓣，重新
聚拢香气，追回美好的时日

我想象着老年的荷马，或詹姆斯·乔伊斯
在词语的岛屿和激流间穿行寻找着巨人的城堡

能否听到塞壬的歌声?午夜我们走过
黑暗而肮脏的街道,从树叶和软体动物的

空隙,一支流行歌曲,燃亮
我们黯淡的生活,像生日蛋糕的蜡烛
我们的恐惧来自我们自己,最终我们将从情
　　人回到妻子
冰冷而贞洁,那带有道德气味的历史

王璞:在90年代诗坛上,张曙光往往给人"沉潜"的印象,被看作一位"安静的诗人"。然而,正像许多批评家已指出的那样,早在80年代中后期,他的写作就开始"侧重于对个体当下经验的开掘"①;并且,张曙光也较早和较自觉地开始关注和锤炼诗歌的叙事技巧,触及了90年代的"叙事性"这一问题。从那时到现在,他在写作中其实一直关心的是"诗歌怎样才能容纳更为广阔的经验"②,而在这种对个人经验的书写中,又体现出了显著的历史意识。在谈到"表现诗的肌理和质感,最大限度地包容日常经验"时,他曾使用"陈述性"(张曙光,《关于诗的谈话》)这个词。进入90年代,这位默默写作的诗人在北国的哈尔滨,写出了"生活研究"的优秀诗篇,而他所追求的也正是一种陈述性的、具体的并富有现代感的诗风,这也往往使其诗作带有一种沉思的、内省的、节制的调子。同时,当张曙光让诗歌向广阔的人生经验和个人的历史意识敞开时,诗作也同时必然向丰富的文本敞开,诗歌文本也就从自律转向文本间性和互文。我们将细读的《尤利西斯》涉及这些问题,这首诗在张曙光90年代以

① 这是姜涛在对张曙光进行书面提问时的提法,详见张曙光:《关于诗的谈话》,收入《语言:形式的命名》,孙文波,臧棣,萧开愚编,人民文学出版社,1999年,第235页。

② 引自《垃圾箱》,收入张曙光诗集《小丑的花格外衣》,文化艺术出版社,1998年。以下引诗均出自此诗集。

来的诗作中也很有代表性。在开始之前,我想说,任何解读都仅仅是进入作品的意义空间的一条路径,也仅仅能提供阐释的一种可能。《尤利西斯》这首诗又和其他文学文本有着丰富的关联性,还涉及历史、道德等主题,在此我希望通过尽可能细致的阅读并联系与本诗有关的文学著作和张曙光的整体写作情况来做一次解读的尝试。

在张的诗集《小丑的花格外衣》里,这首诗的写作时间未加注明。据了解,它作于1990年,也就是说是他在90年代的最初创作,而在我看来,它也的确代表了他在90年代的基本倾向。从形式上看,诗比较工整匀称,每四行为一诗节,共五节二十行,是一首短诗。

对一首诗的阅读当然是从题目开始,有时题目也会是理解作品内蕴的一把钥匙。"尤利西斯",读者看到这个题目,首先会想到的是荷马史诗《奥德赛》。《奥德赛》讲述的是英雄奥德修斯——也即尤利西斯——在战争结束之后历经海上的漂泊,返回家乡的故事。这部史诗通过奥德修斯的经历和性格反映了古希腊古风时代的价值观,而由于它的丰富内涵和在西方文学和文化传统中的重要地位,奥德修斯的归乡故事也经常作为典故出现在后世的文学作品中,并时常被用来隐喻人的精神境遇和命运。一提到奥德修斯(尤利西斯),我们总会想到他的勇敢、坚毅和智慧,想到他的斗争,想到他的奇遇、历险和还乡之旅。在张曙光的诗歌中,荷马史诗里的情节、意象和细节出现很频繁。在较早的作品《我们为什么活着》中,有这样的诗句:"……学会了战争,据说是为了女人和荣誉",这里显然有荷马史诗的影子。后来的诗作中,荷马史诗的内容和意象更是屡次出现,直接写到尤利西斯的也有多处,如《陌生的岛屿》,如《罗伯特·洛厄尔》中的"想象着尤利西斯驶过一个个危险的岛屿 / 最终发现了什么?……",又如《小丑的花格外衣》中所写到的"尊敬的尤利西斯阁下 / 欢迎你再来巨人岛"。在张曙光这里,尤利西斯在危险的岛屿之间历险并探寻人生的归乡之路的形象一般象征着人的精神历程和遭遇,甚至也象征着写作中的诗人自己。另外,在读过全诗后我还发现,在其他诗作中，尤利西斯的形象是具体出现的，而《尤利西斯》这首诗，尤利西斯这一名字只出现在题目中，诗中对这个英雄的形象并没有直接的描述——这个我后面还会谈到。

在联想到尤利西斯这个荷马史诗人物及其象征意义的同时，我们也立刻会想到另一部以尤利西斯为名的文学著作，那就是詹姆斯·乔伊斯的《尤利西斯》。乔伊斯的《尤利西斯》历来被认为是20世纪现代主义文学的杰作。艾略特在《尤利西斯：秩序与神话》一文中曾说，"它是现时代所找到的借以表达自身的最重要的作品"。小说《尤利西斯》的"首要独特性"就是"其与《奥德赛》并行的办法"，乔伊斯"使用神话，构造当代和古代之间的一种连续性并行结构"，但他要展现的是"当代历史"的"庞大、无效、混乱的景象"，因而，这里已没有了古希腊的英雄传说，而是"现代尤利西斯"布卢姆，以及小市民莫莉和寻找精神之父的斯蒂芬，一天中在都柏林的"漫游"。乔伊斯"戏仿"了荷马史诗，赋予其小说以《奥德赛》的形式，但是，荷马史诗所代表的那些永恒不朽的希腊价值都被消解了，我们在乔伊斯那里只能看到现代生活的空虚、无聊、芜杂和现代人的深深无助。这是一个不能容纳尤利西斯这样的英雄的时代，乔伊斯的这部现代史诗也可看成反史诗。张曙光在这里有意无意地利用了这一点，而且我认为，如果我们联系古代荷马史诗和现代小说《尤利西斯》这样两部文学名著来看这首诗的题目的话，那么我们可以猜测，在题目这里，作品似乎已隐隐蕴涵了某种张力，即由古代英雄传说和当代生活——也就是由两个不同的尤利西斯——所构成的时间、历史和精神命运的张力，并为作品留下了展开空间。另一方面，面对尤利西斯作为一个不断被重写的"题材"，张曙光这个中国当代诗人也将赋予他和这两种经典写作不同的意义，否则这种"重写"便会"失效"。后面的阅读则给予了这些猜测一定程度的印证。

现在我们来看诗的第一句："这是个譬喻问题。"和他其他许多诗作一样，张曙光用了一个结构简单的陈述句来开头，没有复杂的语法，没有巧妙的修辞,这甚至可以算是他的特色和风格:陈述性的,简洁而深沉。"譬喻问题"的出现还确立了带有沉思色彩的整体语气和语感。同时,这第一句也有着几分"突兀",读者无法立刻理解其中的具体指代,无法理解"譬喻"和"譬喻问题"到底指的是什么。而这种不解和由此而产生的好奇也将推动我们的阅读。"当一只破旧的木船 / 拼贴起风景和全部意义","木船"显然将史诗的场景引入了这首诗,代表了尤利西斯的海上历险,而《奥德赛》中尤利西斯的"木工手艺非常精湛"的"坚固"的"宽大的筏船",在此却变成了"破旧的",无形中消解了英雄形象。为什么木船是"破旧的"呢?这既可理解为尤利西斯式的人物在今天的不幸处境,也可理解为尤利西斯寻找家园的历险旅程一直在茫茫大海上继续着,至今没有结束,以至木船破败。"拼贴起风景和全部意义",这一句也值得注意,承接着木船所代表的历险中的尤利西斯,似乎暗示着他存在的价值;也让我联想到了诗人的写作活动,它在很大程度上就是喻指写作。"风景"和"意义"是张曙光诗中频频出现的词汇,"风景"还多次出现在诗题之中,他曾写到"人生不过是 / 一场虚幻的景色"(《在旅途中,雪是惟一的景色》),他的写作有时确实就是对人生"风景"和"更深的风景"的观察和"拼贴",去"燃亮 / 生存和风景隐秘的秩序"(《小丑的花格外衣》),而拼贴"全部意义"更是诗人写作的一种性质,让我联想到他这样的诗句:"而在一张稿纸上 / 你找到了需要的一切。"全部意义或者正是"需要的一切"。由此我们可以大体上确定,尤利西斯的追寻旅程比喻着诗人的精神境遇与写作活动本身,今天的诗人仍乘着"写作"这只"破旧的木船"去发现风景和意义。另一方面,这毕竟仅仅是拼贴而已,诗人似乎对其价值有怀疑和保留。后面,"椋鸟大批大批地 / 从寒冷的桅杆上空掠过",是对航行在"苍茫喧嚣的大海"中的尤利西斯的进一步描写,"寒冷"强化了"破旧"所产生的那种破败感和令人沮丧的气氛,也同样消解着史诗的英雄主义。"浪涛的声音 / 像抽水马桶哗哗响着,使一整个上午 // 萎缩成一张白纸","浪涛的声音"无疑来自尤利西斯的大海,诗人在这里用一个比喻将现实生活的情景引出，并和来自史诗的尤利西斯的场景相连，构成了反差的张力，而将涛声比作抽水马桶声，更反衬出当代的现实生活的庸俗、无聊、委琐和缺乏意义。也暗指着写作的窘境。到这里，我们可以看到，通过上面这个长句，诗人暗示着漂泊的尤利西斯在当代历史中已不再具有英雄的意义，也暗示着今天那些漂泊者和现代的尤利西斯们——例如诗人自己——以及他们的探寻在日益庸俗的历史现实中的境遇（包括写作）充满了艰难、荒谬和挫败，这也正是诗人和诗歌写作的当今命运的折射。同时，我们能感受到一种悖谬和隐痛，不仅古代英雄的形象被"颠覆"了，"拼贴"本身甚至也体现诗人自我怀疑的态度。尤利西斯虽然没有具体出现，但他已经被作为某种象征放进了当代人的尤其是处在写作中的诗人自己的精神遭遇中了，诗人所说的"譬喻问题"也就是指此吧。

接下去，诗人写到"有时，它像一个词……"这个比喻句很短，前后都是含有"使"字结构的长句，起到了一种舒缓的作用，诗意也由此进入了另一层；但这一句又颇为费解，读者尤其无法确定"它"的所指，而在后面，还有"它们"的出现，我想，这些代词的指代并不是十分明确的，我们也许只能去理解而无法有定论。往下读，"从遥远的海岸线显现，并逐渐接近我们／使黄昏的面影模糊而陌生"，"遥远的海岸线"是海上历险的场景的继续，也代表了浩渺的远方。处在航行之中，在海岸线显现的应是岛屿，我们不妨猜想"它"就是指在精神漂泊与诗人写作中出现的"陌生的岛屿"，也就是指历程中的种种遭遇。一个岛屿或一个词在极远处"显现"，然后"接近我们"，这既是命运在内心中的降临，也可以看作对写作活动中的现象的比拟；而代词"我们"是首次出现，而且在后面一直被使用，表明诗人的言说代表了一种普遍性。下面，"你无法揣度它们"，"你"显然是"我们"中的，由于"我们"具有共同性，这里说"你"，也是在说"我"，说诗人自己；"它们"是"它"的复数，我们可以设想是喻指我们在尤利西斯式的当代命运中的种种遭遇和写作中浮现的词语；"无法揣度"，意味着我们没有能力对现实、对我们自身的命运和写作本身加以把握，加以控制，我们是不能自主的。"有时它们被时间榨干//或融入整部历史。"接下来的这一句也是很重要的。"时间"一词的出现突出了这首诗的对时间问题的思索，而"被时间榨干"，则意味着我们在当代的种种精神遭遇和心灵的现实处境，乃至我们的写作，在线性时间的永恒流动中都将失去价值，变得抽象、缺少内容和没有意义。

在此我想提醒大家关注的是这一句中的连接词"或"，如果你在读张曙光的诗集时稍加留心的话，就会发现这是在他的作品里出现频率最高的词之一，而且，我认为，这个词蕴涵着张曙光惯用的语言方式和写作技法，即用"或"来展开叙事，连接和衍生诗意，制造效果。"或"代表了多种可能，代表了不确定，诗人通过它展开内省和怀疑，展开多重的思考，扩展意义空间，形成意义的递进。如在《春天的双重视镜》中的"因为你在一个词语中静止，/或你变成了一个词语"，如在他的代表作《岁月的遗照》中的"我们已与父亲和解，或成了父亲，/或坠入生活更深的陷阱"。张曙光还习惯于用"或"在诗句的推进中不动声色地制造微妙的转折，表现感受的复杂性和自我否定式的矛盾性，如《给女儿》中有这样的句子："……展示着/死亡庄重而严肃的意义/或是毫无意义"。在《尤利西斯》这里，他也是用"或"来完成其意涵的推进，从"它们被时间榨干"到"融入整部历史"，诗意确实递进了一层，同时，"或"字前后也构成了一定的对比与转折。前面是命运在时间中失去意义，后面是个人只能成为历史的一部分；前面的分句是"被时间榨干"，是一个被动句，而后面则变成了主动句，这就形成了一种对比，也就是说，个人（或诗人及其写作）一方面在时间的长河中是被动受制的，一方面虽看似具有主动性，也只能别无选择地"融入历史"，这其中或许有诗人对个人在历史中的悖谬处境的感悟。此外，我也发现，张曙光还经常将"或"放在分行的句首，这样就可以在这种递进和转折中产生一种跳跃的顿感。在这里，他更是用"或"来分节，让它出现在节首，在阅读中确实隐含了一种阅读的顿感。

进入第三节后，诗人又以"而我们的全部问题在于"很自然承接了上面的思考，而转向了新的一层。"我们能否重新翻回那一页"，显然延续了对个人和时间的思考。"一页"和上面的"白纸"有隐隐的呼应，"重新翻回"则意味着让一去不返的往昔重现。在"或"字后面，这层意思得到了更明确具体的表达："或从一片枯萎的玫瑰花瓣，重新／聚拢香气，追回美好的时日"。这一意象和主题在他的诗中也不是第一次出现，如"经历，是否贮入永恒的记忆／……如同花儿／枯萎或凋谢，而在另一个空间／却仍然留存着它的香气／或者，在某个交叉点上，仍会／还原出它的姿容和美丽……"（《序曲——致开愚》）而在我们今天读的这首诗中，这一句显然也涉及时光的流逝和我们的记忆。美好的时日已经失去，正如玫瑰已经"枯萎"，然而那残留的花瓣仍能唤起我们对往昔和"香气"的回忆，我们总希望在回忆中找回过去，正如尤利西斯怀着深深的追念踏上返乡之旅。但我们只拥有记忆，"重新翻回""追回美好的时日"是不可能的，这正是"我们"的问题和悲剧所在：怀着对美好过往的无限的追忆，却只能漂泊在时间的单调的波涛中，像大海上的尤利西斯一样。这其中有诗人在时间急流中所体会到的深切的"痛感"。

于是，诗人又从自身的境遇联想到尤利西斯，全诗进入了第四节。"我想象着老年的荷马，或詹姆斯·乔伊斯……"老年的荷马显然和历尽沧桑仍然继续着漂泊的史诗中的尤利西斯相关，而乔伊斯则指向尤利西斯在现代社会中的处境，并用混杂而缺乏意义的当代历史来消解史诗所代表的古典价值的光芒；同时，二者又代表了两种经典的写作，代表了两种写作的精神追求和写作的不同处境。而当代的尤利西斯们，如诗人一样，像荷马所写，正"在词语的岛屿和激流间穿行寻找着巨人的城堡／能否听到塞壬的歌声"。读到这里，我们很自然地联想到了《奥德赛》中的情节。尤利西斯踏上归程，一路在海上不断遇到未知的岛屿，不断遭遇各种巨人，而在船上他更以希腊式的克制力抵挡住了塞壬的强大的诱惑。在史诗中这些描写主要是反映英雄的勇敢和智慧、在极大的诱惑与极大的克制中保持平衡等古希腊价值，而出现在这首诗里,它的意义就不同了,它既和当代的现实联系在一起,又是诗人对自己现实处境的自况。诗人的写作就像是"在词语的岛屿和激流间穿行",经历种种精神上的痛苦和艰险,寻找着生命的价值所在("巨人的城堡"),而当今的时代也确实有太多的诱惑。在问号之后,诗人的描写又一次从类似于史诗的场景转到了日常生活的现实,或是说,从荷马的尤利西斯转到了乔伊斯的尤利西斯:"午夜我们走过／黑暗而肮脏的街道,从树叶和软体动物的∥空隙,一支流行歌曲,燃亮／我们黯淡的生活,像生日蛋糕的蜡烛"。这两段构成史诗与现实的对比,以及精神世界和当下处境的对比。尤利西斯不再穿行于岛屿,而是"黑暗而肮脏的街道",高大的巨人已在现代物质世界中灵魂萎缩变成了"软体动物","塞壬的歌声"和它所代表的诱惑已沦为"流行歌曲",这里蕴涵着强烈的反差。在这样的现实中,生活当然是"暗淡"的,也只能被流行歌曲所"燃亮"。史诗的时代已经远去了,古典时代的那些崇高的价值也已崩溃了,作为英雄的尤利西斯已不存在了,"我们"在肮脏的地方继续着漂泊,但没有了英雄式的勇敢,而是面对暗淡的生活充满了恐惧。那恐惧来自哪里呢?是来自这庞杂的当代历史吗?诗人的思考在结尾又深入了一层:"我们的恐惧来自我们自身,最终我们将从情人回到妻子／冰冷而贞洁,那带有道德气味的历史"。这一结尾正如西渡所说,"关于尤利西斯的比喻被导入对历史处境的深刻观察中"(西渡:《凝聚的火焰——90年代诗歌案例之一》)。"我们"的恐惧正是在于,处在当代历史中的"我们",已经丧失了精神的力量和勇气,已经无力去改变命运或和命运抗争,甚至灵魂已经枯萎,只能怀着恐惧遵从这缺乏意义的生活。"从情人回到妻子"虽和《奥德赛》的情节相符,但已不是归乡的伟大事迹,更多的是让读者联想到乔伊斯的《尤利西斯》中,布卢姆结束一天的游荡,回到那并不幸福的家中,回到庸俗的妻子身边;一种对生活和命运的无奈感在这一句中油然而生。"冰冷"正产生于这种无力改变的恐惧和生活的失败感,也彻底粉碎了回家的温馨;"贞洁"这个词已经带有了"道德气味",而在这里,道德更多地是指一种和恐惧相关的丧失勇气的委琐的精神状态，是指历史和生活的强制力对我们的约束，而"我们"最终也无奈地接受了这种约束，所以结尾历史的主题又重新出现，在个人和历史的矛盾中，诗中的"我们"又回到了"带有道德气味的历史"之中，无法改变命运，卑微地继续"黯淡的生活"，成为历史的微小的部分。这也正是诗人所要写出的当代尤利西斯和当代诗人的写作的宿命。

　　通过上面的解读，我们可以看到，张曙光在此诗中通过互文关系所形成的张力和空间，勾勒了当代历史中的尤利西斯的命运，勾勒了当代历史中写作者和写作的命运。同时，这首诗也可被看作张曙光90年代写作中的典型：陈述性的推展，沉思的调子，所关注的主题也集中了他一直以来的思考，如个人在现代社会的命运、生活的无意义、时间的流逝、历史和个人的矛盾、人生的无奈与微小、时间和回忆等等，有些意象和句法修辞也都是他常用的。这首诗代表了张曙光的思考、水准和风格，代表了他在那一段时间中令人震惊的创作；而它的典型性还在于，90年代许多带有叙事倾向的许多作品也都受到了张曙光的这种写作影响。当然，如果通观张曙光在90年代的写作，或许有些人又会从这首诗中看到他可能存在的"限度"，认为他的作品始终都在这种路数和范式之中，手法相近，风格变化相对不大，有着一贯的思考。而人们往往认为，当一种写作成为了一种典范时，就可能成为一种自我重复，就需要新的突破，在这方面，我们似乎可以说张曙光的写作也不是没有局限性的。但是，这是对诗人的一种苛求。诗人有自己特有而相对固定的关注点、题材、风格和"路数"，也从另一面代表了诗人的艺术个性。我们应首先看到和肯定这种写作的价值和它对诗歌发展的特殊意义。而具体到这首诗，我认为它是张曙光在这方面的一首精炼而成功的作品，或者像其他人所说的，它是90年代诗歌中的"上乘之作"。而正因为这样的作品，我们才能认识到张曙光对当代诗歌的重要性，并认为他的写作是值得期待的。

课 堂 讨 论

洪子诚：你说的"局限"，可以再做点解释吗？

王璞：我的意思就是说，他90年代的写作基本上都是从《尤利西斯》这样一个路数下来的，他现在的诗手法也基本还是这样，而他的思考也被持续了下来，或者说很有意思的是，他一直关注思索的重大的问题可能在《尤利西斯》中都已经出现了——当然这只是我个人的一点看法。因为单独看《尤利西斯》无法察觉，但我通读《小丑的花格外衣》这本诗集中的诗后多少有这种印象。于是我想，他是否也需要某种突破。

洪子诚：这确实是个问题。我们常常会看到有的诗人对自己的重复，重复他的出色或不怎么出色的东西。不过，具体到张曙光，我们见到的诗集《小丑的花格外衣》在时间跨度上不算大，尽管在"路数"上有一些类同的地方，但这也可以看作正常的。在某个时期，甚至在很长的写作时间里，有的作家、诗人，可能会关注某一主题，不少作品都与此相关。我们如何判断这是一种"自我复制"，还是一种专注和深度开掘？这个问题，大概需要时间。……（对王璞）其他的两首你不谈了，是吗？

王璞：《陌生的岛屿》……可以和《尤利西斯》联系起来看，但写作的时间我后来才知道可能差得有点远。我也就不多谈。我原以为这两首写作时间很近，和《岁月的遗照》是同一批作品。后来我从张曙光那里知道《尤利西斯》是1990年写的，可能和《陌生的岛屿》拉开了一些距离。《陌生的岛屿》有几点我可以说一下。首先它也是借助尤利西斯这一形象，和《尤利西斯》又有不同。《尤利西斯》并不具体涉及尤利西斯的形象和情节，而《陌生的岛屿》从开头就出现了尤利西斯的形象，并将史诗中的场景和现实联系起来。

想引起大家注意的是这一句:"对生存的关注／使我们忘记来自另一个世界的美"。"另一个世界"也是张曙光所经常关注的,也代表了他的一贯思考。在他看来,现实最终是虚无的,无意义的,但还存在着"另一个世界"和"来自另一个世界的美"。

胡续冬:因为这首诗对张曙光来说确实是一首比较重要的诗,正像王璞分析它的具体手法和诗歌推进方式的时候所指出的,它里头确实有很多张曙光非常典型的东西。但是,刚才听完王璞的整个的解读之后,我认为这里存在着一个比较大的个人误解——也可能是我自己的理解存在着偏差。王璞基本上是把这首诗当作在当代的个人境遇来对待的:个人和历史,古代英雄在当代境遇的反讽,等等。但是,我个人理解它不是一个个人的处境的问题,它是一首关于写作的诗。这首诗整个所处理的对象就是写作本身。因为从一开始看,"这是个譬喻问题",正如你(指王璞)所说,设置了一点警策性,让人有点摸不着头脑,这到底是一个什么样的"譬喻问题"。有可能你从这句进入了一个误区,认为这是一个个人境遇的"譬喻",但实际上从后面展开的方式——待会儿咱们逐一来看——他实际上是谈论写作行为。当然,谈当下的写作行为,这不可避免地和个人在当代的遭遇有密切关系,但着眼点还是在写作。为什么这么说呢?前面几句已有所预兆:"当一只破旧的木船／拼贴起风景和全部意义……"这里无论是"拼贴"还是"意义",这些词汇已经把他题目中标列的中心词和书写行为联系在一起了。尤其明显的是——刚才你也非常好地注意到了的——"浪涛的声音／像抽水马桶哗哗响着"这一句,你也谈到,是把英雄史诗中的情景和当下的场景混杂在一起。但是我们在处理这种比较具体的语句的时候,特别要避免一个倾向,就是说,一旦有这种混杂性的场景出现的时候,比如经典的文本和当下文本混杂出现时,我们要做的事情是不是笼统地说一句"这是个杂合的句子"或"这是一个复合性构成"就够了呢?我认为是不够的。一旦遇到这样的句子,尤其是很多费尽心机的诗人设置这样的句子的时候,他恰恰是要我们去更深地挖掘:我这样并置的并置点在哪里?我为什么要制造出这么一个杂合的句子?我的意义并不是在杂合本身,我要指向哪儿?接下去看就非常明白:"使一整个上午//萎缩成一张白纸。"实际上我们可以设想一个场景:一个诗人整个上午都在写,但是,可能是经典写作在头脑中的反复浮现和生活情景的种种焦虑造成了写作上的无力和空白,或者说,这仅仅是一个写作的开端,还没有正式开始,是写作准备的时间,以致一个上午没写出什么东西。这里面还隐约带有写作者的自我戏谑和反讽的意味。"浪涛的声音/像抽水马桶哗哗响着",有很多诗人都有这样的经验,写不出来的时候可能经常去上厕所(众人笑)。当然这是我的一点个人想象。"有时,它像一个词/从遥远的海岸线显现……"这可能就是在写作过程的发生学意义上,比如说类似尤利西斯这样的带有经典的指涉意味的东西或其他类似的东西,确实是在最初的写作给人以昭示和启迪的东西,它确实是一种很微弱的东西,在写作的开端类似于某种经典的召唤吧。"并逐渐接近我们……模糊而陌生",这已进入了一个微妙的写作状态,我不知道用当下的词汇如何表达,如果借用古典文论那就很多了,诸如"感心神会"等等,但是"神思交融"的时候你又"无法揣度它们"。对于当下写作者,澄清落实进入意识的每一个意象和词语,确实带有难以把握揣度的意味。那么非常有意思的是后面两句:"有时它们被时间榨干//或融入整部历史"。"它们"可能是指还未进入写作中的词语,也可能是指写作完成后的产物,也就是指和写作相关的各种事物,或者是写作的总称。"被时间榨干",我猜想这是指写作意义的一次性,实际上在这里我们又涉及谈孙文波时所谈到的"经典焦虑症"的问题。很多诗人写到一定年龄他不得不考虑这样一个问题,就是我所写的是在一定时间内有效呢,还是能融入总体的诗歌进程的序列当中去。每个人当然有不同的考虑,有的人可能会倾向于……比如我们所说的词语和场景的一次性消费啦,挥霍啦,或当下的针对性啦。这句话实际上也是针对这样一种焦虑,就是写作的实效性:到底是否能融入到作品的庞大的经典序列当中去，还是在时间的进程中它的意义被榨干成为一次性使用的东西。接下来的一句焦虑就出来了："而我们的全部问题在于 / 我们能否重新翻回那一页 / 或……"这里的"或"字所连接起来的两边的或然结构，和前面的"或"字所连接起来的疑惑其实是有相关性的。"重新翻回那一页"，既然有"翻回"这样一个回溯的动作，表示他已经进入到某种序列当中去了。但是这又是一个疑惑，可能两种写作都有不可替代的价值和意义。"被时间榨干"的写作具有很清晰的准确的一次性的对当下的呈现，具有不可破除的本雅明所说的"灵氛"的那种东西，后面的"从一片枯萎的玫瑰花瓣，重新 / 聚拢香气……"正回应了这种"被时间榨干"的写作，它带有写作那个时段所特有的不可替代的独特的"灵氛"的意义。而另一种写作则不被榨干，进入序列。这都是在考虑写作的效果和命运所造成的一些焦虑的问题。那么后面当然是一种延伸。

实际上，他这里的尤利西斯，其中的关键不是尤利西斯这个人物，他考虑的中心问题是，关于写作的一首诗为什么他要挑尤利西斯作为题目。这是因为尤利西斯恰恰是一个经常被重写的，被反复书写的对象，那么尤利西斯本身代表了一种多重可写性，而这种多重可写性可以为张曙光用来谈及写作这个问题，所以不论是荷马还是詹姆斯·乔伊斯，张曙光关注他们，把他们引入诗中，并不重在他们描写了古代英雄，而是指他们的写作境遇。"我想象着老年的荷马，或詹姆斯·乔伊斯……能否听到塞壬的歌声？""塞壬的歌声"很有意思。（对王璞说）当然非常好，你注意到了这一点，并把它和后面的"流行歌曲"、和情人和妻子之间的关系以及和道德相联系。我们知道，"塞壬的歌声"基本上是一种反道德的妖魔般的迷惑力，使人失去正常的心智，进入一种迷惑的状态。这里是一个设问句，这个设问就是诗人的一种猜测，就是写作中是否也有类似塞壬歌声这样一种迷惑力量。我认为，塞壬的歌声在西方文学经典上可能已经远远脱离了荷马史诗本身，它已经成为一种和诗歌有关，和写作有关的迷惑力的象征。奥登在一篇文章中也谈到诗歌中的几种力量，其中一种就是单纯地通过音韵和节奏造成塞壬般的魔力，也可能是诗人进入写作状态后受这种由写作而伸展开的节奏或咒语似的东西所吸引，而偏离正常的心智状态。那么我觉得这种设问也是张曙光在探寻其他的写作可能性。"午夜我们走过／黑暗而肮脏的街道……像生日蛋糕的蜡烛"，这一段我觉得你刚才说的很对，尤其是为什么这里要出现"软体动物"，我也考虑了很久，因为张曙光不是一个喜欢在诗中堆砌各种奇怪的形象的诗人。比如有些诗人，打个比方说，萧开愚、西川，他们的诗中可能出现一些和场景没有太大关系的词，你也可以不太在意，仅仅当作是词的音节效果或其他什么，但张曙光不是这样的，他在这里把"软体动物"和"树叶"并置，我觉得他必然有很深的考虑，但我还没有找到一种很好的说服自己的方式。我觉得你讲的可能是对的，这个是和"巨人的城堡"相对应的。实际上这首诗有多层次的对应关系。首先是张曙光处理写作问题和同样写过这个题材的作品的对应，另外历次尤利西斯被复写的有趣的对应，等等。这首诗回到了当代诗人如何对待自己写作的问题，"走过／黑暗而肮脏的街道"，这也确实是对乔伊斯的《尤利西斯》的典型场景的回溯。而非常有趣："流行歌曲，燃亮／我们黯淡的生活，像生日蛋糕的蜡烛"，流行歌曲在一般的精英主义的立场当中是处于一种受贬斥的劣势的位置。他在叙述中确是用了一种饱含温情的语调，这可能说明，不是塞壬的歌声能把我们带到某种状态里去，而是类似流行歌曲的这样一种亚文化还恰好能给我们提供依稀的微薄的温暖感。最后一句"我们的恐惧来自我们自己"，我在想为什么在依稀有点温暖的时候忽然来到了这么一句，而且……我觉得这个结句非常好。90年代诗歌很少有提供箴言的作品，但我觉得这两行呢，是典型的具有箴言可能性的句子，而且它的出现不像西川那种有意地为了"伪哲学"的需要，或为了表达的强度而设置箴言体的东西。张曙光的这两句来得水到渠成，具有很深的可解释性，但放在这里又有说不清楚来由的地方在里面。"我们的恐惧来自我们自己，最终我们将从情人回到妻子／冰冷而贞洁，那带有道德气味的历史"，我猜测这种恐惧可能代表一种写作的无力或对写作的叛逃,那么一种像流行歌曲的东西都可能带来一丝温存,那我们为什么认同流行歌曲带来的东西?可能就是对外在的东西,包括道德和一些生活中琐碎的事物,我们不见得是对抗大于认同,而认同本身可能是一种消磨写作的东西。下面一句非常有意味:"我们将从情人回到妻子／冰冷而贞洁,那带有道德气味的历史",我们最后回到的可能就是说,是另外一个序列里头了。诗的前面讨论了很多,包括如何展开写作,写作的命运,写作的效果等等,但最大的问题可能是我们根本认同的是当下实际的道德秩序。尤其像情人和妻子这样的比喻非常有意思,很多写作的人都有类似的比喻,比如说写作对于他来说像是情人,其他的外在于写作的秩序呀、意义性的东西、实体性的东西呀,可能是妻子意味的东西。这二者我猜测有这样的意味,那么"从情人回到妻子"既是对奥德修斯和布卢姆这两者的回应,同时也是和张曙光自身写作相关的问题:当下写作的情境,我最终有力承担什么无力承担什么,写作的焦虑是什么,写作面对的问题是什么,而最终在他看来,最大的恐惧还是我们是否认同的东西大于叛离的东西。我猜测可能是这样。这带有很大个人臆想的成分,但是有一点,我凭直觉认为,这不是一首处理个人处境的诗,不是处理普泛意义上当下个人处境的东西,它是和写作相关的,它的一个母题就是写作,而且如果要说它谈的是个人处境,它也是和写作相关的个人处境。

冷霜:我同意胡续冬的观点,这首诗在很大程度上是侧重于写作的意义,包括对写作的认识的一首诗。欧阳江河在《'89后国内诗歌写作》那篇文章中评价张曙光,说他是一个纯粹意义上的个人写作的诗人。欧阳江河的意思可能是说,张曙光是有着自己相对独立,而且有不断重写的主题的一个诗人,他像一个画国画的人一样,他不断画同一个主题;《尤利西斯》这首诗是他在这样一个主题中写得相当成功和凝练的一首。他用的尤利西斯这样一个题材,实际上在他许多诗里都出现过,除了《陌生的岛屿》之外,可能还有像

《风景的阐释》等作品。在荷马史诗中,是一个如何从空间里返回的一个过程,在张曙光的诗中,他反复用这样一个意象,是我们如何从时间里去返回,就是我们如何返回到比如说我们的某个往昔,而且是最美好的往昔,这也是他在很多诗里处理的一个东西。在《尤利西斯》中,他同时要做的一件事,就是我们的写作本身对于我们回到过去的某个往昔到底有多大的作用,或者说它在里面担当了什么角色。刚才胡续冬提到这里面的一个基本技巧,就是把史诗空间和个人空间,而且还不是单纯的普通生活的空间,而是个人写作的空间叠合到一起。比如说,"浪涛的声音""一张白纸""抽水马桶",然后"一个词,从遥远的海岸线显现",他把一个词比喻作尤利西斯的一只船;还包括后边的一些,比如说,"塞壬的歌声""从情人回到妻子";同时,在这首诗中有一个特别强的句子,就是:

而我们的全部问题在于
我们能否重新翻回那一页……

这个句子在其他的诗中也似乎出现过,但在这首诗中,不同之处在于,他不是说"我们的全部问题在于／我们能否重新回到那一天"。他把"回到某一天"变成了写作中的行为,就是重新回到那一页,他再次把往昔放到了一个具体的、跟书写有关的东西上,也就是说,我们对往昔的认识,或者说试图回到往昔的努力,总是和书写行为联系在一起。我觉得张曙光的诗中比较激烈的地方,就是他认为我们的写作是失败的:我们的写作是不可能做到这一点的。这首诗的开头说:"这是个譬喻问题"。譬喻可以理解为实际上是写作的某种技术的本质,我们的写作从技术的角度看,它就是一个譬喻。他有一首诗叫《关于比喻》,在这首诗中他把他对于写作的认识讲得更直接'他不断写一个句子,比如说他开头说:"雨声像煮沸的咖啡"。他马上意识到说:"这是个比喻吗?"这首诗就是这样下来的。然后,在诗的主体部分,他说:

比喻,"它是否真的那么重要,伴随着我们/进入我们的生活,像一个保姆/用经验的奶瓶喂养着我们,领我们/在存在的草地上游戏"。接下来他又问,"但存在是什么?有没有/另外一种比喻",比如说,"存在/是一支铅笔,可以让我们/在白纸簿上写下诗句,或/它是另一个孩子,被另外的保姆领养着/跌倒了,正在小声地抽泣"。换句话说,比喻是这样一种东西,像一个保姆,用经验的奶瓶喂养我们,但是,存在是另外一个孩子,被另外一个保姆领养着,跟我们没有多大关系,而这个"存在"是一个受伤了的存在,它正在小声地抽泣,所以,他认为譬喻这种东西没有办法让我们回到某种本真的、一次性发生的那个存在,我们只能再用比喻去重新接近它,但是这个比喻永远是比喻本身,而不再可能是往昔的时日。这个东西,这个想法,是张曙光一直到现在都在坚持的一种东西。比如说,《小丑的花格外衣》中最早的一首诗(《1965年》)中说,他回忆了很多1965年冬天他和弟弟如何如何,但这首诗的最后一句说:"我是否真的这样想/现在已经无法记起"。他不承认他的回忆本身对于他的过去有某种真实性。包括《岁月的遗照》这首很有名的诗里,结尾也是这样。他说:"我们只是些时间的见证,像这些旧照片/……包容着一些事件,人们/一度称之为历史,然而并不真实"。也就是说,他认为我们的写作本身,从他的技术本质的角度来说,既然是一种比喻的话,那么这个比喻的本身只是一个保姆,可是跟我们的存在——那个正在小声抽泣、被另外的保姆领养着的存在之间是隔开的。这一点,在他的诗歌里是非常强烈的一种东西。再比如说,他有一个句子是反复出现的,说:"我们的生活是一场失败。"有的地方说:"我们的生活是一场辉煌的失败。"我觉得,他对生活的这种失败感是和他对写作的认识,就是写作如何能够认识我们的往昔,认识我们所经历的时间的失败感有关系。刚才王璞提到张曙光的诗中用到的"或"字,我记得萧开愚有一篇文章——《生活的魅力》——是对孙文波的评论,说孙文波诗歌中最重要的是"的",他认为"的"字加重孙文波诗的重量;而张曙光的诗中最重要的,最有意思的一个字是"或",实际上是张曙光写作的一个技法,他用这种技法组合出很多的东西。你会发现他的诗中有很多的明喻和暗喻,虽然有很多诗人都会用到这种东西,但是在他的诗中更为明显。比如说"浪涛的声音,像抽水马桶哗哗响着",这个比喻实际上是如何从空间上转移的一个技巧,就是从一个史诗的空间转移到一个个人写作的空间里头。而这个"或"呢,是对时间的延宕。他在《岁月的遗照》这首短诗里用了十到十二个"或"。我原来看张曙光的诗是在《中国诗选》上的,那一批诗相对来说比较集中地反映了他一个时期的写作,但是,我在看《小丑的花格外衣》的时候,发现在这批诗之前"或"字出现很少,出现的多是"和"字。他现在用到"或"的位置上那时很多是用"和"字。我怀疑跟他的翻译有关系,就是说他翻译的某些诗人,比如阿什伯利(J. Ashbery),可能在他们的诗中有这样的东西。这是和比喻不一样的地方,就是说,比喻是某种从空间上的转移,而"或"是从时间上的延宕,语义上的延宕,就是对某种意义的追问。

另外,张曙光的诗中还有一个技巧不太容易被注意到,但其实是他比较早开始用的,就是很多地方用到疑问句。像这首诗中的:"能否听到塞壬的歌声?"我觉得这是张曙光用非常有个人特色的方式来丰富自己的诗歌。萧开愚的评论中也提到了,他在《当代中国诗歌的困惑》中提出:张曙光的诗怎样减轻陈述句带来的重量,他说他是用疑问句来减轻的。而且我还注意到萧开愚早年写诗的时候,有一首诗就是去哈尔滨去看张曙光,他在那个时候开始意识到张曙光这种技巧的意义。所以在那首诗中,萧开愚开头用了疑问句的方式,他是在张曙光那儿"偷东西",学来了这种东西。这种疑问句和张曙光对写作的认识也是有关系的,他用这种疑问的方式尖锐地把他前面的陈述等等东西给颠覆掉了。所以说,在张曙光的诗歌里,他的技巧不是很复杂,但是他却用这些技巧不断地重写他的主题,然后使得它不断地变得凝练有力。

钱文亮:我觉得《尤利西斯》和《陌生的岛屿》可以互相参照。《陌生的岛屿》中有这样的话:

>……对生存的关注
>使我们忘记来自另一个世界的美

我想这可能是张曙光和王家新等一批五六十年代,特别是 50 年代出生的诗人的一个共同的主题。另外,读张曙光的诗,我感觉他和王家新在气质上有点像,但还是有区别的,区别在于张曙光有一种非常深的虚无感。在《陌生的岛屿》中他说:

>大海像道路一样
>向虚无延展

另外,他的孤独,他的寂寞和王家新与时代的对话还不太一样。张曙光对世界的观看方式,或者说对现实的认识是这样的:我们现在的处境就是一个陌生的岛屿,这个陌生的岛屿相对于他们以前的那个时代。这种认识,和他的精神构成有关。所以,置身于现代社会,他感觉是一个陌生的岛屿,但是他的身份还是一个诗人,还是一个像荷马一样盲目的诗人,"在永恒的琴弦上把瞬间的故事/讲述给世界的那些傻瓜们听"。这个对理解张曙光,我觉得是比较重要的。就是说,尽管在这个时代,诗已经不被公众所关注了,但是他还是坚持诗人的身份,坚持对永恒的追求,就是在永恒的琴弦上把瞬间的故事讲述给世界的那些傻瓜们听。应该说这是一种精英意识,是一种精神漂泊者的意识。"世界上的那些傻瓜们",这句话正像是荷尔德林,还是海德格尔说过的话:"世界上运思者越少,诗人越寂寞。"所以,《尤利西斯》胡续冬认为是对写作的一种探讨,我觉得有些诗是写诗人的一种处境,他对自己写作意义的一种思考。尤利西斯作为一种经典的东西它的主题包含两层意思,一个是还乡,奥德修斯从特洛伊回家的经历;另一个层面是它的历险,他虽然还乡,但还乡是作为一种结果而存在。在荷马史诗中主要写的还是他的历险过程。尤利西斯的这两个主题，我觉得在张曙光的诗中被抽象化了，是一种精神上的还乡和精神上的历险，正像海德格尔说的，"所有的诗人都是还乡诗人"，这个"还乡"就是"家园感"，家园感在这首诗中实际上已经丧失掉了。另外就是历险。历险在英雄史诗中有一种动力，有一种目标，有一种荣誉，有一种价值感，但是，在这里，这种历险的动力，是目标上的一种丧失。所以，我觉得是写诗人的当下处境的一种感觉。这里面有一些我不太清楚，比如说："它像一个词／从遥远的海岸线显现"，这个"它"怎样理解，也是比较重要的；另外，还有"黄昏的面影模糊而陌生"，"模糊而陌生"我觉得和刚才说的《陌生的岛屿》的意义是一样的，就是当代对史诗时代的这种精神是陌生的，也是模糊的，只是一种诗人的面影和当代的关系，这是一点。另外，不像另外的有些诗，他们对现代处境是一种认同的态度。张曙光特别喜欢用"或"，表现一种不确定感，一种怀疑论的东西。对现代社会，一种"后现代"的时代，一种平民化的时代，一种丧失深度的时代，他怎样判断呢？他当然有过去的参照，他可以用过去来否定现实，如《陌生的岛屿》那样，用另外一个世界的美来否定现实的生存。但是，在这首诗中，他又表现出一种不确定，"或"的句子虽然有指向，但还是一种不敢绝对化的心态。另外，第四节，"我想象着老年的荷马，或詹姆斯·乔伊斯／在词语的岛屿和激流间穿行寻找着巨人的城堡"，这里，无论是老年的荷马还是詹姆斯·乔伊斯，我觉得都是诗人的一种代指。但是他们是有所区别的，老年的荷马有英雄史诗可讲，他讲出了英雄的业绩，英雄的价值，他对这种价值是确定无疑的；而詹姆斯·乔伊斯作为一个现代诗人，他面对过去传统的价值体系，但为这种价值体系的丧失而焦虑，所以，他还是有所坚守的。……在后现代的景观里，也就是张曙光这一代诗人所处的环境里面，他怎样对待这个问题？他想从这里面寻找出一种可参照的经验或者力量，就是"在词语的岛屿和激流间穿行寻找着巨人的城堡"，"巨人的城堡"实际上是回到了卡夫卡，巨人当然是借用了《奥德赛》中的巨人故事，在这里实际上是一种转用，把原来的意义抛弃了,就是说他的终点是在城堡里面。卡夫卡的小说《城堡》,讲一个叫K的人想进入城堡,但是始终进不去。城堡应该指诗人的一种追求,追求的目标,但这个目标也许是不存在的,也可能是永远进不去、达不到的。另外"塞壬的歌声"和"流行歌曲"的关系,我觉得刚才胡续冬分析得非常精彩;就是说这个历险过程是经过"塞壬的歌声"的诱惑,它其实是一种反道德的,但是当代社会生活中连历险都没有了,大家都蜷缩于日常生活之中,每天走过"黑暗而肮脏的街道,从树叶和软体动物的 // 空隙"。但是在这样百无聊赖的生活中,唯一的依赖就是流行歌曲;这种东西就能燃亮我们黯淡的生活,实际上使我们的生活更加黯淡。"流行歌曲"在这里非常重要,和"塞壬的歌曲"已经不一样。流行歌曲是后现代社会中的一种文化产品,对人的精神的一种迎合与抚慰,传播的是一种流行规则,一种大众趣味,平庸化的趣味,它是日常生活的意识形态,这种意识形态通过一种麻木的方式,通过一种貌似美的方式对我们的精神进行麻木,进行同化,把它标准化。从这点可以看出,后现代社会对诗人,对有精神探索欲望的人的内心的压迫使整个生活就变得非常黯淡,所以"我们的恐惧来自我们自己",我觉得这可能是在当代社会中我们是不是会被同化的一种恐惧,就是现在还会不会有精神的漫游或者渴望?所以,"最终我们将从情人回到妻子 / 冰冷而贞洁,那带有道德气味的历史",这里实际上是诗人在现代社会面对一种强大文化所产生的无力感,一种对命运的无力感,也显示出现实法则的一种强大。

余旸:张曙光主要是注重整体感,像"有时,它像一个词"。可能张曙光自己都没有意识到这主要是指什么,就是说他不是过分注重词语。另外,我想说这个"或"的问题,"我想象着老年的荷马,或詹姆斯·乔伊斯",这个"或"其实没有什么意义,就是表示"或者"的意思;他后来说的"在词语的岛屿和激流间穿行寻找巨人的城堡",实际上就是说的老年的荷马和詹姆斯·乔伊斯,指他们那时的写作还具有意义吧。"从情人回到妻子"这个句子,我觉得探讨写作的意义有时和个人的生活感受是交织在一起的,有时无法区分。"从情人回到妻子"让我想起他另一首诗,就是《岁月的遗照》,早期的青年学生后来成为父亲,或者说变成父亲,包含着一种从过去的浪漫主义"撤回"的这种行为。另外,《尤利西斯》这首诗据我所知并不是他的写作中很典型的方式。他主要比较喜欢两个诗人,一个是叶芝,另一个是阿什伯利,他比较喜欢日常生活中的那种玄学手法,"我们的恐惧来自我们自己,最终我们将从情人回到妻子/冰冷而贞洁,那带有道德气味的历史"……就他个人的整体情况看,很可能受叶芝或阿什伯利这些人的影响会更大一些。

另一方面,我想谈一下他的修辞原则。我特别想比较西川的修辞特征跟张曙光到底有什么差异。西川有一种经验转化,就是把个人的经验转化成和一种与很高大很重大的主题相联系的东西。……我觉得西川整体给我的感觉是,他的声音可能带有一种朗诵的声音、气流带过来的东西。所以我读他的时候,常常感到虽然宽广但深度不够,用哲学的话就是,处处有矛盾,但是矛盾的特殊性让人感觉不够。再谈洪子诚老师讲过的《一个人老了》(西川)这首诗。当时张曙光问过我这首诗写得好不好,我说这首诗写得挺好,他说,这里面实际有的是废话,像"黄瓜"还有什么的东西,都是废话。这里面可以看出张曙光修辞上的特征,他强调修辞的抵达力要一下子,就像卡夫卡一样,尽管坚硬,但是能够深达人的内心。所以他对比喻的使用跟其他人完全不一样。他的诗歌写作方式基本上都是直喻方式的,直接说话的方式,他认为这种方式可能对诗歌直接抵达人的情感这方面很有作用。另外就是因为他比较喜欢禅宗,这就使他对许多事都是直接说,就像《给女儿》这首诗中说,好像是充满意义,但是又"毫无意义",就是这种直接抵达,不绕弯子的句子,也不是说一点不绕弯子,基本上采取这种直接抵达的方式。

王璞: 我想回应一下胡续冬。就是这首诗的写作这个主题,我在细读中也一直有所涉及,谈到了一些,当然可能没有展开。尤其我感觉非常明显的地方,比如说"拼贴起风景和全部意义"或者说"有时,它像一个词","显现""接近","在词语的岛屿和激流间穿行"等等,我在解读中也认为这首诗关涉写作在当代的命运,写作的意义等,在许多地方我都谈到了这个问题。但我没有把它单纯解读为关于写作本身的作品,或许说,像胡续冬那样的解读对我可能有一些困难吧。我基本同意胡续冬说的,这首诗不是简单写一个普遍性的遭遇,他写的是写作的境遇、写作者的境遇,我后来的定位就是写作和写作者在当代的这种遭遇。我当然认识到,这首诗中,写作是他要处理的一个很大的问题,这我在前面的解读中也谈到了。所以其实我觉得我和胡续冬的解读是相通的。

洪子诚:今天的解读好像是有不同意见,但这种不同不是有很大差距的那种。在方法上,我觉得王璞很重视诗人的创作道路,以及文本之间的关系。胡续冬在把握文本内部结构和词语上,细致而敏锐。余旸对张曙光诗的总体把握上,也有独到的地方。对一个诗人的总体的把握,是很重要的,这使我们的细读有一个基准点,有一个方向,不致杂乱无章,陷入琐碎;借用余旸评张曙光的话说,有助于我们的"直接抵达"。

我们能读到的张曙光的诗,其实并不是很多。总的说来,他的诗我们容易"接近",读起来不是很困难,不像有的诗人,会有一些障碍。当然,怎样理解,那是另外一回事。他通常采用一种很平易的叙述的语调,并没有很大的跳跃,许多的空缺和暗示,给我的印象是亲切、自然,有一种不是刻意追求的写作态度。他似乎是在期待一种自然的展开的状态,一种词语的流淌。当然,这种"平易"不是稀薄。刚才,余旸好像对西川评价不太高,好像说他语言的抵达力不够(众笑)。我想他们是不同的诗歌方式,这样说可能好一些。我想,我们不能简单说哪一种方式好,哪一种不好,比较可取的是讨论在诗中处理得怎么样。当然,作为具体的阅读者,可以更喜欢某种方式。

有的文章谈到张曙光的诗,说他的诗常常写到死亡,这在他的诗中确实是很集中的"主题"。而且,有些诗就是直接讨论生存的意义这方面的问题。另外,他的诗总是跟雪有关系。这个当然是因为他生活在哈尔滨,雪可能聚集了他的复杂经验。去年12月我到大连开诗歌的会,发言时我开玩笑说,我到大连来主要是受了张曙光诗的诱惑。在这之前我从没有去过东北,所以我不知道什么是寒冷,像北京的寒冷是不算数的。我在火车上和一个东北人聊天,他说你至少要到沈阳以北,那才是真正的寒冷(笑)。我对雪也有一种亲切感,包括春天的濛濛细雨。白色的空旷的沉寂,"时间的巨大的废墟",有一种沉静,但其实有点虚无,有点"颓废"的意味。这是我读张曙光时个人的感性方面的感受。我不知道这种感受离张曙光的诗的"事实"有多远?

张曙光的诗喜欢写一些沉寂的东西,就是能够引起回忆的东西,或者说就是回忆、记忆本身。时间、岁月,还有"照片"(旧照片,"岁月的遗照"啦),是他非常重要的引入诗题的东西。他可能对生活有一种虚无的感觉,一种不信任感。但是,这种体验不是以尖锐的方式讲出来,不是让人惊心动魄。倒有点像他诗所说的,"弥漫于一个事物的周围,就像空气一样"。他对现实的生活,日常的、"当下"的生活不那么信任,无法从里面寻找到意义。他或者会认为,那些有光彩的东西,存在于我们的记忆之中,而诗歌所要做的,就是为了使那些事物复活,那些有光彩的东西复活,死去的时光跟声音在诗歌里头复活。今天吴晓东老师没有来,吴晓东老师在讨论普鲁斯特和萧红的小说时,谈到有一些作家生活在"回忆"中,"回忆""记忆"对他们来说是生命和艺术的双重形式。他说到,从普鲁斯特那里我们得到的启示是,记忆能够维持我们关于自我的自足性、统一性的幻觉,因而是"现代人的最后一束稻草",是"人类最后一个神话"(可以读一下吴晓东的书《记忆的神话》,新世界出版社2001年版)。我不知道张曙光是否是这样的生活在"回忆"中的作家。不过,他这方面的素质,给我的印象很深。张曙光既在回忆和追寻中聚拢美的东西,切实的东西,为破碎重建"秩序",呈现"另一个世界的美"(《陌生的岛屿》)。同时,他又表达了对记忆的不信任;或者说,他对"时间"有一种恐惧。他明白"时间"对事物,及对记忆的损毁;我们是难以抗拒的。就像《尤利西斯》这首诗说的,"一只破旧的木船"。张曙光的诗,对时间的这种感觉非常敏锐,《岁月的遗照》里就表现得很强烈。当然,《尤利西斯》这首诗也写到,

    我们能否重新翻回那一页
    或从一片枯萎的玫瑰花瓣,重新
    聚拢香气,追回美好的时日

这里的疑问,带有一种自省、否定的意味。他的另一首诗《存在与虚无》,讲到对死亡无法理解,虽然读了很多书,但仍无法诠释死亡的含义,

    过去了的就是死亡
    就是一片虚无的风景
    而如今萨特只是一个空洞
    的名词,一部书的作者
    就像一个被蛀空的蚕蛹

"时间"对鲜活的记忆的"榨干",使它空洞化,使坚固的木船破旧,让生动的脸模糊,让照片发黄,而月亮也成了"旧时代磨光的纪念品"。这些怀疑,带有尖锐的性质。但是张曙光是用平静的、表面平淡的风格来表达。因此,在我看来,说《尤利西斯》是有关写作的诗,还是有关人的生存的诗,我看都是可以的。

张曙光简介

  1956年生于黑龙江望奎县，1982年从黑龙江大学中文系毕业后，担任过报社记者、出版社编辑。现为黑龙江大学中文系教授。1980年开始发表作品，受到诗歌界关注，迟至90年代。诗作表现了以陈述代替抒情，以日常生活细节代替"意象"的倾向。在朴素的"陈述"语调中，重视诗意的连贯、自然，创造由深思、冥想营造的氛围的整体感。著有诗集《小丑的花格外衣》(1998)、《张曙光诗歌》(2007)、《午后的降雪》(2011)等。还翻译了许多外国诗歌，出版有《切·米沃什诗选》《神曲》。

[第十三次课]

主讲人：张雅秋
时　间：2001年12月31日下午
地　点：北京大学五院中文系当代文学教研室

一次穿越语言的陌生旅行
——读于坚的《啤酒瓶盖》

啤酒瓶盖

不知道叫它什么才好　刚才它还位居宴会的高处
一瓶黑啤酒的守护者　不可或缺　它有它的身份
意味着一个黄昏的好心情　以及一杯泡沫的深度
在晚餐开始时嘭地一声跳开了　那动作很像一只牛蛙
侍者还以为它真的是　以为摆满熟物的餐桌上竟有什么复活
他为他的错觉懊恼　立即去注意一根牙签了
他是最后的一位　此后　世界就再也想不到它
词典上不再有关于它的词条　不再有它的本义引义和转义
而那时原先屈居它下面的瓷盘　正意味着一组川味
餐巾被一位将军的手使用着　玫瑰在盛开　暗喻出高贵
它在一道奇怪的弧线中离开了这场合　这不是它的弧线
啤酒厂　从未为一瓶啤酒设计过这样的线

它现在和烟蒂　　脚印　骨渣以及地板这些脏物在一起
　　它们互不相干　　一个即兴的图案　谁也不会对谁有用
　　而它还更糟　　一个烟蒂能使世界想起一个邋遢鬼
　　一块骨渣意味着一只猫或狗　　脚印当然暗示了某个人的一生
　　它是废品　　它的白色只是它的白色　　它的形状只是它的形状
　　它在我们的形容词所能触及的一切之外
　　那时我尚未饮酒　　是我把这瓶啤酒打开
　　因而我得以看它那么陌生地一跳　　那么简单地不在了
　　我忽然也想像它那样"嘭"地一声　跳出去　但我不能
　　身为一本诗集的作者和一具六十公斤的躯体
　　我仅仅是弯下腰　　把这个白色的小尤物拾起来
　　它那坚硬的　　齿状的边缘　　划破了我的手指
　　使我感受到某种与刀子无关的锋利

张雅秋：于坚的《啤酒瓶盖》写于90年代初期，是于坚自己比较喜欢的作品。他1997年在荷兰鹿特丹举办的国际诗歌节上朗诵过。在解读这首诗之前先要说明一下，虽然于坚的写作也受到了许多西方的哲学、文学理论以及作家作品的影响，但是，由于他一直强调自己的写作主要是面对本土的生活现实和语言现实，在作品中少有和西方文本之间进行互文对话的倾向，因此，为了解读的有效性，我将尽量只从于坚的一些诗学观念，和文本本身出发来解读，避免从哲学理论等方面对它进行旁征博引式的论证。

　　这首诗的题目为《啤酒瓶盖》。看到这样的题目，一般首先会产生两种联想，一是想到这个东西是非常日常化的；其次，就是疑惑，如果除去了惯用的比喻象征手法对事物在意义上的延展功能（因为我们都知道，于坚曾经提出过"拒绝隐喻"这个诗学命题，他不仅不会而且反感在事物上附加任何比喻象征色彩），那么，将啤酒瓶盖当作主要对象写进诗歌，它到底能以什么样的方式，给读者提供什么样的诗意空间？这可能是我解读这首作品首先要面对的问题。

于坚曾经在一篇访谈文章中把他的写作分成三个阶段："早期，80年代初期，以云南高原的人文地理环境为背景的高原诗时期。80年代中期的以日常生活为题材的口语化写作时期。90年代以来，更注重语言作为存在之现象的时期。"写于1991年2月的《啤酒瓶盖》兼有作者所说的后两个阶段的特征。无论是从题材上的日常生活特征，还是从揭示语言与存在的关系，这两方面都可以成为进入这个作品的有效途径。在初次阅读这个作品时，感受到的是海德格尔、维特根斯坦等关于语言与存在的关系理论的投射性影响。但是促使我第二次翻出这个作品并再次阅读的，是于坚文章中关于普鲁斯特的一段话。普鲁斯特的《追忆逝水年华》是于坚非常喜欢的一部小说，但是他的喜欢可能和其他一些读者的喜欢不同。在写于1996年3月的一篇名为《回忆》的文章里，于坚说："《追忆逝水年华》不如《寻找失去的时间》译得好。'年华'一词，不具有'时间'一词的中性，让人以为追忆的是某种有意义的生活，闪光的生活，所谓过去的好时光。失去的时间不在于它的意义，不是年华，而是那些无意义的部分。正是隐匿在年华后面的灰暗的无意义的生活组成了我们几乎一辈子的生活。《寻找失去的时间》是对无意义的生活的回忆，这与我们所知道的回忆是不同的。不明白这一点，就不明白普鲁斯特。"在这段话里，于坚认为普鲁斯特的记忆是对无意义生活的记忆，对真正的日常生活的记忆。他对普鲁斯特的理解和他自己的关于日常生活的写作观念是一脉相承的。我们都知道，在90年代的诗歌写作中，"日常生活"已经成为一个非常重要的概念。由于特殊的成长背景和心理体验，于坚对这个概念的理解和处理方法，和其他一些诗人对这个概念的理解和处理方法，是有所差异的。这个问题在洪老师的《中国当代文学史》中也曾经提到过。

下面接着刚才关于记忆的话题。在20世纪以来的现代汉语语境中，当我们说到记忆的时候，一般指的都是对印象深刻的、所谓有意义的生活的记忆。对意义的热衷使得我们的记忆经常是不完整的、片面的，是被主观持有的价值或意义意识阉割之后的结果。但是生活的真相绝非如此，它大部分都漂离于意义之外。于坚认为，普鲁斯特的《追忆逝水年华》是对无意义生活的记忆，这与我们通常所知道的那种被先入为主地设定了价值和意义的记忆是不同的。在这儿，为了解释清楚于坚对普鲁斯特的看法和他这首《啤酒瓶盖》在写作心理上的逻辑联系，我想对于坚的观点作出进一步的阐释。我想，普鲁斯特对于坚的吸引，还应该有更深一层的原因，就是，普鲁斯特能够在写作中避开意义或价值意识对记忆的压力，这应该不仅仅是风格或题材方面的特征，在写作心理的深层，还应该是一种作者对社会规范和意识形态进行潜意识对抗的行为。因为意义或价值往往是由社会规范和意识形态设定的，然后再侵入并作用于我们对自己生活的看法。如果我们的记忆完全被意义或价值主宰，除此之外便是遗忘的话，这也许就意味着我们所处身其中的社会规范或意识形态，对我们日常生活的控制力过于强大，作为人的主体意识就处于被压抑状态。事实上，这也正是于坚这一代人在成长过程中的重要心理体验。普鲁斯特式的潜意识对抗行为既可以被理解为对社会规范和意识形态的反感和逃离，但同时更应该被理解为对日常生存真相的尊重和珍惜。如果把于坚对普鲁斯特的理解，和他在80年代之所以要提出面对"日常生活"进行写作和"拒绝隐喻"相联系，就可以理解他在写作中一直努力的方向，就是，从题材和语言两方面来回避社会规范和意识形态对写作的影响，并力求表达出自己对日常生存真相的尊重和珍惜的意图。套用于坚所说的关于他自己的另一个作品《罗家生》里的一句话，在这里可以这么说："这首诗写的不是啤酒瓶盖，而是围绕着啤酒瓶盖这个物质存在状态的某种语境和它的语言方式"。《啤酒瓶盖》这个作品正是这个意图的体现，同时也是以这一点为基础，于坚向读者展示了一个独特的诗意空间。

下面我们开始进入这首诗歌。全诗共25行。为了解读的方便，我按照节奏和内容把全诗分成6个小节，逐一进行解读。

第一节是作品头3行。

在这一节里，啤酒瓶盖的身份通过这样一些名词来体现："宴会""黑啤酒""一个黄昏的好心情""一杯泡沫的深度"。这是一群热闹的、给人以繁华感和舒适感的名词，从物质和精神两方面说出了啤酒瓶盖在人们生活中的作用。虽然如此，这个东西本身却从来都是被忽视的。"不知道叫它什么才好／刚才它还位居宴会的高处"，"刚才"这个词是过去语态的标志，说明啤酒瓶盖至少是已经开始离开"宴会的高处"，就在这一刻，它也就失去了被命名的权利："不知道叫它什么才好"。在这句话里，有一种非常明显的语言表达上的不知所措之感。这说明，在作者和读者的习惯性文学语言里，还没有给啤酒瓶盖这个名词提供过一个相应的空间，在作者和读者的文学经验里，还没有生成和啤酒瓶盖这个名词相对应的文化想象。也就是说，啤酒瓶盖这个名词还没有和诗歌以至文学形成亲密和谐的关系。我在这里举一个例子说明一下这种亲密和谐的关系在诗歌中的作用。比如，由于长期的文学积累，我们对"海鸥"这个名词的文化想象是相对丰富也相对稳定的。关于这种文化想象的丰富性和稳定性，于坚曾经在他的《赞美海鸥》这首诗里有过形象的描述，他写道："一只海鸥就是一次舒服的想象力的远行"，"十只海鸥就可以造就一个抒情诗人／一万只海鸥之下　必有一个诗人之城"。在这里，"一次舒服的想象力的远行"，"舒服"一词说明了对关于"海鸥"的文化想象，写作者和读者都已经驾轻就熟，以至于"海鸥"这个名词一出现，就迅速裸露出它所有的本原意义、隐喻意义和象征意义。因此在文学里领悟这样的名词已经没有任何障碍或陌生感，甚至已经达到可以运用这些固有的文化想象批量生产诗歌诗人的地步，夸张一点儿就是："十只海鸥就可以造就一个抒情诗人／一万只海鸥之下　必有一个诗人之城"。可是，与此构成鲜明对比的是，我们对于"啤酒瓶盖"这个名词几乎没有任何文化想象。由此也就形成这样一种习惯：在诗歌里，诗人可以直接说出"海鸥"一词，并且只凭这个词就足以建立起一个独立的诗意空间，读者对此也能有充分领悟；可是如果在诗歌里直接说出"啤酒瓶盖"一词，就比较困难，因为在这个名词上，作者和读者缺乏共同拥有的文化想象，这种缺乏会导致作者和读者之间产生沟通的困难。从这个意义上，我们可以说，"啤酒瓶盖"是一个尚未被诗歌命名的事物。因此作者对它的描述只能以"不知道叫它什么才好"这样的句子来开始。

第二小节，从第 4 行到第 6 行。在第二节里，啤酒瓶盖离开了自己原来的位置，它的离开是突兀的，像动物的本能，不带有思维的痕迹。它似乎是影响了一下这次晚餐的秩序，因此给这个场合中秩序的维持者——侍者——带来了小小的惊讶。但是，它毕竟是无关紧要的事物，因此对侍者的打扰也是非常短暂的。"他为他的错觉懊恼　立即去注意一根牙签了"。这里我们要注意一句话，就是，"他为他的错觉懊恼"。侍者为什么要懊恼？我想，除了他认为自己居然被一个啤酒瓶盖所惊吓而感到些微的沮丧之外，还有就是，他认为这个东西太微不足道了，对它注意一下都是在浪费自己的时间和精力。经常在人们察觉到自身价值感被压低的时候，"懊恼"这种情绪就会出现。"懊恼"一词让我联想到，在 20 世纪 80 年代末期出现的"新写实小说"潮流。因为《啤酒瓶盖》这个作品的写作时间，和新写实小说的流行时间，相距不远，但是它们的差别却非常明显。在 80 年代的小说领域，人们从关心伤痕，到反思，到寻根，再到语言实验，最后大概是实在没有什么大事好关心了，什么都抓不住了，才不得不留意起身边的日常生活，所以才有了池莉的《烦恼人生》《热也好冷也好活着就好》，刘震云的《一地鸡毛》《单位》等作品。可是在这些作品中，流淌着一种明显的懊恼、焦躁情绪，甚至这种情绪形成了这一批小说的整体氛围。当时有一些论者为这些作品叫好，认为文学终于开始贴近生活，不再疏离大众。但是仔细读下来，读者品味出的可能是恰恰相反的东西，会发现作者把日常生活当个火坑似的，似乎是因为没有了理想才待在日常生活里，是没有办法的办法，一有机会还是要赶快出去的。这些作者很少能够像张爱玲或普鲁斯特那样，对生存真相、对日常生活能力和生活乐趣持一种真正的尊重和珍惜的态度。

以上这些内容可能扯得太离题了，可是通过这样的比较才能意识到，诗歌对当代文学所做的一些细微但独特的贡献。下面我们来看第三部分，从第7行到第10行。从第二节到第三节，有着叙事上的承接关系。这一节主要是用对比手法描述啤酒瓶盖的绝对的微小和无意义。我们来看人们对啤酒瓶盖的遗忘方式："词典上不再有关于它的词条　不再有它的本义　引义和转义"。在于坚的作品里，词典这个名词经常出现，是他在反思语言和现实之间的关系时经常使用的媒介。于坚曾经说过这样一句话："诗人应当怀疑每一个词。尤其当我们的词典在二十世纪的知识中被浸渍过。"我们知道，词典作为一种工具，承载着人们对世界的认知范围和程度，一个词语被收进了词典，就意味着人们对这个词语之下的事物已经有所认知。当一个词语在词典中没有了自己的位置时，也就意味着人们不仅在文化想象上，而且在命名上都完全遗忘了它。这是一种彻底的遗忘。只有在人们不再有兴趣了解关于某种事物的一切时，这种遗忘才会发生。啤酒瓶盖现在就处于这样的被遗忘之中。与此形成鲜明对比的是，以下两句又出现了热闹的名词群："而那时原先屈居它下面的瓷盘　正意味着一组川味／餐巾被一位将军的手使用着　玫瑰在盛开　暗喻出高贵"。"瓷盘""川味""餐巾""将军的手""玫瑰"，以及"玫瑰"暗喻出的高贵氛围，这些，都再一次显示出了啤酒瓶盖的无意义。

第四部分从第11行到第18行。和第三部分一样，这一部分又是通过各种方式的对比来描述啤酒瓶盖的无意义。这一次与它形成对比的是另外一些事物：烟蒂、脚印、骨渣等。如果说，在上一部分里，与食物和玫瑰相比，啤酒瓶盖作为不能给人以享受之物而理所当然地被遗忘的话，那么，在这一节中，它的无意义就更为彻底，表现在这一方面：它不能引起人类的任何联想和想象。"一个烟蒂能使世界想起一个邋遢鬼／一块骨渣意味着一只猫或狗　脚印当然暗示了某个人的一生"，虽然和啤酒瓶盖一样，这些都是被遗弃之物，但它们和世界之间依然具有想象和联想上的关联，因此并未从人们的记忆中消失。啤酒瓶盖命运的更糟之处在于，即使是在这样一个都是被遗弃之物的世界里，它的无意义也是绝对的，因为紧接着的下面两句就说明了它和语言之间的贫瘠的关系："它是废品　它的白色只是它的白色　它的形状只是它的形状／它在我们的形容词所能触及的一切之外"。如果说，上文第三部分曾经运用"词典上不再有关于它的词条"来描述啤酒瓶盖被彻底遗忘，表明了人们对它的轻视的话，那么，在这一部分里，作者又通过描述语言在面对这个东西时的无奈、贫乏，来揭示出啤酒瓶盖作为一种物质对语言的轻视。

　　可以看出，从本文的第 4 行开始，一直到现在，作者用大量的篇幅、通过各种方式，从各个方面来描述啤酒瓶盖在日常生活中被遗忘的命运，以及在面对它时，人们的语言所表现出的困窘和局限。可是读者一直没有得到解答的一个问题，就是，构成日常生活内容的琐碎物质无以计数，是什么触动了作者，使他选择了这个啤酒瓶盖而不是别的什么东西作为媒介，来表达自己对这一个被遗忘的世界的看法，和对思想的居住之处——语言——的反思？答案存在于本文的倒数第二部分，从第 19 行到第 23 行。在这一节里，作者终于以第一人称出场，并介绍了自己和这个啤酒瓶盖的相遇过程："那时我尚未饮酒　是我把这瓶啤酒打开"。紧接着，作者对啤酒瓶盖的描述是"它那么陌生地一跳　那么简单地不在了"，"那么"出现了两次，就像两次惊奇的目光，接连投向啤酒瓶盖的"陌生"而"简单"的一跳。读者可以从这个目光里读出惊奇甚至是羡慕的成分。为什么？因为作者在观察这个过程时的心理活动是："我忽然也想像它那样'嘭'地一声　跳出去　但我不能／身为一本诗集的作者和一具六十公斤的躯体／我仅仅是弯下腰　把这个白色的小尤物拾起来"。原来，被遗忘的身份，反而给了这个小小的啤酒瓶盖一个随时跳开、随时逃逸的自由，因为在它身上，没有意义、没有规范和语言附加的重负。这样的自由是被生活所累的人们所难以享受的，就像作者那样，他虽然也想像啤酒瓶盖那样简单地跳开，享受一次逃逸，但是"身为一本诗集的作者和一具六十公斤的躯体"，他背负身份和规范，唯一能做的事情，仅仅只是在惊奇和羡慕之余,弯下腰来,"把这个白色的小尤物拾起来"。"小尤物"是一个非常动听的词语,当作者通过写作的方式把它打捞进语言之网时,几乎是赋予了它一种荣耀。从作品刚开始时候的"不知道叫它什么才好",到现在充满喜爱情绪地称之为"小尤物",在这一个完成命名的过程里,作者发现了平时被遗忘了的事物,反思了语言的可能性和局限性,并且以啤酒瓶盖为媒介,在语言与存在之间建立起了一个小小的、新的联系。

下面是本文的最后两句,第 24 和 25 行。之所以把最后两句单独分出来,是因为它们在节奏和情绪上,都和以上的内容有明显反差。如果说,在以上文本中,啤酒瓶盖一直是被动之物,它被遗忘,被观察,被捡起来,那么,在最后,它终于表现了一次无意识的主动。"划破"一词,不仅在文本中"我"的触觉上,而且在读者的阅读感受上,都留下了"冒犯"之感,仿佛它划破的不仅是"我"的手指,同时也划破了人们居住在语言之中的安全感和自信心。而且,这种被冒犯的感觉又是比较陌生的,因为啤酒瓶盖虽然锋利,但是它的锋利不像刀子那样带有人为的、故意的、预设的阴暗色彩,而只是一次浅浅的无意识,"与刀子无关"。在这最后两句话里,暗含着一次情绪的回溯,仿佛是啤酒瓶盖在不经意间,从"小尤物"的荣耀又退回了自己原来的被遗忘的状态之中。这是一个小小的讥刺,它说明,无论作者和读者怎样努力地赋予啤酒瓶盖或类似于这样的物质以丰富的体验内容,它仅仅还只是一个啤酒瓶盖而已,只不过在这里,它被语言之网偶然捕捉到了一次。

以上是我对整个文本的解读过程,关于于坚的写作,我想再稍微做一点儿补充。于坚曾经在他的一篇文章中指出,在当代,诗人已经从过去的"话语创造者"的身份,转变成了"语言的守护者,维修工","变成某部已完成词典的管理者"。这是于坚写作的重要立足点之一。从这一点出发,于坚的诗歌,在内容和写法上,大概主要有两个向度。一个是以"拒绝隐喻"的方式,尽量去除历史文化积淀对事物真相的遮蔽,使"在所指上不断前进的汉语返回到能指上去",并通过这个途径使语言尽量摆脱历史文化、意识形态的影响，重现语言与存在的真实关系。这种写作主要是针对那些已经被人类的文化想象包裹得过于复杂沉重的词语，比如在上文曾经提到的例子《赞美海鸥》这个作品，于坚就对"海鸥"这个名词进行了一次"去蔽"，他写道："也许它们早已和文学史上那些已被深度抒情的益鸟无关／高尔基已死　他的海燕已死　那个二十年代的象征已死／死了旧世纪命名一只海鸥的方式／事实上只要把目光越过海鸥这个名称／就可以看出它们是另一类鸟"。类似的作品还有《对一只乌鸦的命名》《我梦想着看到一只老虎》等。另一个写作向度是，以写作的方式捕捉被语言遗忘的存在，拓展语言和存在的联系领域。这主要是针对我们这个民族在自己的历史境遇中逐渐形成的那种只关心远方而忽视身边，忽视最基本的生存状况的思维习惯。我今天解读的这一篇《啤酒瓶盖》就属于这一类写作。

课 堂 讨 论

洪子诚：这首诗张雅秋读得很细致，也很深入。我们对这首诗，估计可能不会有很多不同的理解。可以联系于坚的创作和诗学观念来谈，这对把握于坚的创作特色是有好处的。于坚在90年代的诗歌中，是一位重要诗人。我这里指的主要是他在诗歌写作上的贡献。当然，我们也会很容易想起发生在这些年的论战。另外，张雅秋刚才也谈到关于时间、记忆方面的问题，谈到我们常常为过去附加许多"意义"，而事实上，过去的时间，过去的生活，大都是无意义的。不过，记忆是一种"重构"，一种从现实情景出发的重新编织，这就和"意义"有关；在这里，"意义"的参与不知道能不能避免？这方面，吴晓东老师有研究，他分析过普鲁斯特的《追忆似水年华》。待会儿请他对这个问题发表意见。

姜涛：我觉得刚才的解读还是非常深入的，这首诗的基本内涵都揭示出来了，这首诗可能没有什么可谈的了。我想谈的是于坚的这种写作在当代诗歌中具有一个什么样的价值。于坚这样的写作在当时，就是 90 年代初的时候的确是非常非常重要，可以说是完成了某种整体的转换，是代表性人物之一。但是这种写作到今天，在某种意义上已经"体制化"了。我们看到他的一些讲话，一些文章里面，其实并没有太多的对 90 年代初的自己的诗学立场作出更多的反省，基本上还是延续这种思路，所以这种东西"制度化"了。就是缺少一种真正面对今天的一个新的写作现实的活力……

洪子诚：你说的"制度化"是什么意思？

姜涛：我的理解是这样的，比如他对隐喻的拒绝。但是"拒绝隐喻"只是写作中的一个策略性的说法而已，实际上隐喻是无法拒绝的。比如这首诗，我们看到他对一些我们惯常理解的意识形态的、政治的、文化的隐喻的逃避，但是实际上在写作过程中，他还在给它赋予新的隐喻，特别是把啤酒盖和个人的经验，还有和他对语言的一种认识联系在一起的时候，其实他还是在完成一种隐喻性的命名。所以隐喻是不可能回避的，所以……

张雅秋："拒绝隐喻"有时候可能只是一种动作，表达一种诗学态度，它不是一种目的。

姜涛：对。大概当时他提出"拒绝隐喻"的时候，他基本上针对的是具体的问题，并不是泛指。他要拒绝的这个隐喻，指的是我们陈旧的、对于诗歌、对于语言的理解，并不是说对所有隐喻的回避。他后来没有作一个区分，是造成他自己体制化的一个重要原因。再一个是日常经验的问题。从于坚那儿开始，还有包括刚才张雅秋也提到了的新写实小说问题，中国当代文学这些年有对日常经验一直强调的趋向,到今天为止对日常经验可能已经过度崇拜了。其实,到底存在不存在本质意义上的日常经验,我们今天需要提出一个检讨。这个日常经验和刚才谈到的隐喻,在我看来可能功能都是一样的,它也是一个不确定的、非常相对的东西,不存在一个本体意义上的日常经验。那么当你把日常经验作为自己写作目的、写作对象的时候,其实最后达到的还是对日常经验的一种逃离,或一种提升。比如这首诗吧,其实日常经验并没有很大程度地呈现出来。啤酒瓶盖在这里面,在某种意义上还是被奇观化了,就是他把啤酒瓶盖这样的东西不断不断地赋予语言的内涵,不断不断给它一个阐释,放在一个大的对抗的背景中间论述,所以它本身并非一个日常的东西,它把这个日常的啤酒瓶盖变成一个非日常化的东西。上几次我们谈过吕德安的诗歌,他那里面,这个日常经验就没有经过这样一个对抗的主题的过滤,就没有过多的文化的、概念的涉入,所以日常经验相对来说是比较完整的。在于坚的诗歌里面,这种日常经验,我觉得是缺乏一种真的存在的价值,它可能是一种"伪日常"、或者是一种"准日常"。再说一个,就是刚才我提到了一个对抗的主题,那么这首诗如果我们简单地理解的话,它可能还是发生在这样的对立之中的。就是说,日常和文化、隐喻和拒绝隐喻之间的这种对抗的方式,其实是在很大程度上左右了当代诗歌。从80年代到90年代初,这在当时是很普遍的现象。但到今天,我们需要考虑的是,这种对抗主题是不是还存在,是不是还有价值,我们今天的社会环境包括写作的状态都已经发生很大的变化,我们今天所要反抗的可能正是这种简单的对抗,可能正应该回避在对抗中去思考你的想象、思考你对世界的理解,这可能是我们今天所要面对的新的现实吧。所以我觉得于坚的诗歌这种"体制化"的因素可能在这方面,大概就这样吧。

张雅秋:他这首诗写的时间比较早,是1991年的时候,1991年那时候这种对抗意识还是比较明显的。

姜涛：对。

钱文亮：对这首诗已经没什么话好说了，就是刚才姜涛提到日常生活对于90年代诗歌写作的意义，倒是需要考虑的。现在的问题是什么是日常经验。生活并不是分等级的，"哪里有生活哪里就有诗"。生活并不是从题材上，从某种意义上进行划分的。于坚的写作，包括80年代的"非非"等，当时他们确实是对传统的价值观念，对僵化的文化系统、意义系统持非常强的反叛态度。但是在文化中来反抗文化，在语言中来反抗语言，这本身就是一种悖论，实际上是不可能的。这首诗中也提到了，就是说他不能像啤酒瓶盖那样飞出去，作为"一本诗集的作者和一具六十公斤的躯体"。他也接触了这个问题。在80年代，这个东西几乎影响了很多青年诗人的写作。但是在90年代，诗人应该有所反思，如何进入日常经验，如何把一种日常经验处理成诗歌的经验。对于从事诗歌写作的人来说，这是非常重要的。

吴晓东：于坚对普鲁斯特的《追忆逝水年华》的理解还是有些让我出乎意料，我觉得他的理解是有价值的，比较好的。的确原文追忆的是时间，寻找的是时间，而不是我们惯常意义上的"年华"。在这个意义上时间这个概念的确有点儿是中性的，我觉于坚说的和张雅秋说的都很好。时间这个概念可能就没有年华那个概念的辉煌的，或者是过去的好时光的那种感受，这一点我的确承认。但是在普鲁斯特那里，过去的时间其实是一个神话，在我的理解里，记忆是构成了一个关于过去的神话，就是过去是我们的拯救方式，我们的今天是靠过去来拯救的。我们今天一无所有，是靠过去支撑起来的。回忆的大厦其实支撑起的是我们整个生命的本体。在这个意义上，普鲁斯特的那个回忆的概念是有某种生存的本体性的意味的。但是普鲁斯特同时也意识到过去的时间也是幻象，在这个意义上我把他理解成现代主义者。但是于坚借助普鲁斯特的理解，来提出他自己的对日常生活的界定，我认为是有价值的,也就是他试图还原日常经验某些更本质的东西,剔除我们以前赋予它的、人为的、意识形态的内涵,或者意义和价值,这些意义和价值都是我们人为规范赋予的东西……

洪子诚:要剔除的可能是一种特定意义的规范。实际上他的诗里头的指向,或者说他所要表明的意义是非常明确的。

吴晓东:对。我觉得洪老师的解释有道理。这也是张雅秋的意思,我觉得她的解读非常好,对这个诗歌的文本本身的基本意思已经解释得很深入了。但是我感觉还有一点,和姜涛谈的也有关系,就是他的思考本身依然有隐喻的东西,排斥不掉寓言性或者隐喻性。他思考的依然是语词,是对词的思考,对乌鸦的命名方式、对啤酒瓶盖的重新命名,而且在考虑语言命名啤酒瓶盖的可能性。语言是无法达到的,但依然有语言和存在的某种本质联系的这种本质深度的问题。这一点让我想到罗兰·巴特的一句话,他说在每个字词的下面都隐含着一个地质构造。这种地质构造是什么呢,其实仍然是隐喻深度、象征深度、深度模式的东西。于坚在他的主观追求上想打破这种深度,但是同样他又给啤酒瓶盖赋予一种地质深度,啤酒瓶盖仍然是这样一个隐喻的词汇,一个象征性的词汇,它这一次思考啤酒瓶盖的方式,仍然是隐喻和象征式的,这一点是悖论,刚才姜涛也提到过。张雅秋也指出了,就是思考本身仍然是隐喻化的。于坚的这个问题也涉及了"非非"那个派别所面临的自身的悖论,其实是没有办法完全解决得了的。我认为于坚的追求是绝对有意义的,包括对日常生活的某种还原,或者是追求一种倾向,是有意义的。但是,这种方式本身的可能性是什么,它本身的限度是什么,他们没有意识到。这种限度是存在在那里的,对自己的限度不自觉,这是我的感觉。

但是我更关心的是,当他们想去除这个隐喻和深度模式的时候,他们的诗歌应该给我们一种能指层面的自足性,就是说至少他能在能指层面,比如说对啤酒瓶盖的思考，呈现给我们啤酒瓶盖的自足，但是《啤酒瓶盖》的这个自足性可能就不如《铺路》。他对《铺路》的描写，就更为自足一些。他是在描写一个铺路的事件，至于"铺路"的事件背后是什么东西呢，我们仍然会看出隐喻的意义，但是这是我们自己看出来的，不是于坚直接呈现给我们的，虽然他有些概念的使用也依然避免不了这种倾向。但是《啤酒瓶盖》的思考，就把能指和所指仍然纠缠在一起了，他在呈现啤酒瓶盖这个能指的时候，其实也是指向所指的，或者是随时和所指相纠缠的。我觉得如果我们承认了他这个理念，我们就要求他应该在能指层面先给我们体现出自足性，就是说先让我们意识到他对啤酒瓶盖的描写的自足，首先他就不要给我们提供隐喻，他先把啤酒瓶盖的那个自足的、表层的语义层面的东西给我们写出来，但是我觉得这一点《啤酒瓶盖》没有做到。我想举一个小说中的例子，就是卡尔维诺的《我们的祖先》。他的三部曲中，我觉得最好的是《树上的男爵》。他的好处就在于他把那个树上的生活写得很自足，这种生活在现实生活中并不存在，我们知道它是想象性的生活，是虚构的，但是他写那个树上男爵的生活，把这种生活的状态描写出来了。至于这个树上的生活有没有隐喻意义呢，卡尔维诺先不管这个。他先把树上生活的可能方式现实主义地展现出来，在这一点上我很喜欢他的《我们的祖先》。对于于坚的这首诗，我现在对它失去判断力，这诗是不是好诗，我自己难以判断。我希望同学帮我解决这个问题。

谭五昌：我觉得这首诗比《铺路》写得好。写得好就在于结尾的时候，他用隐喻给整首诗赋予了某种深度。《铺路》这首诗达到了能指和所指的统一性，我们看了以后觉得它就是描述了一个事件，本身对他这首诗没有更多的阐释，读完以后觉得写得干净、简洁，但是过后不能品味出更多的东西。但是《啤酒瓶盖》能够给我们更多的回味，恰恰就是在于它没有拒绝隐喻，而是在结构的关键要害使用了隐喻。在这里就引出一个话题，就是考察一个诗人的写作，就不要太在乎他的理论，还是要靠他的文本。诗真的能不能完全按照自己的理论去写作，我觉得这是成问题的。这是一个悖论。如果完全拒绝隐喻象征等这些古老的诗歌表现方法，这种古老的诗歌思维模式，这首诗就可能失去了深度，甚至在很大程度上失去了诗意。

钱文亮：80年代诗歌基本是理论先导、然后实践的这样一种写作情况，非非主义提出那么多理论，但与之对应的成功作品几乎没有，有文化诗之称。当时有很多诗人都在反叛，这种反叛尽管在某些诗人那里很少表现为比较独特的美学立场，但是这种理论实践从文学史上说有它自己的理论功绩，它打开了一种思路，使后来的诗人可以选择一种新的进入诗歌的方式。所以，当时于坚，以及"非非"和"他们"这两个诗派贡献比较大，原因也就在这里。但到90年代以后这些都已经不成为问题了，这种时候真正是诗人进入写作的时候。像于坚这样的诗歌作为一种路向是有价值的，但是如果把它普遍化、真理化，那么对现在和将来的诗歌探索、写作实践就会带来损害。

冷霜：我补充一点，是姜涛说过的，就是他说的对抗。我觉得他写的这个《啤酒瓶盖》，其实是希望对语言进行某种还原，在词和物之间显示出比较清净的关系。但是我觉得他运用的方式恰恰不是这样，而是给了它另外一种深度，而且这种深度本身是有问题的，可能是他原来反对的东西。比如这样的句子"玫瑰在盛开，暗喻出高贵"，像"而它还更糟"等等，他在玫瑰、脚印等和啤酒瓶盖之间建立起来对比关系，这样的写法本身与他自己希望达到的某种东西刚好相反，包括最后的"把这个白色的小尤物拾起来"。刚才张雅秋谈到，当他从"不知道叫它什么才好"到"把这个白色的小尤物拾起来"，这中间形成了一个过程。但是到最后这个过程给它完成的是这样一个指称，实际上还是没有在物和词之间建立起来他希望还原的那样一种本真的状态，或诸如此类的关系。他这样的方式实际上是把他和物之间的关系更推远了。

张雅秋：我觉得于坚这首诗的目的可能不在于还原什么，他可能仅仅是想把啤酒瓶盖或类似于这样的物质找进到文学中来，拓展一下文学的或者语言的领域。他的目的不是还原，而是找回。当然在这个过程中，又有些矫枉过正，又附加了它很多东西。他在啤酒瓶盖和语言之间建立起来的这种关系，事实上是他最初在他的理论中拒绝的关系。

冷霜：也就是说在他把它加进文学世界中的时候没有增添什么东西，因为他用的方法就是把它放进原来既有的秩序之中，在这个加入的过程中没有增添实质性的内容。

姜涛：刚才大家都提到于坚的理论和他的写作的脱节，其实我想这是作为读者我们过于认真了。因为怎么说呢，在我看来，于坚，包括其他一些诗人的理论并不指向写作，而是指向批评家和读者……它起到的是一个，按照今天的流行说法，是起到了一个文学场域的划分的功能，是一个自足性的功能。所以它并不是指导写作的，至少不光是。它只是诗人显示自己的身份、叛逆姿态、先锋姿态的这样一种工具，和写作的关系可能不是那么紧密。所以我们在谈他的理论和作品脱节的时候，可能是过于认真了。这个无所谓，它很正常。再有一点，就是于坚在某种程度已经把拒绝隐喻之类的命题当成自己的发明，他其实是朝向文学史的。

张雅秋：我感觉就是，这理论就相当于他们盖起来的房子，这作品就相当于他们生出来的孩子，就不是一回事。它们当然有一定联系，但是我觉得写作是活的，它充满了可能性。他在写作的这个过程、这个动作当中会发现、会体验到很多可能性，这种可能性不是理论都能够涵盖的。

洪子诚：于坚的有些诗是很好的诗。即使是80年代前期写云贵高原的山川河流的作品，现在也仍然耐读。另外，不管怎么说，他的诗的取材，比起另外风格的诗人来，显然表现了更关注俗世生活和现实问题的倾向。他的诗歌方式，表达方式，并不追求复杂、曲折，这可能和他所坚持的诗歌观念有关。如果不把"日常经验"这类词语绝对化、本质化的话，那么，在这方面的选择和处理方式，他也和另一些诗人不同。我在开始时用了"重要"这个词，我觉得还是能成立的。在90年代，我们经常讨论诗人和现实，和历史的不同联结方式，谈到"历史的个人承担"。但其实，表现在具体的诗人身上，这种联结有很大不同，承担的方式和程度也有很大差别。我们当然不能说于坚的方式是唯一的，最好的（他自己有时会这样想，也就是姜涛说的"体制化"），但确实是重要的。因为如果承担是一个值得提出的命题的话，那么，也可能出现在"个人承担"口号下的逃避。当然，所谓"逃避"是否就是"罪责"，是艺术失效？也是可以讨论的问题。

另外一个问题，就像同学们说的，也是刚才吴晓东老师提到的，对于诗人，我们最重视的是他的作品。大家谈到于坚的理论和文本之间的差异、矛盾，这个我也有突出的发觉。比如人民文学出版社出版的《于坚的诗》的后记里头，他谈到对抗的、二元对立的这种认识世界的方式的错误，但是他对一些事情的看法，坚持的仍是这种认识世界的观点。比如说把诗和知识、和修辞等等对立起来。他谈到诗歌应该是第一性，应该是直接的、智慧的，诗人的写作应该是谦卑而中庸的，拒绝那种目空一切的狂妄，不应是坚硬的造反者、救世主、解放者的姿态，诗人不是要改造、解放这个世界，而是要抚摸这个世界。但在分析一些现实问题和诗歌现象时，他又存在他所反对的这种立场。同时，他的这种诗学主张和具体写作也并不很一致，或者说，写作存在多种情况。还有，还原历史、还原本真，这些词或观念的使用都是应该给以解释，不能离开具体语境，包括纯粹性、诗歌的本真状态等等。这些问题的产生，我想和近十多年来中国文学和诗歌的一种"争辩"

的环境有关。其实，我很同意吴晓东、张雅秋说的，我们最关心的是他的诗的成就、具体的限度、对当代诗歌作出哪些贡献等等。

于坚简介

　　1954年生于云南昆明。1984年毕业于云南大学中文系。1979年开始在报刊发表作品。1984年，和韩东、丁当等创办民间诗刊《他们》，被看作"第三代诗"的代表人物之一。部分作品，以云南高原人文地理风俗为背景，写河流、高山的精神赠与，和对它们的敬畏和感恩。他的诗影响最大的，是将日常生活经验重新带进诗歌。在词语与现实关系上，"伤害"语言和"重建"语言，是他想象力的根基。诗集有《诗六十首》（1989）、《对一只乌鸦的命名》（1993）、《一枚穿过天空的钉子》（1999）、《于坚的诗》（2000）、《便条集》（2001）、《在漫长的旅途中》（2008年）。另有大量散文随笔集。

[第十四次课]

主讲人：程凯
时　间：2002年1月7日下午
地　点：北京大学五院中文系当代文学教研室

打开禁地的方式

——读陈东东的《解禁书》

解禁书

映　照

……自一万重乌云最高处疾落

对面，新上海，
超音速升降器是否载下来一场
新雪？一种新磨难？
一个电影里咬断牙签的新恐怖英雄？
新国家主义者？
新卡通迷？或命运、那玄奥莫测的
一道新旨意？它轻捷地
碰撞大地之际，这儿，旧世界，
未必不察觉——
大地给了我又一次微颤，有如
波涛，像梦正打算
接近破晓。西岸的大理石堤坝坚实，
它防护的老城区，
却仍然免不了醒之震惊。……回楼

被拍打……
回楼跟未来隔江相望。当那边一朵
莫须有飞降,此地,
曙光里,风韵被稀释的电梯女司机
努力向上,送我去
摘星辰,攀过了七重天,在楼顶平台那
冷却塔乐园里,我知道

我身处现代化镜像的腰部。玻璃幕大厦
摩登摩天,从十个
方向围拢、摄取我。(……回楼
被俯瞰……)
——十面反光里,以近乎习惯的
放风姿态,我重新
环绕着巨大的沥青回形,踱步——

啊奔跑,想尽快抵达
写作的乌托邦,一个清晨高寒的禁地,
炼狱山巅峰敞亮的
工具间,在那里我有过一张黑桌子,
有一本词典,一副
望远镜。而当我在它们面前坐定,
一个洞呼啸,
在回楼幽深处,对应记忆的幻象之也许……

回　楼

它对天呈现一个简化的"回"字，落成在城市的三角洲上。由六根圆柱撑起的门楣斜对着苏州河。门楣沉重的石头花饰是模棱两可的，看上去像一对倦怠的美人，或整齐地卷刃的双重波浪。下面，大铜门朝河上的机器船敞开，稳坐在船头的奥德修会发现，这外表阴沉的建筑内部却阳光猛烈。透过深奥的拱形门厅，他看见一根孤高的圣像柱，在大理石天井的正中央闪耀。关于其外表还可以提及：那尽是些粗粝壮大的石块，从地面直砌到七层楼顶。它向外的窗口窄小，并且安上了黑色的铁栏。这令它仿佛一座监狱，一个喘不过气来的肥胖症兼硬皮症患者。但其实不如此。在另一表面，那个"回"字向内的四个面明净的大玻璃从底层到七层，映出上头的一方晴空和中午居于正位的太阳。"回"字围拢的天井开阔，甚至不该被叫作天井，因为那根挺拔的圣像柱，它曾被戏称为内阴茎广场。回楼的性别因此是模糊的。站在这内阴茎的圣像柱广场，从与门厅相对的尽头一扇椭圆形钢窗望出去，可以看到这幢大楼背靠的黄浦江。繁忙的江景。江边新近圈起的小乐园。一块并非谣传的牌子上刻写着"华人与狗不得入内"。自行车也不得入内。从一层到七层，有如一节节缠绕的火车车厢，靠着"回"字外侧，一间间晦暗的大办公室门门相连。而只要推开每间屋子的另一扇门，则可以来到"回"字内侧，得以畅饮天光的环行走廊。有时候，站在六楼的走廊西首，一个戴单片眼镜的德国人注意到，在四层楼南边的走廊一角，黑皮肤的印度小职员竟在跟英国会计师，一个瘦骨嶙峋的老姑娘调情。它属于抢先屹立在城市滩头的洋行之一。内阴茎广场的大理石覆盖着地下金库，那里面贮满了金条、银元、英镑和鸦片。它的门前停靠着官船，停靠着四轮马车和老式汽车；它的门厅、楼梯、走廊和屋子里总是弥散着花露水、雪茄烟、香汗、铜版、狐臭、皮革、洋葱和油墨的混合异味；一些裹着呢子大氅的、顶着瓜皮小帽的、拄着司狄克的、套着绸马褂的、穿着三截头皮鞋的、夹着鳄鱼皮公事包的、留着络腮胡子的、梳着三七开分头的、驼着背的、挺着腰的、挎着尖乳房情人的和有一份战报需要递送的出入于其间。在一张张写字桌上、台灯光圈里、抽屉深处、保险箱内、铜镇纸下、电话机旁和秘书的腋间，是那些银行本票、分类账目、手抄原件、未装订副本、市价和市场统计、私人信件、公司来函、现金和日记。这样的声音是常常能听到的：一二声干咳，一二种干笑，小心轻放的脚步，压低的哑嗓子话语，算盘珠的轻击，以及，突然的暴跳如雷中一只左手反抽买办腮帮的脆响。接着，或许是同时，苏州河、黄浦江日益发臭、变黑和高涨，岸边的马路落到了这两股浊流的水平线下。探出堤坝的是赤杨树梢、孤黄的路灯和有轨电车翘起的辫子。像是要告别传奇时代，一个偏离开父辈航线、扇动由鸟羽、麻线和蜜蜡做成的弧形翅膀的小儿子飞临了。他围绕回楼盘旋三周，然后沿江掠出吴淞口，隐没进太平洋。

自画像

反潮流变形：伊卡洛斯失败的幽魂化作
精卫鸟，……到梦中衔细木……
蒙昧于其间的上海蔓延——朝无限扩展，
缩小了书写不能够触及的世界之当下。
正好是当下，新旋风缠绕旧回楼摇摆，
打开被统治沉沦的洞穴。它呼啸过后那闪耀的
寂静，是一个陷阱，是一个风暴眼——
是乌有之钟一次暂停的叫醒服务。
而你在另一幢回楼被叫醒。——高音喇叭

为每一种禁锢减去又一天,令凭借梦游活着的
我,依旧只是你身体的囚徒。盘旋的走廊里,
指针般准确的绿衣看管是黎明法纪,是把你
从黑暗拽往黑暗之炫惑的一朵铁旋涡。
……你冲向监室尽头的水槽,……你俯身于
漂白的凛冽之河,……你看见你——
喧嚣之冷中已经冻结的不存在面影,和面影
深处,一盏惩罚的长明灯孤悬。
——比流传中它们那抽象的具体更加
虚幻,一扇高窗跟落水口重合,让你猜不透
高窗外当下世界的结构,是不是回楼
叠加着回楼,就像我身处其中的看守所,就像
时光,像你枯坐在铁栏和铁栏间,
用一个上午细细布局的象棋连环套——
两种空无,是可能的对弈者。
那欲望空无要让你长出注目之臂、凝望之
手,直到把一抹淡出的月亮,从高窗外揽进
被命名为我的欲望怀抱;那命运空无则有一盒
磁带、有一个放音器,会让你听到
早已经录制完毕的我,并且无法再抹去,
——重来过。可是,当一缕阳光射穿了
回楼连环套回楼,从水槽里反照——
那一掠而过的幽明退想仿佛正跳伞,
要把我从一个悬浮的你,落实为一个真切的
你。——"大地给了我
又一次微颤"

回形结构那牢狱的洞穴里，一朵铁旋涡
收敛起咆哮……。看管，他黎明法纪的肩章上面
多出了一颗星：他带着你越过放风平台，
他为你亲启七把禁锁，他迫你就范，像邪恶——
以子虚之名签署一桩桩杜撰的罪过。
高音喇叭被新旋风没收。一个莫须有之我
出窍，得以呕吐般克服稍稍解放的恶心，
去成为一个别样的你。——然而，
实际上，伊卡洛斯只能变成精卫鸟：你走进
旧回楼，你登上旧电梯缓慢地升空……
你将被电梯女司机怜爱，衔微木填满她
稀释于上海的风韵中一个洞之愁怨——
在死亡里经历规定的假复活，那白日
凌虚，那十面镜像围困的高蹈！
她把你送上寂静的时候，你知道你要的
并非乐园。——你，更愿意枯坐于
我之隐形，倾向那黑桌子……。在纸上，
说不定也在电梯女司机腰肢款曲的丑陋之上，
你会以书写再描画一遍，你甚至会勾勒
——寻求惩罚的替罪长明灯带来的晦暗。

正　午

光芒会增添圣像柱阴茎的
垂直程度。越洋电话里，
旧主人谈起了回楼往事。
老虎窗下的收音机播送，
一场足球赛进行着附加赛。

我几乎从我的镜像里脱开身。
在她的双乳间,我有过一个
附加动作。我有过一种被
限定的自由:让每一行新诗
都去押正午的白热化韵脚。
顶楼平台上冷却塔轰鸣。
太阳从江对岸攀登上高位。
我听到的裁判也许公平:
不在乎红牌罚下的球员,
对规则弹出中指说"我操!"
她也在工具间附和着"我操!"
当我的中指,滑过了那道
剖腹产疤痕,她恣意扭动,
像蜕去外壳的当下世界,
呈现给——未必保持安静和
孤独的禁书写作者。越洋电话里,
一片热带雨林正哗然,一位
过来人,正在吓嘱着"凡事
靠自己"。依稀有一声
终场哨响,收音机哑然……
那瞄准赛事的望远镜转向,
瞄准了新命运:一次对太阳的
超音速反动,一次飞降……
被放大的希望,在江对岸那么
清晰可触,——如果我动用的
语言是诗,是裸露的器官,没戴

保险套,是这个正午,是正午的
烈日,把回楼熔炼成我之期许,
像观察和沉思,——有关于罪愆、
信仰、玄奥莫测的正道和飞翔——
散布在一本合拢的词典里。

起飞作为仪式

从叠加的回楼到市郊飞机场,其间路程有三十多公里。为了确保不会迟到,能搭上你要的那次航班,能乘上那架超音速飞机,你做得稍微过头了一些。你提早三小时就出发了,或者说,你要让你的出发动作持续三小时。你的行李还算简单,一只可以从另一头拉出手柄的、带两个小小的胶木轮子的半弧形提箱,它面料的那种崭新的暗蓝,比你那件上衣的暗蓝略浅一点。颜色的深和浅,这种说法是不是隐喻?也许应该归之为借喻。你一边等着开往机场的空调大巴(它被称为505),一边在想着做囚徒那阵读过的一本小册子。如果不用那样的说法,深或浅,怎么去区别和比较像提箱和上衣这两种相近的不同颜色呢?因为知道时间是宽裕的,你允许自己不去为车还没到来显得焦虑。宽裕用于时间,其意义又何在呢?而意义不过是时间的无聊。你隐约有了这么个想法,你已经坐在了505车上。505开得又快又稳,你的注意力朝向车窗外,意识到你正穿越这城市,你正在你的解禁仪式中。而你所经过的邮局、学校、眼镜店、影剧院、酒楼和动物园,都曾经是你欲望的目的地。当你的欲望更遥远和广大,你过去的终点就包含在你的出发之中了。505驰进了一片住宅区,迅速地,你把沿街的每一幢小别墅都粗粗打量了,你脑毯上的刺绣图案,却是一座连一座蔓延的垃圾山。那景象一定是多年以前。你将要开始的飞行,则也许是一个更早的安排。你的视野里出现了一个高尔夫球场，一个气象站，一辆运砖的手扶拖拉机。奇怪地，你想起了父亲代达罗斯。一架飞机出现在天际，你确证自己把你的出发太过提早了。505 绕着机场小广场一点点减速，停靠在两幢回楼阴暗的夹弄里。你抓起半弧形提箱要下车的当口，并没有看到你旅行的伙伴。她本应该站在桔黄的站牌下，身边有一只颜色比你的暗蓝色上衣略浅的手提箱。从半个弧形里，她会取出飞机票交到你手上。你们要穿过广场上的秋之晚照，朝出发大厅的门廊走过去。你们从不锈钢门廊进入。你没有替她拎着半弧形的暗蓝色提箱。你走在右边。你略深一些的暗蓝色上衣的斜插袋里，一张机票被左手捏着。透过大厅的巨型玻璃罩，你看到夜色不仅已升起，而且已经在穹隆上方数千公里的高空合拢了。夜色升起，而不是人们通常所说的降落下来，这竟然是某诗人最近的大发现。可是，你踏上自动扶梯时想到，那更早的诗人故意说夜色降落或夜色降临，不一样是用以表达他所发现的世界之诗意吗？你的旅伴也踏上了铝合金自动扶梯，此时她可能也仰面看天色，注意到一架因玻璃罩折光而更显巨大的飞机掠过。然而，出发大厅却有如传奇的海底水晶宫，在那样的呼啸下纹丝不动。因为它那神秘的稳定性，因为它那神秘的稳定性内部急切的运转，你们从自动扶梯迈向第二层次的红色镜面砖，看见一个办理登机牌手续的柜台前，都已经有人排起了长队。你感到一丝等候的乏味。你的旅伴则比你的兴致高，左顾右盼四下的装饰、灯光投影和人群中也许的新卡通迷、新恐怖英雄或新国家主义者。应该说你才是她的旅伴。过安检时，你的金属名片匣带来过小麻烦；坐进等着被召唤的塑料候机靠背椅之前，她朝她家里拨了个电话。几块大屏幕翻动着各次航班的启程和抵达，特别是扩音器里那报道的嗓子传染给空气的一派湖绿，令你稍稍有了点兴奋，令你对照着回想，看守所里每个黎明的高音喇叭。有一种透过玻璃罩秋夜之忧愁要把你打动，那报道声激发的莫须有波澜，则似乎摇撼你，给了你所谓身体的昂扬。那么，你站起来，你上前一步，你拥抱她。这使得你和她都有点吃惊。当你打开了笔记本，在经济舱一个靠窗的座位里，你正要记下你和她这一次夜航的出发时，你不知道应该怎样去叙述。也许得用一个疑问的笔调，但说不定反讽是更好的写法。你听说反讽竟是这几年诗人的进步，它是否因为对命运的冷感？她坐在你边上，把身体俯向你。她的胸压在你摊开在膝头的笔记本上面，她的脸贴在了舷窗玻璃上。她看到的夜景也是你看到的，玻璃罩大厅离飞机略远，不过仍然是巨大的玲珑，它上面的星空被你用景泰蓝金钱豹在二十年前就形容过了，此刻却可以再次被形容。你把手伸进她泛着荧光的真丝衬衣，抚摸她润滑如夜空的背部。飞机已经缓缓启动了。飞机在加速，你平静下来。你的耳膜后面有一点疼痛变得幽深。你的心中之我向前一跃，期待着跌落。你和她在一个夜晚起飞了。

程凯：《解禁书》总共由五首诗构成，由于阅读材料上只选了头两首——《映照》和《回楼》，因此，我的解读也主要围绕这两首展开。不过，在解读中我会经常涉及其他三首。毕竟，它们作为一个整体其间存在着许多呼应。

首先需要分析的是诗的总标题——"解禁书"。"解禁"这个词在陈东东那里一直是和写作、写作生活相关的一个概念。陈东东在一篇文章中写到："像魔术师曾经表演的那样，把一座由意义警察严加管束的语言看守所，变成哪怕只片刻的虚无，以获得和给予也许空幻却神奇邈然的解禁之感，是我常常求助于诗歌的一项理由。"（《把真象愉快地伪装成幻象》）也就是说，诗歌语言的自由想象是对处于拘禁状态的日常语言的解禁。另一方面，写作生活也是对日常生活的转化或说一种解脱。在《解禁书》这组诗中，"回楼"这个核心意象经常被类比为"监狱"和"看守所",回楼中的生活被描述为一种"禁锢"。与"禁锢"对立的"解禁"一词出现在最后一首诗《起飞作为仪式》中:通往飞机场的旅途被称为"解禁仪式"。在那里,"起飞""飞机""飞翔"成为解禁的又一重转喻,它们在陈东东的词典中同样与写作有着固定的联系(像《词·名词》中的《飞机》就是围绕飞机飞行与写作的相似性展开。)但值得注意的是,在这末一章中,不是作为"解禁"的飞行,而是奔向飞行的繁琐过程占据了所有篇幅。在篇末,当飞机终于起飞时,我期待的却是"跌落"。这暗示了作者对飞翔神话的改写:作者似乎对以写作摆脱身体与词语的禁锢产生了怀疑。

因此,当我读到首章《映照》的导语"自一万重乌云最高处疾落"时,就会自然地想到这是和飞翔相关的跌落,是飞翔的失败。在第三章《自画像》和《起飞作为仪式》中不断出现的"伊卡洛斯"就是飞翔失败的形象。所以,这里也可以看作隐藏着一个"伊卡洛斯"的身影。在《自画像》中,"伊卡洛斯"是和另一个神话形象精卫配合出现的:"反潮流变形:伊卡洛斯失败的幽灵化作 / 精卫鸟,……到梦中衔细木……","伊卡洛斯只能变成精卫"。精卫的出现延伸了伊卡洛斯的失败形象:"这变形记主题隐含着失败,刻骨铭心的双重失败,生命对物质世界的失败"(《词·名词》:《精卫》)。但精卫同时改写了失败的方式,它将朝向太阳的飞翔转化成了填充大海的飞翔;也是一种失败,但它是以失败和绝望为前提的行动而不是毁灭。失败不再是结局,行动成为结局。陈东东也曾把精卫作为另一层次写作行为的隐喻:在它衔微木、填沧海的行动中"我看见我也已化入其间的另一出变形记,语言向着诗歌的变形记。……徒劳但却带来了理想和美的变形记。"(《词·名词》:《精卫》)但是,填充也有它的另一面。在《自画像》中有这样的句子:"你将被电梯女司机怜爱,衔微木填满她 / 稀释于上海的风韵中一个洞之愁怨"。这里填充的是难以满足的世俗欲望,它是诗人生活中现实的一面。从伊卡洛斯到精卫构成作者对诗人存在的整体理解:真正的诗人不是过于接近理想而牺牲了自我的人，而是在同样难于满足的现实与诗歌间无望地努力的人。

如果我们认为导语中的"跌落"是和伊卡洛斯相关的，那么它还涉及另一个形象——太阳，伊卡洛斯毕竟是因为过于靠近太阳而翅膀被熔化的。但诗中出现的却不是太阳，而是乌云，这是有意的回避？陈东东曾直言他"不是太阳的教徒"，因为它太耀眼、太强有力、不留余地并且无法窥见，它会先成为诗人"盲目的宗教"，最终成为他"诗艺的火刑台"（《词·名词》：《太阳》）。太阳是一种过于强烈的美学理想和写作方式的象征，而陈东东更倾向于描绘和勾勒阴影："你甚至会勾勒／——寻求惩罚的替罪长明灯带来的晦暗"（《自画像》）。他回避正面描写过于光亮的东西，他也回避直视，他迷恋于镜像反光和窥视中的场景；相比身边眼前的世俗相，他更愿意听从幽深处记忆的召唤。在这首诗中"乌云"的出现定下了全诗阴冷的色调。而"一万重"这一夸张的高度则设定了诗歌的空间结构向度，也就是说，诗歌的造型是在空间，特别是纵深方向上展开的。同时，纵深的向度往往对应着精神的向度，即便不引入伊卡洛斯的神话，仅仅"一万重"的"最高处"这样一个高度也意味着对尘世的超越，使人想到天国、飞升。而接下来的"疾落"也因此不仅引入了速度，也引入了失败、幻灭的联想。这是一个突然降临的、急速的、幻灭的开端。

"对面，新上海"展开了横向空间的距离和时间的向度。"超音速升降器"表明一种神秘而快速的降临，它像是现代化的运输工具，但又像是时代飞速变换的隐喻。它载下了"新恐怖英雄、新国家主义者、新卡通迷"（曾在《起飞作为仪式》中再次出现在机场），但它还载下了"新雪""新磨难""命运的新旨意"。这一系列名词彼此是异质的："雪"暗示着一种悄无声息的、轻盈的降落，它在速度上构成对"疾落"的缓冲，在质地上和"超音速升降器"形成反差；"磨难"则是一个有道德感的"重词"，像是由历史记忆带来的命运压力；"恐怖英雄、国家主义者、卡通迷"是一堆概念式的名词，它们在诗中的出现显出质地上的坚硬、冰冷，带有因陌生而造成的距离感；"命运的旨意"也是一个"重词",但修饰词"玄奥莫测"一定程度上软化了它,使它变得模糊、神秘。这组词本身构成质地、速度上的错落,彼此没有什么逻辑的联系,当它们被并置在一起就造成一种近似幻术的效果。这一系列的"新"与其说是由升降器载下的,不如说是由速度带来的飞速的变化使"新"成为常规形态,构成了一个新现实。但正因为它从天而降,因而不能融入有效的经验,看似漫不经心的罗列恰恰表明了作者对它的冷漠。同样值得注意的是,这一系列词都被置于怀疑语调的疑问句中("是否载下来……?"),也表明所谓"新"的面貌与含义是模糊的、空洞的。时代营造了一场巨大的降神仪式,但降下的是什么却让人感到玄妙莫测。因此,开头提到的"对面,新上海"表明的不仅是空间的距离,更是拉开心理的距离,是怀疑、猜测与观望。

与"对面,新上海"形成对照的是"这儿,旧世界"。前者的降临虽然是"轻捷"的,似乎不易察觉,但"我"的世界依然感到了"微颤"和"醒之震惊"。与前面一段一连串急促的名词罗列不同,这里对"醒"的描述明显舒缓,显出慵懒以及迟钝中的被动。"大地给了我 / 又一次微颤"一句曾在《自画像》中被引用,也是描绘一个苏醒的过程,那里,苏醒意味着"把我从一个悬浮的你,落实为一个真切的 / 你"。因此,紧随苏醒出现的就是"回楼"一个具象的场景,同时也是作者生活经验的象征物。所谓"回楼"指的是作者在里面工作了十余年的上海工商业联合会大楼。在近期陈东东的诗歌中"回楼"成为一个核心意象,它已不再是一个单纯的工作地点,其建筑的造型成为了诗人生活经验的象征,并且进一步延伸构造了他对身处现实的理解。他在访谈中提到:"我也曾试图以写作把那幢大楼据为己有。……那幢大楼和它(风格)的变体不断出现在我的写作里。我在设于那幢楼里的工商联史料室呆了将近十三年,那幢楼跟我的关系太密切了。它不仅是现实的,而且是历史的和象征的。"(《它们只是诗歌,现代汉语的诗歌》)"回楼"与"我"是胶着在一起的,因此,在被惊醒的动作中,"旧世界""我""老城区""回楼"

同时作为受动者。"回楼跟未来隔江相望"证实了"新上海"只是一个抽象未来的具相。"那边一朵莫须有飞降"中的"莫须有"也许是和"磨难"、莫测的"命运"相呼应,"一朵"则和"新雪"一样衬托着降落的轻盈和无声无息。"曙光"承接着破晓,在诗中引入了光亮和一点暖色。似乎预示一种"诗意"即将展开。但实际上承接着这种表面诗意的却是并不诗意的现实。黎明标志着工作与禁锢生活的开始,在《自画像》中不断出现的"黎明法纪"就是现实反讽式的说明。

接下来的描述是一个戏拟:工作场景被抽象为一个仪式,对应于神话中精神上升的仪式;但这种抽象不是诗意的改写,神话的诗意完全被现实场景颠覆。从"努力向上""七重天""乐园"这些词语中我们可以辨认出这是一个取自《神曲》的场景。但"永恒的女性引导者"从贝亚特丽采变成了"风韵被稀释的电梯女司机"。"电梯女司机"在这里和《自画像》中都是一个重要的形象:"你走进/旧回楼,你登上电梯缓慢地升空……/你将被电梯女司机怜爱,衔微木填满她/稀释于上海的风韵中一个洞之愁怨"。她代表着诗人不得不去应付的世俗欲望,"我"在她面前是被动的、被掌控的。因此"努力向上"就更富喜剧性:"努力向上"是相对"疾落""飞降"的反向运动,"送我去摘星辰"似乎意味着"我"的上升努力是对降临的世俗命运的挣脱。但这种上升仪式却完全操控在"电梯女司机"的手中,而"我"是无力的,所谓努力是一种无能之下的努力,更令人沮丧的是他努力的方向似乎也转向了填充女司机的欲望。对应"伊卡洛斯只能变成精卫鸟",我们可看出这一刻画的冷酷与苛刻。它对"我"的处境有一种残酷的理解。"七重天"是把回楼的七层楼层对应于七层的炼狱山,但"我"攀过七重炼狱最终到达的并非天国,而是"楼顶平台那冷却塔乐园",来到了"现代化镜像的腰部"。

上面一节由两个原型支撑着:世俗生活或说日常生活场景的原型以及神话故事的原型。它们互相改写,互相作用:世俗场景对神话原型的戏拟显出喜剧的荒诞,而神话原型的引入赋予了描绘世俗场景的形式。陈东东不想在诗歌中直接描绘日常生活，在他看来诗歌是一种"魔术"，直露地描绘现实的细节不是诗歌的责任，诗歌要转化、改写现实："他把记忆和经验里最日常化的手工活儿变为想象，把任何用品做成伪用品，以便它们为魔术所用；……他从真实中感受到虚妄，并且把这种真实的虚妄发明成魔术，以魔术的幻象让观众对他们真实的境遇有所震惊、有所遐想……"(《把真象愉快地伪装成幻象》)魔术的关键在于技艺，首先是赋予现实以独特形式的技艺。借助于神话将现实场景幻化成不可复述的诗歌场景就是诗歌魔术技艺之一种。另一方面，这种变形的现实（镜像中的现实）又构成对实际现实的反观和洞察。

"我处身于现代化镜像的腰部"中的"镜像"是陈东东偏爱的一个词。他经常将诗人比作镜子、诗歌比作镜像："诗歌说到底只是语言的一个镜像。而镜子（诗人）的确是有趣的东西，不仅凹镜和凸镜，甚至一块平面镜也一样歪曲它的反映之物。镜中世界看上去总是更纯洁、更清晰、更鲜明和更简洁，尽管它并没有遗漏和添加什么，它只不过令世界在镜中改变了向度。"(《只言片语来自写作·"诗人是语言诸多功能的镜子"》)在他看来镜子不是单纯客观地呈现物像，而是有着本质上的虚构能力。在现代城市中不仅在物质上存在着各种形态的镜子与反光，并且也共存着相异的时间、精神和价值向度，它们也像镜子在不断折射、改写我们的生活。城市使得生活在其中的人"一半或全部成为镜像。"(《词·名词》；《城市》)而镜像的想象力也使城市变得迷宫一般"繁复、瑰丽、怪诞、晦暗"。在《解禁书》中"我"正是处于"摩登摩天"的"玻璃幕大厦"的团团围困之中，镜像不仅围拢"我"而且"摄取我"，"我"处于被逼迫和焦虑的境地。"腰部"一方面标示着方位，一方面也暗示一种柔软、暧昧的质地，让人想起前面的"电梯女司机"（"在电梯女司机腰肢款曲的丑陋之上"《自画像》）。"从十个方向"突出了笼罩的程度，并且在造型上构成了回楼之外的又一层回楼。括号中的"回楼被俯瞰"印证了这一造型。"让你猜不透/高窗外当下世界的结构，是不是回楼/叠加着回楼"（《自画像》）在这样一个世界图景中，"我"和回楼被再次置于同一的处境,都被现代化镜像(飞降的"新上海")包围、俯瞰和摄取。这里回楼之于"我"的意义逐渐清晰起来,虽然回楼对于我近似于"监狱""看守所",但它毕竟是我经验可把握的领域,甚至是我经验的延伸,当回楼之外已被不可把握的"现代化镜像"包围时,我只有向回楼的内部寻求解脱。于是"十面反光里,以近乎习惯的/放风姿态,我重新/环绕着巨大的沥青回形,踱步——"

如果说上一段的"我"依然延续了被动、无能、焦虑、迟缓的状态,那当"我"开始"奔跑"时速度明显加快。奔跑出于挣脱的渴望,而它的目的地是"写作的乌托邦","乌托邦"既是梦想也是虚无。"高寒的禁地"又重回一个纵向的高度,"禁地"则暗示了写作的姿态是一种封闭、自足的状态。"炼狱山"与前面的"七重天"构成呼应。"清晨""敞亮的工具间"以及作为写作工具的"黑桌子""词典""望远镜"都是同作者自己的写作习惯相关的:作者习惯在早晨、窗前写作;"词典"既是诗人最常用的工具书,也是他诗歌观念的象征;"望远镜"则代表一种观察和把握对象的方式——有距离的窥视。但是在这些工具之外,诗人写作的诱惑和感召究竟来自何方?或说他的写作、想象力是向什么样的向度展开的?事实上,这种引导了写作的呼唤不是来自外面或诗人的内心,而是来自"回楼幽深处",来自回楼的记忆和这种记忆激发的幻象。钟鸣在描述回楼的《走廊》中曾说:"你生活在这幢回楼里,也就生活在它的回忆中。这回忆就像它的内脏。"陈东东也在访谈中提到在他的理解中存在着两个上海,一个是现实的上海,带来厌倦和力图在身体上远离的上海;另一个是极具传奇色彩的上海,"它来自回忆,但更可能来自幻想"。(《二十四个书面问答》)回楼正是一个充满回忆、激发想象的建筑,因此作者一直想以写作的方式将它纳入。

但是作者写作中的回楼并不是纯记忆或纯幻想的。它已经成为作者现实经验的重要部分,甚至构造了作者的经验,当他把回楼看成象征物时很大程度上指向的是对自我经验的把握。稍加注意会发现,在《映照》中存在着两个时态：大部分篇幅处于正在进行时，但结尾却出现了"在那里我有过……"这样的过去时态，表明这些已经是过去发生的事，现在"我"可能已离开了回楼。因此，前面的现在时也不再是一般叙述意义上的现在时，它是一种"无时态"的叙述，换句话说它描述的是一种脱离了具体情境的象征形态。作者是要借助回楼的建筑造型和抽象的生活场景象征他理解的生存结构——回楼就像神话一样，本身是一个有意味的造型工具。

除了回楼这一核心意象，在《映照》一章，"飞降"与"上升"这对相反的运动也构成了诗的基本动机。而这种运动的交织又是和全诗空间上的区分——回楼内外——相对应的。"上升"是回楼之内"我"的一种意愿，而回楼之外的飞降仪式则对它构成压抑和改写。诗体形式上长短行交织递进的伸缩句式构成对这种落差结构的直观呈现。值得注意的还有诗中频繁出现的破折号和省略号。破折号的出现多和视角的转移有关，同时也舒缓了诗行的密度，在视觉上构成空间中的延展，与诗中的速度形成有趣的对应。而省略号的运用也有同样的形式效果——它总是被成对使用，形成一种直观上的隔离。诗中间两次出现省略号都与回楼有关："……回楼／被拍打……""……回楼／被俯瞰……"可见，当回楼发生与外界被动的关系时，它总是被一对省略号从诗行中隔离出去。这一对省略号看上去就像护城河在保护着一座孤立的城堡。而在全诗一首一尾出现的省略号则使得全诗也仿佛处于一种被动位置，它显得没头没尾，像一个被截取出来、有待完成的片断暴露在读者的目光下，如同回楼——它本身也是一个被摄取之物。

接下来的第二章《回楼》是对回楼结构和记忆的进一步挖掘，它并非出于怀旧的狭隘目的，而是拓展回楼作为象征物的意义，是在空间和记忆中对现实经验的挖掘。

如果说回楼在前一章中起到了造型工具的作用，那么这一章对回楼的直接描述就要借助另一种造型工具来完成，需要另一重魔术和折射。于是，在几句平实的描述后，不加任何铺垫地出现了"稳坐在船头的奥德修"。又是神话的引入,但这里神话的功能性大于它的象征意味。它使实在的写景改变了向度,打破了固定的时空,对象被幻化。而一个外来者(漫游者)的眼光引出了回楼最独特和鲜明的景观——"外表阴沉的建筑物内部却阳光猛烈","一根孤高的圣像柱,在大理石天井正中央闪耀。"对这种视觉的奇异与震撼的体会需要借助空间与色彩的想象力而不是文字的分析。接下来对一系列外景与内景的描述也是如此。

值得用文字分析的是这座建筑的结构,它让人想起了边沁的"全景式监狱"(全景敞式建筑)。福科在《规训与惩罚》中描述过它的构造原理:"四周是一个环行建筑,中心是一座瞭望塔。瞭望塔有一圈大窗户,对着环行建筑。环行建筑被分成许多小囚室,每个囚室都贯穿建筑物的横切面。各囚室都有两个窗户,一个对着里面,与塔的窗户相对,另一个对着外面,能使光亮从囚室的一端照到另一端。"这种建筑是一种现代社会控制理念(规训方案)的实现,它的核心是分割与监控:"它不是要求将大批的人群一分为二,而是要求进行复杂的划分、个人化的分配、深入地组织监控与控制、实现权力的强化与网络化。"建筑并不说明自身,它的力量与意味在于它直观地呈现隐藏的理念和意愿。当人们仍然把个人化看作一种理想时,在全景敞式建筑中却可以直观地洞察到靠分割而达到的个人化的残酷和它背后的控制意图。"清晨高寒的禁地""炼狱山巅峰敞亮的工具间"都是监控下的个人空间。回楼中虽然没有瞭望塔(取而代之的是圣像柱),但回形走廊、巨大的玻璃窗也在履行着隔离与相互监视的功能。因此,才会出现这样的场景:"站在六楼的走廊西首,一个戴单片眼镜的德国人注意到,在四层楼南边的走廊一角,黑皮肤的印度小职员竟在跟英国会计师,一个瘦骨嶙峋的老姑娘调情。"

但另一方面,回楼内面从底层到七层的"明净的大玻璃"又使得回楼的内部空间充满了反光、折射与镜像,像是一个魔术场景。正像前面提到过的,镜像在诗人那里往往对应着幻想和写作,也就是说这是一个激发想象的场所。监狱般阴沉的外表和明净、幻象的内面似乎构成了回楼的另一重象征,即诗人经验结构的象征。而回楼正中的"内阴茎广场"也显示着一种矛盾的精神向度：高耸的圣像柱体现着向上的冲动，超越的力量，甚至是飞翔的对应物；天井则是凹陷的，向下挖掘的，它被形容为一个"洞"，朝向记忆和神秘之物，具有魅惑力。在《映照》一章中"飞降"与"上升"的对立就构成一对基本的组织主题。但那里的"飞降"是一种"降临"，"上升"含有挣脱的意味。但这里，两种相反的冲动却并不构成对抗，向下的挖掘有时正是上升的一种方式。

我们现在可以将回楼看成一个多重象征体，两种不同的意义系列（世俗的经验与写作的经验）汇聚、交织在同一个结构中。回楼之所以能够成为这样一个载体，因为它本身就是矛盾物——阴沉的外表与明净的内部、高耸的圣像柱与凹陷的天井、"畅饮天光的走廊"与"一间间晦暗的大办公室"；如果细分还可以见出更多的层面。我们可以试着把回楼的整体结构和对应的象征可能性地勾勒一下：阴沉的外表既是围困的监狱又是个人自我保护的外壳；由玻璃构成的内面既是镜像、幻想的空间也是监视、控制的空间；一间间大办公室既是"高寒的禁地"也是"敞亮的工具间"；圣像柱既是资本主义精神的表象也是个人诗歌理想的标示；天井承载着幽暗的社会历史记忆也是诱惑诗人想象的空间。而在这回楼之外还有"飞降"的现代化镜像的包围，俯瞰和摄取着这一切，那是一个更大范围的回楼。回楼作为一个结构在不断地伸缩，小至个人、大到社会、时代，而这些本身又是胶着在一起的。当我们把回楼视为一个抽象时，它交汇了各种经验，赋予它们以形式，它同时完成了对个人自我体验和社会理解的造型。它是一个很好的平衡物和探索器。

到此为止，我们还没有提及回楼带来的另一向度：记忆和历史。作为上海外滩上最早的建筑之一，回楼是中国现代化历程的见证，也是"上海传奇"的一部分。而后者正是作者所迷恋的。因此在《回楼》中可以明显感觉到时空的穿梭："江边新近圈起的小乐园。一块并非谣传的牌子上刻写着'华人与狗不得入内'。"将时间不声不响地拉到了上个世纪。但接下来的一句"自行车也不得入内"又回到了现在。调情场面的出现也是时间的突然拉伸。不过这些仍是配合场景的描绘出现的。集中展开"记忆的想象"是在后面一段。这一大段看似驳杂、具相，但其实是一种典型化或者说抽象化的想象，在某种程度上，它是由一种抽象理解带动的。从中我们可以看出，作者挖掘的"传奇"不是风花雪月的传奇而是资本主义的传奇，更确切地说是现代社会的传奇。作者一开始就点明了回楼的历史身份："它属于抢先屹立在城市滩头的洋行之一。"金融资本是现代资本主义社会的心脏和发动机。银行则成为现代社会最富象征性的建筑之一，集中了关于资本和围绕资本的制度与生活的各种景观。它是财富的仓库（地下金库）和名利场式的公共场所，各种人物在期间穿梭，他们既是孤独的个体，又共同构成了现代社会中的"群众"；同时它还是公文、契约、数据的流通所与坟墓。这些数据概括、控制和掌握着活生生的命运，把握着社会跳动的命脉，但它们本身却是冷冰冰的，没有生命，而掌管它们的人也像是没有生命，他们的谨小慎微似乎是现代人命运的缩影。这一切来自"想象的记忆"，但又何尝不是对现实的影射。作者在回楼十余年的工作就是"枯坐"在桌子前抄写、编辑、复活那些已经随着时间被埋葬的工商业史料。这也许就是陈东东的方式，他要以幻想、记忆的方式进入对现实的把握。

诗的最后出现了苏州河、黄浦江。陈东东在《上海的玻璃》中曾把上海的表象分为三部分：苏州河、黄浦江；水泥、碎石块的楼房与车道；城市的玻璃。苏州河、黄浦江代表着上海根基的漂浮和污秽；楼房代表着"银行、政治和物质生活"；玻璃则是心境的象征。而"苏州河、黄浦江日益发臭、变黑和高涨"使得记忆渐渐向现实靠拢。于是要"告别传奇时代"了，这里最后出现的形象又是伊卡洛斯。飞向太平洋的结尾似乎是伸展、开放的，但只要我们想到伊卡洛斯的命运，以及全诗开头的"自一万重乌云的最高处疾落"，就会知道这看似乐观的结尾是虚幻的。全诗的首尾构成了一个呼应，或者说循环，一个在飞行、跌落与再飞行间的循环。它像是关于诗人命运的寓言，一个由写作经验和世俗生活共同构成的命运的寓言。

课 堂 讨 论

洪子诚：我读陈东东的诗还是臧棣的缘故。知道陈东东这诗人是因为80年代臧棣写过解读他的诗的文章。那时谢冕老师在开一个诗歌解读课，想将解读编成书，可惜后来流产了。臧棣当时解读的是陈东东的《点灯》。这首诗的前两句我还记得："把灯点到石头里去，让它看看海的姿态"。好像是这个样子。这次讨论，也请臧棣先讲。

臧棣：我刚才听了程凯的发言，觉得他把握得大致不错，而且把握得很到位，应该说对陈东东的理解比较透彻。我想《解禁书》中的"禁"，就像刚才程凯说的，写作是一种解禁的方式，无论是对世界也好，是对我们个体也好，它是打开自我，开放自我的一种方式；同时陈东东也提到，写作又是一种禁地，深入禁地后对我们来说是一种唯一解脱的方式。

在第一首诗（《映照》）中他主要探讨了一种写作场景，一个写作者在目前所面对的社会景观、现场的处境。这种现场处境显得比较混杂。你看他里面提到的"新上海""新雪""新磨难"，有种时代变化带来的困惑；新的国家主义也出现了，这可能和那时提出的精英主义、权威主义有关，多重话语连接在一起，在某种意义上也有种历史的恐怖在里面。"新卡通迷""命运"这些都混杂在一起，这是我们时代的特征，也是一个写作者所面对的时代处境。我觉得在另一方面，这种混杂中还包含着一种沉重，就是带来了新的压力。好像时代变化带来的机会多了，但它也会有另一种不确定性，包含某种沉重在里面。另一方面，这个处境中另一个主要特征在于它变得更世俗了，相比意识形态化的社会结构，它出现了更多样、更多重的世俗景观。

为什么要探讨写作者的现场处境或者写作的现场处境？它强调了写作为什么作为一种解禁的方式。这里面"解禁书"中的这个"解"应该多做一些解释，它到底是"解脱"，"解放"，还是"解构"——对过去东西的解构？这个"解"包含着很多很多意义。但我想对于陈东东个人来说，写作肯定是第一位的，特别是对个人心灵来讲，它肯定是一种解脱。陈东东对写作的确定也影响到他写诗的性质。比如在当代诗歌的语境中，他始终坚持写作有一种乌托邦性质，他在《映照》中也提到"尽快抵达写作的乌托邦"。但这种乌托邦性质不是像以前人们理解的具有完全纯理想的或不顾现实的性质，他讲到"对应记忆之幻象之也许……"，也就是说他强调这种乌托邦性质中的可能性，也就是"解"的一个含义。通过写作能给个人或者说个人和世界的关联带来更多的可能性。这是他对写作的一个意义的理解。

刚才听程凯讲，我也注意到每首诗之间有密切的关联，比如《回楼》更多探讨他作为一个写作者的写作现场是什么样子，他分析这种现场。这个现场也很有意思，在我看来，他完全按照乔伊斯的方式来看待他所身处的写作现场，比如谈到了奥德修，强调了写作现场的某种神话性质，另一方面也强调了现场的世俗性质。对他来讲，这个写作现场当然是一种城市的形象，他对于城市形象的描绘，对现代城市的理解，跟乔伊斯在《尤利西斯》中对城市的描绘没有太大的差别，就是把神圣和卑微，某种意义上的肮脏和龌龊并置在一块。第三首《自画像》进一步探讨写作的主体。写作主体之间各种各样的对话，自我的对话，尤利西斯之间的对话，你我之间的对话，跟他的对话，跟读者的对话等等都纳入写作的主体中来探讨。《正午》这个意象代表解禁那一时刻，一旦获得解脱后获得的那种灿烂的体验的一种描绘。在"正午"意象中飞翔好像占据了很大的位置。我想这首诗的主题在于，它探讨了在目前情况下，诗人作为独特的写作者对自身，对他和世界、社会存在关联的一种反思；探讨诗歌写作的可能性以及这种写作对个人具有的意义，以及写作在时代多重复杂的景观中所具有的意义。什么意义呢？他这里讲了，它是一种解禁的意义。

此外，程凯可能有意回避了诗中存在着的大量的色情意蕴。这种色情意蕴与解禁有什么样的关联？我们看法国早期的超现实主义，无论诗歌还是绘画,色情意蕴都是其理解、描绘世界的主要的编码方式,某种意义上也可以说是超现实主义的想象力的主要构成部分。陈东东诗歌的主要方式,正像他早年自己命名的一样,是"禅的超现实主义",最基本的方式是一种幻想的方式。我觉得在他早年,尤其是80年代的诗歌中,其诗歌模式基本上是按照希腊诗人,如埃利蒂斯的模式来面对世界的。但是在这首诗中,我们能看到一种《源氏物语》中的细腻,或是在中国散文中像是山水画一样的细腻、严密。这样一种笔致可能带有东方的一种特质,他把这两者结合在一起了。

姜涛:在《起飞作为仪式》最后的一节,出现了一个"她"的形象,在我和她的关系中展开了最后一节,开始看,不太理解这一节在整个诗的结构中到底意义何在。再说"解禁",这个"禁"到底在指向哪儿?刚才程凯和臧棣也说到了,"禁"是指诗歌写作对现实经验的解放。但是否有一个反向的解禁?在这里,回楼、写作都是一个幽闭性的存在,它对人构成一种封闭、禁闭,在这个时候,这种解禁是否有朝向内部的说法或可能性?解禁是否是来自于时代或生活对写作本身的一种解放或改写?也许把这五节连起来看会有更丰富的内涵。

臧棣:你是说,现在的写作条件等于也是禁区,对吧?

姜涛:对,他对自身写作有一个重新反省、重新检讨。解禁是两个向度的。

臧棣:在现在的写作中,禁区越来越少,特别是写作题材上。在80年代前期,在题材上只要抓住一个擦边球,就会取得社会上的轰动效应,但在90年代之后,无论写任何题材,艾滋病也好、吸毒也好,都不会取得这种效应了,都不会在社会轰动这种意义上找到一个禁区。

姜涛：但我不是说在写作的空间、范围上，对写作本身的解放。诗歌写作构成对个体主体的幽闭状态，涉及个人的幻想、个人的回忆；而在新的神话空间中，这种个人的幻象必须被打破，或者说它必须来自一种新的冲突之中——这种幻象和整个的新的世界之间的冲突。最后一节有许多个人经验的传达，刚才没有看清楚，这个结论不好下。特别是刚才程凯讲到这首诗有飞翔和坠落的两个过程，结局是一个作为飞翔的失败的坠落。但整组诗的结尾是"你和她在同一个夜晚起飞了"，那这样一个重新"起飞"又是什么含义？

胡续冬：我觉得《映照》的第一行"自一万重乌云的最高处疾落"和诗的结尾"你和她在一个夜晚起飞了"，有一种似是而非的呼应，让人觉得这首诗是永远没完的，从最后一行可以不停地回到头来阅读。另外我觉得姜涛的提醒是有道理的。在最后一节中我也注意到《起飞作为仪式》中"我"和"她"的关系，另外这里牵涉到许多私密化的、日常化的具体描写，至少在阅读状态下不好呈现的，一些在其中具体设置的帷幕、两个人之间的关系。这些与解禁的意图放置在一起，确实不好揣测解禁的含义。我觉得其中包括对最个人的、对私生活意义上的解禁，也包括臧棣和程凯说的写作意义上的、对人的处境意义上的解禁。我觉得陈东东在最后一节，令人意外地把"她"作为主要形象放置进来，也是有这方面的考虑，也是想把解禁的层次复杂化、多样化。

另外，读这首诗颇感意外的是其中《回楼》和《起飞作为仪式》这两节，相对陈东东以前的创作有意外的成分。以前读陈东东的诗时，诗体部分和不太标准的诗体的部分是分开来处理的，在他很经典的诗中，会读到许多复沓的、音节感非常好的、词与词之间韵律感非常强的标准意义上的诗体。他的散文体部分经常是集中起来放在另外的一些篇章里面，像对名词的再解读等等。在这首诗中，他把两种类型的东西并置在一起，《回楼》和《起飞作为仪式》，与他以前的名词解释性的或伪解释性的散文比起来，多了一种像刚才臧棣说的，画面感非常强的东西。我读这首诗的第一感觉，是使我想起一种可能的比较好玩的解读方法是像纳博科夫的《文学讲稿》中的一篇：根据一个作品所提供的地理位置或具体的描述，把其场景结构完全以图画、图解的方式做一份非常简要的一个地图。这很有意思。其中的第二节和最后一节非常具有这种特点，无论从地理方位、内部构造还是相对位置之间的距离……尤其最后一节中写到从叠加的回楼（地点好像是在外滩）到虹桥机场，其间的路程有三十多公里，他已经准确到把具体的公里数都透露给你的地步。他试图达到的是什么？从这种非常确切的地理位置，包括位置之间的距离感的描写，包括物与物、场景与场景之间的细致区分和相对之间的关系，我觉得在这里可能有一些另外的考虑。比如我们熟悉的开往机场的大巴，连大巴的名称也写出来——当地称为几零几路，它所驶过的街边的场景，连带回楼的确切场景，离开回楼的时候在候机厅办理登机牌，包括穿越城区的过程，他都给予了非常明晰的可视性的图景，这在陈东东以前的诗中不很常见。这对他来说，是一个变化。有一种诗人，他的诗歌推进是在可视性场景的位置感、方位感非常清晰的状态下，一层层推进的。而陈东东不是这类的诗人，他以前更多是依靠音节的推进，或臧棣说的埃利蒂斯似的东西在他早年作品中很明显。而在这首诗的第二、第五节中采取这样的方式，是否还有其他的想法。这是一个小小的问题。

冷霜：程凯的解释是一种典型的把作者意图撇在一边的细读方式。我认为如果把作者本身的传记性的背景放在诗中来理解的话，不一定多出什么东西，但有些地方理解起来会自在一些。作者在诗中处理了三个空间：一个是回楼的空间，另一个是监狱的空间。在《自画像》这首诗中，主导的空间是监狱。其中有些词的出现是与作者自身的切身经验相关，如"莫须有"这个词，包括围绕着这个词的一系列与监狱、法律相关的东西，这与他的切身经验有关系。在陈东东以前的诗与随笔中，回楼的意象是被他不断处理的，成为他自己的一个经典意象。但好像是在《解禁书》中,他第一次把回楼这个意象和刚才程凯解释的边沁式的环行监狱糅到一起,这是在他的诗歌历程中比较重要的东西。第三个空间就是飞机场,而且他确实用小说化的方式、乔伊斯的方式(即如何把现实神话化,或注意现实当中的神话意味),把包括《神曲》,包括伊卡洛斯,包括中国的精卫联结到一起,编织成一个新的空间。

我在读这首诗的时候,也是更多地从陈东东自己诗歌变化的角度来理解。这首诗同他以前的作品相比,确实出现了许多很不同的东西。比如,在此之前他的一首长诗《喜剧》中,仍然是很典型的他的方式,即在现实中寻求神话仪式的因素。《解禁书》和《喜剧》的不同在于:在《喜剧》中你仍然可以看出背后起主导作用的依然是神话部分;而在《解禁书》中,日常经验的、现实的尘世景观部分,在陈东东的诗中第一次呈现出一种颗粒状的、悬浮的状态,这在他以前的诗中不是很显眼。他以前的诗中始终还是和一种轻盈的、音乐性的节奏相关,但这组诗中的三首诗体的部分都不再给我们这种感觉。而且在这首诗的结尾,用了一种特别的降调:"你和她在一个夜晚起飞了",这在他以前的诗中是很少见的。从这些地方可以看出陈东东写作上的变化。但这些变化是不是就包含在主题范围内,我不太敢确定。

而且这个"禁"字也很有意思。一方面,当把回楼和监狱联结到一起,显然现实本身似乎是对写作、对自身经验的某种禁闭、禁锢。但另一方面,在他的诗中"尽快抵达写作的乌托邦","一个清晨高寒的禁地",这时,写作的乌托邦本身又成为一个禁地,当然,这是另外一重意义上的禁地。所以这个"禁"怎么理解,我觉得是很有意思的事情。

程凯:我开始读的时候,也感觉到"清晨高寒的禁地"中包含着自我封闭的意味。钟鸣曾写到陈东东写作状态是一种"枯坐"的状态。这种禁地中的、自我封闭式的写作状态带来他的写作当中相对单纯的诗意的追求。像萧开愚在他的《南方诗》里曾提到,上海虽然是一个最现代化的城市,但在上海的诗人反而拒绝现代生活当中新出现的材料，而是追求一种很单纯的东西，期待另一种声音、另一个世界来解放自己。我当初读这首诗，兴趣也是在于看他怎样把现实场景和他自己对于现实的体验纳入到他的诗歌当中来。我感觉他诗中回楼的意象以及神话都带有一种造型和编码的功能，他通过这种东西，在经验与寓言之间找到一种平衡；但这种神话中介的纳入容易把他的经验窄化，或说带有抽象化色彩。比如《回楼》中"屹立在城市滩头的银行"后面一段，表面看去是对一个驳杂的场景的描绘，是一个现实呈现，实际上却是很抽象的表达，是用抽象的理解来带动这个表达。但我觉得这种抽象场景到了最后《飞行作为仪式》时开始转化为很具体的场景。这两个场景是不一样的。这首诗的写作本身也有一个时间上的过程，它是1996年到1999年写作的，《回楼》一章也曾收在别的诗中。这首诗中其他的部分可能是后来补上的。这个写作过程中可能本身有一种变化。

陈洁：《回楼》一开始名为《回字楼》，收在写于1995年的《地址素描或戏仿》里。这种写法被他自称为"本地的抽象"。而《解禁书》被他称为是"本人的抽象"。从"本地的抽象"向"本人的抽象"转变时，《回字楼》仅仅改变了一个句子，几个词，并把分段合并。改变的句子是"回字楼的性别也由此确定了"，变为"回楼的性别因此是模糊的"；"隐没进太平洋"变为"隐没进东海"。

除了这些小修改，我觉得在《解禁书》中另一个值得注意的问题是人称的运用。从《自画像》开始出现"你"和"我"这两个同时指向一个主体的人称。"令凭借梦游活着的 / 我，依旧只是你身体的囚徒。""我"才是诗人乐意选择的主体。这个主体脱离了"身体"而悬浮，以外在的目光观望自己，所以出现了"你"。"会让你听到 / 早已经录制完毕的我，并且无法再抹去。""我"和过去以及未来相连，而"你"是只存于当下的实体。

很明显，"我"对"你"并不满意，当"你"重复"我"所做过的一切时，在《映照》中倾向于明朗和切实的场景，在《自画像》中则揭示出它现实的丑陋面。"奇怪地，你想起了父亲代达罗斯。"一句显示出诗人是把"你"的形象等同于伊卡洛斯的，"你"作为伊卡洛斯，变成了精卫鸟。在《正午》中，"我"再次出现，同时出现了"她"。《正午》是一个过渡。"我几乎从我的镜像里脱开身。""我的镜像"是否可以理解为"你"？在烈日下的正午，一边是光芒下的公共场景，一边是暧昧的私人空间，在正午这一令人头脑处于模糊状态的时刻，融合并存于一起。"是正午的 / 烈日，把回楼熔炼成我之期许，/ 像观察和沉思，——有关于罪怨、/ 信仰、玄奥莫测的正道和飞翔——"这一段里，诗人的主体性再次回到"我"，结束了"你"的晦暗时期。"散布在一本合拢的词典里。"这一句具有总结和象征的含义。

在《起飞作为仪式》中再次出现的"你"，便不再具有《自画像》中的晦暗和愁闷。此时的"你"穿着暗蓝色的上衣，拿着略浅一点的暗蓝色的手提箱。蓝色具有理性和明朗的感觉，而暗蓝色却是一种低调的颜色。这里，暗蓝色有逃避现实的感觉，是一种理性而低调的颜色。两只暗蓝色的手提箱预示了这次飞行的乌托邦性质。从《映照》中以主体姿态出现的"我"到《起飞作为仪式》中作为客体存在的"你"，同一个主体在诗人视野中由近到远。"你的心中之我向前一跃，期待着跌落。"此时的"我"已隐藏于"你"的心中，而"心中之我"的期待跌落则预示着飞行的结果。

吴晓东：我只看了前面的两首，后面三首没有看，所以只对前面两首发表意见。这里首先涉及解禁的问题。我认为除程凯的意见外，是否也包括另外一种解禁，即包括城市本身。

洪子诚：包括对社会生活的解禁。

吴晓东：对。其实，他在思考上海作为都市的现代性问题。

洪子诚："映照"这个词其实也包含这种意义，旧的和新的这种对比。

吴晓东：对，新旧映照的问题。前两节很突出，后面可能更涉及个体的问题。城市的存在对于个人的生存状态而言，或对于城市本身的状态而言，都是比较重要的影像。因而这首诗如果谈它的主题，就是这个城市被看成外在的、镜像的景观，这也是我的体验。我站在外滩，往浦东看，觉得那就是一个幻象，海市蜃楼的感觉。你要是到了浦东区，就更是这种感觉。高楼林立，非常非常高的楼，但是没人，浦东一到晚上尤其是空洞的，那种幻象的感觉非常强。外滩就是东方升起的一个海市蜃楼，一个镜像。在这种景观下，他还挖掘了一种内在的，像程凯说的，一种控制的方式。即现代性、现代制度本身带来的对人的控制的方式。回楼和监狱的意象，它的空间化的景观，其实是现代人生存状态的某种象征，或是现代都市生活的象征。解禁除了对个人写作的解禁，是否也有都市的某种解禁。但在背后，其实他对这两种解禁都抱有怀疑，即他在思考解禁如何成为可能。飞行带来的也是幻象。第二节结尾写代达罗斯，说"像是要告别传奇时代……飞临了。"在这种神话的写作过程中，我觉得现代诗人都有一种自反性的意识在里面。这从乔伊斯开始，《尤里西斯》是一种反讽的现代时光。这里也包括拟神话的倾向，他塑造了一种神话的写作方式的同时，神话在现代已经具有了一种伪神话的特征。在这方面，陈东东是自觉的，这里包含有自我反思的特征。

第三个问题我觉得这两节考虑都市现代性问题，他引入了时间和空间的维度，而且非常重要，空间的维度在前两节中更为重要。他是把时间空间化了。在上海这样的都市，时间是被抽空了的。回楼这一节，既写回楼刚建立的时代开始的回字形的结构，同时又有现在的生存状态，但是通过"华人与狗不得入内"，又把上海的历史和现在结合在了一起。他谈的虽然是历史和记忆的问题，但都被纳入到回楼的空间之中了。所以我觉得这是时间空间化，而这又正好是现代都市的特征。就像杰姆逊谈到纽约、谈后现代主义建筑，他就认为现代性是没有时间概念的，现代城市只有空间化。所以我感觉时间被抽空，或时间也被纳入空间的维度之中了。

钱文亮：我感到陈东东现在的诗和80年代时的创作有很大不同，写实的成分大量出现，开始关注当下生存境况，与80年代以"禅的超现实主义"构造幻美之境有了很大区别。他那时表现的主要是他心灵中明净的部分，以超现实的方式描绘纯美的世界。陈东东的变化联系到"解禁书"，这个"解禁"是否意味着对自己写作的解禁。他以往的写作通过建立写作的乌托邦回避现实的东西，并以此作为终极的目的。但现实生活中的一些命运变化、遭遇可能对他的心灵造成重大的震荡。对于《解禁》这首诗，我想刚才冷霜提醒得非常好。就是在其中有很强烈的自传因素。一方面他被释放是一个解禁，从自传的角度讲；另一方面，他脱离了公职，也是一种解禁；还有姜涛讲的，写作本身也是一种解禁方式。有复杂的内涵。

80年代陈东东的诗是一种纯诗。90年代是一种反纯诗，即对生活中琐屑、肮脏的东西开始予以关注。这首诗与他80年代的诗作一个比较非常有意思。如联系到历史的话，就应了西川的那句话，即"历史强行进入我们的视野"，日常生活是无法回避的。这就引发了90年代诗歌对日常生活的关注。连陈东东这样追求幻象的乌托邦的诗人也对自己的写作发生了怀疑。

洪子诚：写作的问题当然是诗中很重要的部分，但并不是全部，正像大家谈到的。或者说，陈东东的这首诗提供了我们从多个方面去解读的丰富内涵。诗中也包含着对上海这个城市的认识，对个人生活环境的认识，当然也指向写作本身的问题。"解"和"禁"这两个动词，或者说这两种力量，在诗中既是矛盾，又互相纠缠。既是对"禁"的解，也是对"解"的禁，而不是单向度的：个人处境，写作，城市等等，都存在一种既"解"也"禁"的困境。对这一困境的关注，是陈东东写作的依据。像钱文亮说的，陈东东80年代和90年代的作品有明显不同。这种不同，可能更突出表现在近几年，比如说1995年、1996年以后。《明净的部分》这个集子有很多是在90年代写的，可以看到和80年代的接近的东西。比如说，过去他的诗，更多是幻想性的，较少是那种"写实"的东西。他不太想让一些具体、确定的生活细节进入他的诗。《明净的部分》中的许多作品，包括《即景与杂说》，好像出现了一些"写实"因素，但其实是少量的、不确定的。而《解禁书》有较大不同，其中的场景或生活细节都处理得很准确，这和陈东东以前的写作确实有很大不同。他自己曾说他出生在上海，上海是提供他经验的地方。但在以前，实际上在他的诗中，并没有呈现对上海的直接观照。而在这首诗中，发生了变化。这种变化，不只是艺术技巧、艺术方法上的意义。

陈东东简介

1961年生于上海，1984年毕业于上海师范大学中文系，大学期间开始写诗，是《倾向》《南方诗志》等多种诗歌民刊的主要编者，亦曾任海外文学人文杂志《倾向》诗歌编辑。大学毕业后在上海先后做过中学教师、政府机关职员，1998年辞职专事写作。诗风具有"南方气质"，语言雅致、诗思细腻，在梦幻、唯美的笔调中略带颓废、病态的气息。近年多采用组诗的形式。诗集有《海神的一夜》（1997）、《明净的部分》（1997）、《即景与杂说》（2000）、《解禁书》（2008）、《夏之书·解禁书》（2011）、《导游图》（2013）。

[第十五次课]

九十年代诗歌关键词（讨论）

主讲人：胡续冬、钱文亮、姜涛、刘复生
时　间：2002年7月5日上午9—12点，下午2—5点
地　点：北京大学五院中文系当代文学教研室
参加者：洪子诚、周瓒、钱文亮、姜涛、胡续冬、冷霜、赵玙

九十年代诗歌（胡续冬撰写）

诗歌写作状况在1989年以后发生了很大变化这种看法，在90年代前半期屡屡出现在《现代汉诗》《南方诗志》《九十年代》等民间刊物和《今天》等海外中文刊物上。国内公开出版物第一次集中地展示含有上述观点文章的，是出版于1994年、由沙光和闵正道选编的《中国诗选》。当时阐述这一看法的重要文章，最早的是欧阳江河的《'89后国内诗歌写作：本土气质、中年特征与知识分子写作》，以及稍后的王家新的访谈《回答四十个问题》、臧棣的《后朦胧：作为一种写作的诗歌》。

在欧阳江河的文章中，有一段被后来的论述者认为"现在看来，这一说法中其实不乏戏剧性的夸张成分"[①]的描述：

"对我们这一代诗人来说，1989年并非从头开始，但似乎比从头开始还要困难。一个主要的结果是，在我们已经写出和正在写的作品之间产生了一种深刻的中断。诗歌写作的某个阶段已大致结束

---

① 参见北京大学中文系2000届冷霜的硕士论文《90年代"诗人批评"》。

了。许多作品失效了。就像手中的望远镜被颠倒过来,以往的写作一下子变得格外遥远,几乎成为隔世之作,任何试图重新确立它们的阅读和阐释努力都有可能被引导到一个不复存在的某时某地,成为对阅读和写作的双重消除。"①

这段话虽包含了一些武断的、臆想性的、修辞性的成分,但在构筑"九十年代诗歌"话语谱系的过程中,它成了一种强有力的理论支持和不言自明的"佐证"。

在王家新的《回答四十个问题》中,当被问及"你认为1989年是一代诗歌的转折点吗?为什么?"的时候,他这样回答:

"1989年对我个人很重要,但它是否成为一代诗歌的转折点,这很难说。从大体上看,1989年标志着一个实验主义时代的结束,诗歌进入沉默或是试图对其中的生存与死亡有所承担。作为一个诗人——不是全部,而是他们其中经受了巨大考验的一些,的确来到一个重要的关头。"②

如果说对"九十年代诗歌"的构想在欧阳江河和王家新那里还是源于一种局部化的写作反省的话,臧棣在《后朦胧:作为一种写作的诗歌》中对90年代诗歌"分期"的构想,则是从诗歌史、文学史的角度提出的。他在论及"后朦胧诗"的划分的时候写道:

"后朦胧诗还可以大致分成两个发展阶段:作为诗歌运动出现的第三代诗(1984—1988年)和90年代初转入相对独立的个人写作的诗歌。这里,90年代初的中国现代诗歌被纳入到后朦胧的范畴不是没有争议的……然而,从一种更宏大的批评构想出发,我有更多的理由把朦胧诗、第三代诗和90年代初的个人写作视为中国现代诗歌这一系谱的三大

① 欧阳江河:《站在虚构这边》,生活·读书·新知三联书店,2001年,第49页。

② 王家新:《回答四十个问题》,收入《中国诗选》,成都科技大学出版社,1994年,第417页。

来源。"①

在臧棣那里,"九十年代诗歌"这一概念虽然没有明确出现(他频繁使用的是在当时具有反拨80年代诗歌"运动化"倾向的策略性概念"个人写作"),但他已经开始把90年代以来的诗歌作为和朦胧诗、第三代诗并列的阶段性范畴。

在90年代前期上述诗人和批评家作出的"分期"构想的基础之上,1996年以来,一方面,一部分学者开始在正式的研究文章中使用"九十年代诗歌"这一概念;另一方面,一部分诗人承接了90年代初进行"分期"构想时就已开始进行的为"九十年代诗歌"总结特定内涵的工作,创造出一系列的"子概念"来描述这一时期。1997年前后,"九十年代诗歌"这个概念开始"浮出水面":《山花》《北京文学》《天涯》《长江文艺》等文学刊物组织了有关"九十年代诗歌"的专题;《诗探索》《郑州大学学报》《学术思想评论》等学术刊物刊发了系列性地研究"九十年代诗歌"的文章或者专题笔谈,稍后,《读书》也开始不定期地刊发有关"九十年代诗歌"的文章。改革出版社、湖南文艺出版社、文化艺术出版社分别出版了三套"九十年代诗歌"这一现象所涉及的重要诗人的诗集,其中文化艺术出版社的那一套就直接命名为"90年代诗歌丛书";在一些学术机构和刊物组织的诗歌研究的学术会议上"九十年代诗歌"也成为重要的话题。

在这个阶段,使"九十年代诗歌"成为受到广泛注意的批评概念的文章是程光炜的《九十年代诗歌:另一意义的命名》。这篇文章借用福柯在《词与物》中提出的"知识型构"概念(l'épistémè,又译为"认识型"),为欧阳江河的"断裂"构想提供依据。从对抗性知识分子的消失、作者与读者、文

① 臧棣:《后朦胧:作为一种写作的诗歌》,收入《中国诗选》,成都科技大学出版社,1994年,第339页。

本的有效性三个方面阐述了他所认为的"观念上的90年代写作"①的重要性所在。对于"九十年代诗歌"所涵盖的内容，程光炜在稍后撰写的《我以为的九十年代诗歌》这篇短文中作了说明：

"在已经发表的几篇文章中，我对它（即'九十年代诗歌'）做过初步的描述，集中为两点：一、它是相对于散文化现实的、个人性的、能达到知识分子精神高度的一种写作实践。二、它是一种充分尊重个人想象力、语言能力和判断力的创造性艺术活动……90年代诗歌不仅要求诗人有一种文化的、精神的高度，它还如艾略特所说的：'是一门综合的艺术'。"②

不难看出，作为"九十年代诗歌"这一概念最有力的推动者之一的程光炜在这段文字中也没有给予这个概念以明确、充沛的界定（譬如，从时间、涉及的诗人和作品、文学社会学特征、美学特质、预想中的文学史归属等诸方面予以全面的勾画和阐述），只是正面地给出了两个在逻辑上属于必要条件而非充分条件的"可识别特征"。正是在同一篇短文中，程光炜不无忧虑地提到对"九十年代诗歌"这一概念的过于宽泛化的理解：

"当90年代如泥沙俱下，似乎接近尾声的时候，人们对90年代诗歌的理解是相当宽泛的：如《诗刊》意义上的'九十年代诗歌'、外省几家曾经先锋的诗刊所确认的'九十年代诗歌'、根本不读诗的人士心目中的'九十年代诗歌'、甚至若大兵一般武断的朋友所说的'九十年代诗歌'等等。"③

一方面，对自己所提倡的概念被无标准地、随意化使用的状况感到遗憾；另一方面，在理应对这一概念进行必要的

---

① 程光炜:《我以为的九十年代诗歌》，载《诗歌报》，1998年第3期。

② 同上。

③ 同上。

"窄化"处理的时候,却(有意无意地)不给出清晰的"窄化"界限。这里可以揣测这一概念的推动者们在确立这一概念在批评领域的"合法性"的时候,所面临的困境和所采取的策略。

面临的困境首先在于,这个概念在当时是用来描述一种处于"现在进行时"状态下的现象,面对一种并未完结的现象,可以保持积极的批评态度和大胆的文学史、文类史预设,但在对其进行学术性的辨析、归纳、研究的时候必须持一种谨慎的延宕态度。困境之二在于"九十年代诗歌"在常识语境中具有的含混性。"九十年代"从表面上看是仅仅与年代划分有关的时间指称,这样,即使概念所指涉的文学现象在"分期"和"断代"上能够成立,但究竟是哪一种或哪几种或者干脆是普泛的、不涉类别的现象处于"分期"和"断代"之中,这一概念——至少从构词方式的直观效果上——并未给予说明。一方面,"九十年代诗歌"的"当事人"之间,就哪些作家、作品可以归入这一概念基本具有一定的"共识",另一方面,当这一概念成为一个话题之后,"当事人"们却发现新加入这些话题的批评家倾向于把"九十年代诗歌"当作指涉涵盖同一时间段的不同诗歌现象的中性概念来使用。

针对这些困境,"九十年代诗歌"概念的推动者和相关的诗人也采取了相应的策略,以保证这一概念既能传达预想中的内涵,又能以客观的、渐进的方式获得它的有效性。这一策略就是,在对概念进行描述的过程中,充分考虑到概念本身的可生长性,把兴趣和注意力更多地转移到对与概念所指涉的诗歌现象相关的一些文学特征的清理和探讨上。由此导致了一系列"九十年代诗歌"总概念之下的"子概念"的诞生。譬如"知识分子写作""中年写作""本土性""个人写作""及物写作""叙事性""向历史的幸运跌落""中国话语场"等等。有些"子概念"属于对历史进程的及时体察和描述;有些"子概念"则具有明确的"问题意识",其职责是倡导某种新的写作倾向和原则,它虽有一定的历史针对性作为立论的基础,但基本上属于"发明"性质的历史预设。不难看出,在对"九十年代诗歌"概念的"发明"

和使用上,"当事人"具有明显的历史叙述和历史建构的主动性和积极性。

事实上,一些论者对"九十年代诗歌"通过密集的"子概念发布"进行的"自我叙述"活动已经有比较清醒的认识。姜涛在他的《叙述中的当代诗歌》一文中指出,与"九十年代诗歌"相关的一些"术语"和"命名"执行的是朦胧诗以来当代诗歌进程中固有的一项"自我叙述的功能"。因此,他建设性地提出:"或许可以大胆地假设,90年代诗歌的本质不在其叙述中的叙事性、及物性或本土化等写作策略,而恰恰存在于写作者对这些策略的扰乱、怀疑和超越之中。"①

① 姜涛:《叙述中的当代诗歌》,载《诗探索》,1998年第2期。

"九十年代诗歌"这一概念被使用的第三个阶段,是1999年左右至今。这一阶段情况显得较为复杂。一方面,经过上一阶段的"自我叙述"和策略性的"窄化"之后,"九十年代诗歌"被很多人用来指称在特定时段发生在一部分特定诗人身上(以后来被称为"知识分子写作"的一批诗人为核心)的、在纵向上区别于80年代、在横向上同其他诗人有别的诗歌现象。在另一方面,除了无意识地将此概念当作宽泛的、时间性的概念来使用的情况之外,另一些有意识地质疑、纠正、反驳、批判对这一概念实施的"窄化"措施的观点也陆续出现。有的是按照"九十年代诗歌"概念推动者的思路对这一概念存在的弊端进行修缮,补正其过度的"窄化";有的则站在"九十年代诗歌"概念推动者的思路之外或对立的立场上,否定对"九十年代"这一时间范畴的"窄化"处理,从而引申出对这一概念所包含的现象、特征、历史预设和历史回顾的否定,试图为这一概念输入其他的内涵和外延。

前一类主要偏向于纠正这一概念之中所包含的"分期"

和"断代"构想,如陈超在《立场——略谈近年诗歌走向兼为80年代诗歌一辩》一文里不赞同在构筑"九十年代诗歌"概念的时候把基本否定"80年代"作为一个前提,他认为这一做法"会遮蔽本土人文格局的特殊性,形成新一轮的独断论",他倾向于认为"80年代的诗庄严地完成了它能完成的部分……近年的诗正是在这一继续起作用的'大级度'中精进"①。唐晓渡的《九十年代先锋诗的几个问题》质疑了欧阳江河把1989年的社会事件作为诗歌写作"断裂"标志的观点,他认为"把造成这种'中断'的肇因仅仅归结为一系列事件的压力是不能让人信服的,除非我们认可先锋诗的写作从一开始就是对历史的消极承受……另一方面,这种'中断'无论有多么深刻,都不应该被理解成一个戛然的突发事件。它既很难支持'开始'和'结束'这样泾渭分明的判断,也无从成为衡量作品'有效'或'无效'的标尺。"②

后一类观点主要来自1999年"盘峰诗会"之后的诗坛论争中集结在"民间立场"口号下的一批诗人和批评家。他们大致从三个方面质疑并激烈地批判作为"话题"的"九十年代诗歌":一是强烈地否认"九十年代诗歌"所指涉的诗人和作品代表了中性的时间范畴"九十年代"中发生的诗歌现象,认为这一概念具有共时性维度上的遮蔽性。《谁在拿九十年代开涮》一文认为,"九十年代诗歌"的所谓"真相"被学术界、出版界"有意"地遮蔽,并提出了另一份替代性的可以代表"九十年代诗歌"的作者名单③;第二个方面是从历时性维度上否认"九十年代诗歌"概念的推动者们所建立的关于朦胧诗以来的现代汉诗历史叙述,拒绝承认在90年代初期存在与80年代写作的"断裂",重新在80年代诗歌

① 陈超:《立场——略谈近年诗歌走向兼为80年代诗歌一辩》,载《星星诗刊》,1998年第4期。

② 唐晓渡:《九十年代先锋诗的几个问题》,收入《1998现代汉诗年鉴》,中国文联出版社,1999年,第265—266页。

③ 这些文章详见《1998中国新诗年鉴》(花城出版社,1999年)和《1999中国新诗年鉴》(广州出版社,2000年)。

之中寻找可以为前面提到的"替代性名单"提供理论支撑和源流合法性的有效成分。于坚的《穿越汉语的诗歌之光》和沈奇的《秋后算账——1998：中国诗坛备忘录》都试图"重估"80年代"第三代诗歌"的价值，并以此为轴心，试图建立上接"今天派"、下启前面提到的90年代诗歌"替代性名单"的、以"民间立场"为标榜的历史叙述[①]；第三个方面是逐个批判"九十年代诗歌"概念的推动者所使用的"子概念"，其中重点集中在"知识分子写作""中年写作"等上面。建立与之对立的特征范畴，从而彻底置换前一阶段被广泛使用的"九十年代诗歌"这一概念的内涵和外延，是批判者的主要工作。韩东、于坚、伊沙等的许多文章都涉及这方面的内容，比较有代表性的是于坚的《真相——关于"知识分子写作"和新潮诗歌批评》[②]。

[①] 这些文章详见《1998中国新诗年鉴》（花城出版社，1999年）和《1999中国新诗年鉴》（广州出版社，2000年）。

[②] 同上。

课 堂 讨 论

洪子诚：上次我们商量，在诗歌细读的基础上，就近年的诗歌现象，以"关键词"的方式，作一些初步的描述、讨论。先从"九十年代诗歌"谈起吧。这部分是胡续冬写的，先由他起个头。

胡续冬：我刚通过的学位论文是写"九十年代诗歌"的。从论文评议的意见看，争议还是挺大的。对"九十年代诗歌"这个说法，现在可能存在几种不同的理解，强调的关键点也不一样。有的是从时间的角度，有的可能指某一种特定的诗歌现象。另外还有一些考虑的角度不是出自作品，而是社会学层面的。我定义这个概念的角度主要是参照洪老师的方法，在时间概念之中强调过程性的文化力量之间彼此消解的趋向。最近有许多人明确指出，"九十年代诗歌"是一个已经确定的、特指的、过去了的现象，比如程光炜、敬文东、桑克等。今天我们要讨论的这个概念其实还是比较麻烦的，首先要搞清楚这个概念的来源，也就是最早把它使用到一个比较有效的层面上的来源是哪儿；另外一个是要弄清楚在使用后，对这个概念有哪些不同角度的强化，产生什么程度的结果；同时又有哪些不同的理解，甚至说是对它的反驳、偷换。这两年的状况是，人们提到"九十年代诗歌"，虽然会公认这是特指的概念，但实际上所默认的特指对象是不一样的。还有一些对这个概念的特定用法比较反感的。

赵珩：是不是这个样子，谈"九十年代诗歌"有两个方法，一个是讨论对这个概念的使用，或是使用过程中出现的特定意义；还有一个就是你刚才提到的，把"九十年代诗歌"进行自我定义，把它当作一个时间概念来使用，它特指的就是在我们共同的记忆当中所发生的重大历史事件或文化事件。但我觉得这两个问题是有些矛盾的，比如诗歌发展的历史脉络，90年代是不是和80年代有那么大的不同……

胡续冬：的确像刚才赵珩说的，90年代诗歌和80年代诗歌是否真正存在着足以让"九十年代诗歌"独立命名的这种可能性，这种差异到底有多大，而且在这个差异被叙述的过程中，是否存在策略性的夸张成分。这也是让"九十年代诗歌"这个名称可以浮现出来的背后的一个重要因素。

姜涛：接着刚才赵珩谈到的不统一性。其实定义"九十年代诗歌"之所以复杂，可能有一个基本的矛盾之处，或者说两个层面。因为在开始提出来的时候，在我看来更多的是一个功能话题，它的价值在于使用，它不是一个描述。但后来这个概念变成了一种描述。它本来是功能化的用法,来表明一种主张的,但后来变成了一种历史描述。所以它必须从两个层面上来看,一个是它到底描述什么,是否存在实体性的"九十年代诗歌",这是一方面;另一方面是使用的历史,就是在使用这个概念的时候,理论家和批评家要实现什么目的。我想这两方面可能有些缠绕。

赵耳:除了描述性的功能之外,你所说的功能性的概念的功能还指什么?

姜涛:这里主要指的是这一批人在写作的时候,他们对自身的历史价值、历史地位的定位,与80年代的区别在哪儿。简单的说是为这种写作大张旗鼓的一个做法。

洪子诚:刚才说到这个概念,它是两个方面的。一个是跟80年代作出划分的,我们不一定说断裂,总之是标明出现了这么一个重要的阶段。另一个含义,是要在90年代出现的复杂的诗歌现象里头,它要突出这个不同。

姜涛:我觉得不要去落实这些不同,不要争论是否断裂,不要争论不同,到底真的同还是不同不好说。从80年代诗歌的框架里出来,寻找一种可能性,这是它的价值。到底突破不突破,断裂不断裂,那是另外一个意义。我觉得这种自我意识是非常重要的。

钱文亮:"九十年代诗歌"就是这些诗人之间的一种自我命名,自我的理论建构。

周瓒:一开始我接触这个概念的时候,我没有认为它是一个批评的概念。它有一种描述性,可能是程光炜的那种描述吧。现在看来确实是非常有目的的，自我建构式的。因为很明显，在《岁月的遗照》（按：程光炜主编的90年代诗歌选集）中，他所认为90年代的诗人就是那些个，而且在诗歌写作的特点上都有统一性。他自己就是不喜欢另一些诗人的作品，显然是非常有他自己的价值判断的。

洪子诚：《岁月的遗照》是"90年代文学书系"中的一种。虽然有"总主编"，但实际上各卷篇目的确定，都是充分尊重分卷主编的意思。诗歌部分，开始贺照田他们也提出入选的作品可能有一点点偏。我说可能存在这个问题，但是我们既然确定主编，就要由他决定，作为个人编定的选本，有自己的特点是可以的。

周瓒：如果我们换一个角度，从文学史的角度来描述最近十年的诗歌现象的话，文学史是不是还要关注一些其他的现象？其中有几代诗人，70年代出生的，80年代出生的，或者说第四代，这些概念都是在90年代以后提出的，可能会和"九十年代诗歌"发生一些交叉关联。因为这些诗人确实是在这个时候开始写作的。这两代诗人的写作，和"九十年代诗歌"这个概念的特定意义，又不是完全一样的。

洪子诚：其实程光炜也是一种"文学史"意识，即从他的理解上，来确定一批较成熟的，具有文学史价值的诗人和作品。因此，他选择的大多还是80年代初期或者中期开始写作的那些，这里面也包含有"时间检验"的文学史意识。

胡续冬：另外一点就是程光炜他对"九十年代诗歌"一直避免特别清楚的界定。在他的文章里头（按：指诗选《岁月的遗照》的导言）能够找到的，相对来说正面的描述主要集中在两点，一是相对于散文化现实的，个人性的能达到知识分子精神高度的一种写作实践,二是充分尊重个人想象力,语言能力和判断力的创造性艺术活动;"九十年代诗歌"不仅要求诗人有一种文化的精神高度,还要如艾略特所说是一门综合的艺术。这基本上是他直接描述的部分。其他很少有涉及直接对他所使用的这个概念的比较详细的确认。

赵玥:我刚才谈论的问题是,80年代诗歌和90年代诗歌起码在命名者那里肯定有巨大的不同,或者是巨大的要表达这种不同的需要,他才能够作出这样的一个命名和判断。所以,更关键的问题是要搞清楚,当时程光炜的这种判断是建立在一种什么样的价值观念上的。

姜涛:刚才已经说了程光炜的这种说法是个人的一个发明,是选本,是个人选本,但其实代表着一个背后的群体,是基本的被分享的姿态。是有一个群体共识在里面。他以代言人的姿态说:我在说我的话。其实是代表一批人在说话,而且非常自信。

赵玥:关键问题是他的诗学判断的基础究竟坐落在什么地方,我觉得这个很关键。例如他里面出现的新的批评术语,其实就带来了一些新东西,但是我们更加关心的应该是他的基础在哪里。

钱文亮:程(光炜)老师他主要是从文化语境的转变和新的诗歌语境的诞生来提这个概念("九十年代诗歌")的。他有一个概念是引用福柯的——"知识型构",指出80年代诗歌和90年代诗歌之所以有所不同,在于知识型构、整体的知识权力与框架的变化。到了90年代有一批诗人对以前那种写作有所反思,反思的着眼点就是过去那种知识权力框架的统一或驾驭,这是最大的区别;另外认为过去存在一种对峙形态的、比较单一的写作。相对80年代写作,90年代写作在发生学的意义上就是对80年代诗风的反驳和纠偏。

他从张曙光引入一条线索。张曙光在 80 年代中期就开始一种反抒情、反浪漫的写作，从陈述语句和注重细节着手对 80 年代的浪漫主义诗风进行反驳和偏离。程光炜在《岁月的遗照》"导言"中有一句话，说 90 年代诗歌是针对 80 年代的那种布尔乔亚和浪漫主义诗风提出来的。实际上 90 年代诗歌和 80 年代诗歌确实是两种不同的知识谱系，或知识型构。我觉得"九十年代诗歌"这个概念的提出是有非常重大的意义的，是对中国现代主义诗歌的重新认识。80 年代诗歌里充满浪漫主义的态度，特别讲究无限的可能性，讲究实验呀、探索呀。"九十年代诗歌"这个概念受新批评派的影响非常大，注重事物的有限性，在这个基础上对诗歌的现代性进行重新认识。

赵珩：程光炜的判断和当时的文化语境、和他的个人其实很有关系。如果我在这里先把这个"知识型构"从文化语境中摘下来，从反思社会学角度来看的话，"九十年代诗歌"它的场域究竟是什么样子的，构成"九十年代诗歌"的反思社会学意义上的要素究竟是什么，不是一般意义上的社会学要素。一般意义上的社会学要素是无时间的，不能穿透时间的，是一种体验性的；反思社会学的要素是有历史穿透能力的，这样的一些要素有哪些？

胡续冬：我还是接着刚才钱文亮的话，他认同程光炜的说法，认为在 80 年代和 90 年代诗歌之间在知识谱系的构造上是完全断裂的两个阶段。我觉得这个说法现在可能要重新检省一下，包括比如对这个知识型构的认识。知识型构呢，当时程光炜在使用这个概念的时候，福柯的理论还没有被翻译过来，仅仅是在一些论文集里头提到这个概念。而这个概念的提出是有一些背景的，它其实倒是和后来福柯提出的微观权力政治学、谱系学这个东西联系不是非常大，这个概念其实是从库恩的"范式"转化过来的，并不直接指涉权力、知识、架构等东西，所以说当程光炜老师指出 80 年代和 90 年代诗歌的知识型构发生了很大的差别，同时下了一个断语说 90 年代的诗人重新意识到和 80 年代的诗人处于一个不同的知识权力框架当中，这个结论不是能够顺延下来的。

冷霜：先把知识型构放一边。我和胡续冬做论文都涉及这个"九十年代诗歌"概念，都想和这个概念有距离，但是最后又都不得不借用这个概念。它先有一个概念的历史，最后变成一个历史的概念。比如在 90 年代中期的文章里头，有一些人已经泛泛使用"九十年代诗歌"这个概念，后来出版界在其他文类也使用"九十年代"这个概念。那个时候我们使用"九十年代诗歌"和现在我们使用很不一样，那时候是在比较宽泛的情形下使用，没有给它像现在这样的界定，更多时候是一个时间段落。为什么这样？在 80 年代过去之后，批评领域要有一个新的概念来描述新的状况。90 年代中期以后，描述我们当下状况的行为已经开始，比如万夏、臧棣编的诗集、写的文章等。这个时候就出现这个问题，如何命名 80 年代以后的诗歌。欧阳江河的所谓"89 后"这样的说法，还有"后朦胧"等都是铺垫。这个概念有一个慢慢生成的过程。我觉得是"九十年代诗歌"生产出了"八十年代诗歌"这样的概念。在此之前我们谈 80 年代诗歌，我们可能谈具体的第三代等，而不会去谈"八十年代诗歌"这样总括性的东西。但是恰恰是在和"九十年代诗歌"争辩的过程中，比如在沈浩波说"谁在拿九十年代开涮"的时候，就发明出一个"八十年代诗歌"，他的"八十年代诗歌"也是一个整体性的东西。而在此之前没有谁把 80 年代诗歌当作这样一个整体性的东西。

胡续冬：任何一个概念的使用都会引起一个概念群的变化。这个概念群的变化意味着在它之前或之后存在叙述逻辑关系的转换。我们今天讨论"九十年代诗歌"这个概念有几种讨论方法，其中有一种是比较简单的，就是判断它和使用对象之间是否有合理的对应关系。还有一种讨论方式就是我们如何看待这个概念，这个概念本身是如何从概念的历史演变成历史的概念，然后考察由于这个概念产生了其他一些概念的变化。比如在"九十年代诗歌"概念出来之前，我们确实没有"八十年代诗歌"这样的比较笼统的命名，我们只是说今天派、朦胧诗、第三代这样的概念。但是到了"九十年代诗歌"被广泛使用以后，很多场合包括以前坚持使用以上这些序列的人也在使用八十年代、九十年代这样的概念。与此同时，"九十年代诗歌"变成对另外一些诗歌的挑战，比如沈浩波等对这个概念的不同理解，也造成了这个概念序列的变化。

洪子诚：这个概念是如何生产出来的，你的论文（按：指胡续冬的博士学位论文）里头已经说得比较清楚。我接着刚才姜涛说的，我们还是要讨论另外一个问题，就是我们不使用"九十年代诗歌"这个已有特定含义的概念的话，我们将如何描述近些年的诗歌现象。我可能更关注后一个问题。当然，这种想法，就包含有对"九十年代诗歌"概念的重新辨析与反省。

赵珩：其实我们都是在寻找这个脉络。姜涛刚才谈到功能性的用法，其实功能的意思等于策略性。也就是回到生产这个概念的需要和生产这个概念的判断上去，也就是在文化境遇里，来提出一个反思社会学意义上的知识场域和诗歌场域的问题。

洪子诚：钱文亮对程光炜老师的意见可能比较认同，认同对"九十年代诗歌"所作的界定，以及由这个概念所形成的历史描述。但是另外一些人，比如胡续冬、冷霜、姜涛好像不是很同意这个概念所作的描述，因为它可能会漏掉，或不能很好容纳其他的现象，而这些现象并不是不重要。我想，分歧可能在这里。这个概念的最令人疑惑的地方可能是，它的采用了一个时间段（90年代）的表述方式。因此，除了要讨论这个概念的生产过程之外，也要涉及近十多年来的诗歌状况，也就是胡续冬说的概念和对象之间是否合理对应的问题。胡续冬认为这是"简单"的方法,其实,这些有关"场域"问题的争论,都源于这个简单点。对这个问题的讨论,我不太同意把全部力量放在探索概念的历史生成这方面,不是太同意把这个问题这样狭隘化。我对胡续冬论文有的地方不是特别满意,就是觉得他在沿着清理概念的路子走的时候,有些狭隘化的倾向,没有关注到其他的一些东西。另外,"九十年代诗歌"应该说更接近于一个批评概念,但它的表述方式(文学史的时期划分的方式)则以鲜明的文学史概念的形态出现。当然,这两者不可能完全分隔,但还是有不同的。作为文学史意义上的"九十年代诗歌",我主张应有更大的包容性。

姜涛:胡续冬的论文有这样一个前提,就是"九十年代"是少数人的90年代,不是真正意义上的90年代,他从这个角度来做论文,要求就不太一样。

洪子诚:当初在讨论这个论文的时候,我的意见是坚持要把"九十年代诗歌"这个概念作为一个历史化的概念,同时你也要质疑这个概念。质疑不可能在封闭的内部进行,必须引进这个概念所不能包容的、被排斥的、被遗漏的东西的参照。

姜涛:所以干脆打破这个概念。

赵珥:其实这个意思就是说我们得从个别的、描述的状况尽可能回到总体的状况,事实上这个更难。比如我就注意到程光炜老师的一个问题,他的批评家身份在90年代有一个很重要的变化,开始自觉地向一个文学史家的身份靠拢。可能在程光炜对"九十年代诗歌"的命名行为里头有其他的需要,或者有其他的视野。

冷霜:这个概念有一个矛盾的东西,我觉得90年代诗歌和此前的诗歌确实存在着某种不同,但是这个不同不来自于写作内部,其实是来自诗歌、文学和这个社会之间的关系的一面,也就是说是来自文学外部。如果把"九十年代诗歌"作为一个概念的话,有一个麻烦就是它会产生一种强制性的叙述,我们就会不自觉的,甚至不由自主地去为它发明一些文学内部的特征,这个东西肯定是成问题的。如果这个概念能成立,唯一的根据应该是在文学、诗歌和社会之间的关系上,就是说诗歌在这个大的关系里头它的位置、功能的变化。

洪子诚:内部也还是发生了很多重要的变化。

冷霜:可是我觉得,它的内部变化如果我们还是习惯于这样的历史性的总体叙述的话,是没有办法去概括的……

周瓒:或者把它和 80 年代诗歌承继起来,回到 80 年代中期,90 年代只不过是一种延续。

赵珥:不是一般意义上的延续。程光炜现在对周作人高度赞美,这里头表征了一种需要,就是对文学自主性、美学自主性的过度追求。在程光炜从一个批评家向文学史家、向学者的转换里头,事实上也暗合了 90 年代学术界整体性的某种追求。比如我们说 80 年代是一个思想的时代,是无规范的,90 年代是一个学术的时代,是要讲规范的,要有历史性的关怀在里头。在"九十年代诗歌"这里,有一些他自己可能也不见得完全有意识的动机在里头。正是从这一点我们可以看到 90 年代的诗歌上演了一些闹剧,比如"知识分子写作",什么叫知识分子写作?知识分子写作在强调什么?确实像他们"民间派"说的,在强调知识,在强调技术,在强调内部,强调朝向文学史的、经典的……我不是想在一般的意义上否定这个东西,而是想追它后面的脉络在哪里。

洪子诚：在我的印象里，"知识分子写作"的提出，开始是带有更多的批判精神的，它所考虑的是严肃诗人在这个时代的责任，这在"89后"有强烈的人文关怀的含义。当然，后来是怎么演变的，我就不太清楚了。

赵耳：在90年代里头讨论很多事情，都有必要把一些大规模的"学院行为"连带着考虑进去。比如教育，比如中学语文。在对目前中学语文的过度批评当中，它的替代性的方案全是一大堆美文。恰好是想用……

钱文亮：这也许可以看作一种政治。比如说中学课文里对鲁迅的一些作品的调整，把那些比较暴力的东西换成了一些人性的……

赵耳：但是恕我直言，那样的对政治的解构行动本身就没有打到政治的核心去。

姜涛：于坚在他的那篇"汉语之光"中有一个基本的判断，就是90年代不是对80年代的断裂和背叛，而是一个基本矛盾的延续。在80年代已经开始对立了，一个是文化写作，一个是第三代……

洪子诚：现在说第三代诗歌到底指的是哪些人？……谢老师在文章中谈第三代诗歌，大致是指口语化的、生活流的。

周瓒：这种概括是不太恰当的。

钱文亮：第三代诗歌应该包括比较广泛。

胡续冬：这个提法本来涵盖面比较广，差不多都包括进去了，但是不同的人从不同的角度在"第三代诗歌"里面选择不同的点来延续自己的叙述。比如说像"知识分子写作"，他们也把自己的写作建立在与80年代的对立上，或者断裂上。他们选择两块来断裂，一块是口语和平民化的诗歌，他们希望增加人文关怀；而和第三代里头的另外一些部分，比如西川写的"宗教诗"等的断裂则是增加现实关怀。所谓民间写作，他们对第三代的选择更接近一些，把陈东东和西川等排除在外，他们选取的点是"非非""莽汉"等，所以不同的人对第三代的选择不一样，而且选择之后处理的方式也不一样。

钱文亮：事实上"九十年代诗歌"这样的概念和其他一些概念都是秩序，秩序的构造。

胡续冬：既然我们要打破这种秩序的构造，像洪老师说的我们做一番我们自己的叙述，我们首先要做的是有哪些是这个秩序的叙述排除在外的。比如有一些写作是几拨都不靠的，也没有人提他们，比如哑石等四川诗人、余怒等安徽诗人群。

冷霜：其实还是有一些80年代就开始写东西的人都给漏掉了，比如陆忆敏，说不清她是哪一拨的，但是她是一个很优秀的诗人。还有吕德安。

洪子诚：我不是说目前的叙述都得推翻重来，包括"九十年代诗歌"这个概念所确定的秩序，不是说要全部推翻。这里面的问题其实很复杂，很缠绕。我们是要确定自己的诗歌的标准。批评和文学史工作，都关乎秩序和权力。但是，我仍认为文学史在处理这些问题上，特别是年代更靠近的现象，应该采取比较宽容的态度。流派、论争、思潮、影响等等都很重要，但我们最终可能还是要落实到"好诗人"和"好作品"上。当然，什么叫"好"，用什么样的尺度去衡量，本身就是一个难办的事情。

冷霜：我想洪老师还是希望从这些年的诗歌里整理出大致的美学变化，或者说用于文学史写作中的相对可靠的特征。

胡续冬：洪老师的想法其实是和现在流行的想法相反的，他先确定90年代以来的诗歌有哪些美学特征，然后由此来判定文本优秀与否，再从文本的优秀与否来重新选定对90年代诗歌的叙述序列。还有是相反的，先选定叙述序列，然后认为哪些是重点，哪些是可以排除的部分，再从中确定有哪些倾向是值得我们关注的。

姜涛：你别说"九十年代诗歌"是少数人的东西，但是，它的确是写得好的这帮人呈现出来的东西，比如余怒，他没有呈现出来，他只是局部的影响。

赵珏：是不是更大的问题就是美学的问题？这里头更关键的一个问题就是当我们把我们的眼光、我们的关注点聚焦在美学上时，事实上我们是在潜意识地要求一种很稳定的、不言自明的……

洪子诚：那也不是。

胡续冬：我觉得困境在于，比如现在我们可以很自信地拿出一个相对历史化的标准来衡量哪些东西是可以进入叙述序列的和重新甄别的，但是这个标准我们限定是历史化的标准，它又是怎样地历史化而来的，这个历史化的过程本身是否又隐含着一个场域权力的争夺，所以我们需要考察的还是哪些人获得了场域话语权，哪些人处在较为次要的位置上，问题又绕回来了。

叙事性

钱文亮：关于叙事性我已经写了一篇文章。在这里我只简要地讲一下。从发生学的背景看，它主要是一些优秀诗人（以张曙光最为自觉）出于对80年代浪漫主义诗风的反驳与纠偏，通过增加现实生活成分和陈述语句进行的一种"反抒情或反浪漫"的诗歌实践，但它包含着对于诗歌现代品质的重新认识。其次，对于叙事性的认识有一个从写作策略向诗学观念的转换过程，其中程光炜的文章起了相当重要的作用，特别是他将叙事性问题放到八九十年代不同的文化背景或"知识型构"中进行考察，从而为这一问题的讨论的深入提供了非常严格而必需的现代话语阈限。对于叙事性的认识不能不与90年代所发生的整个文化语境和诗学观念的转变联系起来。可以说，只有正确理解叙事性，才能正确理解90年代诗歌。另外，叙事性问题的出现意味着中国现代主义诗歌在90年代所发生的重大审美转向：从情感到理智、从感觉到意识、从体验到经验。明显受到里尔克、艾略特和英美新批评派诗学观念的影响，同时也与复杂的现实对于诗歌艺术的表达要求直接相关。值得庆幸的是，经过80年代的混乱之后，当代诗人对于现代诗的品质与基础终于有了清醒的认识。所以，90年代的叙事性既包含传统意义上的叙事技巧与写实成分，又是在新的文化视野与诗学观念下所发生的现代叙述立场的获得，面对日益复杂的社会生活和情感变化，它有着扩大诗歌的表现功能和包容性、激发诗人的想象力和创造性的越来越重要的作用。

胡续冬：从美学本身的特质来界定近十年的诗歌，可能是目前关键的因素之一。对于"叙事性"这个因素，我倾向于不把它看作单纯的技巧或者表达策略，而是诗歌中比较关键的一个变化。总的来看，首先要排除一点，就是把叙事性等同于叙事诗。前一段时间有的人翻译德国一个得诺贝尔文学奖的杜拉斯的诗，有人将之称之为叙事诗，我说这和叙事诗不是一回事。叙事诗是讲述一个或几个完整的事件,把事件过程的记录作为目的,而当代具有叙事意味的诗的目的不在讲述事件本身,而是注重事件过程生发出来的意义,或讲述方式的变化为诗歌带来的新变。这也不是当代诗歌独有的现象,可能还是体现出在80年代吸收西方因素然后进行本土转化的产物。整个一战之前和一、二战之交的西方当代诗歌,有偏重于抒情、冥思、在表达手段和修辞方式上制造出不断求新的倾向。二战以后西方国家一些比较主要的创作流派表现出向表达有限性转化的趋向,而且努力在区域性文化背景下制造比较强烈的诗歌表达效果。如果说叙事性受到艾略特的影响的话,不如说是受战后英美诗歌的影响更重一些。从英国的运动派和美国的战后诗歌的基本脉络来看,基本上还是把周围的日常的事物以一种可供查询的叙事步履纳入到诗歌当中来。考察运动派的基本诗学观念,它的平民化、英国本土性、口语性和叙事性都和90年代的中国诗歌观念有很大的相似之处,取代了以前的浪漫的、波西米亚式的诗歌定位,这和孙文波等人对诗人身份的认同也是一致的。运动派的转变对中国当代诗歌的叙事性等特色的展现有很大的影响。虽然《运动派诗学》这本书出得比较晚,但是像拉金等人的作品很早就引起注意、讨论,成为秘而不宣的营养来源。另外要区分几类不同的叙事性,我们谈论叙事性,很容易理解为像孙文波那样的叙事性,这类叙事性的特点比较明显,完全是有限视角展开,对诗歌进程当中的联想和插入话语都和叙事步伐保持有效的呼应,而且没有特别多的向外延伸在里头。但我觉得这只是叙事性的一个部分。有好多好像和现实生活、现实题材关系不大的诗歌,明显地含有叙事性的成分在里头,不是题材方面的问题,而是一种表达话语的范式转换的问题,比如张枣的许多诗。我们可以说这是玄想、虚构性质的诗,但是这些诗中对具体的动作、场景的设置,都是有组织有条理地进行的。再比如臧棣的许多诗,好像达利的超现实绘画一样,从每个细节上看都有理有据,但总体上却并非和现实的关联非常大,要说关联也是阐释性的关联。有一些人把叙事性看作和时代关系的体现、对历史境遇的反思、对生活经验的再发掘，这些是对的，但不全面。孙文波那样的提法倒是比较有道理，就是叙事性是高于其他如反讽等的一级概念。

冷霜：孙文波把它上升为一级概念，或者说是诗学本体论，这事实上是在论争中形成的，在此以前还称之为"亚叙事"。

胡续冬：如果我们搞不清90年代诗歌中的叙事到底是什么属性的话，可以把它放在一个概念组中考察。它不是和抒情、叙事等概念相关，而是和整个诗歌的言说方式或整个诗意的生发机制相关的东西，可能是新的结构方式。臧棣认为90年代诗歌的叙事性是综合了文体风格、修辞与叙事的传统功能，再重新加以整肃，形成的处理意识和想象的新的艺术机制，是文学结构意义上的。近十年确实给小边界内的想象和意识的整合起到很好的作用。

姜涛：刚才钱文亮的发言中有一个比较重要的线索，就是叙事性有一个扩张的过程，开始时可能只是风格、是文学内部的话题，不断地累加、阐释，放大成一个跟文化、经验、现代性相关的一个话题了。这其实是揭示了新诗的一个传统。新诗以来的诗歌如果成立的话，必须在经验或现代经验中找到一个依据，无论怎样的风格。这是一个基本的合法性的要求，背后还是依赖于传统表达方式，但从忠实性或反映的意义上的关联却很可疑。

冷霜：叙事性从一开始针对的还是80年代的诗歌的不及物。在这个意义上，90年代诗歌一个很重要的转变是跟现实发生关联，在表达上表现为叙事性。1998年、1999年以后，叙事性已经更加本体化了，不仅仅是有具体针对性的东西，而是现代诗歌本身的需要。确实有一个自我扩张的过程。比如袁可嘉，他在1947年、1948年间的诗论有一个跳跃，1947年时他的诗论基本上还是一个戏剧主义的东西，到了1948年才明确提出新诗现代化的观念。戏剧主义认为诗歌像戏剧、合唱,互相之间产生张力。这个观念来自肯尼斯·麦克。实际上在90年代后期谈到的叙事性,似乎在某种程度上很接近于袁可嘉的这个观念。在40年代已经有了类似的对现代诗歌的看法。我不知道这里面有哪些东西是相同的,哪些东西是不同的。

姜涛:刚才钱文亮已经提到它背后的一个资源,比如瑞恰兹等,他和肯尼斯·伯克有一个共同的脉络在里面。新诗在开始就强烈要求于现代经验的对应关系,但是这个关系是永远无法落实的。特别到30年代,在施蛰存等人那里,也更多提倡这个要求,但是他们的落实方式比较简单,在外表的现代经验如霓虹灯、将感觉改为直觉的、暗示性的等下面,内部还是比较古典、乡土的。在某种意义上有一种暗合性,但是不是这样很难讲。90年代以来不是非常清晰的理论自觉,而是慢慢地给出一种自觉,开始时是在具体写作中有针对性地提出来的,然后不断地解释和加工。在袁可嘉那里是一种预设,或者表现得不充分。

赵荀:我要提出的一个问题是,把叙事性当作建立新的经验世界的构想的主要手段是不是有效?

姜涛:相对来说,叙事性等都是敞开写作的可能性,但是这种可能性和80年代是不同的。叙事性等背后包含的是对秩序、经典等的想法。比如说一首好诗,在技艺上比较复杂是一首好诗的标志,随着发展,成为赵荀所说的那种模本化、规范化的倾向。相对来说,80年代诗歌提供的可能性更多一些,它虽然看起来简单,不入眼,但是有另外一些东西并不是可以被忽视的。

周瓒:我对这个概念有一种本能的拒绝,我觉得叙事性这个词好像有些不太准确,就像大家刚才讲的那些特征,确实是我们在写作中能够领会到的一些东西，我们也觉得是有生命力的，但是同时又感觉到叙事性这三个字好像有些不太恰当，是不是换一种表述？

姜涛：这个词处于不断的变动状态，不断扩张。

胡续冬：90年代诗歌的叙事性是肇始于90年代初期一部分诗人出现的叙事倾向，然后不断扩充，导致它成为涵盖诗歌写作各个领域的一个综合性的概念。事实上这完全可以换一个角度，不叫叙事性，叫一个其他的，比如兼容性、戏剧性等都可以。

冷霜：在它的初始的针对项慢慢地被丢掉的过程中，它的针对性也就慢慢丧失了。当这个概念被普遍接受时，它已经不能作为一个很好的批评性的概念了。比如我们在90年代注意到的一些诗人，包括刚才提到的哑石、余怒、丁丽英等人，在他们的诗歌里头我们虽然可以辨认出所谓的叙事性的东西，但是这些东西你恰恰不能用来很成功地说明他们诗歌的特征。另外有一些诗人，比如张枣，他的90年代的诗歌确实和他原来的不一样，但是事实上他80年代就已经离开中国，没有参与中国90年代诗歌叙事性在中国语境中的建设过程，在他的诗歌中发生的，我们可以用叙事性来描述的变化，事实上是来自其他东西，而不是叙事性这一概念在原来所针对的现实。再如臧棣的诗歌，《燕园纪事》中出现的叙事性因素，我恰恰认为那只是臧棣诗歌的诸多假面之一，只是他的一件外套。在萧开愚的诗歌里头也能感觉到，叙事也只是他的阶段性的对诗歌的设想，而不是一个总体性的东西。

姜涛：再比如说，西川和叙事性没有什么关系，但是在命名的总体中，他也不断地把自己的实践参与到叙事性中来。他曾在文章中辨析诗歌和叙事的关系。一个例子就是在他的诗歌里也处理很多日常经验，但是这些日常经验都是假面,没有任何具体性,都把它变成一种比兴和修辞。

钱文亮:叙事性在 90 年代的诗歌中是一个不断丰富的过程。西川曾说,与其说我 90 年代的诗歌转向了叙事性,不如说我转向了"综合创造",他基本上还是把叙事作为一种与歌唱性、戏剧性并列的概念。但是毕竟通过这个概念,大家对诗歌现代性的认识加深了,或者说更清楚了。

赵珝:可以说叙事性是我们关注 80 年代诗歌的诸多品质的一个补充。如果把叙事性作为一个本体性的、我们对诗歌想象世界的一个全面的、有效的方案,可能是不充足的,起码比起综合能力、综合性这样的概念来是如此。比如在刚才小胡(续冬)的描述当中,有些特征比较明显,叙事性可能在概括本地化、日常化、平民性等经验比较有力,或者比较方便和有效,但是从对诗歌世界的全面探索上,可能还是不够的。

钱文亮:这个概念在不断增殖,远远超过它自身原来所对应的内容。后来就成了一个无所不包的概念了。

胡续冬:不同的人对叙事性的理解非常不同。

洪子诚:如果要对这种状况做一种概括的话,可不可以说是试图把诗写得更精确、具体,或者说是更能够处理日常经验?当然这种概括也不见得好,但是毕竟容易包含这方面的内容。因为从新诗诞生以来,抒情的、或者说是浪漫的情绪宣泄的诗歌,一直占据主要地位,非常强大。这和诗人自身的修养、文化积累以及时势等都有很大的关系,也与我们对诗歌的想象有关系。前些年,牛汉、谢冕先生编《新诗三百首》的时候,让大家推荐篇目。臧棣推荐闻一多的作品,没有《红烛》《死水》或《咏菊》那些大家都会选的名篇,他推荐的是《闻一多先生的书桌》。这表现了不同的价值判断。但是,这种写作在中国新诗史上好像是被"压抑"的,一直到五六十年代也都是这样。在五六十年代最流行的诗的定义,是何其芳的定义,就是他1944年提出来、1953年做了修改的定义,就是说诗是一种最集中地反映社会生活的文学样式,它饱和着丰富的想象和感情,常常以直接抒情的方式来表现……的那个定义。艾青50年代在《诗与感情》的文章里,也持类似说法,强调诗是强烈感情的表达。这控制了对新诗的基本理解。我不是说这些"定义"不对。所以对90年代诗歌,我特别欣赏这一点,就是"反抒情"和"反浪漫"的倾向。夸张地说,这是革命性的。记得在80年代初,诗人赵恺写了一首当时颇有影响的诗,叫《第五十七个黎明》吧。写一个海员的妻子的责任感。其实是很"浪漫"的诗。不过里面写到下班的妻子,包里放着奶瓶和大白菜。当时就争论。肯定的认为诗写到普通人的日常生活,也有怀疑诗可不可以写这样一些日常琐屑的东西的。从新诗的历史看,90年代发生变化是很大的变化,如果说"革命性"这个词有些夸张的话。

钱文亮:所以就像程光炜说的,即使你把它仅仅看作一种表现手段,那也是革命性的手段。

赵耔:从"传统"来说,在我们做现代诗歌研究的时候,会有一个发现,就是胡适的诗歌观念在整个新诗发展过程中始终是受压抑的。

洪子诚:这种被压抑跟胡适自己的新诗写作试验没有很大成功有关系。

赵耔:还有一个问题,就是和古代诗歌的压力有很大关系。胡适之所以认为新诗必然会发生,是因为他认为精密的观察、高深的思想只有在新诗中才能装得进去,而用古诗的方式就装不进去。

姜涛：其实胡适的态度跟今天有很多相似之处。臧棣现在在谈胡适的现代性（**洪子诚**：他的谈胡适诗歌观的现代性的论文，将发在陈平原主编的《现代中国》第三期），这其中其实有一种互相发明的东西。刚才洪老师谈的很有意思，其实这个"浪漫派"的东西，不是闻一多写作中的一个压抑，而是新诗中的一个基本焦虑。这个焦虑以什么样的方式发生，比如诗与非诗的辨认。不这样的话，就认为不是诗。有一个合法性的问题。所以到90年代之后对诗歌概念本身就有一个改写。

赵珝：废名先生在《谈新诗》里有一个很有名的观点，说新诗在内容上是诗，而旧诗在形式上才是诗。在这里，什么是内容什么是形式，《谈新诗》里有一种和我们今天不一样的理解。他从本质、内容上划分什么是诗，是从诗情方面考虑的。所谓诗情，不是诗歌的情感，而是触动诗歌的感性的东西，瞬间性的。

胡续冬：这里说的情感不是普通意义上的感情，它是和意识、感觉等……

赵珝：和我们在美学中关于审美感性的发生的那一套用词是相关的。

姜涛：在这里它符合爱伦·坡对短诗的要求。

钱文亮：对。从这一点可以这样谈。瑞士美学家埃米尔·施泰格尔就说过，作为语言方式，诗歌有抒情式、叙事式和戏剧式。这三种诗歌形式对应于三种存在状态。抒情式是物我不分的，进入状态的，抒情主体和对象物是一体的，是非常纯的同时也是非常脆弱的，所以抒情诗的语言方式一般是短的；而叙事式就需要跳出来，叙事式中人与世界的关系是有距离的，分析与打量的，有个主客体之分，不像抒情式那样人在状态中的"物我合一"。人对世界或者说对象的态度变了，对生活有一种观察；臧棣对这个问题说得非常好，他认为诗歌最好的方式就是对经验进行观察，对观察进行想象，然后对想象进行评论。另外，90年代诗歌中的叙事性是对诗歌现代性、现代意识的一种更新，一种获得，一种清理。还有一点，包括现代文学诗歌中的叙事性传统和当代诗歌中的叙事性传统，过去抒情诗一直是靠一种大的激情、概念来激发和点燃的。而到90年代以后，陈思和说的那种"共名"没有了，确实进入了一个多元时期，大家没有整体性的概念和整体性的情感模式来造成大家的抒情动机，所以叙事性在这时候也就凸显出来了。从语言方式、个体存在状态上，也可以作出更好的解释。

……

洪子诚：不仅是90年代，在新诗发展的各个阶段都存在这个冲突。

姜涛：而且冲突还特别激烈。

洪子诚：包括40年代介绍里尔克的文章，他谈到诗歌写作也要走过许多地方，对人、事、自然要观察，都是针对当时新诗的状况的。卞之琳对英国现代诗的推重，朱光潜希望初写诗的青年多学歌德，少学雪莱、拜伦，都表现了对中国新诗状况的一种批评倾向。我这次参加一个学校的论文答辩，对艾青在中国新诗的象征体系的建立的贡献，评价非常高。艾青无疑是很重要的诗人，他的贡献非常大，但是他给中国新诗带来的问题可能我们没有意识到。他所确立的语言方式，想象方式等，有非常有创造性的东西，后来也会演化为模式化的套式。比如象征性意象的不断虚幻化、体系化，意象和概念的符号化这种倾向，对当代诗歌的写作影响非常大，包括当代的政治抒情诗的写作。当然，这种符号化的责任，不能由他来承担，但他的写作也有朝这个方向推动的倾向。

姜涛：他那个语境和后来的语境是比较相似的，所以就造成了影响。现在我们谈叙事也罢，抒情也罢，都容易把它变成一个外部问题，比如抒情是个情感问题，叙事是个观察问题。但是从内部来看，其实抒情是形成了一套语言常规、语言方法，叙事是另一种语言方式，是文学内部的变化，它和外部的关系并不是完全唯一的。

胡续冬：叙事性除了文化意义以外，更重要的还在于诗歌构造方式的改变，它给诗歌带来了定量考察和有限生发的意味。不管是处理日常经验还是处理想象的细节，都是给一首诗找到了一个具体的切入点，一个框架，和框架内的动机。无论是从动机的角度还是从构造过程的角度还是从效果的可勘查性的角度，叙事性都是非常重要的。

洪子诚：我最近在考虑这个问题，就是解放区诗歌的写实传统，和我们现在所强调的叙事性的关系。它们的同与不同。包括五六十年代出现的写实的、叫做"生活抒情诗"的模式的区别、异同……

钱文亮：和90年代诗歌的区别在于它的思维，它是一种单向的、线性的思维。

赵珣：我始终坚持一种看法，就是叙事性作为我们对想象世界的探索，只是一种方式。它本身不足以构成一个比较完整的、更有效的探索。关于叙事性，在现代诗里我找到的比较好的蓝本是穆旦。不是说穆旦最好地体现了叙事性，而是说他在保持和当时现代诗的紧张关系之下，能够比较好地、有效地探索内心世界。

钱文亮：作为语言方式来看，如果现代诗的很大动机就是诗歌要承担起上广义的叙事性应该把这种诗也包含在内。

赵珏：里尔克为什么会讲诗是经验的？首先诗不是表象的，因为表象都是一种假象，他讲的经验是经过沉思、冥想、沉淀之后的东西。

钱文亮：应该说是经验和经验的反思。

赵珏：我是比较赞同综合心智这个词。

胡续冬：里尔克后期诗学观念的核心就是心智。

冷霜：在汉语现有的条件下，还真难找到一个更好的替代。

洪子诚：这个概念的一个问题就是不能把它的形态性的东西体现出来。实际上我们谈叙事性的问题，它带有一种形态的表征。而经验本身并没有包含这样的内容。

冷霜：它容易让人理解成某一类的诗。

姜涛：刚才您说的《大白菜》那首诗歌，其实它当时受到的阻力不是因为它是大白话，而是因为白话和俗话的划分。"五四"时他们骂胡适也不是因为他写白话诗，而是说他是打油诗。后来他用白话写比较典雅的诗，就没有什么非议了。

赵珏：当时有一个争论，就是"飞机"能不能入诗，一些人说飞机是什么玩意儿，就是一铁鸟，要不得。这是30年代发生的事情，真的很可怕。

这个表达的话，这种转变确实是重要的。叙事比抒情更有包容性。

冷霜：我们现在所讨论的叙事性，在其能指和所指之间是有一个差值的，我们所说的那个东西，其实不太适合用叙事性这个说法。

洪子诚：叙事性确实容易产生误解。这种转变应该是一种什么样的表述？说"综合"是可以的。但是"综合"在诗歌的艺术形态上是怎样呈现的？并没有有效的说明。

姜涛：袁可嘉其实已经讲过这个词（指40年代后期在他的有关新诗现代化的论述中）。西川后来也讲诗歌是一种综合性的。

冷霜：戏剧主义的那个说法过于有机论。

赵荀：诗歌作为一种古老的行为，其存在的意义就是始终要保持一个可能性，要反观我们自己，反观思考者。

周瓒：里尔克提的那句话，就是诗不是抒情，而是经验。我觉得用经验这个词好，诗是对经验的一种驾驭。把想象力和经验这些概念纳入到诗学范畴内。

冷霜：我有一个观察，叙事性这个概念在90年代，它的最早的来源恰恰是来自里尔克的这句话，也就是说在90年代初，大家还没有用这个概念的时候，都已经开始引用里尔克这句话，说诗不是情感，而是经验。但是里尔克对经验的理解跟我们现在对经验的理解不一样。按照我们对叙事性的狭隘的理解，里尔克的诗在我们看来就不能算作我们认为的叙事性的，但是实际

胡续冬：在古代诗歌里有一个代用的传统，比如在诗歌里必须有一个固定的典故来作为……

姜涛：用语言来放射对生活的把握能力，这不光跟中国，跟西方的关系也很大。

洪子诚：什么样的东西能够入诗，以及能入诗的东西要经过什么样的处理，这在诗歌史上，不同时期、不同流派会形成相应的标准、规范。五六十年代有自己的标准，朦胧诗时期也有自己的标准。规范、标准的更移和突破，最大的原因是原来的方式很难容纳新的经验……

"身份"与"写作"

身份（刘复生撰写）

在 90 年代的诗学理论、批评及论争中，"身份"这个词频繁出现，而且，我们不难发现，即使是在那些并未直接出现"身份"字眼的论述中，也往往暗含了身份问题（如关于知识分子、民间、个人等问题的讨论）。然而，由于这一概念往往被不同的论者在不同的意义上使用，又使之歧义丛生，尤其是当它沦为一种诗歌政治的匕首，或某种阴谋论的论辩策略或修辞术时，就更是充满语义陷阱。所以，"身份问题"既具有一种理论的洞见，又是一次有效的遮蔽；一方面，它揭示了对 90 年代诗歌写作至关重要的诗歌外在和内在的问题，一方面又有时流于随意、空泛，甚至蜕变为对于复杂诗学命题的庸俗社会学解释或干脆变成居心叵测的争吵。可以说，"身份"在各个层面上的使用使它自身的阐释力既互相加强又互相抵消。

近年来全球范围内社会、人文理论界对身份问题极为关注，身份问题也就是认同问题（在英语里它们其实是一个词 identity），应该看到，身份问题在文学领域内的出现和这种思想潮流有着某种关联,二者有一部分的重合,却又极为不同。

在90年代的诗学讨论中,大多论者首先还是从文学社会学的角度切入,关注的是诗人在当代社会文化中的位置、角色、功能以及与此相联的写作行为或表达"立场";当然,在中国语境中,"身份"显然不可能局限在文学场域内部,而是自然衍生出更复杂和丰富的意味。这一意义上的身份带有前定的色彩,虽然并非没有自由选择的空间。正如周瓒指出的,粗略地讲,诗人的身份大体的衍变轨迹是:从一体化的体制内的文化祭司,到70年代末至80代末的与"体制""庞然大物"既反抗又共谋共生的文化精英,到90年代以来身份难以指认的松散的一群人。

90年代以来,诗人的身份越来越变得暧昧不清。当代诗人的职业、社会角色、政治立场等因素当然与他们的写作密切相关,但在80年代末以来,这种关系却变得越来越复杂和间接。前者对后者的影响更多地表现在诸如对经验处理的角度、方法和写作风格、精神品质上,而不是某种总体化的社会性诉求或潜在利益表达上。所以,这种解释方式有它特定的范围。

然而,在某些论者那里,身份问题在某种意义上决定着诗歌的内在质量。比如,"大学教授或博士们"的写作就非常可疑。于是诗人的身份(职业的,出身的,地理环境的,社会阶层的,语言系统的)被描述为一种权力关系,继而被转化为如下一组二元对立项:知识分子/民间,北京/外省(中心/边缘),普通话/口语,西方话语资源/本土经验,硬/软……于是后者似乎天然地具有了质疑前者的道义上的合法性。这种将身份本质化的论述在理论和逻辑上自然十分勉强,这种想象性的受虐背后是一种夺取话语权力的勃勃雄心。这受到了多方的批评和质疑。如果超越具体的是非,从深层看,则会发现,诗歌共同体的内部分化(虽然80年代已发生,却没有如此公开化),与它的认同(身份)危机不无关系。某种意义上,认同焦虑放大了内部的裂隙,在无法依靠自身力量激发活力以完成自我更生的情况下,"民间派"试图通过将"知识分子"确立为否定性的他者，来重续昔日的身份幻觉，占有想象性的自我。当然，这种认同焦虑和90年代以来大众文化对诗歌的态度也不无关系，在90年代，社会价值尺度单一化（金钱、财富成为衡量"成功"的最重要的尺度），阶层分化加剧，诗歌急剧边缘化。此种情况下，在大众文化的视野里，诗人身份具有双重的尴尬：既被指责为"吃饱了没事干"的有闲阶层的圈子里的孤芳自赏，却又在漠视与讥嘲中落魄失意，毫无精神贵族的优越感。这或多或少影响了"知识分子"与"民间"论争中的某些表述。

身份问题为何在90年代开始成为一个问题，是一个意味深长的症候，应该说这本身就是一个问题。从本质上，它显然超出了文学社会学的范围。这和职业、阶层等没有太大本质关联，而是关乎一个内心的事实。正如欧阳江河所说的"深刻的中断"，社会文化语境的改变使写作主体发生了巨大的内在改变，使原来的写作不再可能。于是，对原来的写作范式的反省不可避免地成为对自我的反省。这种清理也同时是对新的写作方向的调整和设计。为什么写作，为谁写作，成为一个严肃的诗人或批评家（二者有很大的重叠）所不得不面对的问题。这就自然导向了对自我身份的重新定位。

身份／认同其实是一种想象性关系。身份是一张主体在社会、时代中的方位的地形图。这种图绘工作是通过确立写作者与诸如主流意识形态、读者、历史、现实等之间的相对关系来进行的。对于90年代的诗人来说，这意味着消除那种青春幻觉和对庞大的"民众"读者的依赖（它似乎一直给诗人们带来安全感）；也不再梦想通过以"纯诗"的审美的乌托邦来营建超越现实的精神飞地，或者通过"新的感性"（马尔库塞）来塑造一种新的主体来变革现实秩序。这一意义上的"身份"不再是一种文学社会学的描述，而是精神史的表述。90年代的诗人对自我身份的意识是"中年"式的清醒、理性，他选择一种有力量的软弱与孤独，与意识形态既不合作也不对抗（二者其实是一枚硬币的两面），他保留甚至保卫着一种对事物或世界的广泛兴趣；他可能是边缘的，但不再强调或标榜自己的边缘位置和姿态；他与历史、现实的关系也消除了固有的紧张（并非单纯的和解），二者之间的关系似乎是一种介入中的疏离与融入中的滑脱。我认为，90年代的诗人的"身份"的意义就在于这种独立性，如果说它还有某种对抗的气质，那也只是说诗作为诗存在着，从而成为意识形态和公共常识系统所无法消化的硬物。

在90年代诗论中，还存在一个更广大的中国诗歌的文化身份或认同的问题。在所谓全球化的处境中，在强势的欧美文化的压力下，如何摆脱被文化殖民的命运，而保持本土文化的身份认同，也是中国诗歌的内在焦虑之一。某种意义上，"中国语义场"，"现代汉诗"或"本土经验"之类的提法就是这一焦虑的外在表征。关于如何对待"西方"诗歌话语资源，一些诗人和批评家（西川、王家新、臧棣……）表现得较为理性与成熟，主张以一种更为开阔自信的胸襟、态度来包容人类优秀的精神资源，这和在写作中保持自己的文化身份是可以兼容的；当然，在另一方面，我们要对这种精神资源保持足够的警觉。对于那些具有跨文化生活经验的诗人来说（张枣、王家新、翟永明、欧阳江河、萧开愚、多多、北岛……），身份认同呈现出这种复杂性。对他们的部分作品的解读无法绕开或明或暗的中国"身份"，他们的诗作有时也会直接涉及语言或语言中的身份，及母语或另一种语言中的生存经验。身份问题极大地影响了他们的写作。

相反，也有一种诗学上的义和团主义，情绪化地拒斥所谓诗歌中的"西方"，将东方/西方本质化，并构成二元对立，并极力标举汉语与本土经验的同质性和纯粹性，这种民族主义的狭隘视野从某种意义上恰是把后殖民的西方视点内在化的结果。事实上，这种思维方法在多种文化互动异常复杂化的今天已经失效。应该看到，诗学上的文化身份认同问题和当代政治学、文化研究、社会学中的身份认同问题有极大的差异。

另外，还有一个性别身份问题。应该说，这是一个在很大程度上被90年代诗学所忽略的重要问题，除了翟永明、周瓒等少数人之外，并没有多少诗人、批评家对此进行关注。（这是否可以验证当代诗歌共同体的男性中心的权力秩序?)如果说,在 80 年代的文化语境中,女性诗歌很轻易地就被指认为女性主义的自白,表达了相对于男权话语的"黑夜的意识",那么,进入 90 年代以后,女性诗歌已很难再被这么整齐划一地归类、阐释。翟永明、王小妮、虹影等人在诗歌写作中表现出了在经验和技巧上的成熟,更年轻的女诗人如丁丽英、唐丹鸿等人,在开掘崭新的生存经验上也表现了独特的风格。对她们而言,写作中的身份政治问题依然存在,女性写作的历史境遇并未有多大改善,但她们不再焦虑于这些问题。对"差异"的坚持不再是努力寻求"承认"。女性的身份是一种自然而然的写作立场。在翟永明那里,女性身份意味着一种面对词语的独特方式,女性性别神奇地变为唤醒词语活力的隐秘通道。

当然,在事实上,多种身份/认同在很多时候是交叉的(比如同时是女性的和跨文化的),各自的边界相当模糊,多有重叠。多重的身份/认同使这一问题更加复杂,对此,90 年代的诗学理论与批评还没有予以关注。

通过以上简单的梳理和分析,可以看出,"身份"作为一个未经认真界定的诗学概念在使用上还有些混乱,当然,这又何尝不是大多诗学概念的通常命运?这并不一定就影响了它在表达上的有效性。我只是希望通过对这一概念的梳理,澄清一些问题,并提醒大家注意这一问题的复杂性。

写作(姜涛撰写)

在 90 年代诗歌的诸多批评表述中,"写作"几乎成了可以和"诗歌"一词相互替换的概念。表面上看,这或许只是一种时尚化的批评风格的表现,但一个词的频繁出场,还是暗示出某种被共同分享的姿态,某种建立在差异、变项之上的微妙同一性,一位年轻的论者就曾认为,经过特殊发明的"写作"观念,可以看作90年代诗歌的一个"最大公约数"。①

当然,所谓"同一性"与其说是现实的存在,毋宁说是主动构想、揭示的结果,在知识资源上,它的提出与罗兰·巴特的《写作的零度》有直接的互文关系,而臧棣的《后朦胧诗:作为一种写作的诗歌》一文,则垄断了"写作"一词的当代阐释权。在这篇长文中,臧棣认为,在所谓"后朦胧诗"对朦胧诗所借助的语言规约的反叛中,衍生出一种新的诗歌意识,即"汉语现代诗歌应该在一场激进的语言实验中来重新加以塑造;不仅如此,还应把汉语现代诗歌的本质寄托在写作的可能性上"。②这种意识,要求诗歌要从意识形态对抗、夸张的文化表演以及各类诗学教条的制约中解放出来,而将对语言本身表现潜力的开掘当作目的。与此相关的是,对"可能性"的推崇,也成为一种自觉的体认,"可能性"一词也代替"神性""绝对"等终极性话语,成为90年代诗歌论述中的另一关键词。为了澄清这一"可能性"的立场,臧棣还提出一个奇怪说法:"在古典的诗歌写作中,写作小于诗歌,至多是等于诗歌;而在后朦胧诗的写作中,写作远远大于诗歌"。在这里,"写作"与"诗歌"两词是在不同的层面上被把玩的,前者指的是诗人具体的诗歌写作,而后者代表的是在诗歌传统以及公共期待簇拥下形成的有关"诗歌"的制度化想象,"写作大于诗歌"表明正是对上述想象的挣脱,其带来的诗学后果,其实是对一般所谓"诗歌本质的悬置,诗歌写作的有效性不再是对什么"事先颁布"或"事后追溯"的诗歌本质的满足,在具体而微的写作过程中获得的表现活

① 冷霜:《对"90年代诗歌"的命名》,见《90年代诗歌诗人批评》,北京大学当代文学硕士论文。

② 臧棣:《后朦胧诗:作为一种写作的诗歌》,收入《中国诗选》第一辑,成都科技大学出版社,1994年。

力，成为有效性的来源。"写作"的反叛性，指向的是诗歌史上的诸多削缩力量（意识形态的、反意识形态的，文化的、反文化的），因此它是一种自我解放的叙述，而非用另一种方式重设了对抗性主题。

"写作"一词的发明，是有具体的历史语境的：一方面，它意在为朦胧诗之后的诗歌发展，提供一种新的历史同一性，具有极强的建构性质；另一方面，也直接针对着 20 世纪 80 年代以来当代诗歌中的诸多过激主义、行为主义趋向，从而体现为一种自觉的矫正。作为一个涵盖性极强的概念，它得到了许多诗人、批评者的认同，许多 90 年代重要的诗学话题都与之有或隐或显的连带关系。譬如，对"可能性"的追求导致了对"技巧"的普遍重视，翻阅 90 年代诗歌的文本，读者往往会惊讶于当代诗人在诗歌技巧上所取得的成就，远远超越了当代诗歌以及新诗传统所能提供的形式资源。然而，除文本上开疆拓土的写作实践外，重要的变化也发生在对"技巧"的重释上：在新诗发生以来的诗歌话语中，技巧或语言的修辞性，一般被当作某种次要的、匠气的因素而被耻于谈及，80 年代以来的先锋诗歌重新发现了诗歌"技巧"，但许多高度修辞化的形式渴望仍是掩盖在对"修辞"的否认或过度使用中的，譬如海子的诗歌实验，就将一种夸饰的抒情风格，提升为语言的创世性活动，并在所谓"生命"与"形式"间建立了神话性的对峙。而在另外一些诗人那里，某种极端的"形式"诉求也往往被立场化、纲领化了，作为某种价值姿态的象征而得到鼓吹，韩东的"诗到语言为止"、于坚的"拒绝隐喻"等提法，都不能摆脱其具体的针对性，而作抽象的理解。换言之，形式因素在 80 年代的诗歌行为主义激进策略里，其实是附着于各类对抗性主题的，背后潜藏的是文化、观念上的"庞然大物"。而对"技巧"（另外一些场合，这个词是被"技艺"所替换的，以避免过于突兀纯技术色彩）的重视，在 90 年代诗歌中是与某种审慎的、现实性的限度感相关的，对技巧的追求更多地落实在具体的文本肌质中，而非夸大为某种形式的神话，它其实落实为一种诗人对自身工作的特殊觉悟："更主要的是对于一种写作状态的强调，它的核心是，将写作看作一个长期的过程,进而要求对之采取一种更为关注、具有设计意识的工作态度。"[①] 这种态度所鼓励的,不是消费性地挥霍某种语言能力,"管理写作的才能"成为更值得珍视的方向。[②]

作为"写作"的诗歌,诚如一位诗人总结的,是"一种空前的、不及其余的、以自身为目的的写作",[③] 但应当说明的是,"写作"观念引发的变化,也不能简单地归结为一种带有唯美气息的享乐主义态度,它与一种回避性、高蹈性的"纯诗"意识也有一定距离,一种复杂的历史意识和道德关注也包含在其中。正是因为在写作中发现了"技巧",语言与意义间才能展开一场真正严肃的游戏;而诗歌想象也才能向历史现实、个人经验和文学记忆清新、有效地敞开,用西川的话来说:"文学并非生活的直接复述,而应在质地上得以与生活相对称、相较量。"[④] 这其实是一种关联性立场,在悬置传统、文化、历史、语言等本质论述后,一方面不以任何外在教条为标准,另一方面又不摆脱与外在复杂因素的想象性关联,反之,正是在与可能的经验范围的卷入和搏斗中获取活力,这似乎是"写作""技巧"的准确含义。在这一点上,90年代诗歌的两大主题:"历史的个人化"与"语言的欢乐",[⑤] 其实合成了一个主题:正是在对历史的独特处理和想象性组织中,语言的欢乐才被激活,反之亦然。

"写作"一词的被广泛接受,表明了90年代诗歌的独特态度、抱负。诗歌史上交织的各种难题没有被回避,而是通过对"未知"的探索而给出了全新的面貌。由于这是一种对"动力"的澄清,对"可能性"的追求,没有导致一种总体性的尺度,恰当的回应正是不同的个人风格的延续和探索,一

[①] 孙文波:《我理解的90年代:个人写作、叙事及其他》,收入《中国诗歌九十年代备忘录》,人民文学出版社,1999年。

[②] 此语出自萧开愚:《九十年代诗歌:抱负、特征和资料》,收入《学术思想评论》第一辑,辽宁大学出版社,1997年。

[③] 陈东东:《有关我们的写作》,载《诗歌报》,1996年2期。

[④] 西川:《大意如此·自序》,湖南文艺出版社,1997年。

[⑤] 这一说法出自臧棣:《90年代诗歌:从情感转向意识》,载《郑州大学学报》(哲社版),1998年1期。

个值得注意的现象是,许多有突出成就的诗人,并不是在90年代突然改弦更张、另辟他途。他们更多是在不断的自我修正和历史参与中,开掘出日臻成形的"个人诗歌知识谱系"。①这同时也使得具体的文本效果(而非仅仅是文化、观念上的轰动效应)成为主要评价的标准,即"写作的质量",用程光炜的话说:"判断一首诗优劣的不是它是否具有崇高的思想,而是它承受复杂经验的非凡的能力,与之相称的还有令人意外的和漂亮的个人技艺",即对诗人而言"是否写出了最好的诗歌"。②"好诗主义"看似是一个笼统的标准,但实际上又是一个严酷的标准,因为他要求诗人不能仰仗外在"庞然大物"的襄助,而必须通过艰难的、富有创造性的写作获得有效性,必须在激进的文体实验和阅读的可能性、在对个人经验的历史忠实和与语言的嬉戏周旋中达成一种平衡。

由这种标准出发,90年代诗歌在文本质量方面的确达到了现代汉语诗歌前所未有的高度,而那些充满难度的、在技巧上显示诗人修辞能力的、能唤起更多语言快感的写作,被当成典范性的方向。对"写作能力"的向往,使许多诗人都关注如何为单一的写作方式带来某种综合气质:叙事、反讽、抒情、诡论,对修辞"复杂性"的追求,就呈现在这一背景中。这里发生的是一种奇妙的逻辑:"大于诗歌的写作"鼓舞的是一种可能性的立场,而"可能性"并不是无限的,将诸多实验性因素综合、淬炼成一种有效的,甚至朝向经典的诗歌,却是努力的方向。在这里,自由的伸张与秩序的建立是同一的。

混合了自由气质、悬疑立场和专业精神的"写作"观念,构成了笼罩在新诗史上的种种文化的、历史的、诗学的意识形态的有效清除。它不仅重申了现代诗歌的基本观念,它更

① 见唐晓渡:《九十年代先锋诗的几个问题》,载《山花》,1998年8期。

② 程光炜:《九十年代诗歌:另一种意义的命名》,载《山花》,1997年3期。

多地体现为当代诗人对自身历史命运、价值及努力的清醒觉悟。换言之，是90年代诗歌一种高度自我意识的呈露，因而有了一种"工作伦理"的意味。然而，作为一种文化参与和社会参与的方式，诗歌以及诗人的存在方式有多种多样，它与历史、诸种"庞然大物"的周旋也不可能终止。从某种意义上说，当"写作"的观念从其提出的历史语境中抽离出来，变成具有约束性、律令性的想象，成了秩序的一部分，它也会面对来自不同向度的诘问。

课 堂 讨 论

洪子诚："身份"与"写作"这两个部分是刘复生和姜涛写的。我先提个问题，新诗的写作是否可以通过训练、练习来达到一定的水平？

钱文亮：像唐诗的成就很大程度上就是因为一些形式、技术上的练习。如果没有隋唐以前中国古诗，像南北朝时期的骈文，在语言的词性、音韵等诸方面的技术试验、技术打磨，哪里会有唐诗的精妙绝伦。可以说，古汉语的魅力是经过上千年的艺术精选与孕育，才到唐代光华四射的。

洪子诚：新诗也可以这样吗？在我们现代人的眼里，旧体诗词有许多"知识性"的因素，格律，音韵，对偶，用典……什么的。新诗的这种"知识"成分要弱得多。

钱文亮：应该也是可以的。当然，也要给一定的时间来对现代汉语进行艺术精选与孕育。

赵荀：这个问题可能会掉到陷阱里面去。比如说李白，他每天要写六篇骈文来进行写作训练，但是我们想想骈文和李白的诗歌有什么关系。这说明什么？说明通过练习可以获得对文学常规的熟悉，能获得对传统当中最表面部分的了解和理解。至于写作则是一个创造性的行动。

钱文亮：实际上臧棣提出写作这个概念是非常有意义的。过去大家谈论文学总是过于强调浪漫主义的那种天才，创造和灵感，这本身是有问题的。

赵珝：这个问题当你从理论上来谈论的时候，如果你一开始就把观念建立在对某种东西的反拨上的话，你最后获得的也仅仅就是与对立面相应的意义。如果对立面的意义很大，你反拨的意义也就较大。但我觉得这不是一个很好的思考理论上问题的方法。

姜涛：这不是一个单纯的理论概念，它还是历史化的。

冷霜：其实当臧棣在提出写作这个概念的时候，这个概念的内涵是多于罗兰·巴特的写作概念的。这里包含着一些对中国当代诗歌具体问题的针对性而建立起来的新的内涵。

胡续冬：和创作、写实等比起来的话，它更多的还是与诗歌的当下情境相关联。虽然在毛泽东之前也有许多人使用创作这个概念，但是创作这个概念在当代文学阶段之所以成为书写的代名词，实际上包含着毛泽东在《在延安文艺座谈会上的讲话》中的一些基本理念，比如写出来的东西要高于生活。创作基本上还是和毛的思想、文艺观念发生了很大的关系。写诗这个概念重点在后面的"诗"字，"写"是从属于"诗"的，有一个对象客体，就是你写出来的什么样的东西叫诗。写作这个概念更注重书写进程本身，而这个进程对诗歌而言具有很重要的意义。在西方也是这样的。艾略特就认为，瓦雷里的一些诗歌观念就非常明显地打破了以前看重诗歌写作成果、写作成品的观点，他说瓦雷里所做的许多东西都是草坯、毛坯。

洪子诚：说到当代，和毛泽东对创作和创作过程的看法，这里面有复杂的东西，有矛盾。毛泽东是强调创作高于生活的浪漫性质，但他也会在许多时候力图打破创作的神秘性，并把文学创作看作对原料的加工，也就是强调有经过练习掌握的技艺性质。但是，过分强调技艺、知识等成分，也会增加写作的神秘感，所以，当代其实是处在很矛盾的状态下。

胡续冬：他这个毛坯并不是指要把毛坯加工成什么样，而是指整个毛坯的形成过程，就是说我不关心成品是什么样，而是要求一种毛坯状态，要求写作处于毛坯状态。

姜涛：在写作的定义里头其实还有一个说法，就是写作的立场就是悬置的立场，就是把什么东西放在过程之中，这和前面的讲法很相似。它其实就像旋风一样把一些东西卷进来。

赵珵：写作这个词跟我们前面讨论的许多东西也是有关系的。当我们去强调它技艺的习得这样一些层面的时候，它对中国当代诗歌的现实以及在中国新诗发展过程的一些缺陷形成一种反驳，这是有价值的。

洪子诚：在解放初的时候，像卞之琳，甚至何其芳等人都强调诗歌写作是要经过训练的，除了才智、感受外，还要经过一些艺术的基本训练。1949年卞之琳在《开讲英国新诗想到的一些经验》这篇文章中谈到这个问题。

赵珵：这和郭沫若的一些说法正好对立。

周瓒：90年代好像写作这个词已经被普遍化了，不仅在诗歌里，女性写作、70年代写作等等，都在使用。

洪子诚：这里已经不是我们讨论的这个概念了，它和过去的创作没有什么不同。我自己有时也用它来代替创作，意思其实差别不大，可能有更突出写作过程的意味。

钱文亮：臧棣说的写作和欧阳江河所说的专业性更有关系。后朦胧诗人的诗歌书写行为为什么不叫"写诗"而叫"写作"？就因为"写诗"之前就有一个现成的诗歌范式，诗歌模子，你要"写"（出那样的）"诗"。而"写作"概念的提出就打破了这种思维定势和对于诗歌的"前理解"、潜意识，你要"写作"——采取分行的"诗歌的形式进行文字表达"，"写作"出来的可能是诗，但不一定是那样的诗，也可能不是诗；可能是好诗，也可能是坏诗，所以，"写作"就是无限"可能性"，是真正的创造性活动。

赵珝：最近刚好有一个人在做尼采的有关古代修辞学的研究，里面有一章提到罗兰·巴特的"写作的零度"以及修辞手法背后的文化政治。刚才姜涛讲到在"写作的零度"里面包含一种自由的态度、一种历史的观念、一种专业精神，这里头有一种解放之后对历史的关怀。这里我恰好想提一个相反的说法，就是他们恰好是对历史的不关怀，所谓的对历史的本真真实的放弃。

这里头，包括刚才提到的"有限度的自由"这样的概念，都是可以纳入更学术的范畴里头去讨论的。为什么说他是对历史的不关怀，具体地说他放弃掉的是外部世界，放弃掉的是可以矫正自己的价值预设，和判断的另外一种机制，从而也就放弃了能够反观历史的可能性。

姜涛：《写作的零度》只是一个资源，臧棣的概念其实完全不一样，他只是取了"不及物"这样一个定义，但是背后的好多东西是不同的。在这里面是有一个对立面的，不是说就是完全不及物，其实及物不及物，这个问题不好说。

赵珩：我知道他有他要"及"的东西，有他要关怀的东西，他有他的对象世界。在这样的对写作的重新界定里，我们非常清楚他不是要抹煞掉诗歌写作的创造性的含义，不是这个意思，而是对诗歌创作有了一种新的理解。不是说他要放弃对历史的关怀，而是说他对历史关怀的方式有了变化；不是说他对对象世界放弃，而是对对象世界有了新的理解。现在要讨论的是这样一种放弃和重新选择的有效性和当中可能出现的缺失。

周瓒：从两个方面来理解臧棣提出的写作这个概念可能会避免一些问题，一个是如何建立诗歌和日常生活的关系，或者与社会、文化的关系，在写作这个词里面它已经涉及了；另外一个是批评性的自觉，以前我们谈论诗歌的时候，把诗歌和小说区别开来的是，我们认为小说是叙事的文学，而诗歌是修辞性的，有西方学者从修辞学的角度谈，这也是一个传统。臧棣的这个概念也涉及了，就是对技巧的问题，怎样在现代的语境中获得新的角度。这里不能用"修辞"，他也谈到过修辞，但是一谈到修辞，很容易就跟以前我们经常谈到的抒情等修辞手法缠到了一起。写作这个概念在这个意义上也触及了这两个方面。

冷霜：我觉得赵珩说得很有道理。事实上写作这个概念里头包含的是一种对历史的关怀方式的变化，至少在臧棣运用这个概念的时候是有这个意识在里头的。在他几次谈到90年代历史与个人的关系的时候，你会发现他的措辞和很多人是不一样的，比如他曾在一篇文章中谈到怎样逃脱出历史的诡计。

赵珩：我曾经一直试图在更远的意义上来理解臧棣的态度。他曾经在一首诗里讲过"不左也不右"，是一种典型的自由主义的态度。一种有限度的自由立场和有限度的自由主义的选择，在很大程度上我是认同的，只是我觉得在这样一种实践里头可能会带来一种偏差。就像我们争辩得很多，事实上我觉得不应该成为问题，比如写作被认为是工匠式的东西，其实这个是罗丹讲的，后来被里尔克发扬。我们其实知道罗丹绝对不会把自己当作一个工人，为什么在我们的使用里头会出现这样的理解，这可能与我们在使用中带来的负面效果有关。

冷霜：臧棣在1994年左右接触这个概念的时候，他的敏锐不在于具体的阐释，而是在于把一种新的诗歌观念的转化和断裂准确地揭示出来。但是赵珩你的意思是说他对写作所作的具体定义在当时是有效的，是功能性的、策略性的，你认为到眼下存在了新的问题，是这个意思吧？

姜涛：刚才谈到一个问题，你觉得臧棣回到历史的方式有一种不正当性在里面？简单地说，粗糙地说，是否有一种正当的方式，我想听一听你后面的。

赵珩：其实如果在最简单的意义上，一种不加限制的自由主义立场，最后只能带来庸俗的效果，而这个庸俗的效果与文学本身这种创造性行动肯定是要互相抵触的。因为自由主义的核心是要求无陈规、无秩序，我再次强调我没有批评臧棣的意思，就是在这些论述里头他一定会不断地强调一种秩序、一种规范，强调一种效果上的累积。还有他总会强调对象的具体、可理解、可把握，而我觉得诗歌这个文类以及批评，当它被展示为一种工作性质的时候，这种对历史性的把握会丧失掉，或者说会造成一种障碍。

冷霜：也许是这么一个问题，就是我们一向把诗歌认为是文学审美最高级的表达，所以说在中国现代诗中始终想建立所谓的文学自主性，但是现代中国历史始终没有给它足够的机会、足够的时机来发展这种东西，所以在90年代初，我们还是用写作这个概念是想把我们拉回到一种关联里头，同时还是要建立文学的新的体系。但是你的问题是说我们其实不能仅仅强调这个。

赵珣：我可以在比较老的传统里头往下说。比如柏拉图，他把诗人从理想国里头赶走，但是我们知道柏拉图的哲学最后的境界就是灵魂回忆，而灵魂回忆被看作一个最根本的诗歌行为，而且事实上在柏拉图那里从来没有排斥过这种行动，但是他赶走诗人。所以我在想诗歌这样古老的行为到底有怎样的可能性，是怎样地需要不断地推动它去寻找新的形式。在中国古代，孔子那里，诗歌也有一个很重要的位置，一个人如果不能焕发他的本心，那么所谓的"承德"是不可能的，是没有基础的。如果按照这样的要求、需要，如果我们还要认同这样的态度的话，那么我认为过分知识化的做法、过分细小的理解可能会妨碍它。

洪子诚：有些方面我比较接近赵珣的看法。我也不很赞同空谈历史承担之类，但我也怀疑过分的诗歌自主性的可能和因此产生的问题。诗的全部问题不能在它自身中获得解决。从我们的诗歌语境看，不能说知识化、技巧化已成为主要倾向，但确实存在这种倾向。其实，我心里也很矛盾，有一个时期，我觉得新诗的写作太缺乏规范，太欠缺"知识"、技艺上的支撑。但有时又会觉得这种知识化和技巧化会带来更多的问题。另外，这后面的倾向，也会极大缩减我们想象中的诗意的空间。谈一点具体感受吧。比如上学期讨论课的时候，臧棣解读张枣的那首诗。我对他的解读有很高的期望，但是听了他的讲解，当时却有一点失望，这种失望很大成分是对于张枣的：原来这首诗这么简单，这么机械地奔向一些观念。当然，也可能解读的方式存在问题。我是从来不敢写诗的，原因就在于我觉得，就像赵珣刚才说的，除了可以操作的东西之外，还有一些不可知的部分。可是如果我们过分强调一些"反浪漫"的东西之后，可能也会删除一些东西。

冷霜：其实我们也注意到恰恰在1998年之后，他又开始强调诗歌最终还是有某种神秘性的。他在美国的时候（指臧棣90年代末在美国加州大学戴维斯校区任教一年）重读海德格尔的《存在与时间》，他认为诗歌还是有一部分不可知的。刚才赵珝对写作的反省，比如按照纯粹的罗兰·巴特意义上的写作的概念，所写出来的诗歌在90年代初期和现在，它的意义可能不太一样。现在以纯粹的罗兰·巴特式的写作写出来的东西，它身上恰好有着最鲜明的商品特征。

姜涛：其实在这里面不仅是诗歌的问题，小说等都可以包含在这里面。期望很正当，但是很高，现在的写作能否承担这种功能，这不是一个观念的改变可以承担的问题。这是一个社会化的大的过程，整个卷在一起了。我们把希望寄托在诗歌上，不如寄托在学术、小说上。

赵珝：在学术中进行这个工作的话，一般的情形，德里达那样的经历你得忍受。你当十多年助教，而且可能还被赶出去。他也写最符合学术规范的文章。

洪子诚：我们不应有过分的期望，但是期望还是要有的。我觉得陈晓明在评论诗歌时说的一句话是可信的，他认为90年代中国最有价值的精神探索主要是体现在诗歌中。

姜涛：这是很多人的评价。

胡续冬：1994年的时候，我们文学社（按：指北大五四文学社）请个作家来讲小说,讲到最后,他说讲了这么多,但是实际上我觉得中国当代小说的意义也不是很大,我个人最看重的一块,也是我个人最陌生的一块,就是诗歌;中国当代以来的精神价值取向可能保留在90年代的诗歌写作中,但是我对这一块的进展不是很了解。结果过了几年以后他就写了一篇这方面的文章。

赵荀:张旭东(美国纽约大学教授,正在北大为中文系和比较文学研究所学生上课)前不久还提到这个问题,他说在中国的文学类型中,只有诗歌可能出成果。

洪子诚:这样的评价可能太绝对了。其实目前的问题是,即使在文学界里头,诗歌的成绩也是不被普遍承认的。

赵荀:但是张旭东有他的界定。他对当代诗歌有很严厉的批评。

冷霜:这是夹在诗歌头上的一个夹子。所谓的诗歌是文学的最高类别,我觉得这可能会成为诗歌本身的一个夹子。

赵荀:关于诗歌解决了什么问题,有人认为诗歌解决了语言和经验之间的对峙性的问题。就是诗歌语言已经具备了足够表达复杂经验的能力,这在目前的所有文学类型中,只有诗歌把这个问题解决了。在处理经验的能力上,诗歌,起码从语言上讲是得天独厚的。至于小说,问题更大,连在最能体现这二十年小说成就的余华那里,《活着》是用短篇的方式来写长篇。但这么严重的问题在诗歌里绝对不会存在。

姜涛:你说的这个问题不是特别严重。

洪子诚：我们提出诗在这些年并不那么糟，不是在和其他文类的比较下做出的，不是因此否定小说等这些年的成就。另外我们经常批评诗歌是小圈子里的艺术，这个趋向好像越来越明显了。那么，诗歌应该是大众的吗？这个问题你们怎么看？

赵荑：也不是那么对立，要一下子走到它的反面去，而是应该对诗歌的过分的圈子化，过分的小有一种警惕。不是说诗歌要回到大众那里去，而是诗歌一旦丧失这种可能，就比较可惜。经过二十年的努力，在这二十年中，诗人是付出了很大的努力的。

姜涛：对。从诗歌的整体命运来说，如果缺乏这种关注的话，诗歌会越写越精致，越袖珍化，诗歌会变成一个不受人关注的小圈子。

赵荑：我对这个问题的评价其实和洪老师是比较一致的。尤其这十年，对诗歌内部的、细部的关注、努力都有相当大的进展，但是结局却处在一种相反的位置上。

洪子诚：这是什么原因造成的，是宿命还是别的什么？

赵荑：不是宿命。我个人觉得里面非常大的一个问题是由于理论建构者的褊狭，和过分的排他性。

胡续冬：我觉得这个问题如果换一个角度来切入，换一个不那么学术化的方式，得出来的结论可能会解释这个问题，并为这个问题提出一些比较有效的方案。奚密（美国加州大学戴维斯校区教授）有篇文章，这篇文章的学术意义也不是那么大，内容是当代中诗人崇拜的问题。她从一种文化心理的角度来谈论当代诗人崇拜的现象。从这个角度来考虑,我们也可以把我们现在谈论的问题从一种文化心理的角度来分析,就是当代诗歌中的江湖形态。确实包括当代诗歌的参与者、缔造者,从 80 年代以来,可能是由于中国文化本身这种特殊的地下状态,形成一种江湖化的、准江湖化的流通方式,这不体现在它的组织、建制上,而体现在它的传播上。这方面江湖气非常重。

赵珝:你是说先有这样的江湖化的现实,然后推导出这样的结局?

胡续冬:这个因果关系也很难说清楚。包括这样一些现象,比如为什么会把食指拔得那么高,这实质上也是江湖、半江湖的产物,他事实上类似于江湖上的"老大"。不管我们现在怎么说官方的背景逐渐削弱,商业性的因素逐渐增强,使得环境已经取消了原来的地下、官方对立的状态,但是我觉得有一条,就是江湖化的线索始终还是存在的。而且在"文革"后,诗坛这样的一条线索也是可以理出来的。诗歌的传播情况为什么会这么狭窄,与这条线索也有一定关系。

洪子诚:这个现象是存在的,但是这个现象为什么存在,我的解释可能和你不一样。我想原因可能在于诗歌的处境和小说的处境是不一样的;它没有办法利用很大的空间来传播,这个空间,包括商业性的,或别的空间。还有就是我们对诗歌是怎么一种想象的问题。当然圈子化是不对的。但是诗歌从目前状况和未来发展看,它肯定不是一种大众化的艺术,不是流行歌曲、通俗小说。而我们现在对诗歌的期待和评价,有一种和时尚文化相类似的标准。它被要求为大众认可,接受,为整体的文学界以及根本就不读诗的人认可。

赵珝:我可能不很同意洪老师的看法。如果从一个反性的角度来看的话,这里头也会有另外的问题。因为我们对一种诗歌的认同,对其成就高低的辨析,也是通过一种内部程序来确定的。假定有一个诗歌大王叫杯子,那么我们对写作的认同和评价就是建立在对这个杯子的认同和评价上的。我觉得这是一个更大的问题。而且这也在妨碍当代诗歌。我虽然对美国的情况不太了解,但是我怀疑美国的诗歌界会存在像中国大陆这样的情况。从道理上讲,在美国,诗歌的自主性应该是到了比中国更高的程度,但是事实上在美国诗歌界不可能出现像我们这样的情况。这当然也可以从另外一个角度来理解,就是在这儿,诗歌资源在很多时候是被垄断的。比如说在80年代,大家要想见到欧美的一些新的、能够代表潮流的诗歌是很困难的,再比如要接触当时在潮头上的一些诗人的机会和可能性也是不一样的。相对来说,目前的诗歌状况还是跟诗歌内部存在的诗歌的神秘化有关,仿佛是只有某些人才能够理解诗歌是怎么回事,只有某些人才能说什么样的诗歌是好的,或者是只有他说了才能算。在很大程度上我认为这有些误导。

冷霜:内部有问题,外部也有问题。以我个人的心态来说,作为1985年、1986年前后的一个年轻诗人来说,如果要感觉到诗艺得到了承认,很重要的一点是能参加"青春诗会",能在《诗刊》上发表诗;但是在1995、1996年,我根本不再在乎这个,只要有几本小诗刊、小杂志发表,我就会认为自己得到了肯定。到了这个世纪的2005年、2006年,也许只要我在网上发表东西就已经满足了。

赵珝:但是事实上在你的逻辑里,开放性和事实上的后果是矛盾的,你知道吗?因为如果从你的角度讲的话,对内部认同的要求越来越低,可能性越大,但是我们现在看到的不是这个样子。

冷霜:我知道。但是外部的东西永远在规范着观念的产生。内部的很多东西还是跟媒介有关系的。刚才洪老师说到，其实 80 年代先锋诗歌大多只能在"地下"发表，是因为它被看作政治性很强的东西。

细　读

周瓒：我想问洪老师，您听臧棣解读张枣的诗，为什么会有那样一种感觉？那你读欧阳江河同样解读张枣的一首诗，那篇文章我们都觉得有些过度阐释，您是不是也觉得他把张枣的诗复杂化了？

洪子诚：是，我是觉得他把它复杂化了。但欧阳江河的阐释是一种发挥、阐发，而臧棣的解读给人的感觉是一种指认，留出的空间比较小。

冷霜：臧棣解读张枣这首诗，在他的诗歌写作课上也解读过。当时我也有一些东西不理解。但是我判断他是在给本科生和不太了解当代诗歌的研究生来解读，可能用这样一个方式比较容易被接受。比如他在解释诗中的西红柿的时候，把它和文学上的边缘人、多余人等联系在一起。这样的解读方式在我们后来的细读课上其他一些人也用了，但是这样的解读方式似乎是把它限制住了。

洪子诚：其实，如李健吾说的，读者、批评家有他们的"主体性"，有他们对作品的理解、阐释的权利；解读的目的也不是要猜测诗人的意图，当初的设计。不过，既然如此，解读和阐释就有更大的弹性和空间。有些解读，那么确定和落实，而且好像只能有一种理解，并在指向作者的写作的展开方式……

姜涛：张枣写作和臧棣写作肯定是两回事。

赵珩：比如中国当代诗人一见面最关心的问题是："哎，拉金你念了没有？""那个译得真好，那个译得不行。"这在拉美那个地方是不可想象的。可能他们最关心的问题是美洲的殖民，是他们这个国家的历史。我觉得诗意的产生恐怕是不能单纯从这个角度来考量的。

钱文亮：我觉得这是每个诗人自己的问题。他的知识世界，他的人生阅历。

洪子诚：现在回过头来反观我们上学期细读课，当然我们的细读有个前提，就是我们要找出可以"细读"的文本来，这样，就会偏于选择一些复杂的诗，可以让我们阐释、引申的诗。我们在选择的过程中，可能会排除一些相对来说比较"简单"的诗。我认为简单的诗也有非常出色的，而我们这个课可能会让人觉得，越是复杂的诗越好，能讲出很多话来的诗，知识含量越多的诗，价值就越高。这其实不一定。但因为是细读课，我们当然只能这样做。

钱文亮：如果解读简单的诗的话，可能就要更多联系诗之外的东西。

胡续冬：我有个问题，刚才大家也都说到了。在诗歌写作中间包含了许多暧昧不明的东西，那么细读对这些东西是采取什么样的立场，是把它一一落实，是把它加减乘除进行对应，还是给它一定的回旋空间。这两年我见到一些细读文章，可能细读者在这方面有不同的看法，可能更愿意塑造出一个超级读者出来，把对这首诗的指引能力落实到每一个字词。他们可能有一个目的，就是通过对一首诗的细读到达一个更大的框架当中去，把它与文化研究或者与思想史、学术史联系在一起。我觉得动机是对的，但是却是以牺牲诗歌里头不能被确切化的一些东西为代价的。确实到目前为止看到的理想化的细读方式不是太多。

姜涛：还有就是在我们上课的过程中，大部分方式是逐字逐句的细读下来的，好像诗歌就是一个有意识的操作过程，好像每个字、每个段都是相互关联，硬造出一个有机的整体来。但是事实上写作不是这样的。所以这种细读方式本身是有问题的。但是这被普遍认为是现在最有效的阅读机制，这个机制是过分的。诗歌内部肯定还有一个胡子（指胡续冬）刚才说的回旋的余地。

冷霜：其实我们读诗的时候恰恰是读到倒数第几段的时候忽然就明白了这首诗说的是什么，要点在什么地方。

姜涛：我们这样的方式是在纠正那种赏析性的方式，但是这种方法本身可能也是值得检讨的，是有问题的。

胡续冬：现在这种赏析性的方式，尤其是古典批评中的赏析性的方式，是不是完全要被我们抛弃掉的，也是一个问题。我注意到有一些人，他们在解读诗歌文本的时候，借鉴了一些古代诗歌印象式点评的资源。

洪子诚：目前的解读好像比较多受到新批评方法的影响。我也注意到台湾的《现代诗导读》这套较早的书，导读的一个是张汉良，外文系出身的；另一个是萧萧（萧水顺），中文系的，大概是有意识的互补。事实上，萧萧的导读，就更接近中国传统的那种赏析和印象批评的方式。

冷霜：当时新批评适合解读古典诗歌的原因，除了古典诗歌比较符合这种方法的特征之外，还有就是它要取得学院的地位，就必须要和古典诗歌相结合。后来才加入了现代诗歌。

赵珏：我觉得在我们那个解读课的一些具体的方法上，新批评理论的优点我们没有吸收到。比如新批评对篇章结构的把握，事实上在很大程度是没有接触到。

钱文亮：这就是我说的专业性不到位。

冷霜：现在我们在谈到新批评的时候至少要做两个工作，一方面是加强我们在新批评方面的修养，另外一方面我们的解读最终是指向新批评之外。实际上不可能也没有意义去做纯粹的新批评。比如我们在读当代新诗的时候，我们上次的课里选了很多作品，其实在很大程度上还是从个人口味或大家相沿成习的角度来选择。比如我们选了西川的《致敬》，可是在他这么多的作品中，这个作品是否对他个人写作的历史有很重要的意义？我们能否辨认？另外一点，作品是否是一个诗人的代表作品，这与它的发表时间以及对它的阐释是有关系的。似乎由于我们缺乏某种眼光，使得我们在解读某些作品的时候，往往是见微不知著，我们没有办法把作品和更多的东西联系到一起。比如像萧开愚，我们都感觉到他在国外的写作和在国内的写作相比变了，但是大多数人采取的还是一个比较简单的判断性的立场，比如喜欢或不喜欢，而关键在于他这样的写作是在什么样的考虑之下发生的。我相信他发生这样的变化肯定是非常有意的，其中不仅包括诗歌应该怎样写，也包括诗歌和什么东西联系在一起的问题。只有能辨别出这些东西来，才能对他的写作了解得更多，而不是只把表面的东西解读出来。

姜涛：在开始的时候，可能太多地注意到诗本身了，对诗背后的东西可能注意得不够。比如对于萧开愚，一般的读者要想去还原，难度就非常高。

赵珥：其实上学期的解读课，质量还是非常高的。我的理由就是我们刚才提到的那个可能被细读理论包容进来的东西，我们是了解的。但是单独把细读拿出来作为一个问题来考虑的话,这里的问题确实非常多。

洪子诚:这也是一个需要长时间解决的问题。据我所知,孙(玉石)老师在80年代很早的时候就已经开始进行现代诗导读了,一直到现在,还在不懈地提倡建设中国的解诗学。这其中的许多问题,是要逐步探索的。

钱文亮:我觉得一种理想的解读还是刘勰所说的"披文以入情",从文本之内解读一些文本之外的东西,然后解决一些诗学问题。

洪子诚:对。还要对诗歌状况和所读的诗人有比较充分的了解。

胡续冬:还有一个前提就是如何选择细读文本。选择过程也暗含着对作者、作品的了解。在对作品进行解释的时候如果想更深地进入作品的细部层面,即使不对之作过多的社会历史阐释,但是最起码的对作者的历史语境要深入进去。

钱文亮:一个理想的解读者应该是对诗歌有比较高的专业敏感、专业训练,甚至对语言学、心理学都有一定的基本知识。另外就是对诗歌历史、当下的诗歌序列相当了解。

冷霜:我觉得在当代的细读里头,臧棣的解读有他自己的具体的东西。在他作具体的字句解读的时候,我觉得并不是非常出色,但是臧棣在对某一个诗人作解读的时候,他有一个非常成功的地方就是,他总能够把这个诗人和他所构想的某种新诗史脉络联系到一起,总是能够把这个诗人放到他对新诗的理解中去。对一个批评者来说,这是重要的,虽然他也有一些过度阐释,但是至少他背后有更多的东西在里面。

姜涛：另外就是在咱们的课上，有一个问题，就是站在今天所谓的精神高度，有一种历史凌驾感，总觉得里面没有活力，或缺少变化。但是这个变化是我们今天所要求的。对于他们当时的美学追求是什么，就缺少同情感。所以我觉得赵珥那个态度非常好，就是首先理解他的诗歌抱负在哪里，而不是站在今天的美学高度。

赵珥：如何从细读当中生发出一种批评来。

钱文亮：臧棣说过一句话，没有一首诗歌是不可以解读的。但是，有些诗歌你可以解读，但是你要照顾欣赏的需要，照顾他的韵味。不能什么都说白了。

赵珥：解读的可解析性是有限度的，一首诗的联系性有他的限度，就是说有一个地方他穿不透，他就去不了。

冷霜：臧棣在说这句话的时候，针对的是一种迷信，认为诗歌是不可读。

洪子诚：好了，今天就谈到这里。因为钱文亮还要去赶晚上 7 点回武汉的火车。本来还要谈一次的，因为后天上午系里有活动，胡续冬撰写的"民间刊物"，就不再讨论了。

民间刊物（胡续冬撰写）

民间刊物，简称民刊，在不同的情境下它也被称为同人刊物、地下刊物、内部交流刊物等等，是"中国当代文学"范畴内特有的文学现象。它是在刊物的出版、发行受到国家在新闻出版方面相关法规的严格限制的情况下出现的。民间刊物在当代中国的历史可以追溯到 50 年代"反右"时期北京等地高校学生自行编印的刊物,如北京大学的《广场》①。创办于 70 年代末的《今天》,使民间刊物在文学领域的影响扩大。在"当代文学"的范畴内,尤其是"新时期"以来,民间刊物与诗歌的关系最为密切。

"新时期"以来诗歌与民间刊物关系密切由多种因素综合造成。除了政策规定、经济制约的原因外,有的论者也指出了"由于当代诗歌观念及所培育的审美习惯的沿袭",探索性的诗歌"难以为当时诗界所普遍接受。因此,作品的'发表',一开始仍采取'非正式'的方式"②这一审美陈规和接受习惯限制方面的原因。此外,一些论者还提出了"青年诗人对于读者阅读习惯的蔑视"和"诗歌界的半封闭状态"③等方面的原因。一些研究者认为,民间刊物已经形成了一个"中国诗歌小传统"④,对所谓"民间诗坛"的形成起到了重要作用。

如果说"朦胧诗"和"第三代"诗歌运动时期的民间刊物大多与地区性的诗歌团体、流派相对应(譬如《今天》之与"今天派"、《他们》之与"口语派"、《非非》之与"非非主义"、《现代诗内部交流资料》之与"莽汉主义"等等),那么"九十年代诗歌"范畴内的民间刊物的实体对应情况则要相对复杂一些。就其办刊目的、宗旨和作者的构成而言,大致可以分为三类:

第一类是全国性的诗歌交流平台,它所对应的实体是整个所谓的"民间诗坛",其目的在于展示刊物延伸时段内所谓"民间诗坛"的写作实绩,具有某种权威性的"成果汇编"和"资料陈列"的意味。属于这一类型的刊物主要是 90 年代前

---

① 相关情况参见北京大学社会主义教育委员会编的《北京大学右派分子反动言论汇集》(1957 年)。

② 洪子诚:《中国当代文学史》,北京大学出版社,1999 年,第 294 页。

③ 参见西川《民刊:中国诗歌小传统》("诗生活"网站"诗观点"文库)。

④ 同上。

期的《现代汉诗》——由北京的芒克、唐晓渡统筹编务，全国主要的诗人集散地轮流选编，意在整合八九十年代之交氛围相对沉寂的"民间诗坛"。90年代前、中期的《诗参考》（中岛主办）。

第二类是以局域化的诗人群落作为其实体依托的刊物。刊物对这些群落的意义侧重于交流、批评。它们有90年代前期的《倾向》《九十年代》《南方诗志》《发现》《象罔》等。这些刊物，尤其是前三种，注重在意趣相投的诗人之间互相探讨、砥砺，进而把探讨心得和结论作为推进"全局化"的探索性诗歌写作的一种建设性意见。这一类刊物在90年代中后期更加"局域化"（localization），或旨在交往密切的诗人之间建立针对技艺和特殊的诗歌话题（诗歌中的性别问题、"叙事性"问题等）的认同的可能性，或以地域性的集结为己任。前者以《偏移》《翼》《北门杂志》《阿波利奈尔》《小杂志》《说说唱唱》《声样》《新诗人》《书》为代表，后者以《阵地》《东北亚》《诗镜》《终点》《诗》《锋刃》为代表。

第三种类型的民间刊物，是那些以整个所谓"民间诗坛"的某个阶层作为其依托实体，以将这一特定的阶层整合进某种立场或命名之中为其目的的民间刊物。它侧重于全面搜集全国范围内某一阶层或类别的诗人的作品和相关文档、资料，通过选择、排序、添加按语，使编辑活动直接变成某种想象中的"文学史叙述"。这一类刊物集中出现在90年代末以后。它们与其说是刊物，不如说是因各种原因暂时无法以书籍的面目出现的有明确选编目的的诗歌选本。《诗歌与人》（广州）是其代表，它推出的"中国70年代出生的诗人诗歌展"和"中国大陆中间代诗人诗选"，旨在鼓吹"70后"和"中间代"两个代际划分的概念。

"九十年代诗歌"范畴内的民间刊物由于资金、选编者投入的精力、组稿周期等方面的原因，基本上都是不定期出版的。民间刊物的资金来源大致可以分为两种：一种是由选编者自筹；一种是由作者和编者一同分担。有的民间刊物也获得来自诗歌领域之外的机构或个人的赞助资金（譬如臧棣、王艾主编的《标准》就曾获得刘丽安的个人资助）。90年代中后期以来的民刊，刊物的编排基本上采用了电脑排版，提高了选编者的工作效率；封面设计、版式、纸张质量均在朝精致化方向发展。在后期的"发行"环节上，一部分民刊沿袭80年代的流通方式——在诗人、批评家之间赠阅。这种方式在读者接受范围上有很大限定性。后来，一部分刊物扩大赠阅面，一些官方文学刊物和出版社的编辑也被列为赠送对象。这是90年代以来民间刊物和官方刊物、出版社之间互动关系增强的一个表现。除此之外，有的还将刊物赠送到酒吧、书吧、咖啡馆等都市"公共空间"中陈列，供出入其间的读者翻阅①。到90年代末期，至少有两种流通方式在试图改变民间刊物"圈内传阅"的"赠送传统"：一种是在互联网上建立民间刊物的主页，将每期刊物的电子版作为网络空间中的共享资源，供读者浏览和下载②；另一种是为刊物标明价格，增加印刷量，将其投放到图书市场之中，这方面比较有代表性的是由颜峻主编的刊物《书》③。

从刊物收选的内容上来看，"九十年代诗歌"范畴内的民间刊物主要以刊发诗人新近创作、代表作者最新写作动向的诗歌为主。一些诗人即使不缺乏官方刊物的发表途径，也愿意首先把新近的作品放到能够在同人之间有效交流的民间刊物上，因而民间刊物是考察诗人写作变化轨迹的重要参照物。除了诗歌之外，民间刊物还经常刊登诗歌批评、诗学随笔性质的文章。在民间刊物上发表批评文章的批评家分为两类：一类是诗人自身，一类是和探索性诗歌写作关系比较密切的批评家。90年代以来的民间刊物（尤其是第二类民间刊物）还经常刊登翻译的诗歌作品和诗歌批评④。这些翻译以"诗人

---

① 比较有代表性的是北京的"雕刻时光"咖啡馆和"盒子"咖啡馆、深圳的"物质生活"咖啡馆、成都的"白夜"酒吧等等。

② 这一类的刊物有《阵地》《小杂志》《终点》等等。

③ 《书》的销售是以民营书店代销、网络订购直销、二渠道批发等多种形式进行的，基本做到收支持平。

④ 经常刊登诗歌翻译作品的民间刊物有《象罔》《声音》《偏移》《翼》《阿波利奈尔》等。

翻译"——即诗人自身从事翻译活动①——为主,这是以前的民刊中很少见到的。"诗人翻译"对所译介的对象的选择,与诗人们对"九十年代诗歌"所面临的特殊问题的理解相关,不单纯是"补课"式的介绍和"赶时髦"式的"引进"。因而,译介的外国诗歌作品和诗歌理论,比起专业的翻译文学类杂志来,和当代中国诗人关切的诗歌话题和写作技艺的关系更为密切。90年代以来的民间刊物上由诗人翻译的英国诗人奥登、爱尔兰诗人希内、美国诗人阿什伯利、美国诗人毕晓普、英国诗人拉金等的诗歌和批评,均在"九十年代诗歌"主导性形态的建构活动中起到了重要的作用。

在90年代,民间刊物和"官方刊物"的关系变得复杂而微妙。官方刊物接纳在探索性现代汉语诗歌写作上卓有成效的诗人的现象,80年代就已存在,在90年代这种趋势得到加强。到90年代中后期,探索性的写作者,只要在"诗歌场域"内的"象征资本"积累到一定的程度,都有被顺利地收选到官方刊物上的可能。因此,90年代以后官方文学体制和所谓"民间诗坛"之间的对立性关系出现了缓和的趋势,这一点还可以从官方文学刊物和民间刊物之间越来越明显的互动关系上窥见一斑。

① 和"诗人批评"现象相似,"诗人翻译"现象也是"九十年代诗歌"范畴内一个比较独特的现象。在"九十年代诗歌"范畴内从事诗歌翻译的主要有黄灿然、西川、张曙光、柏桦、钟鸣、桑克、马永波、姜涛、冷霜、周伟驰、席亚兵、周瓒、穆青等。

附：九十年代以来主要民间诗歌刊物名称、创办地点、主办人及所团聚的诗人群落、运作时段

《倾向》
　上海
　陈东东、西川、欧阳江河等一批明确提出"知识分子写作"口号的诗人
　八九十年代之交

《他们》
　南京
　以韩东、于坚为核心的提倡"口语诗歌"的诗人
　80年代中延续至90年代

《反对》《九十年代》
　成都
　孙文波、萧开愚、张曙光、王家新等一批提倡"中年写作"、重视诗歌与历史现实发生关联的诗人
　八九十年代之交

《发现》
　北京
　臧棣、西川、西渡、清平、麦芒等有着北京大学求学背景的青年诗人
　八九十年代之交

《象罔》
　成都
　以钟鸣、柏桦为代表的具有多种文化趣味、注重挖掘国外现代诗歌中的新鲜养分的诗人
　90年代初

《北回归线》
　杭州
　以耿占春、梁晓明、刘翔为核心的提倡抒情的精神、注重写作和批评互动的诗人
　90年代初

《南方诗志》
　上海
　它所汇聚的群落与《倾向》和《九十年代》比较相似，对形成"知识分子写作"的诗歌形态起到了重要作用
　90年代前期

《面影》《返回》
　广州
　祥子、江城等广州诗人
　90年代前期和中期

《大骚动》
　北京
　黄翔、王强、海上等聚居在"圆明园艺术家村"的诗人
　90年代前期、中期

《阵地》

　　平顶山

　　以森子、海因、蓝蓝等居住在河南的诗人为核心

　　90年代中期延续至今

《声音》

　　深圳

　　以黄灿然为核心的广州、深圳一带的部分诗人

　　90年代前期和中期

《偏移》

　　北京

　　冷霜、姜涛、周伟驰、蒋浩等提倡诗歌的应变性、注重综合技艺的青年诗人

　　90年代中期延续至今

《诗歌通讯》

　　北京

　　姜涛、穆青、徐晨亮等有着清华大学求学背景的青年诗人

　　90年代中期延续至今

《翼》

　　北京

　　周瓒、翟永明、唐丹鸿、穆青等提倡"女性诗歌"的诗人

　　90年代中期延续至今

《东北亚》

　　黑龙江

　　以马永波、杨勇为核心的黑龙江具有"叙事性"倾向的青年诗人

　　90年代中期延续至今

《葵》

　　天津

　　伊沙、徐江等提倡"口语诗歌""后口语诗歌"的诗人

　　90年代前期至今

《诗镜》《终点》

　　四川

　　以哑石、史幼波、范倍为核心的诗人

　　90年代后期至今

《小杂志》

　　北京

　　以孙文波、臧棣、林木为核心

　　90年代后期至今

《诗》

　　福建

　　以道辉为核心的所谓福建"新死亡诗派"

　　90年代中后期

《北门杂志》

　　江苏

　　庞培、朱朱、叶辉等的江苏青年诗人群落

　　90年代中期

《阿波利奈尔》

　　杭州

　　蔡天新、黄灿然、陈东东等注重诗歌形式的精致和诗歌的外来影响的诗人

　　90年代中期至今

《说说唱唱》
　　上海
　　丁丽英、千叶、鲁西西、李建春等诗人
　　90年代后期

《幸福剧团》
　　成都
　　以杜力、萧瞳为核心
　　90年代后期至今

《锋刃》
　　湖南
　　吕叶等湖南青年诗人
　　90年代中期

《自行车》
　　南宁
　　非亚、刘春等广西青年诗人
　　90年代前期和中期

《新诗人》
　　广州
　　凌越、廖伟棠等广州、香港的青年诗人
　　90年代后期延续至今

《存在》
　　四川德阳
　　刘泽求等青年诗人90年代后期延续至今

《诗文本》
　　广东
　　符马活等倾向于认同"口语诗"的青年诗人
　　90年代后期

《朋友们》
　　北京
　　以沈浩波、颜峻、亢霖为核心的寻求"70后"一代新的写作活力的诗人
　　90年代后期

《下半身》
　　北京
　　沈浩波、朵渔等倡导"下半身"和"后口语"写作的青年诗人
　　2000年以来

《中间》
　　南京
　　以李樯、林苑中为代表的、同时写作诗歌与小说的江苏诗人
　　2000年以来

《书》
　　北京
　　颜峻、高晓涛、韩博等注重诗歌与小剧场话剧、实验音乐、前卫艺术等其他艺术门类之间的互渗性的诗人